Nadine Grelet
avec la collaboration de Jacques Lamarche

LA BELLE ANGÉLIQUE

roman

www.quebecloisirs.com

UNE ÉDITION DU CLUB QUÉBEC LOISIRS INC.
© Avec l'autorisation de VLB Éditeur
© VLB Éditeur, Nadine Grelet et Jacques Lamarche, 2003
Dépôt légal — Bibliothèque nationale du Québec, 2003
ISBN 2-89430-602-4
(publié précédemment sous ISBN 2-89005-797-6)

Imprimé au Canada

ANGÉLIQUE DES MÉLOIZES

Chapitre premier

Tout en courant, Angélique remonta une mèche folle qui s'était échappée de sa coiffe de dentelle. Haletante, elle tendit les bras pour chasser ses frères, qui s'esquivèrent en poussant des cris. Elle avait beau se faire menaçante et prendre des airs de grande dame, les deux garnements n'en avaient cure. Ils la narguaient et, sans vergogne, riaient de sa fureur.

— Vous ne m'échapperez pas, galopins! leur lança-t-elle.

Louis-François, âgé de douze ans, et Nicolas, du haut de ses dix ans à peine, jouaient au soldat et à la guerre. Depuis plus d'une heure, ils tournaient en tous sens et créaient des embuscades derrière chaque motte de terre, en chantant des refrains militaires. Coiffés de vieux tricornes qu'ils avaient subtilisés à leur père, armés de frondes et de cailloux, ils cherchaient une cible et poursuivaient leur sœur aînée Angélique et sa grande amie Marguerite, essayant en vain de les faire prisonnières. Voyant que les deux jeunes filles leur échappaient, ils se rabattirent sur les poules et les dindons, puis, chassés par les protestations de Chouart, le cocher, qui les fit déguerpir, ils firent mine de s'attaquer aux gamins grimpés dans les pommiers, ayant un attrait particulier pour viser avec leurs frondes les postérieurs trop en vue… Angélique, impuissante à les retenir, s'assit sous les branches d'un arbre et mit les mains autour de son visage, secouée par un fou rire, tandis que Marguerite derrière eux continuait sa course. Comme tout cela était plaisant!

Malgré ses seize ans, Angélique ne pouvait se résoudre à abandonner ces amusements qui la réjouissaient, mais qui n'étaient plus de son âge. Ses frères, avec leurs jeux innocents, faisaient monter en elle des fureurs et des soubresauts d'hilarité incontrôlables. Ravie de les voir s'éloigner tous les trois, elle laissa son regard se perdre dans les vergers alentour. Sur les terres du manoir qui dominait le fleuve, les pommiers bien alignés dressaient à perte de vue leurs branches. Au long des allées, une armée de religieuses en robe grise, suivies de leurs protégés à la peau noire, orphelins pour la plupart et enfants des esclaves de la colonie, traînaient de petites échelles et de grands paniers ronds et se hâtaient de cueillir avant le gel les dernières pommes accrochées au sommet des branches.

Angélique aimait Neuville. Elle adorait les pommes qu'on récoltait dans les vergers de son père, seigneur du domaine, et vouait une passion sans limites à tout ce que l'on y faisait chaque année, dès la belle saison. Chaque recoin du manoir, chaque parcelle de terre lui rappelait son enfance et ces jours de vacances où elle avait grandi dans le calme serein de la campagne canadienne, entourée de ceux qui constituaient son univers. À l'écart de la grande maison qui surplombait le fleuve, elle pouvait les apercevoir, qui vaquaient à leurs occupations. Leur présence la rassurait. Tant de choses bouillonnaient au fond d'elle au moment où elle devenait femme…

Ses sentiments exacerbés prenaient des proportions excessives depuis que, physiquement, elle se transformait, devenant de plus en plus belle. Ses pensées allaient vers celui qu'elle aimait en secret, son beau cousin Michel dont les lèvres avaient le goût exquis d'un fruit sauvage. Elle aurait tant aimé qu'il soit toujours à ses côtés; son absence, depuis quelques jours, la faisait languir. Elle croyait le surprendre partout et l'imaginait qui lui faisait des signes derrière la silhouette de chaque arbre, au détour de chaque sentier. Elle guettait son retour et subissait une véritable torture depuis que son père, l'oncle Eustache, l'avait emmené à Lotbinière. L'amour qu'elle ressentait pour lui, leur amour d'enfance, s'était modifié en une passion qui ne lui laissait plus de repos, depuis ce jour où, voici quelques semaines, à la nuit tombée, faisant fi des convenances, il avait osé l'embrasser.

– Quand reviendra-t-il? Il me tarde tant d'être avec lui, murmura-t-elle, soudain triste. Pourquoi mon oncle l'a-t-il éloigné de Neuville durant ces derniers jours?

Du manoir lui parvenaient les voix de son père et du régisseur, ainsi que les bruits familiers des tâches quotidiennes. Elle aperçut la haute silhouette de Chouart, le cocher. Ce géant, qui était aussi jardinier à ses heures, s'affairait autour de la remise avec Thomas, le laquais, transportant des caisses et des malles. Angélique eut un léger frisson en pensant que, bientôt, tous ces bonheurs prendraient fin. Elle vit Nounou qui sortait des cuisines, marchant à petits pas. Nounou passait ses journées à organiser le bien-être de tous et ne concevait pas la vie sans la famille des Méloizes ; le manoir de Neuville et ses habitants étaient toute sa vie. Depuis son jeune âge, elle se consacrait à eux, ayant à peine vingt ans lorsque son mari avait péri, tué dans une embuscade tendue par les Iroquois. Bien des années avaient passé. Le mariage ne lui ayant pas laissé d'enfant, elle s'était dévouée à ceux de Louisa et de Nicolas-Marie, ses maîtres, préférant le bonheur dont elle jouissait au milieu d'eux plutôt que de chercher à se remarier. De ses grands chaudrons de cuivre s'échappait le parfum des confitures et des compotes qu'elle faisait mijoter depuis le matin. Angélique l'entendit qui appelait ses frères :

– Louis-François, Nicolas, venez donc prendre votre goûter, et cessez de tourner en rond ! Ainsi vous éviterez de provoquer quelque incident fâcheux, mes tannants !

– Nounou, as-tu mis beaucoup de confitures sur le pain ? demandèrent en chœur les futurs combattants qui se pourléchaient les babines en dévalant la butte sur le derrière.

Le vent s'était levé et, par-delà la berge, le fleuve laissait voir sa surface hérissée de vaguelettes sombres. L'automne s'installait doucement sur la campagne de la Nouvelle-France. Assise seule face au fleuve, Angélique revoyait les scènes qui la ramenaient dans le monde de sa tendre enfance.

Abandonnant sa cachette, elle se mit soudain à courir le long de la rive. Sans se soucier de ses jupons qui s'envolaient et de ses cheveux qui glissaient sur ses épaules, Angélique courait en se laissant porter par le rythme de son corps. Sensuelle, elle plongeait sans retenue dans les sensations qui parcouraient sa peau et la faisaient frissonner. Gourmande, elle en voulait encore plus et continuait sa course, accélérant le pas. Le vent frais caressait sa nuque et descendait comme une patte de velours au long de sa poitrine. Ses seins devenaient légers et son cœur s'ouvrait grand pour happer, au passage, les tourbillons de l'air, tandis que ses jambes et ses cuisses vibraient de plaisir chaque fois que ses pieds se posaient sur le sol. Avec ses bas de soie qui descendaient en accordéon sur ses chevilles, la demoiselle de Neuville avait l'air d'une sauvageonne. Qui l'aurait vue ainsi lui aurait fait la morale, mais elle n'en avait cure…

Ouvrant les bras pour retenir son bonheur et le graver dans sa mémoire, elle voyait le paysage danser devant elle et s'amusait du ballet étrange que provoquaient les rebonds de son corps sur le chemin. Sa jupe dessinait une ombre aux formes mouvantes. « Est-ce réel ou irréel ? Est-ce vrai ou est-ce faux ? se répétait-elle comme une comptine… Un, deux, trois, les pommiers tournent, un, deux, trois, le fleuve coule… » Angélique chantait et courait, martelant dans sa danse les herbes folles du talus. Comment prolonger ces moments-là, arrêter le temps et suspendre à tout jamais la ronde des contraintes qui ne tarderait pas à imposer ses droits ? Dans quelques minutes, après avoir mis de l'ordre dans sa tenue, elle rentrerait au manoir et reprendrait sa broderie en faisant mine d'être sage. Jouant son rôle de jeune fille bien née, elle s'assoirait avec grâce à la table du souper et garderait pour elle ses rêves et ses fantasmes en prenant part à la conversation.

Ses pieds butèrent tout à coup contre une pierre, et la douleur qui lui transperça le talon, du côté gauche, faillit lui couper le souffle. Déséquilibrée, elle s'arrêta pour s'appuyer au tronc rassurant d'un vieux chêne avant que la tête lui tourne, puis, en hâte, elle s'assit sur une souche et, soulevant la languette de son soulier, elle enserra de ses mains sa cheville douloureuse. Elle avait chaud. Ses boucles, que les rubans de soie n'avaient pu discipliner, ruisselaient le long de son cou et sa robe de coton parsemée de myosotis lui collait à la peau. Au loin, le chien de la ferme jappait et les ailes du moulin grinçaient, poussées par la persévérance de la brise, tandis que le soleil faisait des taches rondes dansant au gré du vent. Les pommiers, eux aussi, bruissaient de plaisir lorsque le vent agitait leurs feuilles qui se lovaient autour de chaque branche. Angélique remonta ses bas dans ses jarretières. Elle avait mal. Un grognement la fit sursauter. Avant qu'elle ait eu le temps de faire un geste, le chien Quenouille se frotta la tête le long de sa jambe et la voix forte de Philippe, le régisseur des domaines, retentit à ses oreilles :

– Que vous arrive-t-il, Angélique, vous êtes-vous blessée ?

Comme une enfant prise en défaut, elle se leva et poussa un cri en posant son pied sur le sol. Philippe Agador Langlois, un fort bel homme, vêtu d'un veston à la française, les cheveux noués par un catogan, se pencha au-dessus de ses jupons. Il examina sa cheville et la contempla sans mot dire avec un air bizarre. Elle s'aperçut alors que ses seins étaient à moitié nus et, en rougissant, elle s'empressa de resserrer maladroitement son caraco entrouvert. Sans ménagement, Philippe la souleva et la prit dans ses bras pour l'emporter comme un paquet jusqu'à la cuisine :

— Vous savez bien, Lélie, qu'une jeune femme de votre âge ne doit pas courir…

— Je ne suis plus une petite fille, vous n'avez pas à me faire la morale…

— Je vais prévenir votre mère !

— N'en faites rien, Philippe, vous savez que ma mère condamnerait mon escapade, fit-elle, tout à coup inquiète.

Heureusement, Nounou prit la situation en main. Elle appela Thomas, le fidèle laquais, et l'envoya quérir l'Indienne. La vieille femme à la peau sombre et aux cheveux tressés sous son bandeau de perles psalmodia quelques incantations en fumant sa pipe, fit tourner par trois fois le pied d'Angélique et lui trempa les jambes dans un chaudron où macéraient quelques poignées d'herbes sauvages. Quelques heures plus tard, il n'y paraissait plus.

Marguerite s'approchait d'une des hautes fenêtres lorsque le bruit d'un équipage lui parvint à l'oreille. Derrière le rideau d'ormes de la grande allée, on devinait la silhouette des chevaux qui filaient dans le vent. Le trot régulier de leurs sabots ponctuait le son aigu des grelots. Curieuse et impatiente, elle sortit sur le perron et attendit que l'attelage paraisse au tournant de la côte. Lorsque le fouet du cocher claqua dans l'air frisquet, une volée de quiscales s'abattit en piaillant sur le toit de la grange voisine. Le vent d'automne avait déjà éparpillé les feuilles et, de chaque côté de l'anse, les pommiers arboraient leurs derniers fruits rouges qui se détachaient sur le scintillement des eaux. Les flots avaient pris une teinte argentée qui se confondait avec la couleur du ciel.

Marguerite reconnut la calèche. C'était l'oncle d'Angélique, le chanoine, qui arrivait. Impatiente d'annoncer la nouvelle, elle traversa l'entrée et grimpa le haut escalier en relevant sa jupe, puis elle courut jusqu'aux chambres et, dans sa hâte, faillit renverser Thomas, qui transportait un lourd chandelier. Confuse, elle fit une courte révérence, et ouvrit la porte en annonçant:

— Ton oncle est de retour avec ton cousin!

Angélique eut un sursaut et tourna la tête, retenant un cri. Assise devant la commode en bois de rose où étaient éparpillées ses papillotes, la jeune fille en jupon n'en finissait plus de faire sa toilette. Elle se leva, découvrant la grâce de sa silhouette, et s'exclama:

— Je ne te crois pas! Tu me joues un tour, cruelle!

Riant aux éclats, Marguerite ouvrit les battants de la fenêtre et s'immobilisa sous la poussée du vent frisquet.

— Veux-tu en plus nous faire geler? s'écria Angélique à moitié nue.

Marguerite referma la croisée d'un air moqueur en pouffant de rire, puis s'efforça de prendre un air solennel:

— Désolée, Lélie, j'avais oublié que tu es encore en chemise!

À la façon des ursulines et faisant mine de sermonner la flâneuse, elle enchaîna:

— Vous ne recevrez pas messieurs Chartier de Lotbinière dans cette tenue, Mademoiselle! C'est contraire aux usages que de vous prélasser ainsi dévêtue, sans collet et sans guimpe ! Le ciel m'est témoin…

Espiègle, elle ajouta, en mesurant l'effet de ses paroles :

— Voyez, mademoiselle des Méloizes, ce n'est pas votre cousin qui revient, c'est la calèche du curé que je vois poindre à l'horizon…

Angélique esquissa une moue et son regard s'assombrit l'espace d'une seconde. Les émotions que les facéties de Marguerite rendaient plus vivaces bouillonnaient déjà dans son cœur.

— Le vieux curé qui vient nous chapitrer après qu'il aura confessé ma mère ? Fi ! Je serai donc malade afin de ne point l'entendre…

Angélique était à la fois rayonnante d'espoir et rageuse de déception, partagée entre les sentiments qu'elle éprouvait pour Michel de Lotbinière, son cousin, et ceux qu'elle éprouvait pour le prêtre. Marguerite éclata alors d'un rire joyeux et toutes deux se collèrent à la vitre. La voiture était déjà dans l'allée. Soudain pressée de descendre, Angélique boucla ses souliers en un tournemain. La robe de velours cramoisi que Nounou lui avait préparée était étalée sur le lit et Marguerite eut tôt fait de la lui passer, après avoir tiré sur les lacets de son corset.

— Allons, Mademoiselle, faites taille fine, reprenez votre mise !

Alors, Marguerite s'approcha de sa complice en soulignant d'une main coquine les courbes de sa poitrine :

— Relâche ton corset, ma mie, il est trop serré, tu pourrais le dégrafer pour montrer la plénitude de tes charmes et attirer le regard de ton cousin… Une agrafe, ce n'est pas grand-chose, mais c'est là que se fixe l'attention des hommes, ajouta-t-elle en chuchotant. Le regard et les idées, ma chère!

Vérifiant la rondeur de sa gorge sous la collerette de guipure, Angélique relâcha l'emprise du bandeau qu'on leur imposait aux ursulines et qui maintenait captifs ses appas. Elle courut jusqu'au miroir, remonta une boucle rebelle au sommet de sa coiffure, frotta ses joues et ses lèvres pour aviver leur couleur et, coquette, se planta devant son reflet afin de faire une dernière retouche. L'ovale parfait de son visage et la blancheur de son teint s'étaient illuminés sous l'éclat de ses yeux verts, tandis qu'une fièvre impossible à maîtriser s'emparait de toute sa personne, qui colorait ses joues et la rendait resplendissante.

– Michel, murmura-t-elle.

Fille aînée du seigneur de Neuville, Angélique Renaud d'Avène des Méloizes recevait depuis bientôt quatre ans la même éducation que Marguerite Daumont de Saint-Lusson, au couvent des ursulines de Québec. Cette dernière, d'un an son aînée, mais plus petite par la taille, ne pouvait rivaliser avec elle en beauté malgré son charmant minois. Marraine de pensionnat de son amie, elle riait à n'en plus finir avec Angélique. Les deux jeunes filles étaient inséparables tant leurs caractères se complétaient, l'une étant douée d'une forte personnalité, fougueuse, passionnée, déterminée et volontaire, le tout agrémenté d'une féminité éclatante, tandis que l'autre, primesautière, vive et rusée, aimait rire à chaque instant.

⚜

Chaque année en Nouvelle-France, au début de l'automne, les demoiselles de la bonne société fréquentaient le pensionnat jusqu'au printemps, soumises à l'apprentissage des bonnes manières et de leur rôle de futures maîtresses de maison. Ce jour-là, dans tous les recoins de la demeure estivale, l'effervescence était à son comble. On préparait le départ pour les quartiers d'hiver, Neuville étant fermé durant la saison froide. Chacun s'affairait, qui au ménage, qui à rassembler les effets qu'on rapporterait à la ville, en empruntant le chemin du Roy récemment construit. Comme chaque année, M. et Mme des Méloizes s'embarqueraient pour la France, emmenant cette fois-ci Michel, leur neveu, et ils ne reviendraient qu'au printemps. Pendant leur absence, la maison de la rue Saint-Pierre, entretenue par les domestiques, sous la supervision de Philippe Agador Langlois, redeviendrait la demeure familiale, et la fidèle nourrice prendrait soin des deux jeunes chenapans et de sa préférée, leur sœur, la belle Angélique, qu'on appelait aussi Lélie. Il faudrait patienter jusqu'au début de l'été pour retrouver cette joyeuse animation, lorsque la famille et les cousins reviendraient à Neuville s'en donner à cœur joie.

Angélique était follement éprise de son cousin, le beau Michel Chartier de Lotbinière, de quelques mois son cadet. L'idée de le voir partir incessamment pour les lointains et vieux pays ravivait l'étincelle de son amour en même temps qu'elle était désappointée de ne pas faire partie du voyage. Tout ceci la rendait mélancolique. Elle rêvait, avant son départ, d'un tête-à-tête qu'il lui faudrait voler aux convenances et à la vigilance de ses proches et redoutait les réprimandes de Philippe, sévère et intransigeant, qui se faisait seconder par sa nièce Renée, la camériste de sa mère, une jeune femme sans grâce et sans tempérament.

Plongée dans ses pensées, Angélique se tourna vers Marguerite et l'implora :

— Marguerite, détourneras-tu l'attention de Nounou, de ma mère et de Renée pour que je le voie seul ? Dis-moi qu'il m'aime ! Ô Marguerite, pourrons-nous de nouveau échanger un baiser comme en ce soir d'été, voici quelques semaines, où je l'ai rejoint au bout du parc ? Jamais je ne pourrai attendre tout ce temps s'il ne m'a juré amour et fidélité… J'en mourrai…

Il avait suffi de quelques secondes pour qu'Angélique s'enflamme, pour qu'elle ait les yeux brillants et pour que son cœur palpite. Marguerite lui lança sur un ton moralisateur :

— Je ne puis, Angélique, te laisser seule avec lui, ce serait inconvenant ! Je dois te servir de chaperon. Il vous est interdit de vous aimer, car tu es sa cousine… Le curé t'a promise à l'enfer si tu t'adonnes à ce péché-là, le curé et aussi ta mère et Renée, la vilaine « belette fouineuse », qui nous suit partout sans en avoir l'air.

En disant cela, Marguerite fronça le nez et agita la tête, imitant l'animal qui hume l'air pour trouver sa nourriture. Un nuage assombrit les beaux yeux d'Angélique. Certes, elle aimait son cousin et n'en voulait pas d'autre que lui… Pendant si longtemps, ils avaient partagé leurs joies et leurs peines et couru dans les sentiers qui parcouraient les terres. Pourquoi fallait-il que Michel, qui était en tout point de son goût, fût son cousin ? Était-ce de leur faute si les coutumes qu'on leur imposait les faisaient se sentir coupables de leur sentiment et leur interdisaient tout projet de mariage? Elle enrageait en songeant que le sort venait contrarier son penchant et pensait à forcer le destin pour vivre selon son cœur…

Les joues empourprées de colère, réagissant à la boutade de Marguerite, elle attrapa un coussin qu'elle lui lança à la tête. Ce débordement eut pour effet de provoquer une cascade de rires chez les deux jeunes filles. La «belette fouineuse» pouvait bien fouiner, on saurait déjouer son manège!

Mme Louise-Angélique, que tous appelaient Louisa, encore jeune et jolie, la démarche altière et les cheveux poudrés, arborait l'air hautain d'une reine. En cette veille du départ, elle avait quitté son élégante tenue estivale et avait revêtu une robe de drap dont la couleur s'assortissait à celle de son regard sombre. Un châle finement brodé jeté sur ses épaules, tenant haut son face-à-main, aidée de sa cameriste, elle inventoriait le contenu des malles. Renée était une jeune femme maigrelette, aux traits anguleux et à l'allure sèche et sans grâce, dont les longs cheveux, très noirs et très raides, s'échappaient de la coiffe de dentelle. Louisa avait décidé de l'emmener avec elle à Paris, car Renée était toujours prête à lui rapporter les potins et les commérages dont elle aimait à se nourrir. Au milieu de la fébrilité qui régnait, Louisa semblait préoccupée:

— Que fait donc Lélie, qui doit se prélasser plutôt que de descendre et nous venir en aide?

Renée prit un air entendu et niais:

– Mademoiselle et son amie ont sans doute des préoccupations qui relèvent de leur toilette… ou de quelque manigance, comme elles savent nous en inventer, marmonna-t-elle.

– Que voulez-vous dire, Renée? J'aimerais qu'avant demain ces demoiselles aient mis la main aux bagages et nous accompagnent à la messe… Vous y veillerez, Renée?

L'autre poussa un léger soupir et opina de la tête.

– J'y veillerai, madame.

– Tenez, Renée, vous ajouterez dans les bagages ma robe de satin pervenche et la coiffure assortie, n'oubliez pas…

– Mais, madame, la place nous manque…

Le seigneur Nicolas-Marie accompagné de son régisseur apparut dans l'entrée, interrompant leur conversation. Les deux hommes, bottés et cravache en main, avaient fait une dernière fois le tour des terres. Nicolas-Marie, ancien officier de la marine royale, avait obtenu la seigneurie de Neuville, en plus de sa charge de courrier du roi au Canada. C'était un homme bon et juste avec tous, qui caressait le projet ambitieux d'implanter, dans les environs de Québec, une fabrique de tuiles, grâce à des gisements de schiste qu'il avait découverts aux confins de la Gaspésie. Il lui fallait, pour réussir, obtenir les appuis de Sa Majesté et, soutenu par sa famille, une des plus respectables de la colonie, il comptait mener à bien cette entreprise. Sa voix grave résonna dans l'entrée:

– Mon amie, nous devrons alléger les malles. Les échantillons d'ardoise pèsent des tonnes à eux seuls et je ne peux me résoudre à en laisser sur place! Le roi sera attentif à mes requêtes si je lui présente un matériau de qualité en abondance... Il ne faudrait pas que notre seconde voiture soit ralentie par le poids et qu'on en vienne à briser un essieu... Pensez-y bien, ma mie, faites le nécessaire...

– Vous n'y songez pas, mon ami, nous ne pouvons rien laisser derrière nous ! Nounou et Thomas ont besoin de tout leur attirail pour vaquer à l'entretien de la maison... De plus, il y a les récoltes du potager et des vergers que nous avons réparties dans des caissettes ! N'est-il pas vrai, Philippe ?

Philippe, qui ne la quittait pas des yeux, s'inclina et lui baisa la main. Louisa ajouta, en fronçant les sourcils :

– Je conviens que l'assentiment du roi est de première importance, mais de grâce, mon mari, ne me demandez pas l'impossible !

Selon son habitude, elle se cabrait et prenait un air offusqué. Le seigneur de Neuville, qui souffrait depuis toujours de la rigidité de sa femme, se gratta la tête et réfléchit, espérant trouver un compromis. Philippe n'osait pas intervenir, hypnotisé par les exigences de madame, insensible aux problèmes d'organisation.

– Qu'à cela ne tienne, ma mie, nous trouverons une troisième voiture, malgré les inconvénients que cet arrangement entraîne, concéda Nicolas-Marie de guerre lasse.

Il ne put finir car, à ce moment, Angélique et Marguerite firent leur entrée au salon, à califourchon sur la rampe, dans une position qui contrastait étrangement avec la majesté de leurs robes. Louisa eut un sursaut, tandis que Nicolas-Marie sourit, plutôt charmé par les frasques innocentes des demoiselles.

– Voyez-les donc, avec leurs robes de cérémonie! grommela Renée.

– Eh bien, mademoiselle, lança Louisa à sa fille, pour quelle raison, je vous prie, n'êtes-vous pas descendue, ce matin, prêter la main à nos préparatifs de départ? Ignorez-vous que nous avons besoin de votre aide? Votre tenue me donne à penser que vous vous moquez bien de vos devoirs…

– Mademoiselle Angélique s'est foulé la cheville, l'interrompit Philippe.

– C'est bien ce que je disais, ma fille ne peut garder son sérieux!

Angélique reçut la remontrance en plein cœur à la seconde où son oncle, le chanoine Eustache de Lotbinière, et son fils Michel, en grande tenue, passaient la porte. Blessée dans son orgueil, elle tressaillit. Au fond d'elle, les paroles de sa mère avaient fait naître un sentiment d'injustice qui menaçait de lui faire perdre contenance devant les visiteurs. Elle se mordit les lèvres afin de ne pas paraître impertinente, ajusta discrètement le bas de sa crinoline qui laissait entrevoir son jupon, redressa les épaules et prit son air de demoiselle. Elle regarda sa mère dans les yeux et osa lui répliquer:

– Je ne croyais pas, mère, pouvoir vous être d'une grande utilité, n'ayant pas le privilège d'avoir ma place auprès de vous, que ce soit en voyage ou dans la maison…

– Effrontée!

Louisa bondit, prête à sanctionner l'insolence d'Angélique, mais Michel et Eustache se précipitèrent pour la saluer, ce qui mit fin à toute forme de polémique. Le chanoine de Lotbinière était vêtu de sa robe sacerdotale et il pouvait paraître curieux de le voir flanqué de Michel. En effet, la présence de son benjamin troublait les fidèles de la colonie : un chanoine en habit religieux escorté de son fils, c'était une situation étrange qui ne pouvait passer inaperçue ! Qu'un prêtre ait eu huit enfants, même s'ils avaient été conçus dans une union légitime avant son veuvage et son intronisation, dérangeait l'esprit des bien-pensants. Eustache, qui briguait la charge d'évêque, le savait ; aussi était-il sage pour ses projets de voir cet enfant-là s'éloigner, autant pour parfaire son éducation d'aristocrate que pour laisser à son père une place sans ombre au sein du haut clergé. Les autres de ses rejetons, cinq filles et deux garçons, étaient tous consacrés à Dieu, et ainsi leur père comptabilisait les indulgences qui l'attendaient au paradis ! Les demoiselles étaient cloîtrées, ayant pris le voile au couvent, et deux garçons étaient devenus prêtres, comme il l'avait exigé, ce qui aidait son avancement auprès du roi, du moins en était-il convaincu ! Mais Michel, le seul dont il lui fallait se préoccuper encore, affichait quant à lui un manque de piété et de rigueur qui inquiétait le chanoine.

Dès son entrée, le jeune homme porta son regard sur sa cousine, qu'il trouva éblouissante. Sa vue lui inspira sur-le-champ quelques pensées si folles qu'il en rougit, tandis qu'il s'inclinait pour baiser la main de sa tante. Pendant le bref instant où leurs yeux se croisèrent, Angélique sentit le désir de son cousin prendre forme et s'installer dans son cœur. Bouleversée, elle s'efforça de ne rien laisser paraître du trouble qui l'envahissait. Un merveilleux émoi se mit à résonner sous ses tempes et fit bouillonner son sang dans ses veines tandis qu'elle se prenait à rêver: «Être seule avec lui et savourer dans ses bras la douceur de notre amour secret, nous enfuir en quelque lointaine contrée, laisser là mon enfance et l'horrible couvent des ursulines, c'est tout ce qui m'importe…»

– Comme vous voilà plaisant et élégant, mon neveu! Je suis bien aise de vous revoir! Soyez le bienvenu parmi nous…

La voix aiguë de Louisa et les compliments qu'elle faisait à Michel la tirèrent de sa rêverie.

– C'est une joie de vous revoir, ma tante! répondit le jeune homme qui se redressa de toute sa hauteur, laissant admirer ses larges épaules et ses jambes finement découpées.

Michel ne portait pas perruque, mais avec le nœud de velours noir du plus bel effet qui retenait ses cheveux bouclés, il avait fière allure. Il salua son oncle en se mettant au garde-à-vous et en claquant les talons, puis il se tourna vers Angélique qui se tenait prête à faire sa plus belle révérence. L'interrompant, il lui prit la main et lui donna un baiser sur le front et salua Marguerite, avant de s'esquiver pour rejoindre le clan des hommes de la famille. Renée, à l'affût, ne put s'empêcher d'avoir un sourire narquois. Angélique désemparée se sentait laissée pour compte.

La fin de la journée, qui s'annonçait si prometteuse avec l'arrivée de Michel et de son père, se révélait finalement pénible… Depuis un peu plus d'une heure,

Angélique était en proie à un immense dépit. Après avoir tenté de se rapprocher de son cousin pour lui parler seule à seul et l'entendre dire quelque mot aimable, elle s'avouait vaincue. Renée était toujours en travers de son chemin et sa mère accaparait l'attention du jeune homme au point que celui-ci n'avait jamais la possibilité de lui adresser la parole. Lorsqu'elle cherchait son regard, Michel détournait la tête avec une réserve qui la rendait anxieuse. Quant à Marguerite, elle tenta à plusieurs reprises de remettre au jeune homme un billet venant d'Angélique. La difficulté de faire un geste discret au milieu de la famille fit échouer toute tentative.

Autour de la table, Angélique subit encore deux ou trois fois les foudres de sa mère : « Lélie, souvenez-vous un peu de vos bonnes manières et ne rêvassez pas ainsi... » « Tenez-vous droite et participez un peu plus à la conversation ! » « Votre esprit vous a-t-il abandonnée, ma fille, ou bien n'en avez-vous pas, tout simplement ? »

Angélique se mordit les lèvres. Quelle humiliation ! Louisa souhaitait que son aînée lui soit plus soumise et qu'elle imite les manières des courtisans du roi de France. Elle fit des remontrances à Angélique au sujet de tout et de rien, si bien que la jeune fille voulut rentrer sous terre devant son beau cousin. De plus, son père, qui habituellement lui venait en aide pour tempérer les remarques de Louisa, était occupé à démêler le fil de ses affaires avec l'oncle Eustache ; il la négligeait... Reléguée au bout de la table entre Philippe et Louis-François, elle ne put capter aucun signe de son amoureux. Épanoui, Michel s'animait au fil de la conversation, faisait de belles façons à Louisa et lançait des mots d'esprit qui attiraient tous les regards sur sa personne. Angélique sentit son cœur se serrer.

— À la santé de ma tante et de mon oncle et à notre voyage! lança-t-il en levant son verre sous les applaudissements.

L'allégresse était générale. Angélique but au moins trois coupes du délicieux vin, pétillant et léger, en se répétant: «Mon Dieu, faites que Michel m'aime... Il faut qu'il m'aime!» Elle le voulait et s'en faisait serment! La conversation tourna autour du voyage. Son père et sa mère décrivirent les risques de la traversée. «Pourquoi, pensait Angélique, pourquoi partent-ils tous? Pourquoi m'abandonnent-ils avec Louis-François et Nicolas? Pour quelle raison devrais-je rester, comme chaque année, à les attendre chez les ursulines, où je m'ennuie jour après jour, plutôt que de partager toutes ces aventures avec eux? Le fait d'être une femme me sera-t-il une entrave tout au long de ma vie? Devrai-je toujours céder la place aux hommes, qu'ils soient père, frères, cousins ou amants, et me sentir reléguée dans l'ombre?» Les deux gamins ne s'apercevaient de rien. Renée trembla de tous ses membres quand on évoqua les coups de roulis et les jours entiers à rester confiné dans les cabines, lorsqu'un orage éclatait à la proue, et plutôt que de converser avec elle, Philippe eut un air absent, examinant sans fin les bulles de sa coupe de champagne. Pour finir, il renversa son verre en regardant béatement Louisa, qui avait entrepris de raconter le faste des réceptions à Versailles.

— Allons, trinquons, fit Nicolas-Marie en débouchant une nouvelle bouteille.

Louisa, de plus en plus volubile, parlait de comploter pour obtenir en faveur d'Eustache la charge d'évêque avec l'appui de sa cousine Élisabeth Joybert de Soulanges, veuve du marquis de Vaudreuil.

– Croyez-moi sur parole, Eustache, vous serez évêque, clamait Louisa. Élisabeth m'est restée très attachée depuis qu'elle est gouvernante des enfants de France grâce à mon amie la marquise d'Urfé !

– Mon amie, parlez moins haut, fit Nicolas-Marie, contrarié.

– Laissez-moi faire et vous verrez bien…

Louisa avait trop bu. Elle minaudait pendant que Philippe, un peu gris lui aussi, se tenait à l'écart, observant tour à tour Louisa et Angélique d'un air songeur. Étrange soirée. Angélique constata qu'ils étaient tous un peu ivres et se souvint d'Élisabeth Joybert de Soulanges qui, devenue veuve au décès de Philippe de Rigaud de Vaudreuil en 1725, était repartie en France et avait obtenu sa charge à Versailles. Louisa ne manqua pas de souligner à maintes reprises au cours du souper sa position enviée, qui était un honneur pour la parenté et lui donnait la chance de rencontrer leurs Majestés dans l'intimité.

Amère, désemparée devant les heures qui filaient et son rendez-vous devenu impossible à réaliser, Angélique remonta dans sa chambre. Elle laissa une grosse larme rouler le long de sa joue, souffla la chandelle près de son lit et blottit son visage dans l'oreiller de plume, essayant en vain de trouver le sommeil. Par la fenêtre donnant sur le parc, la clarté de la pleine lune baignait le ciel, irradiant la chambre. En pleurs, elle songeait : « Depuis bien longtemps, ma mère ne m'a pas dit le moindre mot aimable! Lorsque j'ai atteint l'âge de porter des robes longues et que j'ai troqué mes tresses d'enfant contre des coiffures de jeune fille, maman a cessé de me donner des marques d'affection... Suis-je devenue moins digne d'être aimée parce que j'ai grandi? Mère est cruelle avec moi...»

De fait, la froideur de sa mère faisait naître dans sa tête toutes sortes d'idées tristes. Heureusement qu'il y avait la tendresse de Nounou! Cette brave et bonne Nounou, attentive, discrète et généreuse, lui prodiguait l'amour et la chaleur dont elle avait tant besoin. Durant ces derniers mois, le cocon de l'enfance avait fondu, son corps s'était transformé en celui d'une splendide jeune femme aux aspirations bouillonnantes, impatiente d'être une vraie «dame», une *Lady*.

Vaincue par les événements de la soirée et épuisée par les émotions, Angélique éprouvait du ressentiment et avait un violent mal de tête. Elle en voulait à Louisa qui ne l'aimait plus comme lorsqu'elle était petite. De plus, la situation l'inquiétait et son amoureux, si distant, l'inquiétait plus que tout le reste! Tous ces sujets de contrariété la vidaient de son énergie et de sa bonne humeur! À bout de forces, n'arrivant pas à trouver le sommeil, elle sursauta en entendant un léger bruit et se releva, le visage baigné de larmes. Son corps était endolori comme si elle avait lutté pendant des heures. Un chuchotement lui parvint:

– Lève-toi, Lélie!

Marguerite avait des airs de conspiratrice et un doigt sur la bouche. La détresse d'Angélique s'envola sur-le-champ:

— Veut-il me voir ? Lui as-tu remis mon message ?

— Chut, l'heure n'est pas aux discours. Je suis allée à la porte de sa chambre...

— Que lui as-tu dit ?

Le cœur d'Angélique battait si fort qu'il aurait pu réveiller le monde entier.

— Je lui ai remis ton billet et il en avait caché un pour toi, derrière le chandelier. Je l'ai !

Angélique tenta en vain de déchiffrer le message. Alors, d'une main ferme, son amie plia le papier et le glissa dans le bandeau qui serrait sa poitrine.

— Cours, Lélie, va vers la grange...

Angélique lui envoya un baiser. Le bonheur lui donnait des ailes. Elle descendit l'escalier à pas de loup, au rythme du tic-tac de l'horloge. Lorsque le chien de la ferme aboya, elle eut si peur qu'elle resta un long moment immobile. Dehors, le vent d'automne fouettait son visage. Tenant ses jupes d'une main et son capuchon de l'autre, elle faillit s'envoler par trois fois avant de pousser la porte de la grange. Dans l'immense bâtiment de bois rempli de paille, l'odeur du foin séché vint lui chatouiller les sens. Craintive, elle avançait, lorsqu'elle sentit une main caressante sur son épaule. Avant qu'elle pût faire un geste, Michel l'enlaça en promenant ses lèvres sur son cou, puis la coucha sur une botte de paille. Rétive, Angélique le laissa faire, car elle l'aimait trop... Blottie dans ses bras, elle savoura la chaleur qui se répandit dans son corps dès qu'il posa sa bouche sur la sienne. Frissonnante, elle ne put résister à l'appel de ses sens et, bien qu'on lui eût appris à ignorer ses pulsions, la jeune fille, bouleversée, se laissa conduire, un peu timide, persuadée qu'elle ne vivrait jamais plus une telle passion. «Rien, dorénavant, ne sera semblable à la force de mon amour pour lui», se répétait-elle, tandis qu'un brasier brûlait au creux de ses hanches et montait jusqu'au centre de sa poitrine. Répondant aux baisers du jeune homme qui se faisaient de plus en plus intenses, Angélique était troublée. Il lui murmurait des mots fous qui décuplaient son plaisir. Réalisant alors qu'elle perdait toute forme de maîtrise, elle fut soudain envahie par un sentiment de panique et repoussa les mains de Michel qui s'aventuraient plus loin entre ses seins. Luttant et menant contre elle-même un combat héroïque, obéissant aux principes qu'on lui avait inculqués, elle se sentit si coupable qu'elle crut perdre conscience. Dans un dernier effort, elle lui demanda une promesse, un serment qui les lierait envers et contre tous, malgré les conventions qui leur étaient imposées. Mais le jeune homme, égoïste, ne dit rien qui pût la rassurer.

– Michel, mon amour… M'aimes-tu autant que je t'aime? Mon beau cousin, m'aimeras-tu encore et toujours? Jure-moi que tu m'aimes…, implora-t-elle.

Ignorant sa requête, il ne lui répondit que par des baisers qui la rendaient muette et faisaient frissonner sa peau. Alors, terrorisée à la perspective du châtiment divin qui pesait sur eux, à la fois humiliée par son silence, honteuse et malheureuse, elle le repoussa, replaça vivement son corsage et s'enfuit sans entendre qu'il la rappelait… Tremblante et chavirée, elle courut jusqu'au manoir, offrant son visage à la pluie qui tombait en gouttelettes drues et piquantes et au vent qui mordillait sa nuque.

Était-il très tard ou bien très tôt? Impossible de trouver un point de repère lorsqu'elle remonta dans sa chambre et se glissa sous les draps. Mais elle était si dépitée qu'elle fut incapable de s'endormir. Tout son corps en éveil était encore empli de désir et, malgré sa raison qui lui soufflait des reproches amers, elle imaginait toujours les caresses de Michel et leurs baisers ardents, se débattant contre ses fantasmes et tremblant qu'on apprenne leur aventure. Sa peau était brûlante… Un irrésistible besoin d'être à nouveau dans ses bras la rendait folle pendant que la voix de mère Sainte-Pulchérie, la Supérieure du couvent, venue du haut des cieux, lui rappelait les affres de l'enfer… Angélique se tourna vers le lit où Marguerite dormait à poings fermés et tenta de la réveiller. Ce fut peine perdue, son amie continuait paisiblement sa nuit.

Le lendemain de leur arrivée à Québec, au milieu de l'agitation et du brouhaha, Angélique, sa broderie à la main, arpentait le salon comme une âme en peine, submergée par un sentiment d'abandon. La mélancolie distillait dans chacune de ses cellules un poison qui étouffait son cœur… Prisonnière de son désir pour Michel, inquiète de ne pas se sentir aimée de lui, elle se battait avec un monstre silencieux. Déstabilisée par la force de son premier amour, elle était semblable à une embarcation fragile dérivant dans un courant impétueux qui l'entraînait sans merci.

Elle déposa son ouvrage sur le grand fauteuil et s'approcha de son père. Nicolas-Marie surveillait le transbordement des malles que Philippe faisait porter jusqu'à la passerelle du *Zéphyr*. Par la porte vitrée, on apercevait, en contrebas de la place Royale, la route menant au port et, plus loin, les mâts des navires qui se balançaient doucement, attendant leurs cargaisons. Le long du Saint-Laurent régnait l'agitation des quais d'embarquement, grouillants d'une foule bigarrée, et derrière la jetée se profilaient les chantiers maritimes. Nicolas-Marie se tourna vers sa fille, accoudée, pensive, à une des fenêtres du salon. Son visage exprimait un tel désarroi qu'il en fut touché. Il passa un bras autour de ses épaules. Angélique se blottit contre la poitrine rassurante de son père, retenant d'amères larmes :

— Papa ! J'aimerais tant partir avec vous !

Nicolas-Marie lui caressa les cheveux et déposa un baiser sur son front. Il aurait aimé emmener Angélique, mais l'opposition formelle de sa femme à ce voyage long et pénible l'avait convaincu d'abandonner l'idée. « Et puis, Lélie est trop jeune pour être mêlée aux intrigues et à l'esprit frondeur qui sont souverains à la cour de Louis XV », se disait-il.

— Pourquoi ne m'emmenez-vous pas, papa ? demanda Angélique, un sanglot dans la voix. Pour quelle raison emmenez-vous Michel avec vous et me laissez-vous durant ces longs mois ?

— Tu sais, ma fille, que je ne te laisse pas de gaîté de cœur. Ton cousin doit parfaire ses études et je dois apporter les missives de notre intendant M. Hocquart à Sa Majesté, en plus de négocier quelques affaires qui aideront nos habitants à ne manquer de rien…

— Papa, sans vous et sans Michel, que vais-je devenir ?

Nicolas-Marie, surpris par cet aveu, remarqua combien sa fille était devenue belle. Était-ce l'amour qui faisait étinceler son regard et lui donnait l'allure d'une reine? Elle penchait la tête avec grâce, découvrant une nuque parfaite... Était-ce toujours l'amour qui arrondissait ses hanches et ses seins? Il eut tout à coup comme un éblouissement: «Son cousin, elle aime son cousin, c'est sûrement cela, se dit-il. Il est vrai qu'Angélique et Michel sont si attachés l'un à l'autre depuis leur plus jeune âge...» Il songea que les sentiments de sa fille auraient le temps de s'estomper au cours de leur absence et, plutôt que de lui faire la morale, il lui prit tendrement la main:

— Nous devons veiller à l'établissement de tant de choses, Lélie! J'emporte un grand nombre d'ardoises afin de proposer au roi l'implantation d'une tuilerie à l'Anse-à-l'Étang, ce qui nous permettra l'exploitation de matériaux indispensables à la construction des maisons, à l'embauche de la main-d'œuvre et à l'apport de nouveaux capitaux. Pour que nous soyons nombreux à nous fixer ici, il convient de tisser la trame d'une société prospère. Ceci implique de longues négociations avec les ministres et le roi lui-même, outre les fours qu'il me faut acheter! Ce ne sera pas une entreprise de tout repos...

Il vit le regard désemparé de sa fille:

— Sois raisonnable, ma Lélie, il n'est pas coutume d'emmener les jeunes filles dans pareilles péripéties... Quelques mois sont vite passés! Il te faut continuer de suivre tes cours aux ursulines...

— Et m'ennuyer à mourir, coupa-t-elle, amère.

Voyant qu'elle regimbait, il lui tint le menton. Rageusement, elle tapa du pied:

— Fi! Mon éducation serait mieux faite auprès de vous, mon père, qui m'apprenez tant de choses... À quoi me sert le couvent? Mère Sainte-Pulchérie et toutes ces dévotes nous y rabâchent les mêmes principes que nous connaissons par cœur et je n'ai pas la vocation qui consiste à s'enfermer! Je veux me marier et avoir des enfants…

– C'est bien entendu, ma fille, rétorqua Nicolas-Marie.

– Ah, papa, croyez-moi, je vais mourir de ne pas être avec vous à Paris!

Il sortit de sa poche une chaînette en or à laquelle était suspendue une minuscule croix ciselée et il attacha le bijou au poignet de sa fille, puis lui baisa la main comme il l'aurait fait pour une grande dame.

– Oh! papa, que vous êtes bon avec moi!…

À cet instant, la porte s'ouvrit et Louisa, tenant nerveusement son face-à-main, fit irruption, en tenue de voyage. Elle jeta un regard distrait autour d'elle:

– Ah, je vois que vous gâtez votre fille, mon ami!… Je vous ai cherché de la cave au grenier! Le capitaine du *Zéphyr* a décidé de lever l'ancre un jour plus tôt… Nous sommes à la presse!

– Allons-y, ma chère, je suis prêt, si ce n'est de prendre mon bagage et de serrer nos enfants sur mon cœur, avant de leur donner ma bénédiction…

– Bien sûr, bien sûr!

Les deux garçons apparurent, cheveux en bataille, et s'agenouillèrent. Louisa donna un baiser sur le front d'Angélique:

– Ton cousin Michel est déjà à bord…

Angélique, qui avait espéré que Michel viendrait lui faire ses adieux, frémit. Elle ne pouvait croire qu'il l'avait oubliée. «Il aura eu quelque empêchement de dernière heure», se dit-elle pour se rassurer. Mais, dans son cœur, une petite voix lui soufflait que Michel se moquait de ses sentiments.

– Allons, allons, ma fille, ne faites pas cette tête-là, dans quelques mois nous serons de retour!

«Quelques mois qui font la moitié de chaque année...», pensa Angélique. Louisa monta en hâte s'asseoir dans la calèche et les garçons escortèrent leur père jusqu'à la passerelle. Dès qu'ils eurent tous franchi la cour, elle se retourna et agita son mouchoir vers la porte où Nounou et «son ange» se tenaient debout l'une contre l'autre.

Angélique rentra dans le salon pour regarder le fleuve, puis elle se jeta dans les bras de Nounou et se mit à pleurer.

CHAPITRE II

L'hiver s'était écoulé lentement et Angélique, encore plus que les années précédentes, avait compté les jours un à un. Ce matin-là, le soleil réchauffait les berges d'heure en heure. Angélique était heureuse. Il lui semblait que son calvaire était fini : elle retrouverait bientôt ses chers parents et son amoureux. Pendant les mois d'hiver, gagnée par le découragement, elle avait pleuré leur absence chaque soir, mais aujourd'hui, l'espoir faisait renaître tant de choses dans sa tête ! Revoir son cher papa et sa mère, retrouver son bien-aimé cousin et rentrer à Neuville pour courir dans les prés, tout cela qui était si bon refaisait surface.

Se dirigeant vers le nord, les premiers vols d'oies sillonnaient le ciel et volaient à tire-d'aile en remontant les vents, et toute la ville était dehors pour goûter ces délicieux instants. Le long des rues sinueuses, la neige se transformait en ruisseaux qui dévalaient les pentes, éclaboussant des groupes de flâneurs, et le soleil, devenu impertinent, pénétrait partout. Aussitôt qu'elle entendit le cri rauque des outardes, d'un bond Angélique se leva. En chemise, elle ouvrit la fenêtre pour vérifier si la voie fluviale était libérée de ses glaces. La petite neige qui était tombée au cours de la nuit ne tiendrait que quelques heures, car, depuis plus d'une semaine, la piste des traîneaux au mitan du Saint-Laurent s'était effondrée. Déjà, on annonçait les premiers bateaux en amont de Tadoussac.

– Viens, Nounou, regarde !

Sa fébrilité était si grande que Nounou ne put, même en lui apportant un grand bol de chocolat fumant, la calmer.

– Voyons, mon ange, quelle est cette impatience ? Tu vas faire tourner ton sang si tu continues à t'agiter ainsi dans l'air du matin…

– Nounou, je ne peux plus attendre ! Viens avec moi sur la promenade voir les bateaux qui arrivent !

Nounou s'exécuta de bonne grâce, mit un châle sur ses épaules, ajusta sa coiffe et suivit Lélie qui était déjà en haut de la côte… Il faisait beau. L'air parfumé et délicat du printemps s'infiltrait partout.

Assis sur le quai, un violoneux en chemise riait et faisait glisser l'archet sur l'instrument qu'il serrait amoureusement au creux de son épaule. Une ribambelle de jeunes en sabots, sautillant au rythme de la gigue, dansaient une ronde endiablée sous l'œil amusé d'un groupe de débardeurs qui attendaient leur butin en mesurant la fermeté de leurs muscles. Filles et garçons chantaient un refrain populaire pour saluer le retour du premier navire, pendant que des bourgeois attentifs surveillaient le rapprochement de *La Flûte* qui arrivait enfin… L'atmosphère était à la joie. Du chantier naval de l'Anse au Cul-de-Sac résonnaient les coups de marteau des menuisiers affairés à réparer et à colmater les coques des chalutiers ou à construire de nouvelles embarcations. Les badauds s'arrêtaient, profitant du spectacle à ciel ouvert, et la maréchaussée faisait sa ronde, prête à mettre de l'ordre dans la cohue. Angélique avait le cœur battant.

«Ah! Comme j'ai hâte de revoir son visage, de plonger mon regard dans le sien, d'être dans ses bras et de sentir ses mains sur mon cou.»

Après ces longs mois, Angélique oubliait la torture qu'elle avait endurée en s'arrachant des bras de son cousin et le goût du fruit défendu lui revenait, irrésistible. Elle avait caché entre ses seins quelques-unes des lettres écrites à son amoureux durant les longues soirées d'hiver, ces mêmes lettres qu'elle n'avait pu lui faire parvenir et qu'il aurait tout loisir de lire après son arrivée... Il y en avait un paquet, bien pliées et cachetées, cachées au fond du secrétaire, à côté de son lit. Il n'aurait pas fallu qu'on les découvre...

Mon ami, mon bien-aimé...

Au couvent des ursulines, les jours se succèdent avec une lenteur désespérante... L'hiver que vous connaissez, avec tout son cortège de désagréments, s'est installé et la ville est prise dans le gel et dans la neige. Il n'est pas une journée sans qu'un attelage soit arrêté dans la grande côte de la Montagne ou sous la porte Saint-Louis. Je pourrais vous relater les leçons que mère Sainte-Pulchérie nous inflige chaque jour, mais vous les connaissez sans doute aussi bien que moi. Il s'agit de la morale, des bonnes manières et de nos devoirs religieux. Il n'est rien dans tout cela qui me console de votre éloignement et du manque de vos nouvelles. Votre absence m'est trop cruelle. Que faites-vous ? Où êtes-vous ? Êtes-vous heureux sans moi ? Je n'ose y penser… Cela me ferait mourir de chagrin si vous deviez vous consoler en en aimant une autre plus que moi.

Pensez-vous un peu à moi lorsque vous êtes seul ?
Mon ami, dites-moi tout, je vous aime tant…
Que Dieu vous garde chaque jour.

Votre cousine, Angélique

Avec rapidité, les marins enroulèrent les voiles autour de la bôme et du mât de misaine. Même avec ses trois mâts dénudés qui laissaient voir le squelette du navire, *La Flûte* conservait son allure majestueuse. La proue élancée, sculptée d'une magnifique sirène rouge et doré, déjouait la brise qui tournoyait au long du quai et s'immisçait dans les encablures, pour narguer ce géant, victorieux des intempéries. Les mousses déroulèrent les cordages. Les poulies grincèrent. La poupe tourna lentement et provoqua des vaguelettes qui s'écrasèrent au pied de la jetée en produisant de petits « flic flac ». On accostait. Quelques officiers crièrent des ordres brefs qui ricochèrent en écho sur les toits du Fort. L'équipage surveillait la manœuvre. Dans un dernier glissement, l'énorme coque se blottit le long de l'estacade qui la reçut d'un grondement sourd, en tremblotant. Des marins suspendus à des cordages sautèrent sur le quai, poussant des cris. Au bout de quelques instants qui parurent interminables, le capitaine donna l'ordre d'approcher la passerelle. On sentait à la fois l'effervescence et la retenue de la foule qui observait les voyageurs massés sur le pont. Il y eut une clameur de joie lorsque les premiers passagers firent de grands signes. Les porteurs se précipitèrent. Les cochers qui retenaient leurs bêtes, prêts à charger les bagages, sautèrent en bas de leur strapontin.

Devant Chouart le cocher qui la dépassait d'une tête et Philippe qui surveillait les deux garçons, Angélique se hissait sur la pointe des pieds pour mieux voir. Comme c'était long! La situation exigeait une patience qu'elle n'avait plus... Son corps était si tendu qu'elle avait froid. Après tout ce temps, les dernières minutes paraissaient plus longues que des heures et les secondes scandaient au ralenti les battements trop rapides qui martelaient sa poitrine... Un, deux, trois, quatre... «Je n'en peux plus, pensait-elle, je vais éclater! Mon Dieu, mon Dieu, faites que je garde mon sang-froid...» Le sang affluait vers ses tempes et sa tête bourdonnait. Nounou, qui l'observait du coin de l'œil, lui prit la main:

– Voyons, mon ange, voici nos voyageurs... Garde ton calme!

Nicolas-Marie accompagné d'un monsieur en habit à l'air très important fit son apparition, retenant son tricorne d'une main et portant une mallette en cuir de l'autre. Lorsqu'il aperçut les visages d'Angélique, de Louis-François et de Nicolas, il souleva son chapeau et leur adressa un grand sourire. Louisa le suivait, affairée comme à son habitude. Préoccupée de ses sacs de voyage, Renée sur les talons, elle houspillait un jeune mousse innocent qui laissa tomber le plus volumineux. Bien qu'épuisée par le voyage, Louise-Angélique gardait son allure fière et sa silhouette élégante. Elle agita un fin mouchoir de dentelle pour saluer ses enfants, tandis que les passagers descendaient, en un cortège long et monotone. Au bout du quai, la gigue s'accélérait.

Enfin, ils étaient là, encore une fois sains et saufs! Les trois enfants se précipitèrent pour embrasser leurs parents. Le soleil se couchait sur le fleuve qu'il recouvrait d'un voile doré lorsque le capitaine ordonna de retirer la passerelle. Angélique, qui guettait l'apparition de son cousin, pâlit. Michel n'était pas parmi les voyageurs... Intolérable déception! Sa vue se brouilla. Une infinité de petits points argentés se mirent à danser devant ses yeux et tourbillonnèrent en lui masquant doucement le paysage. Tout devint gris. Elle eut la sensation d'être minuscule. Impuissante. En quelques secondes, elle perdit conscience de tout ce qui se passait alentour et s'affaissa lentement sur elle-même. Nounou poussa un cri. Philippe s'empressa de la prendre dans ses bras et de la porter jusqu'à la calèche.

— Décidément, fit Louisa, déjà malade à mon arrivée... Ma fille est une petite nature!

Au milieu du petit salon, Louisa tenait dans ses mains quelques toises d'un lourd brocart de soie qu'elle avait rapporté de France pour en faire cadeau à sa fille. Nounou admirait d'un air béat les merveilles qu'on avait retirées des malles et qui s'étalaient sur le sofa. Les deux garçons se bousculaient pour réquisitionner tout ce qui pourrait faire office de projectile et tournaient en tiraillant les jupes de leur sœur aînée et en lui faisant des grimaces.

— Laissez-moi donc tranquille, vauriens! lança-t-elle, agacée.

– Voyons, laissez votre sœur en paix, garnements… Mais qu'avez-vous aujourd'hui, Lélie, êtesvous encore malade ? Vous semblez sortir d'outretombe…

Pensive, la jeune fille s'approcha de sa mère :

– Mère, dites-moi, comment est-ce, la France ?

– Magnifique, Angélique, vous ne pouvez imaginer ce qui, là-bas, est chose courante et que nous ne connaissons point ici ! N'était de votre père, je m'y fixerais pour de bon…

Louisa poussait des soupirs pour dire à quel point elle aimait la France.

– Quel genre de choses, mère ?

– Tenez, par exemple, les châteaux sont partout, autour de chaque village. Les rois et leur suite y séjournent pour la chasse à courre ! Les tapisseries, les porcelaines, la cristallerie, les meubles en bois précieux, les églises et les cathédrales… Sans compter les fruits ! Les abricots, les poires et les pêches sont un véritable nectar… C'est si délicieux… Et les plaisirs de la table, auxquels les Français sont attachés…

Elle extirpa de la malle une ombrelle de soie brodée qu'elle déploya en la faisant tourner.

– C'est bien joli ! J'aimerais connaître tout cela, mère… Comment est-ce, une pêche, un abricot ?

– Ne rêvez pas, ma fille, soyez plus dans la réalité ! Vous ne pourrez jamais vous aventurer sur l'océan si vous êtes trop délicate, vous savez combien la traversée nous maltraite… Admirez ce que je vous rapporte ! N'est-ce pas une merveille ?

Angélique prit le brocart dans ses mains, songeuse :

– Merci, mère, fit-elle d'un ton détaché.

— Merci, mère, répéta Louisa sur le même ton. Mais ne pouvez-vous remercier d'une plus belle façon? Savez-vous que ces soieries de Lyon feraient l'envie de tous les courtisans? Voilà de quoi confectionner une splendide robe pour votre premier bal…

— Oui, mère…

— Oui, mère… Pourquoi n'êtes-vous pas plus enthousiaste? N'aimez-vous point danser? Le passe-pied, la gigue et le quadrille seront bientôt de votre âge! Nos bals chez le gouverneur ne sont pas à la hauteur de ceux de Versailles, mais tout de même! Vous serez vite en âge d'aller danser, ma fille! Il faut répéter vos pas et connaître la musique si vous ne voulez faire tapisserie… Demain, nous irons rendre visite à Mme Cotton, la modiste, pour que vous soyez à la mode de Paris! Mais je vous en prie, faites donc bonne figure!

Louisa ne pouvait s'empêcher d'écorcher sa fille dont le cœur se serrait. Son premier bal? Comment imaginer danser avec un autre que Michel? Il fallait qu'il revienne! Que faisait-il? Angélique n'osait questionner sa mère en admirant les tissus qu'elle avait rapportés.

Nicolas-Marie était dans le bureau, en grande discussion avec Jean Le Brun, charpentier du roi, qui examinait des cartes et des plans déroulés devant lui. Il hochait la tête en croisant les bras sur son ventre rebondi et s'informait de tout, éprouvant quelque difficulté à s'adapter au dépaysement. Pour lui, tout était nouveau et, bien qu'il fût débarqué au cœur de la Nouvelle-France, tout lui était étranger au point qu'il n'y comprenait rien.

– Combien de temps prévoyez-vous, mon ami, pour nous rendre sur les lieux de la carrière?

– Deux à trois journées, si le temps est favorable… Nous ferons la première partie du voyage par bateau, descendant le fleuve, puis nous serons escortés par quelques Indiens qui ouvriront la piste. Sans eux, impossible d'arriver à bon port… Nous n'avons pas encore de routes, mon cher, et les bois sont impraticables!

Jean Le Brun écarquilla les yeux. C'était une chose à laquelle il n'avait pas songé, être escorté par des Indiens et n'avoir pas de route…

– Tenez, voyez, touchez ces schistes…

Nicolas-Marie aligna sur un guéridon ses plus beaux échantillons d'ardoise. Le roi avait donné son assentiment et promis de lui remettre la somme de six mille livres. Jean Le Brun, convaincu, s'était alors embarqué pour la grande traversée.

Les deux hommes furent interrompus par l'arrivée d'Angélique enroulée dans le brocart bleu, l'ombrelle de sa mère à la main.

– Qu'avez-vous fait de mon cousin dont vous ne me dites rien, papa?

Nicolas-Marie se tourna vers sa fille:

– Michel reviendra sans doute dans quelques mois, Lélie. Nous l'avons laissé à Louisbourg, où les officiers montent la garde à l'entrée du fleuve. Les Anglais nous narguent et notre roi Louis n'est pas convaincu, malgré nos demandes, qu'il faut envoyer des troupes postées en permanence au long de nos côtes. La situation est préoccupante! Ton oncle Antoine est en chemin pour Havre-Saint-Pierre… Nous serons isolés d'un jour à l'autre si les renforts ne se montrent pas…

L'inquiétude se lisait sur le visage de Nicolas-Marie. Angélique baissa la tête, touchée par la préoccupation de son père. Louisa qui les avait rejoints haussa les épaules en faisant une moue incrédule :

– Qui voudrait affronter notre hiver et guerroyer les pieds dans la glace ? Parlons plutôt de la réception que nous allons donner pour M. Le Brun en présence du gouverneur, le marquis de Beauharnois. Votre père lui est redevable...

Angélique ne prêtait plus attention aux paroles de sa mère. « Enfin, Michel n'est pas si loin que je l'aurais cru, pensa-t-elle. Louisbourg est en Amérique ! » Son espoir de revoir Michel renaissait. Pour l'heure, il fallait organiser cette expédition à Grande-Vallée, dont dépendait l'avenir financier de toute la famille.

CHAPITRE III

L'automne 1740 fut pénible. Angélique languissait. Plus d'une année s'était écoulée sans qu'elle reçoive la moindre lettre de Michel... On le disait fort occupé dans les armées du roi. Même l'été à Neuville lui avait paru bien triste, aussi triste, sinon plus, que le dernier hiver durant lequel elle avait attendu, comme chaque année, le retour de ses parents.

En cette fin de printemps 1741 à Québec, la soirée était douce et le fleuve coulait sous les étoiles. Joyau de l'architecture française trônant au sommet de la haute ville, le Palais du gouverneur, face au Palais de l'intendant, était illuminé de mille feux. On avait ouvert grandes les grilles qui longeaient le promontoire au-dessus du fleuve. Un peu plus tôt, le capitaine de milice avait passé en revue ses troupes qui, immobiles, sabre au clair, faisaient la haie d'honneur tandis que les soldats de garde se croisaient, de chaque côté de l'entrée. Curieux et petites gens se pressaient sur la promenade.

Dans quelques minutes, calèches et carrosses défileraient devant le vaste perron. On avait allumé les chandeliers et les lustres en cristal réfléchissaient par milliers les flammes des candélabres. Le gouverneur, le marquis Charles de La Boische de Beauharnois, et sa femme donnaient leur bal annuel en l'honneur des nobles familles. Dans les salons aux murs couverts de boiseries, on s'affairait sous le regard immuable des personnages dont les portraits s'alignaient à n'en plus finir. Avant que n'arrivent les premiers invités, une armée de domestiques couraient en tous sens pour veiller au succès de cette soirée mondaine. La marquise avait fait parsemer les lieux de canapés et de causeuses tendues de soies. Les armoiries du gouverneur et du roi Louis, sur écusson de vermeil, ornaient la grande entrée ainsi que le haut de toutes les portes.

Du fond de la salle de bal s'élevaient les premières notes jouées par les violons de l'orchestre qui portaient perruque. Ces messieurs accordaient leurs archets et relisaient leurs partitions posées sur des lutrins sous l'œil attentif du maître de musique. Outre le clavecin et la harpe, ils étaient plus de vingt musiciens pour enchanter les invités. S'élançant des vases en porcélaine de Sèvres, des bouquets multicolores retombaient en cascade derrière toutes les croisées, et, dans les foyers de marbre, se consumaient depuis le matin des bûches odoriférantes qui répandaient une douce chaleur. Aux cuisines, depuis l'aube, gâte-sauce et marmitons préparaient hors-d'œuvre et desserts. On avait aligné sur les tables des centaines de coupes de cristal qui reflétaient la magie des éclairages, attendant le champagne et les bons vins, réservés au frais. Malgré un apparent désintéressement dû à l'étiquette, le chambellan faisait sa ronde et veillait à ce que chacun remplisse son rôle. Des laquais en habit transportaient des plateaux et d'autres se tenaient immobiles dans l'entrée. Il y avait, là, tous les raffinements des réceptions françaises.

❧

Angélique, assise devant sa coiffeuse, était nerveuse. Depuis plus d'une heure, Nounou refaisait patiemment ses boucles au moyen du fer à friser et nouait, en les serrant de plus en plus, les lacets de son corset.

— Serre, Nounou, serre, fais-moi taille de guêpe! Allons, serre encore, serre!

La robe que lui avait confectionnée la «petite-main» de Mme Cotton était une merveille. Dans les tons vert céladon qui faisaient fureur à Versailles, faite de soie moirée ornée de nœuds de mousseline et d'entrelacs de dentelle, elle moulait joliment le buste d'Angélique et accentuait ses hanches sous les drapés. Nounou accrocha autour du cou de «son ange» un fin collier de brillants qui rehaussait l'éclat des boucles d'oreilles et mettait en valeur la délicatesse de la nuque ainsi que l'ampleur invitante de son décolleté. Elle se recula, admirative, mais Lélie, armée d'une brosse de nacre, grommelait des paroles inaudibles:

— Regarde, Nounou, le galon de la manche ne s'ajuste pas et puis, vois, la dentelle du volant est plus plissée à droite qu'à gauche!

— Mais, mon ange, qu'est-ce que tu vas imaginer, je ne vois rien de ce que tu me dis! Ta toilette est magnifique... Tu seras la plus belle! Tous les jeunes gens vont tomber amoureux fous de tes charmes... Admire ta tournure...

— Et puis, le bord du décolleté me gêne...

— Ah! Toi, tu es nerveuse, hein? C'est l'arrivée de Michel qui te chavire la tête de cette façon?

Angélique baissa les yeux. Bouleversée, elle aurait voulu garder pour elle seule l'annonce que son père lui avait faite le matin même... Michel serait présent au bal ce soir. Depuis si longtemps!

— Descends-tu, Lélie? Nous t'attendons dans le carrosse, nous sommes en retard!

La voix de sa mère mit un terme à son insatisfaction. Il fallait partir! Inutile de chercher un nouveau prétexte. Même aux jours de ses folies enfantines avec Marguerite, jamais elle n'avait dévalé l'escalier comme ce soir. Ses souliers de satin effleuraient les marches et le sol, lorsque, dans l'entrée, le bas de sa robe accrocha le pied de la commode. Elle s'arrêta net.

— Ne courez pas si vite, Lélie...

La voix sortie de l'ombre la fit sursauter. Philippe était devant elle et la dévisageait. Interdite, contrariée, elle referma sa mante qui s'était ouverte et rattacha le ruban. Fébrilement, il lui prit la main et la porta à ses lèvres en murmurant:

— Vous êtes très belle.

Si elle avait eu le temps de s'attarder, Angélique l'aurait frappé... Elle se contenta de taper du pied. Il fallait toujours qu'il se trouvât sur son chemin! Philippe se pencha, mit un genou à terre et replaça délicatement le bas de sa robe sous le pan de son manteau. Furieuse, elle sortit sans se retourner, alors que Chouart s'inclinait pour lui ouvrir la porte du carrosse. Le chemin lui parut s'être raccourci comme par un coup de baguette magique lorsqu'elle se surprit au milieu du grand salon, au bras de Nicolas-Marie qui avançait fièrement, encadré par sa femme et sa fille. Mlle Angélique Renaud d'Avène des Méloizes faisait à cet instant son entrée officielle dans le monde, et cela produisit un grand effet dans l'assistance. Les têtes se retournèrent sur son passage. Sa beauté éclatait… Ne voyant personne, n'entendant rien, concentrée sur les battements de son cœur et sur le rythme de son souffle qui s'accélérait malgré elle, elle marchait au côté de son père. Redressant la tête, elle posait délicatement son soulier, insensible à tout ce qui l'entourait, en proie à une vive émotion qu'elle ne voulait laisser voir pour rien au monde. Un éclat particulier auréolait sa silhouette, alors qu'elle saluait en inclinant la tête. Quant à Louisa, un étrange sentiment fait d'orgueil et de jalousie mêlés lui rosissait les joues… Louisa savait que les regards se tournaient vers Angélique. La mère et la fille, fidèles répliques l'une de l'autre, avaient cette démarche altière que les femmes enviaient, et les hommes, hypnotisés par cette double apparition, retenaient des réactions trop spontanées. Nicolas-Marie était heureux. Il s'inclina devant le gouverneur qui les accueillit à bras ouverts, salua l'intendant et sa femme et conduisit sa fille dans le groupe des débutantes.

Comme dans un rêve, Angélique aperçut ses amies, cousines et compagnes dans leurs plus beaux atours. Le décor était d'une splendeur presque irréelle. Le majordome, parchemin à l'appui, claironnait l'un après l'autre les noms des demoiselles dont c'était la première apparition. De nombreux jeunes hommes devisaient en observant discrètement les nouvelles venues. Des couples se saluaient. Tous les espoirs de la Nouvelle-France étaient réunis dans ces salons où le ton était aux réjouissances et au plaisir. Déjà les violons lançaient les festivités en jouant une chaconne. Jamais Angélique n'avait vu un orchestre aussi imposant ni entendu une musique plus plaisante. Lorsque son père et sa mère donnaient une réception, il y avait au plus trois ou quatre musiciens. Elle fit un signe à Marguerite qui se trouvait à l'autre bout de la salle en compagnie de Marie-Gabrielle Lanouiller de Boisclerc et de Catherine Pécaudy de Contrecœur. Il y avait aussi Élisabeth de La Ronde et Charlotte, ses cousines, et, avec elles, Marie-Geneviève Mariauchau d'Esgly. Toutes riaient et faisaient virevolter leurs robes en agitant leurs éventails. C'était féerique…

Avant qu'elle ait pu les rejoindre, le gouverneur ouvrit le bal avec sa femme. Les jeunes gens se hâtèrent de s'incliner devant celle qu'ils avaient choisie. Angélique fut entraînée dans les premières figures du quadrille par René Hertel de Rouville, qui enchaîna bien vite avec la petite Marie-Josèphe de Souvigny sans lui donner le temps de se ressaisir. Un jeune homme à l'allure un peu gauche qu'elle ne connaissait pas la poussa sur la piste de danse avant qu'elle ait eu le temps de lui demander son nom. Ses pas suivaient la mesure et sa main droite retenait gracieusement ses jupes, tandis que son cavalier la faisait tourner et croiser les autres couples. Non loin d'elle, Marguerite et Élisabeth souriaient et dansaient, grisées par le plaisir. Des yeux, elle cherchait en vain Michel Chartier de Lotbinière.

— Vous semblez chercher quelqu'un, mademoiselle.

— Heu… quel est votre nom, monsieur?

– Michel-Hugues Péan de Livaudière, mademoiselle Angélique... je suis enseigne de la marine royale...

– Ah, vous êtes le fils de M. Jacques-Hugues Péan de Livaudière, le seigneur de Saint-Michel-de-la-Durantaye?

– C'est exact, mademoiselle... pour vous servir...

Angélique jetait des regards furtifs de tous côtés, cherchant à apercevoir son cousin, mais elle ne voyait toujours pas celui dont elle rêvait. Le jeune Péan, qui ne la quittait plus, lui mettait les nerfs en boule. De plus, il avait l'impertinence de porter le nom de Michel, ce qui la fâchait par-dessus tout... Lorsqu'il s'inclina de nouveau devant elle et lui demanda de l'accompagner pour un menuet, insistant malgré son refus, elle se retint de lui faire une scène. «Quel maladroit, pensa-t-elle, quel sot! Et balourd avec ça!» Il la dévisageait d'une façon qu'elle trouvait particulièrement inconvenante. Sans plus de cérémonie et sans souci des bonnes manières, elle lui tourna le dos. Aussitôt, ce Michel Péan, piqué au vif, se consola avec une autre cavalière. Trois jeunes garçons l'entourèrent alors et lui réclamèrent une danse... Angélique accepta André de Leigne pour un menuet, sans s'apercevoir qu'ils étaient tous pâmés d'admiration et se disputaient ses faveurs. Aucun d'eux n'attirait son attention. Aucun d'eux ne possédait le charme particulier de son cousin qui la faisait fondre et palpiter à la fois. «Ces jeunes hommes ont l'air de joyeux insignifiants», pensait-elle, excédée par leur insistance. Lassée de danser, elle les abandonna et rejoignit sa cousine Élisabeth qui sirotait une coupe de vin, bien installée dans un immense fauteuil.

– Tu ne danses pas?

– J'ai trop mal aux pieds! Vois comme Marguerite s'amuse, elle ne quitte pas son cavalier qui rit tout autant qu'elle...

– Mais il est vieux!

– Oh, il doit bien avoir trente ans ou un peu plus... C'est le frère de Mme Martin de Belleville. Louis-Joseph récemment est devenu notaire et a été fait chevalier de Saint-Louis...

Marguerite et son chevalier servant riaient de si bon cœur qu'ils avaient peine à suivre les rythmes de la pastourelle et du cotillon... Angélique avait chaud. Elle s'approcha de son inséparable amie et lui glissa:

– Marguerite, dégrafe un peu ton bandeau, il est bien trop serré pour mettre tes charmes en valeur!

Marguerite pouffa de rire en s'élançant avec son cavalier au risque de manquer son pas. Quittant la salle de bal, Angélique se dirigea vers un salon où la famille s'était regroupée. Nicolas-Marie et Denys de La Ronde, le beau-frère de Louisa, non loin de l'oncle Eustache, y étaient en grande discussion. Le chanoine, volubile et l'air plus austère que jamais, s'entretenait avec la tante Louise-Philippe.

– Mais que me dites-vous là, Eustache? Qui est ce nouveau prélat?

Eustache dont la pâleur était inquiétante avait toutes les peines du monde à dominer sa rage.

– Tout cela est malheureusement vrai, ma chère, lui répondit-il. Le nouvel évêque, François-Louis Pourroy de Lauberivière, qui a vingt-huit ans et qui vient d'être nommé par le roi, doit s'être embarqué voici quelques jours...

– Oh, le roi ne vous a donc pas remis la charge du diocèse ? Vingt-huit ans !

– Eh non, ma chère ! Malgré mes prières et bien que j'aie accompli sa tâche tout ce temps… Quelle calamité !

– Notre roi se moque bien de ses colons les plus fidèles, fit remarquer Denys, grimaçant de dépit.

– C'est un véritable affront ! se désola Louisa.

Nicolas-Marie ne disait mot. Une certaine dose de rancœur envers les décisions royales, qui les évinçaient et réduisaient à néant leurs aspirations, courait au sein de la famille. Un véritable attroupement s'était formé autour d'Eustache et de Louise-Philippe.

– En attendant, dit Eustache avec l'air d'un martyr, je veille et je prie Notre-Seigneur !

– C'est insensé à la fin ! Que ne nomme-t-il Eustache ! Voilà qui ferait le bonheur de tout le monde, bougonna la vieille tante.

Nicolas-Marie, dépité comme les autres, revint sur ses craintes. Des navires anglais sillonnaient le fleuve Saint-Laurent, de plus en plus nombreux. Pendant que l'on s'inquiétait autour de lui, le gouverneur, l'intendant et la plus grande partie des invités dansaient de plus belle. Les violons s'échauffaient. Au milieu de ce vacarme assourdissant, Angélique se fraya un chemin et n'entendit même pas la fin des conversations… Au diable la famille et les ambitions de l'oncle Eustache ! Elle voulait trouver son cousin. Que n'était-il sur la piste ? Tout à coup, elle le vit. Derrière Louis-Eustache, le fils aîné du chanoine qui se tenait à l'écart des danseurs, Michel, embelli et paraissant plus homme qu'auparavant, devisait gaiement. Son cœur fit un bond. Se donnant une contenance, elle s'approcha timidement, tout en voulant paraître sûre d'elle, et se planta devant lui en agitant son éventail. Le jeune homme sourit :

— Bonjour, belle cousine! Vous êtes…

— Mon cousin! Vous êtes bien avare de vos nouvelles… Aimez-vous qu'on se soucie de vous lorsqu'on vous aime? Vous n'avez pas répondu à mes lettres!

C'était plus fort qu'elle, les reproches sortaient d'eux-mêmes! Michel n'en tint pas compte.

— Eh, ma cousine, vous êtes plus que ravissante…

Il lui prit la main et la fit tourner pour l'admirer.

— Quant à moi, je me préoccupe fort de la guerre, voyez-vous. Je suis où l'on défend notre roi… Je repars dès demain avec Louis-Eustache et l'oncle Antoine former un bataillon… La guerre n'est pas loin!

— Mais, mon beau cousin, faites-moi donc danser un peu, je vous prie…

— Danser est un enfantillage lorsqu'on est prêt à se battre pour son pays!

Elle fit une telle moue qu'il se mit à rire.

— Alors, puisque vous insistez, belle cousine, vous verrez par vous-même que je suis un bien piètre danseur.

Sur ce, Michel l'entraîna sur la piste en sautant à contretemps. Marguerite et Élisabeth riaient en les observant de loin. Pour finir, il lui écrasa la pointe du pied et, lorsque Michel Péan réapparut comme par enchantement en s'inclinant devant elle, Michel de Lotbinière en profita pour s'esquiver.

— M'accorderez-vous ce menuet, mademoiselle?

— Pas du tout, monsieur, répondit-elle, vous voyez bien que je suis prise!

Mais son cousin avait disparu. Michel Péan de Livaudière s'en retourna avec ses amis, vexé du refus qu'il trouvait cuisant. «Goujat, goujat, pensait-elle, il voit bien que je suis avec un autre...» Se retrouvant seule, Angélique aurait pleuré de dépit, n'eût été Denys de La Ronde qui vint alors la prier de danser avec lui. Bien que tous les regards fussent tournés vers elle, bien qu'elle eût pu être la reine incontestée de la soirée tant sa beauté surpassait celle de toutes les femmes présentes, elle s'ennuya de Michel jusqu'à la fin du bal. Marguerite, de temps en temps, venait la saluer, riant et dansant à en perdre le souffle.

— Ah, que j'aime m'amuser! Mais qu'as-tu donc, Lélie? Danse, danse, amuse-toi!

— J'ai beau vouloir danser et redresser le buste, mon cousin n'y prête guère attention, lui dit-elle à l'oreille d'un air si catastrophé que Marguerite ne put retenir un sourire.

— Ce n'est qu'un imbécile, fit-elle, trouves-en un autre...

— Aucun de ces paltoquets sans personnalité ne m'intéresse!

— Personnalité, personnalité, lui répondit Marguerite, la personnalité d'un homme se mesure-t-elle à ses bonnes manières?

Angélique avait l'air d'une âme en peine. Lorsque le bal prit fin, elle retrouva Michel, qui n'avait pas cherché à la revoir. Se donnant des airs importants, il palabra avec les officiers, jusqu'à ce que toute la famille remonte dans les calèches et prenne le chemin du retour.

CHAPITRE IV

Malgré de violentes douleurs à l'épaule, Nicolas-Marie, levé depuis l'aube, déchargeait des tombereaux de schiste le long des berges, aidé de Thomas et de Chouart. Jamais encore il n'avait ressenti un tel découragement. Il eut soudain la sensation qu'il n'atteindrait pas son but, mais il chassa cette idée qui ne lui ressemblait pas. S'appuyant contre un orme qui bordait la rive, il resta longtemps immobile, le regard perdu, admirant les paysages qu'il aimait tant. Vers midi, la chaleur et la fatigue lui firent abandonner son ouvrage. De retour à la maison, il but d'un trait un grand verre d'eau et se laissa choir sur le sofa à côté de Louisa qui brodait. Elle leva les yeux vers lui :

– Mon ami, vous ne devriez pas vous fatiguer ainsi, votre santé s'altère et vous refusez de prendre du repos… Vous m'inquiétez… Vous m'inquiétez grandement…

– Je dois réussir, Louisa. La lettre de change que j'ai signée à M. Hocquart pour les six mille livres que le roi m'a avancées…

Louisa ne put retenir un cri.

– Six mille livres! C'est insensé! Six mille livres, dites-vous? Ai-je bien entendu? Cette somme ne vous était-elle pas remise à titre gracieux?

Nicolas-Marie hocha la tête:

– Je me suis endetté, mon amie. Vous n'y avez pas porté attention quand je vous en ai informée… Cet argent sera promptement remboursé si nous réussissons…

– Vous êtes incorrigible! Vous prenez des risques et vous mettez en péril les biens que nous possédons en France…

Louisa se leva, rouge de colère. S'agitant et tournant en rond, elle faisait claquer son éventail sur le plat de sa main, tandis que Nicolas-Marie, soucieux, regardait par la fenêtre… Sa femme lui donnait le tournis et lui faisait perdre le fil de ses idées. Il aurait voulu qu'elle abandonne cet éternel ton de récrimination. Il aurait aimé lui prendre la main et lui parler à cœur ouvert des difficultés qui surgissaient, minant peu à peu ses forces et son équilibre. Il aurait aimé qu'elle prête une oreille attentive et qu'elle lui donne son avis, sans se dresser systématiquement contre ses décisions. Inutile. Louisa était sourde à ses propos et provoquait des querelles hors de tout entendement. Il s'épongea le front. Il était fatigué. Nerveuse, Louisa pensait avec amertume à ces années révolues où elle ne se souciait de rien. À présent, les temps étaient durs pour qui se lançait, comme Nicolas-Marie, dans une aventure qu'on aurait pu qualifier d'utopique. Son mari, jadis solide comme le roc, faiblissait. Elle ne l'avait jamais vu ainsi, lui qui, depuis toujours, jouissait d'une santé de fer. Et voici qu'il avait d'énormes dettes… Elle frémit. Nicolas-Marie se rapprocha d'elle:

– Malgré les salaires que nous offrons, peu d'hommes répondent à notre appel et acceptent de s'établir comme ouvriers… La milice enrôle la plupart des arrivants et le nombre des immigrants est trop faible. La France ne se préoccupe guère de ses colonies, c'est là le point de départ de nos difficultés.

– C'est ridicule! Les colons qu'on vous envoie ne comprennent-ils pas que vous leur assurez un avenir tout cuit?

– Tout cuit n'est pas tout à fait le terme, Louisa, vous simplifiez un peu trop les choses. Nous faisons face à un problème auquel je n'étais pas préparé… Toutefois, il n'est pas assez grave pour mettre en péril la tuilerie. Nous sommes tout au plus retardés…

– Je voudrais pouvoir vous croire… Et vous y laissez votre santé!

Thomas apparut, annonçant l'arrivée de Denys de La Ronde.

– Ah, Denys, vous tombez à pic…

– Denys, voyez comme Nicolas est épuisé, il n'en peut plus et refuse de prendre du repos! lança Louisa. Voyez aussi la lenteur de cette affaire qui nous met dans une situation délicate vis-à-vis du roi Louis!

– Ne vous alarmez pas pour si peu, Louisa, expliqua Denys, j'ai recruté une bande de Micmacs pour aider aux gros travaux.

– Des Sauvages!

– Mais, mon amie, cela n'a rien d'inconvenant… Nous aboutirons grâce à ces gens qui savent mieux que nous comment se comporter dans le bois…

– On les dit paresseux, sans scrupules et fort mauvais chrétiens!

– Je puis vous affirmer que tel n'est pas le cas. Il faut veiller à ne pas les faire boire, car ils aiment un peu trop l'eau-de-vie, j'en conviens! Quant à leur religion, ils sont respectueux de Dieu qui, disent-ils, a créé la Terre, le ciel et les étoiles... et qui est en toute chose.

– Quelle idée ridicule! fit-elle encore.

– Le problème est que les trappeurs, les chasseurs et les coureurs des bois leur donnent de l'alcool en échange des peaux, expliqua Nicolas-Marie. Beaucoup d'alcool. Aussi, essayez donc d'exiger d'eux la sobriété! Je vous mets au défi d'y arriver, car ils se comportent comme des enfants.

Il fut interrompu par Jean Le Brun et Philippe, qui revenaient de la place Royale, l'air catastrophé:

– Mgr de Lauberivière, le nouvel évêque, a contracté le choléra entre La Rochelle et Louisbourg... Il est à l'hôpital!

Louisa s'éventa, exaspérée:

– La nouvelle de sa maladie nous était parvenue, mais le choléra, mon Dieu!

Personne ne disait mot.

– Eustache a-t-il été prévenu? interrogea fébrilement Louisa.

– Sans aucun doute!

– Voilà qui va lui donner une nouvelle chance de devenir évêque, murmura-t-elle pour elle seule.

Angélique, entrée discrètement depuis quelques instants, avait tout entendu. Si elle n'était pas insensible aux événements qui bouleversaient la famille concernant la nomination du prélat, ce qui touchait son père la troublait bien plus. Comme sa mère, elle s'inquiétait de voir sur le visage de Nicolas-Marie les signes d'une grande lassitude. «Mère a raison d'insister pour qu'il prenne plus de repos, même si son discours est désagréable», pensa-t-elle.

❧

Les hommes et les bêtes étaient las. Des nuées de mouches et de moustiques tournaient autour des chevaux qui agitaient leur crinière en hennissant. La route était dure depuis Grande-Vallée et, avec les lourds chariots, la progression était lente. À l'approche de l'Anse-à-l'Étang, Nicolas-Marie, aidé de Denys, surveillait le convoi sans se donner le moindre répit. Quelquefois, il fallait couper une branche, lorsque ce n'était pas un tronc tout entier qu'on devait abattre parce qu'il obstruait le passage des voitures. Dès qu'ils furent à destination, les cinq ou six Micmacs qui leur avaient servi de guides reçurent des mains de Nicolas-Marie quelques écus qu'on leur avait promis et disparurent sans bruit dans le bois. On était enfin prêt.

Nicolas-Marie, tendu, les mains derrière le dos, faisait les cent pas entre les cordes de bois, les montagnes d'ardoise et les fours. Denys, revêtu d'un costume de drap brun et chaussé de hautes bottes à revers, répartissait le chargement, pataugeant dans la boue. Doté d'un esprit solide et d'un incomparable sens de l'organisation, il secondait efficacement Nicolas-Marie. Les derniers jours ayant été pluvieux, le travail se révélait encore plus délicat. On remplit le foyer de bûches, qu'on enfourna par-dessus écorces et brindilles pour faire monter la température à son degré le plus élevé. Jean Le Brun, armé d'un énorme thermomètre, vérifiait à chaque instant la constance de la chaufferie, tandis qu'une épaisse fumée s'élevait de la cheminée centrale. Au bout de quelques heures, on plaça les schistes sur des plaques de métal brûlant et Jean Le Brun observa la cuisson. Nicolas-Marie et Denys poussèrent un soupir de soulagement lorsqu'il déclara avec un large sourire que celle-ci paraissait convenable. Il exultait.

— Je propose qu'on fasse un essai à Lotbinière avant de procéder à la première pose, à Saint-Michel, pour être bien sûr!

— Excellente idée, dit Nicolas-Marie. Je vais prévenir mon beau-frère, nous n'avons pas de temps à perdre. Nous annulerons notre voyage en France.

Le ciel menaçait depuis plusieurs jours. Les premiers frimas avaient déjà durci la terre et annonçaient que l'hiver était proche. Nicolas-Marie s'épongea le front. Il se sentait à bout de forces.

L'installation de la couverture fut vite réalisée à Lotbinière et donna des résultats concluants. Nicolas-Marie en fut si heureux qu'il retrouva son enthousiasme et sentit l'énergie lui revenir. Il fit de nombreuses démarches pour commercialiser le produit et offrit des lots de tuiles aux seigneurs de la région. Peu soucieux des nouveautés, trop occupés à implanter des structures sociales et agricoles sur les terres, aucun d'eux, hormis Jacques-Hugues Péan de Livaudière, seigneur de Saint-Michel-de-la-Durantaye, ne daigna s'intéresser aux tuiles de Nicolas-Marie Renaud d'Avène des Méloizes. Tous n'y voyaient qu'un intérêt relatif et reléguaient l'état de leur toiture au dernier rang de leurs préoccupations.

Nicolas-Marie, désappointé, voyait son rêve s'effondrer, mais il persista dans son idée et continua la fabrication, entreposant près du port une bonne quantité de tuiles prêtes à utiliser. Il eut beau vanter son produit, rien n'y fit. Peu à peu, le découragement gagna Denys de La Ronde et Jean Le Brun, ébranlés par le manque d'enthousiasme général. Ils avaient tout prévu, sauf la possibilité que personne n'achète leurs tuiles… La plupart des propriétaires préféraient couvrir leurs toits de bardeaux, un matériau fort peu coûteux mais par ailleurs fort peu commode, la couverture de bardeaux étant appelée à être réparée fréquemment. Pour se préserver des risques d'incendie, certains avaient opté pour des couvertures de zinc, selon des techniques récentes, qui malgré tout manquaient totalement d'élégance.

Après l'expérience de Lotbinière, on reprit courage avec le toit de l'église Saint-Pierre-d'Orléans, où l'essai fut bien accueilli. Le curé vantait son toit, même lorsqu'il était en chaire : « Admirez, répétait-il à ses ouailles ! Une fois posées, il n'y a plus de problèmes, les tuiles sont là pour y rester, peu importe l'âge de la maison… »

Il recommandait aux paroissiens d'adopter les tuiles : « Ce nouveau matériau étant ininflammable, disait-il, un doigt levé vers le ciel, nous éviterons, avec l'aide de Dieu, les désastres qui sont arrivés voici quelques années… »

Nicolas-Marie était de nouveau persuadé d'avoir gagné la partie, à tel point que la couverture du manoir de Saint-Michel-de-la-Durantaye fut réalisée avant les grands froids. Il se démena tant et si bien qu'Angélique et Louisa, de plus en plus soucieuses, le virent perdre l'appétit et le sommeil.

❧

Il faisait si froid en ce début d'hiver que les rues étaient désertes. Derrière les rideaux tirés, les habitants se chauffaient autour de l'âtre et même les miliciens de garde avaient abandonné leur ronde. Bien au chaud dans les auberges, ils jouaient aux cartes. Thomas, à genoux sur le sol, s'affairait à cirer les parquets et Chouart, qui ne pouvait faire sortir ses chevaux par ce froid impitoyable, jouait au jeu de l'oie avec les deux garçons. Du petit salon, on entendait des accords de harpe, repris par les complaintes grinçantes du violon. Angélique et Marguerite étaient à leur leçon de musique et répétaient interminablement quelques morceaux choisis, sous l'œil du vieux professeur qui battait la mesure. Pour une fois, ces demoiselles gardaient leur sérieux, car le maître ne tolérait aucune fausse note.

Depuis qu'il gelait à pierre fendre, Nicolas-Marie avait mis de côté ses préoccupations concernant l'avenir de sa tuilerie. Ce jour-là, il discutait avec Philippe des plantations de pommiers et des terres à blé qu'il faudrait ensemencer à Neuville dès le printemps. Il s'approcha de la fenêtre et jeta un coup d'œil distrait vers le Saint-Laurent. Le soleil illuminait le ciel d'un bleu éclatant. Sur le fleuve glacé, de jeunes hommes parmi les plus hardis, debout sur des traîneaux, conduisaient leurs attelages dans des courses endiablées. On entendait les clochettes tinter à folle cadence, étrange mélodie des jours les plus froids.

Quelqu'un frappa à la porte avec violence. Thomas se précipita et fit entrer un homme qui grelottait sous sa pelisse, le visage gelé malgré son énorme bonnet de poils. Il était essoufflé et paraissait anxieux.

— Je dois voir M. des Méloizes, je viens de Saint-Michel…

De petites boules de glace pendaient à son chapeau et, autour de sa personne, un halo de froidure persistait. Debout, immobile, il attendait dans le vestibule, son bonnet dans la main et ses bottes dégouttant sur le tapis. Louisa pénétra dans le bureau de Nicolas-Marie et lui fit savoir qu'on le demandait. Il la suivit, pressentant un problème.

— Seigneur Nicolas-Marie, le commandant m'envoie vous chercher. Les tuiles du manoir éclatent! Ça pète de tous côtés!

— Nom d'un chien! s'écria Nicolas-Marie. Philippe, courez chercher Denys et Jean, nous voilà dans de beaux draps!

Il ne vit même pas sa fille qui apportait le goûter ni sa femme qui haussait les épaules… Ses tuiles transformées en pétards dans ce froid! Impossible de penser à réparer aussi longtemps que le mercure n'aurait pas grimpé! Il se pencha vers la fenêtre. Le thermomètre indiquait moins quarante! «Nicolas-Marie, ton rêve prend fin…», se dit-il. Il enfila en hâte ses bas de feutre et ses bottes, mit la pelisse que Nounou lui apportait et, après avoir fait signe à l'homme de le suivre, il sortit précipitamment.

❧

À leur retour de Saint-Michel-de-la-Durantaye, ils avaient le moral au plus bas. Les dégâts étaient considérables. Nicolas-Marie était abasourdi par la rapidité avec laquelle le froid avait anéanti leur travail et l'avait broyé... Impitoyable. Cet échec, après des semaines d'espérance, était pire que tout. Il sentait ses forces décroître. Sa volonté l'abandonnait. Au manoir, on avait fait une double constatation : toutes les ardoises étaient brisées et il était impossible de réparer quoi que ce soit par ce temps... Impossible de répondre à l'attente de M. Péan. Le toit de sa demeure était à refaire... Attendre le dégel ! Nicolas-Marie ne savait plus où il en était. Il avait pris froid et toussait. Bien que Jacques-Hugues Péan se fût montré optimiste et conciliant, le seigneur de Neuville avait reçu comme un soufflet la remarque qu'il lui avait lancée : « Vos tuiles sont de piètre qualité, mon cher ! À votre place, je reverrais la fabrication... »

Ce commentaire virevoltait dans sa tête et s'y était incrusté comme un dard sournois dont il n'arrivait plus à se débarrasser ! Ces quelques mots le rendaient malade. La phrase tournait, tournait encore et chaque fois qu'il l'entendait à l'intérieur de lui, Nicolas-Marie sentait son sang refluer dans ses veines. Ses jambes flageolaient et sa raison criait « Assez, c'est assez ! » Mais la remarque continuait à l'obséder. Il avait essuyé un affront comme il n'en avait jamais connu.

Depuis trois jours, il n'avait pas mis le nez dehors, bien que le temps se fût brusquement radouci. Assis devant son bureau, il contemplait le feu. Il était incapable de fixer son attention sur les dommages. Incapable de les chiffrer. Il fallait dédommager le seigneur de

Saint-Michel. Comment faire? Philippe attendait ses directives depuis le matin. Nicolas-Marie ne voulait plus entendre parler de tuiles. Les tuiles l'avaient ruiné. Il était ruiné! Il était fatigué et malade et toussait encore. L'aventure lui coûtait cher. Les six mille livres avancées par le roi devraient être remboursées dans le délai des quelques mois prévus dans le contrat... Il se blâmait de s'être lancé dans une telle aventure. Il appréhendait l'avenir. Et il se faisait d'amers reproches. Son honneur de gentilhomme était entaché... Nicolas-Marie Renaud d'Avène des Méloizes, seigneur de Neuville, qui avait misé sa fortune sur ces ardoises, entendait comme une litanie sans fin: «Vos tuiles sont de piètre qualité...»

Soudain, il revint à la réalité. Angélique, souriante et plus belle que jamais, était devant lui. La jeune femme se déplaçait gracieusement, vêtue d'une robe froufroutante bleu pâle, parée et coiffée comme une reine, ressemblant à s'y méprendre à sa mère lorsqu'il l'avait épousée. Elle apportait, sur un plateau, une théière fumante et des biscuits dorés et croustillants, ceux qu'il aimait.

– Cher papa, vous toussez encore et vous n'avez pas pris votre sirop! Je vais désormais vous surveiller!

– Tu es bien jolie...

– N'est-ce pas? lui répondit-elle en faisant une pirouette. Cette robe traînait au grenier! Voyez quelle splendeur...

Elle riait et agitait son éventail, toute à la joie de se sentir belle. Bien plus que la robe, c'est sa fille que Nicolas-Marie voyait. «À son âge, on passe vite de la tristesse à la joie, pensa-t-il, et on n'a guère de raison de s'inquiéter.» Angélique s'approcha de lui et ce fut comme une bouffée d'air frais, un rayon de soleil qui pénétrait dans sa tête douloureuse. Il lui prit la main. Elle avait des doigts fins et des ongles luisants comme des perles et ses bras étaient gracieux sous les revers des manches de dentelle.

— Je suis heureux, ma fille, de te voir porter le bijou que je t'ai offert!

Elle fit tinter la petite croix en or.

— Cher papa, je crois que vous êtes las, dit-elle avec un éclair de tristesse dans les yeux. Remettez-vous vite, s'il vous plaît, et prenez soin de votre santé... Votre fille n'aime pas vous voir ainsi!

Elle posa sa tête sur son épaule et Nicolas-Marie lui caressa la joue comme lorsqu'elle était petite.

Sur ces entrefaites, Louisa entra. La tendresse qui s'exprimait entre le père et la fille lui fit un pincement de jalousie au cœur. Elle regarda Angélique. «Lélie me ressemble lorsque j'avais son âge», pensa-t-elle en soupirant. Elle se révoltait contre le passage des ans qui marquait son visage et alourdissait sa taille. Depuis quelques mois, elle apercevait autour de ses yeux quelques sillons ennemis. Sa beauté se flétrissait. Malgré les soins quotidiens qu'elle prodiguait à sa peau pour lui redonner un semblant d'éclat, malgré les armées de petits pots d'onguent qu'elle se procurait à Paris et malgré les décoctions de plantes qu'elle avalait régulièrement selon les conseils de la vieille Indienne, Louisa sentait que son ère achevait. Quelle menace était plus terrible pour une jolie femme? Même Philippe, qui était amoureux fou d'elle, semblait moins enflammé depuis quelque temps. Il ne lui chuchotait plus tous ces mots enivrants dont elle se nourrissait les années précédentes et qui la rendaient belle. Belle et invincible. Elle n'y pouvait rien. Fallait-il accepter et courber la tête devant cette étape implacable ? Elle était incapable de se soumettre à cela. Impossible. Impossible de le faire de bon gré. Elle ne pourrait jamais… Louisa sentait son cœur flancher et sa détermination vaciller lorsqu'elle interrogeait son image. Ébranlée par la défaite que lui imposait l'inexorable passage des ans, elle observait Angélique dans tout l'éclat de ses dix-huit ans. Sa fille était semblable à elle-même et possédait deux alliés tout-puissants : sa jeunesse et les années qui lui restaient à être admirée. Louisa avait consommé son bien le plus précieux et songeait amèrement à son revers en contemplant la lumière qui auréolait le visage et la silhouette parfaite d'Angélique. Ces dernières années, elle était devenue exigeante et distante envers sa fille, craignant inconsciemment que celle-ci ne soit la plus adulée. Ô, préserver sa place !… Ô, fixer éternellement l'image de la beauté ! Comment cela serait-il possible aux jolies femmes ? Aujourd'hui impuissante, elle sentait grincer dans sa poitrine une triste mélodie. Elle devrait bientôt baisser pavillon et rejoindre le rang des femmes mûres, sans dire un seul mot de son désarroi. Désormais du côté des épouses sages, auprès d'un mari qui, après tout, n'était pas un mauvais homme, elle se vêtirait de couleur sombre et cacherait son cou derrière un ruban de velours au milieu duquel scintillerait la croix du deuil de sa jeunesse… Elle n'osait y penser !

Elle sortit brutalement de sa rêverie :

– Voyez, mon ami, comme vous êtes affaibli… Les tuiles ne vous ont donné que des tracas !

– Ma chère, soyez rassurée, j'abandonne…

– Que voulez-vous dire? demanda-t-elle en élevant la voix.

– Je veux dire que l'échec est total du côté de Saint-Michel-de-la-Durantaye. Force m'est de le constater! Autant revenir à la marine… je n'irai pas plus loin dans ces aventures qui ne nous apportent…

– Que des dettes, je vous l'avais bien dit! Vous n'avez pas daigné m'écouter et voilà bien où nous en sommes!

– Calmez-vous, je vous prie, Louisa, la situation n'est pas si dramatique que vous semblez le croire…

Angélique s'esquiva et se réfugia dans la cuisine pour les laisser s'adonner sans témoin à leur discussion orageuse.

– Comment voulez-vous que je me calme quand il s'agit d'une dette de six mille livres? Six mille livres! gronda Louisa.

– Eh bien, nous les paierons. Nous utiliserons les placements que votre père a laissés chez le notaire, ceux que nous n'avons jamais touchés…

– Mais par ma foi, vous rêvez, Nicolas! Il n'est pas question que mon héritage serve à rembourser notre dette! Je m'oppose à ce qu'un de vos projets hasardeux nous mette sur la paille… je ne vous laisserai pas me ruiner par vos erreurs stupides!

La rage déformait son visage. Ce n'était pas le genre de propos que Nicolas-Marie avait besoin d'entendre. Non seulement Louisa ne lui apportait aucun soutien, mais encore, au moment où la fatigue le rendait vulnérable, elle lui enfonçait un couteau en plein cœur, le prenant de front en des termes qui ne visaient qu'à le démolir. Il n'arrivait pas à croire que sa femme fût si cruelle. Il eut toutes les peines du monde à se retenir de lui administrer un soufflet. Capricieuse, sans se soucier de la portée de ses paroles, Louisa continuait:

— Je constate que vous ne me demandez pas mon avis, mais je vais vous le donner malgré tout: il n'est pas question de nous endetter ni de puiser dans mon héritage! Faites en sorte que vos projets aboutissent et qu'ils génèrent ces six mille livres afin de les rembourser! Tenez donc votre pari plutôt que de vous laisser abattre au premier coup dur comme une chiffe molle...

Une chiffe molle! C'en était trop! Nicolas-Marie lui attrapa le bras et le serra très fort. La colère enflammait ses joues.

— Alors, madame, puisque vous ne me laissez pas me défendre et que vous n'avez cure de mon opinion, je vous promets que nous ne toucherons pas à votre héritage, mais soyez assurée que si, par malheur, je ne peux vendre les ardoises manufacturées, je sacrifierai Neuville, que cela vous plaise ou non...

— Jamais de la vie!

— Auriez-vous, madame, une autre solution valable à me proposer?

Louisa sortit en claquant la porte. De la cuisine, Angélique avait tout entendu. Son père ruiné... Elle en fut si chavirée qu'elle dut s'appuyer au mur pour ne pas perdre l'équilibre. «Vendre Neuville! se dit-elle. Mais comment pourrait-on vivre sans Neuville?» Angélique avait beau se répéter que c'était sans doute la seule façon de sauver son père de la faillite, l'idée de perdre tout ce qu'elle aimait lui était insupportable. «Comment père pourra-t-il se remettre de tout cela? Sans compter les paroles de mère, qui ont été si insultantes pour lui!»

Elle cherchait une solution qui pourrait aider à rétablir la situation, mais n'en trouvait aucune. Consternée, elle déplorait tout à la fois d'être encore jeune, d'être femme et d'être impuissante devant le malheur qui s'abattait sur la famille...

Nicolas-Marie s'approcha du feu, ses mains étaient glacées.

Chapitre v

Depuis deux semaines, la famille avait réintégré Neuville pour l'été. La nature y était luxuriante et les prairies regorgeaient de marguerites et de fraises des champs. En plein midi, la seule façon d'échapper à la chaleur écrasante était de se réfugier dans la maison, où les épais murs de pierre préservaient la fraîcheur. Malgré son envie de prendre un panier et d'aller folâtrer par les sentiers pour retrouver « sa terre », Angélique tournait, pieds nus, dans la cuisine, lisant et relisant depuis le matin la lettre de Michel, que Thomas lui avait remise. Tout d'abord heureuse et excitée de ce courrier qu'elle n'osait plus espérer, elle essayait d'y lire quelque déclaration qu'il y aurait inscrite dans un langage connu d'eux seuls, mais en vain, le ton était tout juste poli.

Ma cousine,
Nous sommes à la guerre contre les Anglais.
Les navires de l'Angleterre nous donnent bien du tracas pour défendre Louisbourg qui, comme vous le savez, est la plus imprenable de toutes les forteresses que l'on a érigées sur les côtes. Hier, la bataille faisait rage. Nous avons perdu un de nos bâtiments et c'est une grande tristesse,

d'autant que deux de nos officiers ont été blessés avec qua-
tre soldats. Je ne vous dirai rien de tout ce qui nous assaille,
vous en seriez effrayée.

Je ne sais si je vous reverrai avant de longs mois, car
je suis avant tout au service de mon roi.

Votre cousin,

Michel

« Comment ne trouve-t-il rien de mieux à me dire ? Ne devine-t-il pas que je suis malheureuse de le savoir en mauvaise posture avec tout ce que l'on nous raconte sur les défaites de l'armée du roi ? Ne lui ai-je pas dit que je l'aimais ? Ne peut-il me faire de meilleurs compliments ? » Son inquiétude grandissait devant la froideur de ses mots. Comment vivait-il, si loin des siens, et qui étaient ses amis ? On lui avait rapporté à plusieurs reprises que les soldats en garnison s'adonnaient au péché de la chair avec des femmes de mauvaise vie. Se pourrait-il que Michel soit au nombre de ces dépravés ? Doutait-il de la force de son amour, ou bien n'avait-il pas confiance en la providence, ou encore n'avait-elle été qu'un jouet pour lui ? Ses yeux s'embuèrent de larmes et la colère gronda dans sa poitrine.

Elle replia le billet et le glissa dans son caraco avant que sa mère ne lui demande d'en faire la lecture. Nounou, qui avait vu son manège, soupira. Occupée au grand ménage, elle frottait, nettoyait et rangeait, armée d'un balai de crin et de torchons, le front en sueur et les manches relevées. Pas question de l'approcher avant qu'elle ait chassé le plus petit grain de poussière… On entendait Louisa, d'une humeur massacrante, qui lançait des ordres contradictoires à Thomas. Le pauvre ne savait plus où donner de la tête. Dehors, Nicolas-Marie, accompagné de Philippe, s'apprêtait à partir pour faire des chargements de tuiles et expérimenter un nouveau procédé de cuisson. De grosses gouttes perlaient sur son visage et des cernes gris soulignaient son regard las. Angélique, qui le trouvait déraisonnable de se démener ainsi, courut vers lui en s'écriant :

— Papa, vous ne repartirez pas sans prendre un peu de repos !

— Si, je pars immédiatement, ma fille ! Philippe a fait seller les meilleurs chevaux, nous rejoindrons en premier lieu l'Anse-à-l'Étang et puis, après-demain, nous repartirons pour Charlesbourg où l'on nous attend !

— Mais papa, permettez que je vous accompagne, ou même, restez ici, je vais partir à votre place afin que vous puissiez vous délasser...

Nicolas-Marie se mit à rire franchement devant l'air décidé de sa fille, prête à tout pour lui éviter un surcroît de fatigue.

— Lélie, tu es touchante. Mais tu n'y penses pas ? Ta place n'est pas sur les routes, à cheval pendant des jours entiers...

Angélique insista malgré son refus.

— Ne dis pas de telles sottises, ma fille !

— Et pour quelle raison, papa, ne pourrais-je me conduire comme mes frères ?

— S'il te plaît, Lélie, ne plaisante pas sur ce sujet... Une jeune femme de ta condition n'a pas à accomplir ce genre d'exploit. Tu nous retarderais plus qu'autre chose...

— Et nous serions sans cesse inquiets qu'il vous arrive un accident, Lélie ! renchérit Philippe sur le ton paternaliste qui la courrouçait au plus haut point.

Angélique tapa du pied pour marquer la force de sa volonté comme lorsqu'elle était petite, mais Nicolas-Marie resta inflexible et se mit en route. Elle enrageait parce qu'on ne prenait pas son avis en considération et, de plus, elle était soucieuse. «Papa aurait dû se reposer avant de partir», songeait-elle, assise sur le talus, la mort dans l'âme. Louis-François et Nicolas suivis de Chouart apparurent, un seau à la main:

– Viens-tu, Lélie? Nous allons à la pêche aux écrevisses...

Elle hocha la tête. Non. Rien ne la tentait vraiment. Rien n'avait plus d'importance! Ses yeux ne pouvaient se détacher du chemin poussiéreux où l'attelage disparut dans le tournant. Une immense envie de pleurer emplit sa poitrine. En courant, elle monta se cacher dans le grenier où la chaleur était étouffante et, pendant un long moment, couchée sur une vieille malle recouverte de coussins flétris, elle se laissa aller à son chagrin. Sa peine l'enveloppait comme un nuage épais dont elle ne pouvait s'échapper. Les larmes roulaient le long de ses joues, inondaient son visage et se transformaient en une tourmente qui faisait voler en éclats tous ses espoirs... Prostrée, elle se sentait seule au monde, perdue dans un désert. Insupportable solitude. La tristesse l'anéantissait et ses larmes redoublaient. Ses pensées allaient de Michel, qu'elle aimait trop et qui, par son manque d'empressement, la rendait malheureuse, à Nicolas-Marie, avec l'horrible sentiment que son père l'abandonnait lui aussi.

Finalement, lorsque la tempête dans son cœur se fut calmée, ses oreilles apaisées s'ouvrirent. Elle entendit tout ce qui bougeait autour d'elle, les bruits familiers lui parvinrent. Combien de temps avait-elle pleuré? Elle n'en avait aucune idée… Au son des carrioles, au chant des grillons dans l'herbe et au grincement de la barque que le passeur de l'île amarrait, elle sut que le jour touchait à sa fin. Elle entendit ses frères qui revenaient avec Chouart en se poussant et en chantant. Alors, elle descendit de son perchoir et s'enferma dans sa chambre pour se laver un peu. La poussière qui avait collé sur sa peau moite noircissait son visage et ses yeux étaient rouges et bouffis d'avoir tant pleuré. La cloche du souper résonna, tandis que, sur le fleuve, un grand trois-mâts glissait tranquillement sur les eaux lisses et brillantes, devant le coucher du soleil qui enflammait l'horizon. Elle prit le broc sur la commode et emplit la cuvette, rafraîchit son visage, ajusta sa robe, remit un peu d'ordre dans sa coiffure, puis descendit s'asseoir à la table, en face de sa mère. La chaise de Nicolas-Marie était étrangement vide.

Depuis le matin, le vent apportait une brise de fraîcheur venant du Saint-Laurent et le ciel s'était marbré de nuages de pluie. On entendit un galop dans le lointain. Angélique s'avança vers la grande allée et se pencha pour mieux apercevoir le cheval qui arrivait à bride abattue, soulevant la poussière.

— Ce doit être un messager, dit Nounou en s'arrêtant de frotter.

Le cavalier était un Indien, on ne pouvait s'y tromper. Une plume sortait de ses cheveux tirés, et il était à moitié nu. Une grande peur serra soudain le cœur d'Angélique qui continuait de regarder Nounou sans mot dire, alors que Thomas interpellait l'homme :

– Qui es-tu ? demanda-t-il.

L'Indien descendit de cheval et attacha la bride de sa monture.

– Mon nom est Changnouet, je suis le chef des Micmacs qui travaillent pour le seigneur Nicolas-Marie.

Relevant la tête, il s'avança vers Angélique. Lorsque Louisa sortit du salon, il annonça la nouvelle dans un français cahotant :

– Le seigneur de Neuville a eu une attaque... Le cœur... Lui tombé... inconscient... M. Philippe et M. Denys transportent lui sur civière avec quatre guerriers pour ramener lui...

– Est-il encore en vie ? questionna Nounou, le visage défait.

– Dites-moi qu'il vit encore ! Dites-le ! s'écria Angélique.

Pour toute réponse Changnouet hocha la tête et baissa les yeux. Angélique porta les mains à son visage et poussa un hurlement sans fin, venu du fond de ses entrailles. Le monde s'écroulait. La vie s'était fracassée et répandue en miettes entre le moment où son père avait franchi l'allée et cet instant où, par la bouche d'un chef micmac, on leur faisait savoir que Nicolas-Marie n'était plus... Les paroles de l'Indien avaient brisé tout sentiment de sécurité. Angélique n'était plus qu'un animal blessé. Pendant quelques secondes, on crut qu'elle allait perdre conscience. Son visage était livide et sa bouche tremblait. Ses jambes ne la portaient plus. Ses deux frères, sous le choc eux aussi, s'approchèrent et la prirent par les épaules.

— Papa! clama-t-elle sans rien voir, appuyée contre la balustrade du perron.

Une ronde infernale se mit à danser dans sa tête: «C'était prévisible. Je n'aurais pas dû lui obéir… Il fallait partir avec lui coûte que coûte!» Elle crut devenir folle à l'instant même.

— Arrête de crier, Lélie, ordonna Louisa au bout d'un moment, en élevant la voix. Ton père ne voulait écouter personne et ne prenait pas de repos! Il souffrait du cœur, comme son père et ses frères… Qu'allons-nous devenir? Qu'allons-nous devenir?

Louisa se prit la tête dans les mains et gémit, désarçonnée et tremblante comme une feuille. Angélique réagit la première. Il fallait se montrer digne et affronter la situation, comme son père l'aurait fait en pareilles circonstances. Elle se redressa et les couleurs reparurent sur ses joues. Ses yeux brillèrent d'un éclat particulier. La peur se transforma soudain en un jet d'énergie qui montait le long de son dos et lui commandait d'agir.

— Je vais avec vous à l'Anse-à-l'Étang! Attendez-moi, dit-elle à Changnouet. Thomas, appelle Chouart et qu'il selle les chevaux… Louis-François, Nicolas, vous m'accompagnez! Nounou, prépare quelques vivres, nous partons dans cinq minutes!

— Bien, mademoiselle, approuva le chef micmac, qui avait déjà enfourché sa monture.

— Mais voyons, Angélique, as-tu perdu la tête? dit Louisa. Vous n'allez pas partir ainsi tous les trois sur les routes avec un Sauvage!

— Justement, avec lui nous ne risquons rien et nous ne perdrons pas de temps! Chaque minute compte…

— Allons-y! en selle, fit Louis-François.

À ce moment, les nuages qui encombraient le ciel se déchirèrent et la pluie se mit à tomber si violemment qu'on aurait cru un ouragan. Ils partirent au galop.

Chapitre VI

Le 16 juillet 1743, on se pressait dans la cathédrale de Québec pour assister aux funérailles de Nicolas-Marie Renaud d'Avène des Méloizes, seigneur de Neuville, ancien officier de la marine royale et courrier personnel de Sa Majesté en Nouvelle-France. Angélique, voilée de noir, les yeux fixés sur le cercueil de son père, ne voyait ni n'entendait rien, figée dans une sorte de vide intérieur dont elle n'osait sortir et qui la protégeait de la réalité étalée cruellement devant elle. Il lui semblait que tout son corps était une blessure à vif depuis qu'elle avait touché Nicolas-Marie inerte, mort avant son arrivée sur les lieux de la catastrophe ; aussi évitait-elle le moindre mouvement qui réveillerait sa douleur et la plongerait de nouveau dans les affres de ce cauchemar. Son père ne lui répondrait plus jamais. Jamais. Comment oublier cet instant tragique où, comprenant que Nicolas-Marie ne reviendrait pas, elle avait senti sa vie basculer ? Jusqu'au bout, elle avait espéré que le chef indien mentait…

Autour d'elle, la foule psalmodiait en latin et l'orgue tonitruait des notes graves, tandis que les enfants de chœur montaient et descendaient les marches de l'autel, tournaient autour de l'évêque, Mgr de Pontbriand, multipliant les génuflexions et portant des cierges ou agitant quelque clochette dont le tintement aigu lui était insupportable. Ses yeux s'emplirent de larmes et sa vue se brouilla, alors que les images fatales surgies de l'ombre, réveillées par le son strident, se dressaient devant elle et s'imposaient, comme si elle devait les revoir avec force détails. Sa poitrine se souleva tandis que les images défilaient; c'était trop douloureux.

On avançait depuis bientôt trois heures. La pluie rendait les chemins boueux. Des nuées de mouches noires, en essaim serré, s'abattaient en bourdonnant. Les chevaux s'arrêtaient et piaffaient en secouant leurs muscles luisants de sueur. Tous étaient silencieux derrière Changnouet qui ouvrait la marche. Louis-François souleva son chapeau et s'épongea le front et Angélique, qui s'efforçait de ne pas montrer son découragement, flatta l'encolure de Chagrine. Nicolas tendit le bras:
– Ne serait-ce pas eux, là-bas?
On devinait derrière les branches basses qui bouchaient la vue un groupe d'hommes et de chevaux qui progressait. L'Indien acquiesça de la tête et lança sa monture au-devant du groupe. Les trois jeunes le suivirent d'un même élan et rejoignirent Philippe et Denys qui, effondrés, escortaient la dépouille de Nicolas-Marie. Le lugubre cortège, que quatre guerriers micmacs à cheval accompagnaient, s'arrêta et tous mirent pied à terre. Angélique, sans retenir les rênes de sa jument, se jeta dans les bras de Philippe et s'agenouilla devant le corps de son père dont le visage était déjà d'une lividité cadavérique.

– Comment cela a-t-il pu arriver? bredouilla-t-elle.

Les deux garçons se découvrirent et laissèrent éclater leur chagrin en se prenant la main, comme lorsqu'ils étaient petits. Denys expliqua:

– Quand il fut pris de ce malaise, il était trop tard. Nous étions isolés, coupés de tout secours... Son cœur était malade et il nous le cachait. Il a été si courageux...

– L'attaque a été imprévue, foudroyante et si brève... Il n'a pas souffert, ajouta Philippe.

Angélique, toujours à genoux, caressait le visage de Nicolas-Marie et replaçait ses cheveux avec un geste maternel, tandis qu'elle était secouée par les sanglots. Au bout d'un long moment, se tournant vers Louis-François et Nicolas, elle leur fit signe d'approcher, puis s'éloigna et cueillit trois fleurs sauvages qui dressaient leurs têtes blanches par-dessus les feuilles d'une fougère. Maladroitement, elle forma un bouquet qu'elle porta à ses lèvres.

– Vois, père, garde ces trois fleurs. Ce sont tes trois enfants qui t'aimeront toujours, balbutia-t-elle en les plaçant sur la poitrine de Nicolas-Marie.

Le retour à Québec fut triste et silencieux.

La sonnette autoritaire et impérative la ramena aux prières que l'assistance récitait d'une seule voix. Aux côtés d'Angélique, le missel ouvert devant elle, Louisa, qui avait relevé son voile noir, pensait à tous les tracas que son époux laissait derrière lui. Bien plus que le vide affectif, c'était la succession et les dettes de son défunt mari qui la préoccupaient. Nicolas-Marie était ruiné... Louisa aimait par-dessus tout jouir d'une vie aisée et luxueuse. Jamais elle n'aurait le courage de faire face aux difficultés financières qui surgissaient de tous côtés, en particulier à la dette de six mille livres… En plus de sa propre sécurité, préserver celle de ses trois enfants lui paraissait être une épreuve au-dessus de ses forces. Elle ne voyait aucune issue.

Au moment où l'on descendit le cercueil pour le recouvrir de terre, Angélique se mit à genoux et laissa déborder son chagrin. Le visage entre les mains, elle sanglotait et refusait de se relever, malgré les exhortations d'Eustache. Les deux garçons s'approchèrent d'elle et la soulevèrent en la maintenant solidement entre eux. Fragile, éperdue, elle était vaincue par cette séparation trop brusque à laquelle rien ne l'avait préparée. Le cercueil était déjà presque recouvert et la foule alignée s'avançait pour présenter les condoléances. Hormis Marguerite qui se tenait derrière elle, et Nounou qui ne la lâchait pas d'une semelle, Angélique ne vit aucun de tous ceux qui défilaient, l'esprit anesthésié par sa douleur. Accablée, elle ne réagit pas lorsque Jacques-Hugues Péan accompagné de son fils Michel-Hugues lui dit en s'inclinant devant elle pour lui baiser la main :

— Votre père était un grand homme, mademoiselle, et nous en sommes fiers…

C'est alors que Louisa perdit contenance. Était-ce l'effet de la chaleur qui perturbait sa raison ? Sans souci de tous ceux qui avaient les yeux fixés sur elle, jetant une dernière poignée de terre de sa main gantée et relevant son crêpe de l'autre, elle dit d'un air pathétique à ses enfants stupéfaits :

— C'est ce méchant pays qui a tué votre père, s'il n'avait pas choisi de vivre ici, il ne serait point mort. La

France est bien plus douce que ces immensités sauvages dont nous sommes tous prisonniers! Notre sort en Nouvelle-France est celui de prisonniers!

Il y eut un vent de stupeur dans la foule. On chuchotait que la veuve du seigneur de Neuville était sans doute trop éprouvée... Même Eustache fut ébranlé par son discours. Pourtant, les paroles de Louise-Angélique Renaud d'Avène des Méloizes venaient remuer le couteau dans la plaie. Ils étaient nombreux ceux qui pensaient que le roi les laissait choir en bien des occasions.

On reprit le chemin de la rue Saint-Pierre, la saison d'été à Neuville ayant été écourtée par la disparition de Nicolas-Marie. Chacun dissimulait sa peine et son chagrin. On aurait dit qu'il n'y avait ici et là que des lambeaux de coutumes ne se rattachant à rien de précieux ou d'agréable... Les gestes habituels étaient devenus lourds.

Il régnait cet après-midi-là dans le salon si familier une atmosphère étrange. La lumière qui pénétrait par les fenêtres ouvertes avait un reflet grisâtre qui écrasait le contour des objets et donnait aux visages une teinte terreuse. Le ciel était rempli de nuages noirs qui se confondaient avec les eaux du fleuve, empêchant le soleil de diffuser sa lumière. L'orage menaçait. Mme des Méloizes, tout de noir vêtue, les cheveux retenus par une mantille, s'assit dans le grand fauteuil avec un air solennel, devant ses trois enfants qu'elle observait derrière son face-à-main. Jamais son regard n'avait été aussi glacial. Angélique et les deux garçons avaient l'air de trois oisillons noirs et effrayés. On devinait leurs craintes à leurs mains qui tremblaient et à leurs yeux qui cherchaient en vain un peu de chaleur de la part de leur mère… Lorsque Nounou entrouvrit la porte pour annoncer l'arrivée de l'oncle Eustache, on aurait entendu une mouche voler. Seule la grande horloge ne se pliait pas au silence et ponctuait de son habituel tic-tac les secondes qui passaient. Le chanoine entra, sa longue cape s'agitant derrière lui. D'un geste large et distrait, il remit son chapeau et ses gants à Thomas, salua ses neveux et sa nièce d'un rapide baiser sur le front et vint s'asseoir aux côtés de sa sœur. Louisa ne se décidait pas à prendre la parole et, sans dialogue, les minutes qui s'étiraient paraissaient éternelles. Eustache s'épongea le front. Il faisait de plus en plus chaud. Nicolas toussota et, au même moment, Louisa se leva pour indiquer qu'elle était enfin prête. Elle ferma les fenêtres et revint s'asseoir.

— Voici, je pars m'établir en France et ne reviendrai pas… Ma cousine Élisabeth de Soulanges, qui est aussi la vôtre, a obtenu pour moi une rente de deux mille louis, qui me permettra, bon an, mal an, de vivre non loin de Versailles… À moins que je ne reste à la cour…

— Quand partons-nous, mère? interrogea naïvement sa fille.

— J'ai dit que je partais, ma fille, je n'ai pas dit que nous partions!

— Quoi? fit Angélique, interdite, qui croyait avoir mal entendu. Et mes frères et moi?

Sans se décontenancer, Louisa marqua une pause avant d'exposer la prochaine étape de son plan.

— J'y viens, patientez donc un peu…

— Et… et les tuiles de papa? fit encore Angélique.

— L'aventure des tuiles est terminée, Lélie! répondit Louisa sur un ton sans appel. M. Le Brun, qui a tout essayé en vain et qui voit bien que le projet est irréaliste, plus personne n'ayant passé de commande, a décidé de rentrer en France, à bord de *L'Aquilon*, avec moi!

Un coup de vent fit claquer une fenêtre à l'étage. L'aventure d'une vie était balayée du revers de la main par leur mère. Les deux frères et la sœur se regardèrent. Que signifiaient les affirmations de Louisa? Plus leur mère parlait et plus ils avaient l'impression d'être happés par un gouffre sans fond qui se serait ouvert au milieu du salon. Sans souci de leurs angoisses et guidée par le seul bien-être qui lui importait, le sien, elle s'apprêtait à continuer quand Angélique intervint:

— Que deviendrons-nous, mère? demanda-t-elle d'une voix faible.

— Louis-François et Nicolas iront rejoindre les rangs de la marine royale, selon les vœux qu'avait formés votre regretté père... Louis-François deviendra le seigneur de Neuville et propriétaire en titre à sa majorité, ce qui a été consigné par acte notarié du vivant de Nicolas-Marie. Entre-temps, votre oncle Eustache vous tiendra lieu de tuteur...

Eustache opinait de la tête d'un air entendu et ne quittait pas sa nièce des yeux, voyant bien qu'elle s'impatientait de connaître son sort:

— Et moi, mère, que deviendrai-je?

— Toi, ma fille, tu es en âge de prendre mari, aussi j'ai décidé de te marier...

Angélique se leva d'un bond et tapa du pied, alors qu'un coup de tonnerre roulait d'une rive à l'autre du Saint-Laurent.

— Je ne me marierai point, m'entendez-vous ?

Sa réaction, qui avait été spontanée, surprit sa mère. Il était impensable qu'une jeune fille de son âge refuse le parti qu'on décidait pour elle !... Louisa éleva la voix :

— Je te dis, Angélique, que tu épouseras un honnête homme avec qui j'ai déjà conclu une entente.

— Quoi !

Angélique fit comprendre qu'elle n'obéirait pas. Louisa, quelque peu décontenancée par cette rébellion inattendue, arpentait le salon. Plus l'orage approchait et plus elle déversait sa colère sur Angélique qui osait lui tenir tête.

— Ton futur mari, M. de La Houillère d'Avala, vient signer cet accord demain chez le notaire. Je toucherai le montant de l'achat de cette maison, qui m'appartient je te le rappelle !

Angélique ne comprenait pas. Eustache toussota. Le sort réservé aux garçons n'avait rien de surprenant, mais vendre la maison et obliger Angélique à prendre un mari qui allait l'acheter ni plus ni moins... Le chanoine pressentit une tempête. Angélique, livide, s'approcha de sa mère, se mesurant à elle les yeux dans les yeux. Eustache, Louis-François et Nicolas, muets, cherchaient une façon de calmer les deux femmes, les invitant de la main à se rasseoir. Peine perdue. Louisa, toute à son courroux, faisait mine de ne rien entendre et se cachait derrière son face-à-main :

— Cette transaction me permettra de liquider les dettes de votre père...

— Jamais, je ne suis pas à vendre !

Angélique criait à tue-tête. Des mèches retombaient sur son front, mais elle était trop agitée pour s'en préoccuper.

— Tu n'es pas à vendre, mais la maison, elle, est vendue! Est-ce toi qui vas payer les dettes de ton père? Cet hymen est une bonne affaire pour vous deux, puisque, ainsi, tu resteras dans cette maison avec ton mari. Comprends-tu?

Louisa était rouge de colère, elle aussi.

— Qui est ce monsieur que vous avez choisi? demanda Louis-François à sa mère sur un ton poli.

Angélique leur coupa la parole en hurlant, ivre de rage:

— Il n'y aura pas de mariage, je vous le garantis!

— Tu oublies, ma fille, que tu n'es pas encore majeure...

— Pourquoi tenez-vous tant à me marier contre mon gré?

— Pour ta sécurité, ma fille! Ainsi, je partirai tranquille de te savoir en bonnes mains... M. Louis de La Houillère d'Avala est un riche négociant qui veut t'épouser...

— Jamais. Jamais. Jamais. Et pourquoi partez-vous si vite? Si vous êtes inquiète pour moi, pourquoi ne m'emmenez-vous pas? Pourquoi nous abandonnez-vous encore? Je ne connais pas cet homme et ne veux pas le connaître... Jamais!

Sa fureur se changeait maintenant en détresse. Louisa eut un hoquet.

— C'est bien ce que nous verrons, n'est-ce pas, Eustache? Si tu ne consens pas, je te ferai enfermer au couvent des ursulines, à vie!

Louisa s'approcha de sa fille, prenant son frère à témoin. À ce moment, un éclair zébra le ciel et la fenêtre s'ouvrit sous la poussée du vent. Incapable de tolérer une seconde de plus l'attitude rebelle de Lélie qui continuait de lui tenir tête et répétait qu'elle n'épouserait personne, Louisa sortit de ses gonds. Eustache ne savait comment les apaiser. Les réactions émotives dépassaient ce qu'il avait prévu et le rôle d'arbitre qu'il était obligé de jouer ne suffisait plus. Il trouvait que Louisa y allait trop fort! Il tenta d'imposer une trêve :

– Louisa, Angélique, prions ensemble, voulez-vous !

Ses paroles ne suscitèrent aucun écho. Il éprouvait pour la première fois l'impuissance de la prière en un moment crucial. La mère et la fille, telles deux harengères prêtes à se prendre aux cheveux, se toisaient. Un voisin qui serait entré dans le salon aurait été bien surpris de les voir ainsi. Aucune ne voulait lâcher prise. Alors, comme Angélique répétait sans fin qu'elle n'épouserait jamais celui à qui sa mère l'avait déjà promise, Louisa leva la main et donna un violent soufflet à sa fille qui le lui rendit aussitôt. Consternation! Eustache s'était attendu à quelque originalité de la part de Louisa, mais les arrangements qu'elle imposait sans compromis possible ne tenaient compte que de ses propres volontés. Rien dans tout cela n'était fait pour adoucir le sort d'Angélique. Eustache était épouvanté d'assister à pareil débordement et surpris par l'agressivité mutuelle qui prenait le dessus sur la raison et sur les bonnes manières. Quel embarras! Il ne faudrait pas que l'incident s'ébruite. Alors, ayant tout à coup une inspiration, il se mit à genoux au milieu du salon et, son chapelet enroulé au bout de ses doigts, il commença à réciter un Notre Père, en y mettant toute la conviction possible, bien qu'à ce moment-là, au fond de lui, il se sentît parfaitement ridicule. Les deux garçons avaient baissé la tête et s'effor

çaient de prier eux aussi, les mains jointes, sans toutefois y parvenir ; Louisa, qui écumait de rage, se tenait la
joue en retenant son souffle. Angélique pleurait. Sa
prière terminée, Eustache se releva et tenta de réconci-
lier la mère et la fille, mais que pouvait-il dire ?

— Louisa, ne te bute pas ainsi contre Lélie… Lélie,
je t'en conjure, fais tes excuses à ta mère… Ne m'oblige
pas à…

Ses gestes étaient maladroits et ses paroles sonnaient faux. Sans même lui répondre, Louisa sortit,
outragée comme elle ne l'avait jamais été de sa vie.

— Ma fille, tu me paieras cela !

La porte claqua. Eustache s'approcha gauchement
de sa nièce :

— Regarde-moi, Angélique… Aimerais-tu prendre
le voile chez les ursulines ?

Il eut aussitôt le sentiment d'avoir posé une question incongrue ! Angélique lui adressa un tel regard
qu'Eustache se sentit faiblir. Les yeux d'Angélique, leur
expression à la fois fière et fragile, la révolte et la suppli-
que qu'il y lut éveillèrent sa compassion et il fit la constatation de son échec personnel. Il ne serait jamais évêque de Québec, malgré tous les sacrifices qu'il avait
imposés à ses enfants pendant tant d'années !… Dans les
yeux de sa nièce passait comme en un torrent la misère
de sa propre progéniture qu'il avait contrainte de vivre
en marge de la société. Des vagues de renoncements et
de sacrifices douloureux déferlaient sans fin et heurtaient une partie inconnue de sa conscience. Hypnotisé
par le regard d'Angélique, il fut tout à coup rempli de
remords. Il ne pouvait se résoudre à l'enfermer au couvent…

À ce moment, l'orage éclata. C'était un orage d'une violence telle qu'on entendit le grand mât d'une des frégates amarrées à l'Anse-au-Cul-de-Sac se rompre et fracasser le bout de l'estacade.

Chapitre VII

Angélique accepta l'offre que lui fit Eustache de l'emmener à Lotbinière pendant quelques jours, où il lui serait plus facile de faire le point. Que pouvait-elle faire d'autre? Le départ de Louisa étant imminent, ainsi que la vente de la maison, il fallait quitter les lieux au plus vite. Louisa refusait de retarder son départ, bien que rien ne la pressât, hormis le fait qu'elle voulait en finir avec les dettes de son défunt mari. De surcroît, l'opposition farouche d'Angélique au projet qu'elle avait conçu et le soutien inattendu d'Eustache lui donnaient des raisons de fuir et d'abandonner à son acheteur sa fille et sa maison, pour se réfugier en France. Elle ne voulait pas regarder derrière elle. Nicolas-Marie disparu, tout devait disparaître… Même Chouart, même Thomas, même Philippe et Nounou! Quel gâchis! Louisa n'en avait cure.

Nounou, la mort dans l'âme, avait commencé à ranger ses effets dans une malle et à rassembler des objets personnels. Rien ne l'étonnait venant de sa maîtresse. Elle s'était attendue au pire et le pire était arrivé. Elle avait toujours su que le pilier de la famille était le seigneur Nicolas-Marie. Quant à son «ange», Dieu merci, on lui épargnerait le sort que sa mère lui avait réservé, car le chanoine, tout de même un peu moins fou que sa sœur, avait encore un cœur dans la poitrine! Il fallait éviter à Angélique de voir sa vie gâchée en quelques heures… L'échéance arrivant le lendemain matin, ce prétendu négociant viendrait signer l'acte de vente et prendre possession de ses biens et de sa fiancée… Tant de bouleversements en si peu de temps, c'était très dur à accepter, et Nounou, vigilante, essayait de garder la tête froide.

Angélique était prostrée depuis ces pénibles événements qui avaient commencé avec la mort de son père. Sa joie de vivre avait disparu, effacée, envolée! Eustache ne pouvait désapprouver sa nièce qui n'acceptait pas de se laisser vendre. Chaque jour, il arpentait les allées de Lotbinière, essayant en vain de trouver une solution entre les pages de son bréviaire qui, pour une fois, ne lui dictait pas comme marche à suivre celle qu'il avait appliquée jadis à sa progéniture… Le couvent! Eustache n'était pas enclin à contraindre Angélique. Il se surprenait, en vieillissant, à s'amollir… Pouvait-il la faire enfermer et avoir sur la conscience son regard qui le poursuivait encore et qui l'obsédait? Eustache questionnait le ciel et, n'obtenant pas de réponse, il s'y perdait. Quelle était la volonté de Dieu pour une jeune fille comme sa nièce? Le couvent n'était-il pas un lieu qui offre ce dont a besoin une jolie femme? Terrible incertitude. Hésitations. Que faire pour que sa nièce soit heureuse et qu'elle respecte les volontés de Dieu, pour qu'elle vive dignement et non pas en prenant pour mari un intrigant, un vieux riche, veuf et sûrement porté sur les péchés de la chair…

Philippe proposa de mettre à la disposition d'Angélique une maisonnette qu'il venait d'acquérir derrière l'esplanade. Ce n'était pas un château, mais elle était confortable et comptait trois chambres à l'étage…

Dans le salon du manoir de Lotbinière, un grand feu pétillait. Les bûches craquaient et chantaient en se consumant sous la caresse des flammes qui répandaient une lumière dansante dans toute la pièce. Dehors, le vent d'automne balayait les dernières feuilles et l'herbe se givrait sur la terre déjà froide; mais dans la grande salle au plafond lambrissé, la chaleur était rassurante. Angélique et Marguerite, installées devant l'âtre, une broderie à la main, se contaient les derniers potins, tandis que Nounou chantonnait dans une chambre à l'étage. Des éclats de rire entrecoupaient leur conversation. Pour la première fois depuis quelques semaines, une expression de joie éclairait le visage de Lélie, qui retrouvait la gaîté d'autrefois dans la compagnie de son amie. Enfin, elle reprenait le goût de vivre et de s'amuser. Marguerite lança:

— As-tu vu qu'il n'avait plus de cheveux sous sa perruque? Pfff, et puis il est vieux, ce négociant! Et laid avec ça…

— Les jambes tordues par le poids de sa bedaine! Pfff… Riche! Comme si la richesse pouvait remplacer un corps bien fait! Quand j'y pense, j'en frémis encore... Je me serais sauvée chez les Micmacs plutôt que de l'épouser... J'aurais mieux aimé prendre pour mari l'un de ces Sauvages, qui sont beaux, en santé et nobles de cœur et de visage!

— Quant à épouser un Sauvage, il faudrait que tu sois réduite à rien et que tu aies envie d'être mise au ban de la société! Pense à tous ces jeunes hommes de notre monde, beaux, élégants et promis à un bel avenir, que tu pourrais rendre fous de désir! As-tu oublié comment te servir de tes charmes?

— C'est bien vrai. Ma mère pensait-elle que j'allais lui obéir? fit Angélique en découvrant un peu sa gorge sous la dentelle.

— Mais c'est ce que tu aurais dû faire, ma chère! C'est ce qu'on nous a appris chez les ursulines! Souviens-toi, une jeune fille de bonne famille...

Marguerite prit un air sérieux et leva son doigt en imitant mère Sainte-Pulchérie. Elle fit mine d'en imposer à Angélique, qui rit à gorge déployée, heureuse de retrouver leurs jeux d'antan.

— N'empêche que, s'il n'y avait pas eu ton oncle Eustache pour fléchir ta mère, le vieux bonhomme serait dans ton lit!

— Aïe... Je me suis piquée! Oh, je sais, je sais, soupira Angélique, une vraie jeune fille consent aveuglément aux décisions de ses parents qui préparent son avenir et son bonheur, car telle est la volonté du Très-Haut! Et j'aurais dû plier, même s'il me répugnait d'être embrassée par ce méchant homme qui prise et pue sous son parfum! Pouah! Papa, lui, n'aurait jamais tenté de me faire épouser quelqu'un d'autre que...

Elle s'arrêta. Un éclair de tristesse passa dans ses yeux verts. Michel pensait-il à elle, quelquefois? Elle agita son poignet paré du bracelet en or. Cling, cling! La petite croix lui rappela son père. Des souvenirs affluèrent et la ramenèrent aux moments de tendresse qu'ils avaient eus. Les images de son enfance resurgissaient, s'imposaient, et tout cela allait si vite! Elle se reprit. Il ne fallait pas faiblir. Le passé n'était plus. Elle chassa la mélancolie, souleva le rideau comme pour balayer le passé et se planta devant la fenêtre. Dehors, le vent agitait les branches dénudées des bouleaux qui, poussées par des rafales, s'entrechoquaient avec les ramages sombres des épinettes et des mélèzes, et les feuilles qui jonchaient les allées du parc se soulevaient, flottaient dans l'air et retombaient sur le tapis gelé des pelouses. Elle eut tout à coup une envie de liberté. Un besoin de sentir sur son visage la morsure du vent froid. Elle ferma les yeux et sa poitrine se gonfla dans un frémissement. Marguerite abandonna sa broderie et s'approcha d'elle, comme si elle avait compris ce qui bouleversait son amie, le besoin de renouer avec les sensations qui apportent la joie et l'équilibre, les plaisirs dont on est privé lorsque le malheur nous emprisonne. Devant le perron, une voiture attelée de quatre chevaux attendait, et Chouart, aidé de Thomas, y arrimait une malle.

– Vois, Nounou et Thomas ont déjà bouclé les bagages... Nous ne pouvons pas rester éternellement à Lotbinière, qui est éloignée de Québec, et Neuville est inhabitable en hiver... Je me demande si je vais aimer habiter dans la maison sur l'esplanade...

Marguerite, rassurée de voir Angélique sortie de la langueur qui avait fait craindre pour sa santé, lui donna un baiser sur la joue. Angélique se serra un peu contre elle :

— Comme tu as de la chance d'avoir des parents qui n'essaient pas de te marier contre ton gré !…

Marguerite ne put s'empêcher de plaisanter encore une fois :

— Mais il est vieux, mon fiancé… C'est toi-même qui me l'as dit… Il a trente ans !

— La belle affaire… Il est si jeune à côté de ce vieux barbon d'Avala de La Houillère ou de je ne sais plus quoi. Au moins, tu as envie de recevoir ses baisers ! Tu l'aimes ! Heureusement que l'oncle Eustache n'a pas été trop sévère comme tuteur, qu'il a accepté mon point de vue… Lui aussi se fait vieux, car il a été bien plus autoritaire jadis avec ses enfants ! J'avais si peur qu'il m'enferme au couvent…

— Les temps changent…

Les deux jeunes femmes, dans tout l'éclat de leurs vingt ans, formaient un tableau ravissant. Angélique ayant refusé le marché conclu par Louisa, il ne lui restait qu'un maigre avoir, des obligations léguées par son père qui lui permettraient de vivre pauvrement. Heureusement, sa mère avait eu le bon sens d'acquitter la dette de Nicolas-Marie avec le fruit de la vente de la maison. Quant à son vieux prétendant qui voulait la marchander avec la demeure, Eustache s'était chargé de le sermonner et de le faire déguerpir, penaud, en le menaçant d'excommunication. Le vieux bonhomme avait presque abandonné l'idée de marier une jeune poulette… L'oncle Eustache aurait aimé qu'elle s'établisse à Lotbinière, mais il ne pouvait garder avec elle Nounou ni Chouart ni Thomas, et Angélique leur était si attachée qu'elle avait refusé toute solution qui ne les englobait pas. Elle était tenace : il ne lui restait que ces trois-là qui lui étaient dévoués, et elle voulait les garder avec elle pour toujours. Il n'était pas question de céder là-dessus. Eustache avait encore une fois accepté. Voyant l'entêtement de Lélie à ne pas vivre sans eux, Nounou avait fini par la convaincre de venir s'installer, avec Chouart et Thomas, dans la maison de Philippe, moyennant un loyer ridicule. Angélique commençait à penser que l'avenir ne serait pas si malheureux, du moment qu'elle avait autour d'elle les êtres les plus chers à son cœur.

Le vent soufflait et la girouette gémissait au sommet du toit tandis que, dans la cheminée, les braises s'éteignaient doucement. Marguerite, qui pensait à ses noces, s'approcha des tisons, releva son jupon pour réchauffer ses jambes et lança à Angélique, sur un ton enjoué :

– Pense au jour de mon mariage, Lélie ! Pour le bal… Nous devons préparer avec soin les détails de nos robes, la nuance des accessoires, décider de nos coiffures… Et qui sera ton cavalier aussi ! Je veux que tu sois la plus belle…

Elles riaient à cette idée, offrant le bout de leurs pieds à la chaleur de l'âtre, sans remarquer Philippe qui, dans l'embrasure de la porte, les observait à la dérobée, songeur. Les jours précédents, il avait parlementé avec Eustache pour lui demander d'être clément avec sa nièce et de ne pas la faire disparaître derrière les murs d'un couvent. Il avait réussi ! Ensuite, il avait rencontré M. de La Houillère d'Avala en secret et lui avait remis une coquette somme d'argent en insistant pour qu'il renonce à son projet de mariage avec Angélique. Le vieux bonhomme avait paru tout d'abord contrarié, il avait argumenté un peu, mais, âpre au gain, il avait fini par céder.

Philippe avait lui aussi aidé à sauver Lélie en quelque sorte! Il était heureux en imaginant qu'il la verrait chaque jour dans la maison de l'esplanade, si proche de celle où il résidait. Mais il ne voulait pas qu'elle apprenne ce qu'il avait fait pour elle, redoutant sa fureur. Alors… Il était incapable de quitter Angélique des yeux. C'était plus fort que lui. Il épiait ses moindres gestes, il connaissait par cœur ses sourires et ses expressions de tristesse, il savait lire sur son visage la joie ou la peine, le bonheur ou l'inquiétude. Il sentait que la joie de vivre lui était revenue et cela lui suffisait comme récompense! Il la contemplait. Jamais il n'avait été fasciné par une grâce si parfaite. Jamais aucune femme ne l'avait envoûté à ce point. Ne pouvant rester plus longtemps sur le seuil sans risquer d'être surpris par les deux jeunes filles, il pénétra dans la pièce et plaça une bûche dans le foyer.

– Il est temps de vous préparer, Lélie. Les bagages sont arrimés…

Au même moment, Nounou apparut, en tenue de voyage. Elle tendit sa mante et sa capuche à Angélique:

– En route, fit-elle. Es-tu prête, mon ange?

– Je suis prête. En route…

Quel beau mariage! Malgré la saison d'hiver qui s'annonçait froide, et bien que la ville fût couverte de neige, tout se déroula selon le faste qu'on avait prévu. Dans l'église toute décorée de rubans, la messe fut chantée par les choeurs des religieuses d'une façon sublime et le repas qui suivit fut somptueux. Dans les salons de M. et Mme Daumont de Saint-Lusson, qui ouvrirent leur maison de la cave au grenier, les violons firent danser les invités. C'était l'hiver de l'an 1745. Toute la jeunesse de Québec tapait du pied, tournait et se croisait dans un joyeux charivari où l'on mêlait élégance et tradition populaire. Dans les premières salles, on voyait des robes de soie ou de moire garnies de dentelle et des escarpins brodés. Les élégantes rivalisaient de raffinements. Les belles dames dansaient le menuet avec les hommes en habit pendant que les curieux se pressaient aux fenêtres et aux portes pour admirer le spectacle. Dans les salles attenantes à l'office, des jeunes chaussés de galoches ou de sabots de bois rythmaient la mesure, faisant tourner les jupons, tapant des pieds et des mains et chantant de joyeuses ritournelles au son de la gigue. La fête battait son plein. Le vin coulait à flots et personne ce jour-là ne resta sur sa faim tant on avait rôti de poulardes et de jambons pour remplir les ventres affamés. Des galettes et des gâteaux de toutes sortes garnis de miel et de cassonade ou pleins de confitures firent le régal des gourmands! Dans d'autres salons, on jouait aux cartes et on pariait en buvant à la santé des jeunes époux.

Du matin au soir, Angélique ne manqua pas d'admirateurs. Ils furent nombreux à former une cour autour d'elle et ils se seraient sans doute damnés pour ses faveurs si elle ne les avait tenus à une distance respectueuse. Les jeunes mariés, resplendissants, semblaient flotter sur un nuage, allant de l'un à l'autre parmi leurs invités. Pour la première fois de sa vie, Marguerite ne chercha pas à faire des bouffonneries, exprimant simplement sa joie, et le marié avait l'air ému en l'appelant «ma femme». Angélique, qui les admirait, se demandait si un jour viendrait où elle pourrait, comme eux, se laisser aller à vivre un pareil bonheur.

Au milieu de la cohue, elle retrouva Michel-Hugues Péan de Livaudière, que le marié lui avait désigné comme cavalier. Il s'inclina devant elle et réussit, à force de galanterie, à la faire danser cinq ou six fois en la suivant partout. Mais de Michel Chartier de Lotbinière on ne vit pas la trace. On raconta cependant à Angélique qu'il était à la guerre et qu'il suivait partout le récollet Louis-Eustache Chartier de Lotbinière, son frère aîné, aumônier des armées et grand coureur de jupons devant l'Éternel. Quelle réputation! Le cœur de la belle Angélique était encore fragile. Tout ce qu'elle entendit au sujet de son bien-aimé raviva son inquiétude. Les armées du roi se dirigeaient, disait-on, vers les côtes atlantiques, où des batailles faisaient rage entre les Anglais, les Français et de nouveaux groupes de colons qui commençaient à se dissocier du roi d'Angleterre...

Angélique trouva que Michel-Hugues Péan ne manquait pas de front. Il lui fit des avances... Il essaya de l'embrasser et demanda à la revoir! Il lui dit aussi qu'elle était belle et regarda son décolleté avec une certaine impertinence. Quelques autres jeunes gens l'admiraient de la même manière. Angélique ressentait un brin de fierté lorsqu'on lui faisait des compliments et rougissait de plaisir, mais elle redoutait la convoitise qu'avaient tous les hommes au fond des yeux lorsqu'ils s'approchaient d'elle… Elle y songeait encore dans la calèche qui la ramenait à la maison. Tant de regards affamés posés sur sa gorge la troublaient. Bien que la plupart des hommes soient restés polis et courtois, elle ne pouvait se retenir de penser qu'il y avait quelque chose d'animal dans la façon dont ils la dévisageaient, quelque chose d'effrayant qui l'effarouchait. Elle prenait conscience du pouvoir mystérieux que lui donnait sa beauté!

À vrai dire, ce qu'elle ignorait encore, c'était qu'il émanait de sa personne une sorte d'aura peu commune, un rayonnement qui la proclamait faite pour l'amour… La plupart des jeunes filles n'avaient pas à soutenir ces regards parce que leurs visages et leurs silhouettes, même gracieux, étaient ordinaires à côté de ce qui se dégageait d'elle. Avec cette beauté particulière qui l'auréolait, Angélique était comme une proie que les hommes guettaient.

Elle chassa cette sensation qui ne lui faisait aucun plaisir et se mit à repasser dans sa tête les meilleurs moments de la fête. À bien y penser, Michel Péan n'était pas si déplaisant, quoiqu'un peu gauche et sans grâce. Il n'avait pas l'élégance de son cousin Michel, mais elle ne pouvait passer sa vie à se le répéter! Il était stupide de comparer tous les garçons à celui qu'elle aimait encore. Il fallait arrêter de rêver. Elle avait la tête emplie de gigues et de cotillons et ses pieds étaient endoloris d'avoir trop dansé… «Pourquoi ne pas garder la tête froide et trouver un bon mari qui n'aurait pas d'ascendant sur moi?» pensa-t-elle. En formulant cette pensée, elle fut effrayée de la tournure nouvelle de son esprit. «Ai-je donc tant changé? se demanda-t-elle, serrant les mains dans son manchon. Puisque l'amour me fuit, ne pourrai-je trouver quelqu'un avec qui tisser une relation qui soit raisonnable, fondée sur une pensée raisonnable? Bah, Angélique, tu es bien trop idéaliste!» se répétait-elle tandis que les chevaux filaient.

Dehors, il faisait froid. Chouart arrêta la voiture devant la maison. Elle resserra frileusement sa pelisse et gravit les marches en hâte. L'on entendait Thomas ronfler dans la soupente et Nounou qui dormait sur ses deux oreilles lui avait préparé, près de l'âtre, sa robe de chambre et sa chemise pour qu'elles soient chaudes et confortables. Chère Nounou, toujours aussi attentive!… Angélique retira ses jolis souliers, se dévêtit et ôta les peignes qui retenaient ses boucles. Pendant quelques secondes, elle resta ainsi, nue et gracieuse. Avec ses cheveux déroulés tombant le long de son dos, elle paraissait irréelle comme une Vénus déposée par le rayon de lune qui traversait la fenêtre. Puis, elle enfila la chemise de linon qu'elle portait la nuit et s'approcha de la cheminée pour se réchauffer. À ce moment, elle sentit derrière elle une présence qui lui fit pousser un cri.

— N'aie pas peur, ma belle, ma toute belle, lui murmura Philippe. Comme ta vue me ravit!

Il approcha les lèvres de son cou et prononça des paroles insensées. Angélique le repoussa vivement, furieuse qu'il l'ait surprise dans sa nudité et choquée de le découvrir dans la position d'un amoureux éperdu. Il mit un genou à terre:

— Angélique, je t'aime… Depuis si longtemps que je t'aime…

Elle le regardait comme s'il sortait d'un mauvais rêve et lui, maladroitement, insistait, débitant des mots qu'elle comprenait à peine. Décidément, les hommes la poursuivaient jusque dans son intimité et celui-là, à qui, pourtant, elle devait beaucoup, dépassait les bornes. Qu'avait-elle donc fait pour qu'il en soit ainsi? Elle posa sur lui un regard courroucé, ce qui eut pour effet de l'enflammer encore plus. À genoux, il s'égarait et bafouillait en s'essoufflant:

— Ne comprends-tu pas que je veux t'épouser? Ne sais-tu pas que, depuis toujours, je meurs d'amour pour toi? Sois à moi... Angélique...

Il répétait son nom avec ardeur et elle, écarquillant les yeux, avait peine à suivre les méandres de sa pensée. Courbé dans cette position, il lui inspirait de la pitié. Voyant qu'elle restait de glace, il prit un ton encore plus fou:

— Lélie, je veux t'épouser, m'entends-tu, je veux faire de toi ma femme! Dis oui! Je t'en conjure... Je serai toujours ainsi à tes pieds...

Plié en deux devant Angélique, le visage tremblant et le menton touchant terre, il prit le bas de sa chemise entre ses mains et se mit à baiser l'étoffe. Angélique, qui ne l'avait jamais vu ainsi, ne savait quelle contenance prendre. Il y avait quelque chose de méprisable en lui et son obstination la mit hors d'elle. Elle eut envie d'écraser ses doigts et de les réduire en miettes par un coup de talon... Elle eut envie de le frapper. Ses yeux se posèrent sur le tisonnier et elle se retint. Philippe s'aperçut de son émoi. Il eut peur, puis, l'espace d'une seconde espérant encore, il se releva et l'aida à passer son peignoir. Mais elle était bouleversée et en colère. Comment cet homme, qui aurait pu être son père, osait-il la supplier et l'implorer? Était-il tombé sur la tête lui aussi ? Qu'avaient-ils tous ? Quelle épidémie les avait atteints, lui et les autres !

– Angélique, vous me faites mourir, je suis fou de vous, je n'en dors plus, je vous aime…

Elle ne put s'empêcher de répliquer :

– Aimez-moi, monsieur, soyez fou à votre aise ! Mais ne m'approchez pas ! Jamais, vous m'entendez, jamais je ne céderai à vos désirs ! Je vous déteste !

Sur ce, elle quitta la pièce, grimpa l'escalier et s'enferma dans sa chambre à double tour. Qu'allait-elle devenir, prise dans les mailles d'un filet bien tendu, prise dans un piège qu'elle rencontrerait partout : celui de la passion des hommes ? Sans la protection d'un père ou d'un mari, comment orienter son destin ?

Lorsqu'elle s'endormit enfin, il faisait jour depuis au moins une heure.

Le soleil était haut dans le ciel lorsque Angélique ouvrit les yeux. Son corps était lourd et ses membres, engourdis. Elle s'étira, puis se roula en boule et resta un long moment pensive. Pourquoi être ainsi tourmentée à son âge ? Jamais elle n'accepterait les avances de Philippe, ne serait-ce qu'à cause de sa naissance. Elle appartenait à une famille de l'aristocratie et Philippe Langlois n'était ni de son rang, ni de son âge, ni de son goût… Autant de raisons pour le tenir loin d'elle. Jamais elle ne pourrait supporter le poids de son regard. Elle était désemparée : elle vivait dans sa maison et profitait de ses largesses ! Quel dilemme ! Quand aurait-elle la paix ?

Nounou frappa à la porte, puis entra, un large sourire sur les lèvres et son bonnet de dentelle qui tressaillait à chacun de ses pas, en même temps que sa poitrine généreuse. Elle déposa un bol de chocolat sur un plateau à côté du lit, puis remonta les oreillers de plume et ouvrit les rideaux. Les bruits de la rue leur parvenaient aux oreilles.

— Es-tu en forme, mon ange?

— Je ne sais, Nounou, je ne sais!

— Encore quelque chose qui te tracasse? Tu n'es pas malade au moins?

Angélique fit non de la tête. Thomas, qui suivait Nounou, lui présenta un billet. Curieuse, elle l'ouvrit sans attendre. Il était de Michel Péan:

Mademoiselle Angélique,

Si vous le voulez bien, j'aimerais vous revoir.

Je le souhaite de tout mon cœur. J'ai aimé danser avec vous et j'ai aimé votre conversation...

Je sais que vous avez beaucoup de choses à m'apprendre et je vous admire, non seulement pour votre beauté, mais pour votre esprit qui est tout aussi gracieux et fin que vos manières.

Je ne pense plus qu'à vous.

Je suis votre serviteur et je veux vous demander votre main. Ensemble, nous pourrions faire de grandes choses.

Vous avez l'esprit et j'ai la fortune que m'ont léguée mes grands-parents. Si vous y consentez, je serai le plus heureux des hommes et ferai ma demande auprès de votre oncle Eustache.

Votre serviteur dévoué qui vous aime,

Michel-H. Péan de Livaudière

Elle lisait et relisait les quelques lignes. Ce garçon était vraiment aussi fou que les autres! Elle ne lui avait manifesté aucun intérêt et il la demandait en mariage. Elle avala d'un trait le reste de son chocolat, se leva et se mit à arpenter la chambre.

– Descends-tu, mon ange? lui cria gaiement Nounou depuis la cuisine.

Tout à coup, sans qu'elle sache d'où elle venait ni pour quelle raison, la réponse à cette demande en mariage lui apparut, claire et limpide: c'était décidé, elle épouserait ce Michel Péan de Livaudière!

CHAPITRE VIII

La ville de Québec étalée au pied du cap Diamant était gorgée de soleil. Angélique referma son ombrelle, noua le ruban de son chapeau de paille et releva son jupon parsemé de bouquets brodés. Tenant la main de Chouart, elle grimpa prestement dans le carrosse avant que le géant remonte le marchepied et escalade le strapontin. Elle était joyeuse. Il lui semblait que sa vie recommençait à neuf et que tout avait un air de fête. La voiture, décorée aux couleurs des Péan de Livaudière, bleu et jaune mordoré, était luxueuse et confortable, en plus d'être élégante. Quel plaisir de se promener dans cet équipage! Après que le carrosse de sa mère avait été vendu avec la maison, elle s'était contentée d'une vieille calèche pour se déplacer et faire ses emplettes, n'ayant pas les moyens d'entretenir cette sorte de véhicule. Aujourd'hui, comment ne pas apprécier s'asseoir sur les banquettes capitonnées? Comment ne pas se réjouir de faire la route jusqu'à Montréal sans être ballottée et durement secouée à la moindre ornière du chemin du Roy? Depuis le début de l'été, Angélique passait son temps à voyager entre Lotbinière, Neuville et Contrecœur où se trouvait le fief de sa future belle-famille. Autant dire qu'elle était souvent sur les routes. Mme Péan, une dame très distinguée, née Marie-Françoise Pécaudy de Contrecœur, l'avait accueillie avec gentillesse dès ses fiançailles et avait mis à sa disposition un des carrosses de la famille. Chouart n'était pas peu fier en la promenant…

Angélique prit place en face de Nounou, un sourire épanoui sur les lèvres, ravie d'entamer le voyage dans de si bonnes conditions. La raison officielle de leur escapade était de retrouver son fiancé, qu'elle n'avait pas vu depuis plusieurs semaines, mais en réalité, elle comptait bien faire quelques achats et flâner un peu, ayant projeté une visite au château Ramezay, ce domaine familial appartenant à ses cousins, les héritiers de Marie-Charlotte de la Ronde, veuve du marquis de Ramezay. Contrairement à ce qu'elle aurait pu imaginer quelques mois plus tôt, elle était presque impatiente d'unir son sort à celui de Michel Péan, sans compter que le mariage mettrait un terme aux rapports pénibles qu'elle avait avec Philippe Langlois. Bien que depuis le fameux soir de sa déclaration d'amour, ce dernier se soit fait violence pour retenir tout geste passionné, Angélique éprouvait de la gêne en sa présence et leurs relations étaient tendues. De plus, il affichait un air malheureux qui l'agaçait. Bref, elle l'évitait autant qu'il lui était possible de le faire et il lui tardait de mettre fin à cette situation.

Elle sortit le minuscule flacon de parfum qu'elle emportait avec elle pour se rafraîchir, déposa une goutte du précieux élixir derrière chacune de ses oreilles où se balançaient des perles et le remit dans la petite bourse incrustée de nacre qui pendait à sa ceinture. Nounou, déjà bien installée, un panier rempli de victuailles à côté d'elle, tricotait un châle. Ses doigts couraient et faisaient glisser la laine qu'elle enroulait sur les aiguilles sans avoir besoin de regarder ses mains, dans un geste précis, rapide, fascinant. Angélique adorait voir Nounou tricoter. Il y avait dans l'habileté avec laquelle elle faisait avancer son ouvrage quelque chose qui émerveillait la jeune femme depuis sa plus tendre enfance. Nounou lui jeta un œil par-dessus ses lunettes, sans lâcher les aiguilles.

— Nounou, dit Angélique, demande à Chouart de faire provision d'eau avant de fouetter les chevaux, la route est longue jusqu'à Montréal et la journée sera chaude.

Docile, Nounou opina de la tête et transmit le message. Cette escapade promettait beaucoup de plaisir. Au moment où l'attelage se mit en route, un vol de canards passa à tire-d'aile au-dessus du fleuve, caquetant sans retenue dans le ciel bleu, tandis qu'Eustache debout au milieu de la cour, le bréviaire entre les mains, refermait son livre et faisait un grand signe de croix pour bénir leur départ.

— Que Dieu vous garde!

— Au revoir, oncle Eustache, à bientôt! fit Angélique en agitant sa main gantée de dentelle.

Aussitôt qu'ils eurent passé la ferme longeant les dernières maisons du faubourg, Angélique s'appuya entre deux coussins pour rêver à son aise. Depuis plus de six mois qu'elle était promise à Michel Péan, bien qu'elle s'avouât ne pas être amoureuse et qu'elle sût que sa décision avait été dictée par un besoin de sécurité, tous avaient remarqué sa transformation : elle était plus aimable et resplendissante qu'auparavant, on lui en faisait souvent compliment. Cela transparaissait dans ses moindres gestes. En prenant ce parti qu'Eustache avait approuvé, elle avait reconquis un statut social honorable, conforme à celui de sa naissance. Elle se répétait : « Bien que la famille Péan ne soit pas de la noblesse, j'ai maintenant l'assurance d'obtenir par mon mariage un train de vie confortable, ce qui n'est pas chose négligeable. » L'oncle Eustache s'était montré soulagé de cette issue qu'il considérait comme raisonnable et qui mettait un point final à sa situation de jeune fille désemparée. Étant persuadé que sa nièce avait un grand besoin de ses conseils, il les lui avait prodigués et, voyant qu'elle s'y soumettait sans objection, il se montrait satisfait. Angélique songeait en souriant aux arguments qu'il avait invoqués pour l'encourager à promettre sa main à Michel Péan, alors que, au fond d'elle-même, elle était déjà convaincue :

– Ce sont de braves gens et de bons chrétiens, en plus de posséder une jolie fortune ! Vois, lui avait-il dit, vois les avantages de donner ta promesse : tu seras en bonnes mains, tu auras un époux capable de t'assurer plus qu'une sécurité, sans compter que sa famille t'accueille à bras ouverts…

Enfin, avec un soupir de soulagement, Eustache avait qualifié de sage son acquiescement à la demande du jeune homme et, n'ayant plus le souci d'assurer l'avenir d'Angélique, il s'était senti relevé de son rôle de tuteur. « Mon oncle, le chanoine, pourra continuer de s'adonner tout à son aise aux œuvres chrétiennes de la Nouvelle-France », se disait Angélique, qui se rappelait l'accueil chaleureux de ses belles-sœurs et de ses beaux-frères, ainsi que de M. et Mme Péan. Ils la conviaient chez eux tous les dimanches, malgré l'absence de Michel, retenu depuis des mois parmi les officiers du roi, ce qui retardait leur mariage. Après la messe et le repas dominical, on s'entassait dans les calèches pour partir en promenade, au milieu des éclats de rire et des conversations, et Angélique s'amusait, oubliant que son fiancé n'était pas à ses côtés. Quelquefois, malgré ces divertissements, elle pensait avec regret à son ancienne liberté sur les terres de Neuville et il lui arrivait alors le sentiment étrange d'être, au milieu des Péan, prise comme un otage... Elle pensait à ses frères et devenait tout à coup silencieuse, se repliant sur elle-même à l'écart des autres.

– À quoi rêves-tu, Angélique?

– Voyez-la qui est dans la lune... Il est temps que notre frère revienne! entendait-elle.

Et elle leur souriait en hochant la tête. « Voyons, Angélique, se disait-elle dans ces moments-là, tes pensées sont folles! Il te faut être plus sociable et te conduire en dame! La famille Péan au complet ne veut que ton bonheur. » Elle était étonnée par ses contradictions intérieures et ne comprenait pas les rebuffades de son cœur à la veille de se marier sans éprouver d'amour. « Allons, allons, se sermonnait-elle, n'est-il pas naturel de vouloir me marier tout simplement? J'ai tant attendu pour finir par constater que mes plus chers désirs ne se réaliseraient pas... À quoi bon persister et me condamner à vivre une situation sans issue? » Elle doutait et faisait taire la petite voix, tout au fond d'elle, celle-là même qui lui répétait sans cesse: « Tu as abandonné ta vraie nature, Angélique, tu es tombée dans le piège que tu as redouté en t'opposant aux volontés de ta mère: tu vas épouser un homme que ton cœur n'a pas choisi et que ta raison t'impose…» Et elle s'en voulait. N'avait-elle pas été lâche, elle qui s'était juré de se donner par amour? En prenant Michel pour époux, tissait-elle son bonheur ou endossait-elle un joug qui serait sa prison? Elle ne pouvait s'en ouvrir à nulle autre qu'à Nounou, qui savait l'écouter et qui lui disait en quelques mots où était le vrai bon sens. Lorsque ses doutes la reprenaient, elle se blottissait contre sa poitrine rassurante et se laissait bercer comme un petit enfant:

— Allons, allons, mon ange, disait Nounou, ne complique pas les choses, une jeune fille doit prendre mari ou entrer au couvent, rien n'est plus vrai…

— Tu as raison, Nounou, admettait Angélique, réconfortée.

Mais elle n'était pas totalement convaincue. Bien sûr, avec un époux que l'on disait habile en affaires et ambitieux, elle allait acquérir la notoriété en plus du fait que Michel montrait pour elle une grande inclination. Tout cela était de bon augure, à n'en pas douter. Dans sa situation, pouvait-elle encore hésiter? Impensable. De toute façon, le sort en était jeté, elle s'était promise à Michel Péan et leur engagement avait été proclamé publiquement à la grand-messe de la Pentecôte… Toute la ville de Québec était au courant.

Chouart fouettait les chevaux qui filaient dans le vent, et Angélique admirait, par la vitre de la portière, la vue grandiose sur le fleuve. Les eaux miroitaient et scintillaient au gré des vagues qui roulaient puis s'écrasaient en clapotant doucement dans les roseaux et dans les joncs. Quelques barques dansaient, objets minuscules et fragiles au milieu de cette immensité liquide, et l'on apercevait en leur centre un ou deux pêcheurs, petites silhouettes sombres relevant les lignes. Elle allongea ses jambes en faisant tourner ses chevilles, lasse de ne pas pouvoir bouger depuis plusieurs heures, et ajusta ses manches.

— Nounou, vois le clocher, là-bas… Nous arrivons aux Trois-Rivières, heureusement, car je suis fourbue.

Nounou se pencha un peu et lâcha son tricot. La flèche élancée se découpait au-dessus du lourd bâtiment de pierres grises tourné vers la vallée fluviale, dominant les quelques îlots de maisons alignées qui formaient la ville au creux des collines de la Mauricie.

— Enfin! Nous allons nous délasser un peu… Je vais me retrouver au couvent!…

À cette idée, elle rit de bon cœur, ne craignant plus d'y rester prisonnière. Le couvent des ursulines de Trois-Rivières était semblable en tout point à celui de Québec, un peu plus vaste, car on l'avait construit pour y accueillir les congrégations venues de France. Angélique s'y sentait comme chez elle… Tout lui était familier. Ils y passeraient la nuit, avant de parcourir la dernière étape du voyage vers Montréal. Chouart et les chevaux trouvèrent le gîte à l'extérieur des murs, dans la cour des visiteurs, et Angélique et Nounou furent logées dans une petite chambre blanche, dépouillée de tout luxe. Au long des corridors, tout était calme et silencieux. Lorsqu'elles entrèrent au réfectoire pour le souper, une des nonnes s'approcha d'Angélique, menue et pâle sous sa collerette, des larmes perlant au coin des yeux.

— Angélique?

Elle eut un coup au cœur en reconnaissant Marie-Thérèse, la fille aînée d'Eustache, cloîtrée là depuis plus de quinze ans.

— Comme tu es belle, lui dit celle-ci humblement...

Angélique aurait voulu la prendre dans ses bras, la serrer un peu et lui parler longuement, mais la règle stricte interdisait d'échanger, en ce lieu, des marques d'affection, et les moments de bavardage leur étaient comptés... Sa cousine lui prit les mains et lui demanda :

— Comment se porte mon père ?

Elle avait baissé les yeux, retenant son émotion de toutes ses forces, malgré ses lèvres et son menton qui la trahissaient par leur léger tremblement. Angélique, bouleversée, eut le sentiment très vif qu'elle avait échappé de justesse à cette déprimante solitude !

— Bien, lui répondit-elle, soudain intimidée, votre père me parle très souvent de vous. Il vous aime et s'inquiète de votre santé...

Elle ne savait pas pourquoi elle avait fait cette réponse à la pauvrette, qui en eut un peu de joie. Ses prunelles brillèrent pendant quelques secondes... Mais ce n'était pas la vérité, car Eustache ne se préoccupait pas de sa fille, croyant dur comme fer qu'elle était épanouie là où elle était ! En cet instant, Angélique se sentit si proche de Marie-Thérèse qu'elle aurait aimé lui en dire plus, même s'il s'agissait de lui raconter des choses insensées, pourvu que cela lui donne un peu de bonheur. Elle s'approcha de sa cousine et, tout naturellement, lui donna un baiser.

— Oh, dis à papa que je vais très bien ! fit encore Marie-Thérèse, un sanglot dans la voix, avant de retourner s'asseoir à sa table pour manger en silence.

L'image de Marie-Thérèse ne quitta pas l'esprit d'Angélique pendant tout le temps qu'elle fut au couvent. «Lorsque j'ai tenu tête à ma mère, pensait-elle, il s'en est fallu de peu pour que je me retrouve dans cette situation misérable. Quelle sorte de vie peut-on espérer lorsque rien ne vient plus distraire votre chagrin, lorsque tout est englouti dans un morne semblant de vie, derrière le paravent d'une règle obscure? se demandait-elle encore. Bien que j'aie eu mon lot d'épreuves et de problèmes ces derniers temps, bien que j'aie dû lutter pour préserver mon équilibre, je remercie le ciel qui a inspiré à mon oncle Eustache suffisamment de tolérance pour me laisser en liberté dans le monde, alors qu'il a brisé en sa fille la possibilité de vivre et d'être heureuse... Il l'a immolée.»

Et elle se sentit soulagée à l'idée d'être bientôt mariée.

Tandis que le carrosse continuait sa route et qu'on se rapprochait de Montréal, Angélique songeait. Sa vie prenait une nouvelle direction, celle du plaisir et de la prospérité, et pourtant elle ne pouvait réprimer une inquiétude grandissante pour son pays et pour ceux qui, de plus en plus, seraient appelés à se battre. Que deviendraient ses frères, qui étaient en mission sur les côtes, du côté de Louisbourg, et son fiancé, qui lui non plus n'était pas à l'abri des dangers? Elle n'était pas la seule à nourrir de sombres craintes. Silencieuse depuis plus d'une heure, alors que la voiture était ralentie par des charrettes de foin qui encombraient la route, elle interrogea Nounou à brûle-pourpoint:

— Crois-tu, Nounou, que nous saurons sauvegarder nos terres et notre appartenance à la France?

— Pourquoi me demandes-tu cela ici et maintenant, mon ange?

— Parce que, ici, Nounou, le paysage est si vaste et l'horizon est si lointain... Mon esprit a toute la place pour penser...

Anne-Marie laissa tomber ses aiguilles. La réponse d'Angélique la surprit. Elle n'arrivait pas à établir un lien entre la question et les raisons que la jeune fille invoquait. Elle eut l'air si étonnée qu'Angélique enchaîna:

— Dans les grands espaces, vois-tu, l'esprit peut se laisser aller, il n'est pas enfermé, et alors on pense sans le vouloir à des choses plus grandes et plus profondes que lorsqu'on est à la maison, au milieu de la ville, envahie par les préoccupations quotidiennes, limitée par les murs sur lesquels elles rebondissent et nous encerclent...

Nounou ne suivait toujours pas les pensées d'Angélique et n'imaginait pas comment les problèmes pouvaient se poser différemment selon qu'on était en ville ou bien à la campagne!

— Dis-moi, mon ange, il ne faudrait pas que tu penses à la façon des Sauvages! s'inquiéta-t-elle tout à coup.

— Et pour quelle raison, Nounou?

— Parce qu'il n'y a rien de chrétien dans leurs têtes! Tu sais bien que ton oncle Eustache serait furieux s'il apprenait que tu raisonnes ainsi...

— Vraiment? Je ne comprends pas pourquoi! J'ai souvent remarqué que les Micmacs et autres Iroquois ne parlent pas pour ne rien dire et que leurs propos sont dictés par une certaine sagesse qui fait souvent défaut aux hommes de notre société!

– Ne blasphème pas! Ils ne sont pas chrétiens, te dis-je…

Nounou se signa pour bien montrer son respect de la religion et sa terreur des Indiens qui n'avaient pas, par le baptême, renoncé à Satan et à ses œuvres… De toute évidence, il valait mieux abandonner ce sujet et ne pas s'aventurer dans les méandres d'une philosophie qui passait très haut au-dessus des préoccupations de Nounou. Angélique était sûre d'une chose, elle se sentait beaucoup plus forte lorsqu'elle était dans la nature. Son esprit avait une acuité différente devant un beau paysage. Son corps recevait des stimulations vivifiantes qui engendraient des pensées nouvelles. C'était comme si une autre facette de sa personnalité, avec un éclat plus brillant, se mettait à l'inspirer… Impossible d'expliquer le phénomène à sa brave nourrice! Impossible de mettre les mots précis sur ce sentiment…

– Toujours la même, mon ange! Tu tiens cela de ton père, ces raisonnements-là! Il en avait souvent et personne n'essayait de le suivre, c'était infaisable!

– C'est vrai. Quelquefois, j'ai le sentiment que papa, de son paradis, me souffle des idées… Qu'il vient me voir et qu'il me protège…

Elle fit un signe de la main et le bracelet tinta à ses oreilles. Il fallait chasser les regrets des jours anciens et ne penser qu'aux jours meilleurs, ceux qui commençaient à se dessiner. Elle revint à sa préoccupation première:

– Dis-moi, Nounou, de quoi sera fait notre avenir?

– Je crois que l'avenir est bien incertain et je ne sais pas ce qui nous attend, mais à quoi sert de se ronger les sangs?

— Denys et Philippe avaient l'air inquiets, ces derniers mois. J'ai surpris quelques conversations où ils ne se cachaient pas la gravité de l'heure. Ils disaient que l'avenir n'est pas rose… Il n'y a qu'oncle Eustache qui ne prononce jamais un mot dans ce sens.

Les deux femmes se turent, ne sachant comment interpréter les événements fâcheux qui se multipliaient au long de la vallée du Saint-Laurent. Angélique se rappelait les nouvelles qui lui étaient parvenues aux oreilles : des corsaires avaient coulé une frégate et l'on déplorait de nombreux morts. Des installations de pêche, dans le golfe du Saint-Laurent, avaient été détruites par des marins anglais. La pêche étant une des rares activités que les petites gens pouvaient pratiquer lorsqu'on ne leur avait pas octroyé de terres cultivables, chaque attaque de ce genre devenait un drame et avait des répercussions sur le revenu des familles de pêcheurs, en plus de les inciter à partir ou de décourager les autres de s'établir sur les côtes pour exploiter le commerce du poisson.

Impuissante, incapable de jouer le moindre rôle pour infléchir le cours des choses, Angélique songeait à son pays. « Pourquoi les femmes sont-elles si éloignées de tout ce qui fait la vie active de la société ? Les décisions à prendre et les actions à accomplir relèvent-elles uniquement du pouvoir des hommes ? » Autour d'elle, le paysage immuable et vaste la portait à réfléchir et lui soufflait dans le creux de l'oreille ses lois éternelles qu'elle ne pouvait pas traduire en mots. Les hommes n'entendaient-ils pas ces lois ? Les Indiens, ces enfants de l'Amérique, étaient-ils seuls capables de les respecter ?

Le carrosse fut de nouveau arrêté, cette fois par une vache échappée de son enclos. Les chiens de la ferme jappaient en courant et des poules, effrayées, caquetaient en battant des ailes. Chouart dirigea ses chevaux dans la cour et l'on profita de cette pause pour déguster un bol du lait que la fermière avait trait le matin même. Ce délice tout crémeux redonna aux voyageurs le courage de parcourir en beauté le reste du chemin, mais Angélique s'absorba dans ses pensées jusqu'à Montréal.

⚜

Marins et colons français, obligés de constater que les renforts n'arrivaient pas assez vite du vieux pays, avaient demandé au Conseil supérieur de prévoir des troupes et des milices et l'on s'activait à fortifier les remparts des villes, de Québec à Montréal. Pour Québec, heureusement, ce n'était pas une entreprise insurmontable étant donné la position naturelle du roc qui se dressait comme une citadelle.

Au cours des derniers jours, une grande fébrilité avait régné dans la ville. On resserrait les défenses, on élargissait les fortifications, on montait de nouveaux canons qu'on pointait vers la vallée, on transportait des sacs de sable, on colmatait, on réparait, on s'acharnait à rehausser des pans de mur, on creusait des tranchées. Armés de pelles, de marteaux et de scies, tous les hommes valides de Québec donnaient la main aux soldats. Les habitants des environs participaient à cette entreprise collective et le cap Diamant portait l'écho de la détermination commune par-delà l'horizon, là où les pêcheurs n'osaient plus s'aventurer avec leurs goélettes ou leurs barques.

Angélique revoyait toute cette fébrilité, cette agitation qui traduisait la volonté des Canadiens. Pourquoi

123

fallait-il que viennent s'ajouter aux soucis militaires, en cette année 1745, les crues du fleuve qui avaient détruit quelques bâtiments en les engloutissant? La veille encore, elle avait appris que deux goélettes s'étaient fracassées sur les pointes des rochers, non loin de Tadoussac. D'un mois à l'autre, depuis le début du printemps, le panorama de la Nouvelle-France s'assombrissait.

Un cahot fit tout à coup sursauter les deux voyageuses. Nounou rangea sa laine dans le panier qui était à côté d'elle, tandis qu'Angélique fut tirée de sa rêverie. «Pourquoi me tracasser ainsi, se dit-elle, ces pensées ne servent à rien! Il est temps de me tourner vers le bonheur que la vie me propose et d'en faire bon usage. »

– Où donc es-tu, mon ange? Tu songes trop! Que signifie ton silence? interrogea Nounou.

– Oh! Rien, rien du tout… Regarde, Nounou! s'écria-t-elle en passant la tête par la portière… Nous arrivons à Montréal, je vois déjà le mont derrière les toits des premières maisons…

– Comme c'est petit comparé à notre ville!

En tenue d'apparat, capote bleue, épaulettes et galons dorés, pantalon blanc et tricorne aux couleurs du roi de France, Michel Péan de Livaudière s'exerçait avec un groupe de jeunes gens en uniforme comme lui aux manœuvres et aux stratégies que tout officier doit maîtriser pour servir l'armée française. En fait, parler d'armée était un peu prétentieux. Pour dire vrai, il s'agissait plutôt de troupes et de bataillons disséminés ici et là qui attendaient les renforts du vieux continent pour constituer une armée véritable, mais enfin, on se préoccupait de la guerre! Le fort de Montréal, récemment construit au pied de la montagne, était en effervescence, car s'il avait pris fantaisie aux soldats anglais d'attaquer la ville, la déroute aurait pu être cuisante!… Montréal, en fait de fortifications, n'était protégé que par une palissade en bois qui ne résisterait pas longtemps aux hommes d'un général anglais. On prévoyait déployer des troupes, agrandir les fortifications et y entreposer des munitions tout comme dans la région de Québec. Que ce soit sur les côtes de l'Acadie, autour de la forteresse de Louisbourg, au long du Saint-Laurent et même par les voies fluviales depuis la Louisiane, les Anglais gagnaient du terrain de tous côtés et le disputaient à la France…

Michel Péan était en sueur. Malgré son élégance, l'uniforme de drap des enseignes et des officiers n'en était pas moins inconfortable par cette température étouffante. De plus, bourrer de poudre les fusils munis d'une baïonnette endommageait les vêtements, que l'on tachait ou déchirait au moindre faux mouvement, et il n'était pas aisé de se préoccuper de sa redingote en même temps que de son tir… Concentré depuis le matin sur les manœuvres de sa garnison, il avait peiné et sué et il avait grand besoin de s'accorder quelques minutes de répit. Lorsque le colonel annonça le quartier libre de la journée en criant le « rompez les rangs » usuel, il porta la main à son arme et fit un salut impeccable en claquant les talons, puis se dirigea vers l'autre bout de la cour. Soupirant d'aise, il s'assit sur un muret à sa portée et sortit de sa poche le billet qu'il avait reçu la veille. Il était de sa fiancée. Il le parcourut de nouveau, rien que pour le plaisir, avec une moue de contentement :

Mon ami,
Il fait si beau qu'il me tarde de vous revoir et de vous entendre me parler comme vous l'avez fait la dernière fois que nous nous sommes vus. J'ai décidé d'utiliser votre carrosse et de venir vous visiter en même temps que de saluer mes cousins, les enfants de Marie-Charlotte de Ramezay qui est décédée récemment. Nounou m'accompagnera comme chaperon et Chouart veillera sur nous deux au long de la route, tandis que Thomas tiendra la maison…
Vous me conterez les nouvelles de Montréal et nous pourrons nous promener ensemble.
Je pense bien à vous,

Angélique

— Hé, Péan, tu rêves à ta fiancée ?
— Fais voir, fais voir ! On va être jaloux !
— Attention de ne pas te la faire voler, elle est trop belle pour toi !

Il était si absorbé dans ses pensées qu'il lui fallut un certain temps pour s'apercevoir que ses compagnons d'armes se moquaient de lui. Il releva la tête et se mit à rire. Les deux fils de Cavelier de La Salle, le neveu de M. de Vaudreuil, le petit-fils de Michel Bégon l'ex-intendant, tous ces jeunes gens se mettaient de la partie pour plaisanter à ses dépens. Ils le bousculaient en se gaussant et ressortaient les mêmes sempiternelles plaisanteries, celles qui circulaient chaque fois qu'un des leurs était amoureux. Michel ramassa un caillou et fit mine de le leur lancer en guise de représailles, ce qui les fit déguerpir. Il avait hâte de retrouver Angélique, certes, d'abord parce qu'il ne l'avait pas vue depuis un long moment, ensuite parce que la tenir ne serait-ce que quelques minutes dans ses bras lui ferait du bien. Lui le rustre, l'homme qui pouvait se contenter de dormir sur une paillasse pendant des jours et qui n'avait pas de manières, lui qui avait toujours refusé de s'incliner et d'obéir aux exigences féminines, même celles venant de sa mère qu'il adorait, il était tombé sous le charme d'Angélique sans pouvoir y résister. Devant l'éclat de ses yeux verts, il se sentait fondre et filait doux, submergé, envahi tout entier par un univers inconnu jusqu'à ce jour, fait de désir, de volupté et de délicatesse qui l'enivrait plus que l'alcool. Il devenait sentimental… Lui demander sa main avait été pour lui aussi évident que de revêtir son uniforme ou de charger la bouche d'un canon… Il l'avait fait, convaincu que c'était la seule chose qu'il eût pu faire, et, pour la première fois de sa vie, il avait associé une femme à son destin comme si elle faisait partie de lui-même. Encore ce soir, il se prenait à rêvasser, à ne penser qu'à elle, et ce besoin, impérieux et dévorant, lui était étranger quelque temps auparavant.

Lorsqu'il la vit arriver devant lui, soulevant délicatement un pan de sa jupe et marchant à petits pas pour ne pas endommager ses souliers, élégante, souriante, fière et ô combien belle! son cœur fit un bond dans sa poitrine. Les mots lui manquaient pour la dépeindre, ils se perdaient dans la brume de sa raison qui s'était figée à l'instant même où elle lui était apparue, le laissant pantois. D'ailleurs, il n'avait pas besoin de mots ni de vains raisonnements : la seule chose qui émergeait de sa volonté comme un iceberg émerge des profondeurs inconnues, c'était qu'il voulait en faire sa femme, il voulait qu'elle soit toute à lui, il voulait l'avoir à son bras, la tenir contre lui la nuit sur sa couche, en faire sa chose et son trésor et boire dans ses yeux à cette source rafraîchissante qui coulait sans cesse, vive, limpide et profonde… Même si, en cet instant, il se sentait devenir niais et même si son désir intime lui faisait oublier son identité de futur combattant, il voulait Angélique et ne voulait plus qu'elle.

— Alors, Péan ! Voici ta bien-aimée, hein ? La soirée sera brûlante ! Ah, ah, ah…

Les rires gras et les exclamations fusaient de toutes parts, tandis que lui n'entendait rien et ne voyait que son aimée.

— Viens-tu avec nous à l'auberge ? Il fait chaud, la soif nous tenaille…

— Viens, Péan, c'est moi qui te paie à boire !

— C'est aussi ma tournée, profites-en, Péan, *in vino veritas* !

Les voix éraillées et moqueuses le tirèrent brutalement de sa contemplation. Il laissa ses compagnons à leurs propos mesquins, se leva d'un trait pour aller au-devant d'elle et s'inclina profondément en lui baisant la main. Lentement, il releva la tête et, lorsque son regard rencontra les yeux d'Angélique, il y eut un déclic dans sa poitrine. « Connaît-elle le pouvoir de ses yeux ? » se demanda-t-il.

— Ah, mon ami, que je suis aise de vous revoir ! lui lança-t-elle de sa voix enjouée qui résonnait comme une musique céleste à ses oreilles.

— Angélique, je suis le plus heureux des hommes…

— Ici n'est pas l'endroit le plus agréable, mon ami…
Nous pourrions nous promener un peu…, proposa-
t-elle en lui souriant et en faisant tourner joliment son
ombrelle.

— Vous avez raison, ma chérie. Marchons et bavar-
dons…

Il lui offrit son bras. Ils suivirent le chemin de la
Montagne qui redescendait jusqu'au fleuve au milieu des
maisonnettes et des fermes entourées de prés et de pota-
gers. L'air sentait bon et les grands saules qui ployaient
doucement leurs branches souples jusqu'au bord de
l'eau semblaient leur murmurer une mélodie qui n'était
faite que pour leurs oreilles. Nounou les suivait dans le
carrosse, avec Chouart qui tenait ses chevaux au pas, au
cas où les amoureux voudraient monter en voiture si la
fatigue les prenait, mais, légers et comblés de plaisir, ils
préféraient savourer le vent frais qui caressait leurs visages à mesure qu'ils se rapprochaient du port. Angélique
flânait en s'arrêtant devant chacune des échoppes de la
rue Saint-Paul, admirant les tissus et les colifichets dont
les Montréalaises aimaient à se parer. Elle entraîna
Michel dans une boulangerie qui sentait bon le pain
chaud et, mis en appétit par la longue promenade, ils
dévorèrent deux ou trois galettes qui sortaient du four.
Une gamine vêtue de vieilles nippes les regardait, l'air
affamé. Angélique se mit à rire :

— Tu as faim, petite ?

La petite se mordit les lèvres en se dandinant sur ses
sabots, sans oser dire oui… Elle était touchante avec ses
grands yeux noirs et sa coiffe de lin d'où dépassaient des
tresses.

— Veux-tu un gâteau?

Elle ne disait toujours rien... Angélique choisit trois ou quatre biscuits et les lui tendit, pendant que Michel payait la boulangère. La petite écarquillait les yeux en tenant précieusement les biscuits entre ses mains.

— Comment t'appelles-tu, mignonne?

— Louison.

L'enfant s'assit par terre et se mit à manger goulûment, comme si elle avait peur qu'on ne lui reprenne ses friandises, intimidée par cette belle dame en robe de soie qui lui souriait et lui offrait des douceurs.

Ils passèrent devant une auberge au long de la pointe à Callières d'où l'on entendait des refrains à boire que le jeune homme connaissait bien, mais, étant en galante compagnie malgré l'envie qu'il en avait, il se retint d'y pénétrer. Ils s'approchèrent ensuite du port, derrière lequel se trouvaient le marché et les entrepôts, un peu à l'ouest de la place Royale.

Michel, fier de tenir Angélique à son bras, se demandait depuis quelques instants s'il devait dire à sa fiancée qu'il avait reçu, le matin même, l'ordre de rallier la garnison postée au fort Saint-Jean, à l'entrée du lac Champlain. Il ne savait si, avant leur mariage, il pourrait avoir de nouveau le loisir de lui faire sa cour et ne voulait y penser. Comment accueillerait-elle cette nouvelle? Autant profiter pleinement de sa visite... Demain serait bien assez tôt pour lui parler de sa mission. Il était à la fois contrarié et satisfait d'avoir bientôt à s'éloigner et ne comprenait rien à ces pulsions extrêmes qui le ballottaient d'une heure à l'autre et ne le comblaient jamais. Il était jaloux de sa liberté qu'il appréciait mais, étant fou d'amour, il lui était doux d'être esclave de son sentiment. C'était à s'y perdre. À l'image de tous ceux qui étaient promis à une carrière militaire, il ne voyait son salut que dans les récompenses honorifiques de l'armée qui lui assureraient, le moment venu, une position enviable... Pour lui, la vie n'avait de sens que s'il entendait parler de campagnes et de troupes d'hommes en armes, mais, en même temps, tout comme son père, dont il avait hérité les talents, il se révélait un habile négociateur et un commerçant hors pair. Intuitivement, depuis qu'il était enfant, il savait tirer parti de toutes les situations et il étonnait les membres de sa famille qui l'avaient vu grandir en se sortant de positions délicates avec un front et un entêtement bien à lui. Parmi ses frères et ses sœurs, aucun n'avait reçu ce don particulier. Ce soir, il s'efforçait de refouler le tiraillement qu'il ressentait entre les exigences de sa carrière militaire et son affection pour celle qui, dans quelques mois, deviendrait sa femme et se promenait à son bras pour son plus grand bonheur.

Toute à la balade, Angélique observait Michel Péan et se demandait avec une pointe d'appréhension ce que serait l'avenir avec lui. Elle avait engagé sa vie tout entière et, dans quelques mois, elle serait une femme mariée sans qu'il lui soit possible de revenir sur ce fait. Elle ne l'aimait pas vraiment, c'était bien certain ! Elle ne pouvait l'aimer comme elle avait aimé son cousin, l'autre Michel, son véritable amour... Chaque fois qu'elle posait ses yeux sur celui-là, un étrange sentiment l'envahissait, un mélange d'amusement devant sa démarche raide et ses gestes sans grâce et de dépit à l'idée qu'il n'était pas le plus bel homme qu'elle avait connu. Elle n'éprouvait pas de sensation d'ivresse lorsqu'il la serrait dans ses bras, elle était même parfois embarrassée. Ses caresses ne la transportaient pas et ne la poussaient pas à désobéir aux lois de la morale comme elle l'avait fait jadis avec désinvolture dans les moments où elle s'était laissée aller dans les bras de Michel de Lotbinière. Lorsqu'elle sentait la main de son fiancé s'attarder sur son cou, un frisson désagréable la parcourait qui bloquait toute forme d'abandon et de sensualité. Son corps restait de glace. Elle ne tolérait ses marques d'affection que dans les lieux où rien ne pourrait la compromettre, et encore... Elle n'était pas pressée de lui appartenir et ne voulait pas y penser! Mais elle avait décidé de son mariage et Angélique Renaud d'Avène des Méloizes tiendrait sa promesse, elle deviendrait Mme Michel-Hugues Péan de Livaudière devant Dieu et devant les hommes, fidèle à sa parole et à son serment.

Lorsqu'ils arrivèrent au château situé sur une butte derrière l'église du Bon-Secours, quelle ne fut pas la surprise d'Angélique de trouver la maison sens dessus dessous! Des déménageurs s'activaient, emplissant des carrioles et des charrettes, poussant des meubles et tirant des malles. Elle ne vit aucun de ses cousins ni l'intendant et sa femme qui, chaque année, venaient y passer l'été et s'y distraire. Sa tante Marie-Charlotte avait été une maîtresse femme, une des premières de la colonie à se lancer en affaires et à embaucher des ouvriers pour sa tannerie et pour ses magasins. Angélique songeait à elle: «C'était une femme exceptionnelle, se disait-elle, j'aimerais tant lui ressembler...»

Le château Ramezay était la demeure familiale la plus luxueuse qui ait jamais été construite dans l'île de Montréal, mais, ce jour-là, l'agitation et le désordre le rendaient méconnaissable. De nombreux serviteurs s'affairaient en tous sens, les portes grandes ouvertes. Angélique, perplexe, s'approcha de l'homme qui dirigeait les opérations :

— Dites-moi, mon brave, qu'en est-il au juste ?

L'homme souleva son chapeau et s'inclina.

— Vous n'êtes pas au courant, mademoiselle ? Le château est vendu, nous emportons les meubles et les objets qui appartiennent aux héritiers...

— Les maîtres ne sont pas ici ?

— Oh, je crois, mademoiselle, que le petit-fils de Mme la marquise est en train de régler le tout avec le régisseur des nouveaux propriétaires...

— Conduisez-nous, mon brave...

Chouart remisa le carrosse dans la cour du château et Michel et Angélique, suivis de Nounou qui pressait le pas derrière eux, se hâtèrent de pénétrer dans la magnifique demeure. Angélique et Michel rencontrèrent le jeune marquis, mais la résidence d'été de l'intendant étant devenue l'hôtel de la Compagnie des Indes, on ne put y trouver comme gîte, ce soir-là, que deux chambres à l'étage. Ensuite, ils soupèrent dans une auberge tranquille, après quoi Michel Péan regagna sa caserne après avoir salué Angélique et Nounou.

Son bréviaire à la main, Eustache de Lotbinière pensait à tout ce qui l'attendait. Il présidait comme doyen du chapitre parmi les cinq premiers dignitaires du haut clergé, siégeait au Conseil supérieur de la colonie et réglait, avec le gouverneur et l'intendant, les affaires religieuses courantes. L'absence de l'évêque, Mgr de Pontbriand, se faisait sentir... Celui-ci, qui n'avait pas encore manifesté l'intention de prendre possession de son diocèse, scandalisait l'ensemble des ecclésiastiques, décevait et faisait jaser... Il venait tout juste de repartir pour la France. Mais qu'y pouvait-on? Par le fait même, Eustache, malgré qu'il n'eût pas le titre d'évêque, avait toutes les responsabilités de cette charge.

Il décida de remonter à pied jusqu'au palais de l'Intendance. Des militaires, baïonnette au clair, arpentaient les rues de la ville. D'autres, munis de longues-vues, s'étaient attroupés pour scruter le fleuve au milieu des allées et venues des commerçants qui poussaient leurs carrioles remplies de choux et de carottes jusqu'au marché et des trappeurs qui entraient au magasin général, l'échine pliée sous le poids des ballots de peaux. Au bout de l'anse, quelques Hurons arrivaient de Tadoussac en canot et des badauds se pressaient autour d'eux, avides de curiosités. Non loin, une femme de la basse ville en bonnet de coton, entourée de deux marmots qui se pendaient à ses jupes, vendait à la criée le poisson que son mari avait pêché le matin même. Offrant ses dorés et ses brochets sur une vieille brouette, elle se lamentait:

— Deux bateaux ont été arraisonnés par des brigands anglais du côté de Tadoussac! C'est-y pas malheureux! La pêche devient dangereuse sur nos côtes... Bientôt, la pêche ne pourra plus nourrir son homme...

Eustache s'arrêta pour rassurer un peu la femme et l'exhorter à la prière. Il était inquiet des propos qu'elle tenait et qui revenaient trop fréquemment dans la bouche de ses proches. Tout en réfléchissant à la sécurité du fleuve, il lui fit promettre de donner le plus vieux de ses garçons au séminaire, afin, lui dit-il, de racheter ses fautes.

— Vous avez ben beau, monsieur le chanoine, lui répondit la pauvre femme, mais sans mon Jeannot, comment son père remontera-t-y les filets pour nous nourrir quand nous serons ben vieux ?

— Le ciel y pourvoira, brave femme ! Faites donc d'autres enfants, soyez généreuse envers l'Église sans laquelle vos âmes s'égarent ! Offrez vos enfants pour le rachat de tous vos péchés !... Nous vous protégerons des brigands !

Quels péchés ? La pauvre femme, désemparée, serra ses deux petits pour les faire disparaître sous ses jupes et lança vers Eustache un regard affolé, craignant qu'il ne s'empare de Jeannot dans la seconde même. En ces temps troublés, on voulait de tous côtés vous prendre vos enfants ! Quand ce n'était pas le curé, c'était le sergent recruteur de la milice du roi qui avait tôt fait d'emmener les jeunes à l'auberge... Après les avoir fait boire bien plus que de raison, il leur faisait tracer une croix au bas d'un papier timbré et les enrôlait contre leur gré, avec un aplomb qui les terrorisait. La pauvre femme n'était pas la seule à craindre pour ses petits. Les gens de peu étaient sans cesse sur le qui-vive ! Eustache laissa Jeannot à sa mère et, continuant son chemin, il croisa le notaire Barolet.

— Bonjour, monsieur le chanoine, je suis bien aise de vous rencontrer, j'ai justement affaire à vous voir !

— À quel propos, notaire ?

— C'est au sujet de la vente de la maison de la rue Saint-Pierre… Venez sans faute à mon étude… Il y a du nouveau…

— Comptez sur moi après la réunion du Conseil supérieur, répondit Eustache, intrigué.

Le notaire s'approcha de lui, avant de poursuivre sa route :

— Êtes-vous au courant des dernières nouvelles ? J'arrive de chez le gouverneur, une centaine de voiliers anglais encerclent la forteresse de Louisbourg ! L'avenir prend des couleurs bien sombres, celles de l'Angleterre !…

Eustache aurait reçu un coup de gourdin sur le sommet de la tête qu'il n'en aurait pas été plus assommé. Incapable de prononcer un mot, il entendit le notaire continuer de lui poser des questions :

— Est-ce vrai que notre intendant sera bientôt remplacé ?

Eustache prit l'air évasif qui s'imposait, ne pouvant donner une réponse, même officieuse, à cette question. Au moment où l'on devait organiser la permanence d'une armée défensive, de Québec à Montréal, des bruits couraient sur le départ prochain de l'intendant Hocquart. Jusque-là, les corps de milice étaient trop peu nombreux, mal organisés et sans munitions. Les soldats n'y séjournaient guère et reprenaient souvent le chemin de la France ; il fallait se préoccuper dès à présent de la défense du territoire. On avait perdu beaucoup de temps et recruter des troupes était devenu une tâche impossible, car ceux qui restaient au pays refusaient de s'enrôler dès qu'ils avaient mis un pied ici. Ils prenaient femme à peine débarqués et, nantis d'une terre, disparaissaient pour cultiver leur lopin. Bon nombre mariaient des Indiennes qui s'étaient converties, des filles solides qui leur faisaient vite un marmot ou deux, après quoi, il n'était plus question d'aller se battre...

Depuis toutes ces années qu'il était en poste, Gilles Hocquart administrait la justice avec les juges que désignait le gouverneur, le marquis de La Boische de Beauharnois, il rédigeait les ordonnances réglant la voirie, l'éducation, les mœurs et la sécurité, délivrait les permis de traite, réglementait le commerce, les métiers et les professions. Tous dépendaient de lui ! Même le gouverneur général n'assumait pas autant de responsabilités.

Eustache, en cherchant des solutions pour tous les problèmes de l'heure, se demandait quelle était la raison de cette convocation chez le notaire Barolet.

Un clerc maigre et voûté, portant d'énormes lunettes cerclées d'écaille, s'empressa d'ouvrir la porte à Eustache, tandis qu'une servante agenouillée, armée d'un seau d'eau claire, frottait le plancher à l'aide d'une brosse. Eustache passa devant elle la tête haute, aveugle à la grosse poitrine débordant du caraco entrouvert qui s'agitait au rythme de ses gestes. Eustache était, selon son habitude, soucieux de n'avoir aucune pensée concupiscente et se hâta en récitant tout bas un *Ave Maria*. Le bureau se trouvait au bout d'un sombre couloir. Me Barolet, portant perruque et veston gris, se précipita en faisant une courbette et avança un fauteuil dont la tapisserie passablement usée, tout comme celle qui ornait le mur, laissait supposer un grand souci d'économie.

Il avait un teint qui s'assortissait à son vêtement et se fondait dans l'atmosphère sans vie de la pièce exiguë. Tout y était gris.

— Vous m'avez intrigué, notaire. Je suis impatient de connaître la raison de votre convocation…

Le notaire prit place derrière la longue table encombrée de documents de toutes sortes, au centre de laquelle était posée une pile de lettres maintenue par un drôle de petit cheval de bronze qui paraissait très lourd. Après avoir ajusté son lorgnon, il hocha la tête deux ou trois fois, accentuant l'impatience d'Eustache :

— Voici… Ce ne sont pas les événements survenus sur les côtes de l'Atlantique, que vous connaissez mieux que moi et qui nous préoccupent, qui sont le motif de notre rencontre…

Il se penchait vers son vis-à-vis et ses mains se balançaient au-dessus des documents, caressant le dos du petit cheval chaque fois qu'elles l'effleuraient.

— Non, non, mon cher chanoine, ce n'est pas cela. Toutefois, ces événements y contribuent ! D'emblée, je vous dirai que les derniers naufrages en sont la principale cause…

Eustache, toujours calme en apparence, était rivé aux paroles du notaire qui semblait prendre plaisir à tourner autour du pot. Il se demandait si l'autre allait enfin en venir à l'objet de la convocation et, pour lui laisser le temps d'y arriver, il tenait dans les mains son chapelet dont il faisait lentement filer les grains entre son pouce et son index.

— En effet, en effet, mon client, M. de La Houillère d'Avala, un homme respectable sans qui la colonie aurait souvent manqué de vivres…

«Encore ce M. de La Houillère!» se dit Eustache, agacé par le seul nom de cet homme qui n'avait jamais manifesté un sentiment très chrétien. Il le considérait comme un parvenu, un roturier dont la mentalité était opposée à celle des honorables familles canadiennes, et n'entendait pas perdre de temps avec ce genre d'individu. Que lui voulait-il encore?

— Mon client, dis-je, est décédé dans le naufrage du bâtiment qu'il avait affrété et sur lequel étaient transportées les denrées qui n'arriveront, hélas, jamais à Québec...

— Oui, les naufrages sont devenus monnaie courante, commenta Eustache. C'est terrible! Terrible... Je comprends bien, mais encore? ajouta-t-il sans le moindre signe de compassion.

— Ce navire, *La Bohême,* a été coulé la semaine dernière par des bâtiments pirates à la solde des Anglais! Nous déplorons plus de douze morts et quelques disparus...

— C'est terrible, fit encore Eustache.

— Mon client est mort d'une crise cardiaque au milieu des bagarres. Par ailleurs, étant donné que les troupes anglaises ont déjà brûlé le fort Canseau, près de Louisbourg...

Eustache eut un sursaut. Le notaire connaissait la prise du fort Canseau en Acadie, dont la nouvelle était tout juste parvenue au Conseil supérieur avec la déclaration de guerre entre la France et l'Angleterre! On en avait débattu à la réunion du Conseil de la veille et l'on avait décidé de garder la discrétion la plus entière quant à la première défaite des troupes françaises sur les côtes de l'Atlantique. Eustache coupa la parole au notaire, avare des détails qu'il voulait taire.

— Je suis navré, notaire, que ce monsieur ait perdu la vie en ces circonstances! Les pertes que nous avons à déplorer ces jours-ci sont une catastrophe! Les conséquences, nous les subirons par manque de nourriture au cours de l'hiver prochain... Mais en quoi suis-je concerné? J'ai fort peu connu ce monsieur.

— J'y viens, monsieur le chanoine... Mon client était immensément riche... Or le sort a voulu qu'il décède sans enfants, veuf d'une femme qui avait un fils d'un premier lit, lui-même décédé... Ses dispositions testamentaires sont claires. La maison de la rue Saint-Pierre achetée à votre sœur, qui n'était pas encore payée dans sa totalité, revient à Mme des Méloizes, ainsi que la plupart de ses biens qu'il lui lègue, à elle et à sa fille Angélique...

Eustache se leva. Impossible, au nom de la morale, d'accepter une pareille éventualité sans émettre des réserves. L'annonce de cet héritage comportait une note discordante laissant supposer que Louisa ou Angélique avaient été très chères à cet homme! Il ne supportait pas cette idée, il n'acceptait pas qu'un étranger entache, par les dispositions de son testament, la respectabilité sans faille de sa famille.

— C'est insensé! Pour quelle raison ce monsieur a-t-il mis ma sœur et ma nièce, qui n'avaient aucun lien d'aucune sorte avec lui, sur son testament? Jamais ma sœur, veuve depuis seulement quelques semaines... Je me réserve le droit de refuser cette succession, si elle n'est pas de construction honnête...

Le notaire comprit les réticences d'Eustache.

— Justement, il semble que mon client ait eu souci de se conduire en gentilhomme, souligna-t-il. Il avait, dit-il dans son testament, manqué de courtoisie envers ces deux dames qui étaient dans le deuil lorsqu'il fit l'achat de la maison pour une somme qu'il a qualifiée de ridicule... Lisez vous-même... Sa conscience lui a dicté de réparer la chose par son testament...

— Tout de même, il en a convenu !

Eustache revoyait la scène au cours de laquelle il avait menacé le bonhomme d'excommunication, au cas où il ne démordrait de ses prétentions d'épousailles avec Angélique... Il se pencha sur les documents. Tout était mentionné comme l'avait affirmé le notaire. Il lut attentivement les quatre pages du testament.

— La dernière clause, monsieur le chanoine, stipule qu'un montant de cinq mille livres ira aux œuvres du Séminaire et des sulpiciens... Vérifiez vous-même !

Eustache se rassit. Finalement, l'affaire était intéressante. Si les autorités religieuses en tiraient parti, la morale et la respectabilité ne pouvaient être mises en péril.

— Monsieur le chanoine, vous êtes le tuteur de Mlle Angélique et Mme des Méloizes est en France. Il vous revient d'accepter la succession en leur nom. Je vous charge d'informer Mme des Méloizes et de la rappeler, afin qu'elle vienne signer les papiers dans les meilleurs délais, si possible avant l'arrivée de l'hiver, au plus tard dès le printemps...

CHAPITRE IX

Lorsque le carrosse d'Eustache s'arrêta devant la maisonnette, Angélique en descendit précipitamment et courut jusqu'à la cuisine en battant des mains, bousculant sur son passage Thomas qui époussetait l'horloge.

— Nounou, Nounou! Devine! C'est bien la meilleure chose qui nous arrive... Je n'ai jamais rien vécu d'aussi plaisant...

Nounou, qui épluchait des légumes, leva les yeux vers sa protégée, attendant la suite.

— Ce vieil homme que j'ai éconduit de la belle manière, ce vieux grigou qui avait enlevé à ma mère sa maison pour une bouchée de pain et qui me voulait en prime, ce vieux malhonnête, à cause de qui nous avons dû déménager, il nous fait ses héritières! Te rends-tu compte, Nounou? Par ma foi, quel plaisant malhonnête que cet homme!

Surprise, Nounou laissa tomber les pommes de terre qu'elle retenait dans son tablier.

— Enlevé, mon ange, tu exagères un tantinet! C'est plutôt ta mère qui avait conclu ce marché avec lui, affolée par les dettes de ton père qu'elle devait rembourser séance tenante. C'est elle qui avait proposé ce prix ridicule...

Angélique eut l'air étonnée des paroles de Nounou. En fait, elle n'avait jamais pensé de la sorte.

— Tu as sans doute raison! fit-elle, ouvrant les mains en signe d'évidence. Enfin, nous sommes de nouveau les propriétaires de la maison de la rue Saint-Pierre… De plus, il nous laisse des obligations et des valeurs! Me voici presque aussi riche que mon futur mari…

Angélique, qui laissait éclater sa joie, prit les mains de la bonne Anne-Marie dans les siennes et l'entraîna dans une ronde effrénée autour de la maison. Nounou riait, caracolant avec elle, heureuse de la voir retrouver sa spontanéité d'enfant, s'essoufflant et suffoquant de plaisir. L'idée que son «ange» était enfin récompensée la réjouissait tant qu'elle en était toute rouge.

— On peut faire une croix sur les difficultés. Dieu merci! Finies les années de privations, exulta Angélique. Je vais bientôt me marier et, par surcroît, j'hérite…

Dans l'esprit de Nounou, l'ordre était rétabli: le Bon Dieu avait agi de façon équitable et juste. Il fallait le reconnaître et s'en réjouir! Nounou ne pouvait douter que l'organisation de ce Bon Dieu, qu'elle priait religieusement chaque jour et qu'elle respectait par-dessus tout, fût sans faille; cet héritage imprévu était la chose la plus parfaite qui soit advenue à sa protégée depuis bien longtemps! Elle se promit à cet instant d'aller faire brûler un cierge devant la statue de sainte Geneviève: le plus gros cierge qu'elle pourrait trouver dans l'église Notre-Dame-des-Victoires pour remercier le ciel et tous les saints du paradis… Retrouver la maison et reprendre toutes les habitudes qu'elle y avait forgées au fil des ans, c'était un vrai bonheur! Elle joignit les mains en signe de reconnaissance:

— Dieu soit loué! Chez nous!

Elle en avait les larmes aux yeux... Angélique, la voyant émue, tira sur son châle:

— Viens, Nounou, viens, préparons-nous, nous partons à Neuville... Le gouverneur et l'intendant ont besoin de locaux de garnison pour les troupes qu'on rassemble de partout... Allons au manoir, mettons-le à la disposition des soldats... Transformons les dépendances en entrepôt... Ensuite, dès la semaine prochaine, nous emménagerons rue Saint-Pierre...

— Ah! toi, ma Lélie, tu as toujours la bougeotte! Nous ne sommes pas plutôt arrivées que déjà nous voilà reparties... Aie pitié de mes vieilles jambes...

Angélique la serra dans ses bras et lui donna un baiser sur la joue:

— Tu resteras assise à nous regarder et je serai à tes ordres, avec Thomas et Chouart, lança-t-elle pour la faire rire. Nous n'avons pas le choix, Nounou, nous ne pouvons pas laisser les soldats sans gîte! Nous leur devons pour le moins de bonnes conditions. Ce sont eux qui défendront notre pays, et Neuville peut en accueillir un bon nombre... Ne penses-tu pas que Louis-François et Nicolas m'approuveraient s'ils étaient ici?

— Pour sûr, mon ange!

Nounou fit un signe de croix.

— Bonne Sainte Vierge, où sont-ils, mes petits?

— Dieu merci, ils sont à Louisbourg où ils ne craignent rien! C'est l'endroit où les militaires sont en sécurité, fit Angélique pour se rassurer et apaiser la brave femme. Ne sois pas inquiète pour eux, Nounou... Partons à Neuville, car le temps presse. Les ressources de la terre y sont abondantes, en plus des pommes... Ce sera bientôt la saison des pommes, y as-tu pensé? Les militaires n'y manqueront de rien et feront des cueilleurs à bon prix!

— Ah, toujours à te préoccuper des autres et de tout… Ta charité te perdra, mon ange!

— Il faut faire face aux Anglais, Nounou, ce n'est pas de charité qu'il s'agit, c'est de l'avenir de notre pays!

Elle se tourna vers la porte et cria:

— Thomas, Thomas, viens nous prêter main-forte, nous partons à Neuville… Va chercher Chouart et dis-lui qu'il attelle!

Angélique, radieuse, réintégra la maison de la rue Saint-Pierre après quelques jours passés sur les terres du domaine où elle reprit ses habitudes de courir dans le vent et de goûter à la liberté. Toutefois, transformé en garnison, le manoir était devenu méconnaissable. On y avait installé une cinquantaine d'hommes qui s'exerçaient au tir et aux manœuvres avec quelques officiers. La cuisine de Nounou, le potager de Chouart, les écuries et la grange, tout était passé en d'autres mains, moins familières. Tout compte fait, il valait mieux ne pas s'y attarder.

Dans sa chambre de jeune fille, assise devant son secrétaire, Angélique entendait Thomas qui s'affairait depuis le matin à remettre les meubles à leur ancienne place dans le salon, et des cuisines montait le parfum des confitures que Nounou mijotait avec amour. Tout était rentré dans l'ordre. Sur sa commode, elle avait placé un bouquet de fleurs sauvages orangées et blanches, qui illuminaient sa chambre. Elle soupira d'aise. Les moindres détails de la vie reprenaient leur sens. Les uns après les autres, ils formaient une douce guirlande de couleurs, de sons et de parfums grâce auxquels l'âme et le cœur s'apaisaient, comblés par cette nourriture subtile et rassurante. Angélique retrouvait le quotidien de toujours et l'agrémentait de sa touche personnelle par de petits riens. Pourtant, l'apparente tranquillité qui régnait risquait chaque jour d'être rompue. L'angoisse grandissait à propos de la guerre.

Dans la maison, chaque recoin ravivait des souvenirs de Louis-François et de Nicolas dont elle n'avait reçu aucune lettre depuis plus d'un an… Leur absence se faisait cruellement sentir aux abords de leur chambre et partout où ils avaient l'habitude de la faire enrager et de jouer des tours à Nounou! Ils avaient laissé un vide, tout comme son père dont la silhouette fugace lui apparaissait aux moments les plus inattendus. Et puis, il y aurait bientôt son mariage. Elle l'attendait et pourtant, elle y pensait avec un frisson de déplaisir qui la surprenait. Une fois mariée, devrait-elle se plier aux volontés de celui qu'elle avait choisi d'épouser? «Je n'en ferai rien, assurément!» se dit-elle. Plus les jours passaient et plus la perspective du serment de mariage la hantait. «Jamais je n'accepterai que la volonté de mon mari ait la prépondérance sur la mienne. Cela m'est impossible… Je hais l'autorité d'un mari autant que j'ai haï celle de ma mère.» Sa nature rebelle avait tôt fait de reprendre le dessus à l'idée d'être soumise à un homme! «Jamais je ne laisserai Michel Péan, pas plus qu'un autre, étouffer ma détermination et mon besoin de liberté…» D'ailleurs, lors de leur dernière rencontre, il avait accepté de bonne grâce tout ce

146

qu'elle lui avait demandé. Elle s'était attendue à une épreuve de force, à une négociation serrée, mais non, il ne l'avait pas quittée des yeux, comme s'il avait eu peur qu'elle ne disparaisse, qu'elle ne se volatilise. Il avait bu ses paroles et acquiescé à tout ce qu'elle disait, en lui répétant qu'elle était la plus belle des femmes.

Interrompant tout à coup le fil de ses pensées, elle se pencha sur le pli qu'elle tenait à la main et qu'elle avait décacheté. C'était une lettre de Louisa :

Ma chère fille,

Vous me voyez ravie de l'héritage inattendu qui nous ramène notre maison. Ma santé est un peu fragile ces temps-ci et je ne sais si je pourrai m'embarquer prochainement comme votre oncle Eustache m'en fait la recommandation, d'autant que ces voyages deviennent périlleux et que l'on n'est jamais sûr d'arriver sans que quelque bateau pirate nous ait rançonnés ou mis à mal. Vous comprendrez qu'à mon âge ceci n'est pas une perspective bien alléchante... En conséquence, je ne sais si je vous verrai avant votre mariage. J'ai appris que vous veillez sur Neuville pendant l'absence de vos frères dont j'ai de bonnes nouvelles, bien qu'ils soient tous deux à Louisbourg. On ne sait jamais ce qui peut arriver à l'un comme à l'autre et parfois je m'inquiète.

Votre oncle Eustache et vous arrangerez toutes les choses avec le notaire à qui je fais parvenir une procuration dûment signée.

Que Dieu nous prête vie à tous. Portez-vous bien.
Votre mère,

Louise-Angélique

Angélique replia la lettre et resta songeuse. Les préoccupations de Louisa étaient celles de toutes les mères et rien dans ses termes ne laissait transparaître la cruauté avec laquelle elle avait agi... Sa mère ne lui manquait pas, mais elle s'ennuyait de ses deux frères, n'ayant eu de leurs nouvelles qu'une seule fois récemment: M. Hocquart et son oncle Eustache lui avaient confirmé qu'ils étaient toujours affectés à la forteresse de Louisbourg, en passe d'être promus officiers et que, là-bas, les incursions anglaises se multipliaient. Quelle impuissance on ressentait face à toutes ces attaques éloignées!

Comment avoir des détails sur leur vie? Aujourd'hui, Louis-François et Nicolas apparaissaient dans les tourments exprimés par leur mère, mais pour quelle raison ne s'informait-elle jamais de sa fille? À aucun moment Louisa n'avait manifesté une quelconque appréhension, un semblant de compassion, laissant Angélique aux prises avec la solitude et le deuil... Soupirant à la pensée de l'égoïsme inconscient de sa mère, elle plia la lettre et ouvrit un des tiroirs du secrétaire afin de la ranger parmi les autres. Au fond du tiroir, un minuscule morceau de papier blanc qui se détachait sur le bois sombre attira son regard. Émue, Angélique avança la main et fit tourner une petite porte bien dissimulée, verrouillée par un système à bascule dont elle connaissait par cœur le mécanisme. Toutes les lettres passionnées qu'elle n'avait jamais envoyées à Michel de Lotbinière étaient encore là, attachées en un paquet débordant d'émotions et de rêves.

⚜

Et voici qu'en ce jour du 1ᵉʳ août, le crieur annonçait publiquement sur la place Royale :

– Le 11 mai de l'an 1745, le commandant du fort de Louisbourg, M. du Chambon, qui a tenté de se défendre par tous les moyens possibles et lutté bravement jusqu'à la limite contre l'envahisseur, a dû se rendre. La forteresse de Louisbourg est tombée aux mains des Anglais… Le ministre du roi, M. de Maurepas, envoie derechef ses armées afin de rétablir la situation…

Une clameur s'éleva dans l'assistance. La nouvelle arrivait avec trois mois de retard… Des femmes se précipitèrent dans l'église pour allumer des cierges. Des hommes levèrent le poing, d'autres baissèrent la tête… Les Canadiens, encore incrédules, se sentaient trahis, ils n'avaient jamais imaginé qu'ils seraient abandonnés par la mère patrie, humiliés par leur roi ! Les armées françaises n'étaient pas encore arrivées à Louisbourg… Ils étaient isolés… Tout ce qu'on leur avait fait miroiter quand ils s'étaient embarqués n'avait été que vaines promesses. Ce 1ᵉʳ août de l'an de grâce 1745 avait un goût de défaite. Triste journée en Nouvelle-France ! La plus triste depuis l'établissement de la colonie.

Outre l'annonce faite par le crieur, des affiches furent placardées à la porte des églises et des édifices publics. Dans les rues, autour des cabarets et des auberges, les bourgeois de Québec se regroupaient, s'informaient, se scandalisaient. Certains restaient immobiles devant les annonces pour les déchiffrer pendant des heures, comme s'ils ne pouvaient y croire. D'autres allaient de l'une à l'autre et les examinaient en les comparant. La plupart étaient découragés. Les plus braves refusaient de s'avouer vaincus et s'inventaient des batailles gagnantes autour d'un pichet de vin en contant les guerres qu'ils n'avaient pas connues, les enrobant ici et là de quelques anecdotes de leur cru, relevées par un ou deux de leurs plus vieux fantasmes... Chacun y allait de son commentaire, avait un avis à donner. Ces discours permettaient de masquer la panique naissante, de la contenir derrière des flots de paroles, de la diluer dans les méandres d'une pensée philosophique et libertaire au goût du jour. Cette panique comme un effluve contagieux et malodorant se répandit dans les rues de la ville à la vitesse de l'éclair. Avait-on les moyens de mener une action d'envergure pour préserver ce pays si vaste et si éloigné de la métropole? On n'en trouvait guère...

Dans la ville où résonnait encore le roulement de tambour du crieur public, les habitants atterrés ne savaient comment réagir. Depuis Champlain, on s'était senti à l'abri, croyant dur comme fer que la forteresse de Louisbourg était imprenable. On s'était souvent moqué de ceux qui s'alarmaient en les qualifiant de pessimistes et l'on avait continué de croire que le roi de France enverrait, le moment venu, ses navires et ses armées pour faire reculer une fois pour toutes les Anglais. On avait fait la sourde oreille aux rumeurs, les qualifiant de simples commérages, et préféré rentabiliser l'agriculture et instaurer les structures de la société canadienne en pleine croissance. Une des priorités ayant été la collaboration avec les nations iroquoises, on avait mis l'accent sur les traités de paix afin de rendre le commerce des peaux de plus en plus lucratif, et la paix négociée avec les Indiens était maintenant chose bien établie. M. de La Vérendrye, qui avait élargi le réseau de la traite des fourrures jusqu'au-delà du Manitoba et des Grands

Lacs, avait été obligé de reculer devant la férocité avec laquelle les nations indiennes de l'Ouest défendaient leurs terres et, de surcroît, les Anglais l'avaient pris de vitesse partout où il s'était aventuré. Épuisé, découragé, il avait récemment déclaré faillite et le roi ne lui avait apporté aucune aide.

CHAPITRE X

En cette fin d'été 1745, Michel Péan arrivait tout droit du fort Saint-Jean après avoir longé le Richelieu et fait une halte à Neuville. Sur les côtes atlantiques et sur le continent américain, les batailles se succédaient. Depuis plus de quatre jours, il ne s'était arrêté que pour dormir un peu et laisser son cheval reprendre des forces. Il avait à livrer un message de la plus haute importance. Au-dessus du fleuve, la brunante faisait place à une nuit étoilée. Son cheval, qu'il avait mené à bride abattue, était épuisé et lui-même passablement fatigué, mais il voulait rencontrer celle qui n'était encore que sa fiancée avant de s'accorder un peu de repos. Il ne la reverrait probablement pas avant leur mariage, dans quelques mois, juste après Noël...

La vie militaire ne lui laissait guère le loisir de la voir et de s'épancher selon son cœur. Il était impatient d'en faire son épouse et de rester en service autour de la ville de Québec. À cette heure tardive, les rues s'étaient vidées et le claquement des sabots de son cheval s'amplifiait, résonnait sur les pavés de la côte et se répercutait sur les toits pentus des maisons étagées jusqu'à l'Anse-au-Cul-de-Sac. Michel allongea la main et caressa l'encolure de la bête dont les naseaux écumaient, trahissant sa fatigue.

— Oh, là, tout doux…

On voyait déjà le grand chêne de la cour. L'animal ralentit son pas. Thomas et Chouart qui prenaient le frais, assis sur les marches derrière la maison, commentaient les événements en fumant une pipe. Michel sauta de sa monture et, dès qu'il eut passé la clôture, il confia son cheval au géant.

— Bien le bonjour, monsieur Péan, vous arrivez dans un jour de grand malheur!

— Je m'en doute…

Il avait l'air soucieux quand il pénétra dans la maison, après avoir remis son couvre-chef à Thomas.

— Monsieur Michel! s'écria Nounou dans l'entrée, monsieur Michel… Lélie va être contente…

Nounou l'accueillait avec des paroles encourageantes, mais, sur son visage, dans la crispation de ses traits, la catastrophe était gravée. Angélique et ses cousines ainsi que Marguerite accompagnée de son mari Louis-Joseph étaient réunis dans le salon avec Eustache, Denys de La Ronde et sa femme Marie-Louise. Tous étaient préoccupés.

— Nous organiserons des veillées de prière et ferons en sorte que les paroissiens sans exception soient obligés d'y assister, disait Eustache de sa voix grave.

Son chapelet à la main, il s'opposait à l'idée de toute forme de combat.

— Je ferai faire des neuvaines dans les paroisses, poursuivait-il.

— Mon cher, commenta Denys, vous ne rassemblerez que les femmes, nous avons besoin de tous les hommes valides, croyez-moi, il faut qu'ils tiennent prêts les fusils et s'exercent au tir! Ce ne sera pas du superflu...

Il marqua une pause avant d'enchaîner avec une ironie non dissimulée qui déplut à Eustache:

— Les armes ont dû se rouiller dans les milices depuis que les braves ont été retenus par leurs curés tous les jours que Dieu fait!

— Avec le nombre d'auberges et de cabarets que compte maintenant la ville de Québec, avec les mœurs qui se relâchent un peu plus chaque année à la fréquentation des Sauvages, les âmes glissent sur le chemin de l'enfer! Connaissez-vous un autre moyen de maintenir la morale que d'amener les gens à l'église et au catéchisme?

— Il s'agit bien de morale, répondit Denys. Ne voyez-vous pas que l'enfer est à notre porte si nous en sommes réduits à être une conquête de l'Angleterre?... Il nous faut réagir et prendre les grands moyens!

— Voyons, voyons, nous n'en sommes pas là, Louisbourg n'est pas à la porte de Québec! s'entêtait Eustache... Combien de lieues nous en séparent depuis les côtes?

— C'est curieux comme les mêmes erreurs se répètent en dépit de tous les avertissements, observa Denys qui se mit à déambuler d'une fenêtre à l'autre, les mains derrière le dos, contrarié... Je ne vous comprends pas, Eustache... Vraiment, je ne vous comprends pas! C'est pourtant une simple question de bon sens... Pour quelle raison les hommes d'Église veulent-ils se mêler de diriger les affaires d'un pays! C'est insensé...

Denys avait haussé le ton. Louis-Joseph, qui n'était qu'un membre étranger, n'osait pas donner son avis.

Pourtant, il mourait d'inquiétude. Il écoutait d'une oreille et tournait la tête de temps en temps, surveillant sa femme Marguerite du coin de l'œil.

— C'est un trait français, nous ne pouvons le nier! Les descendants des Bourbon ont la tête dure! ajouta la cousine d'Angélique, Marie-Geneviève, en agitant son éventail, pour tenter d'expliquer le conflit qui s'installait entre Denys et Eustache.

— Moins dure que les Anglais qui ne lâchent pas leur proie! renchérit Denys. Vous n'avez pas assez éprouvé la férocité anglaise, Eustache… En ce qui nous concerne, je vois bien que les vieilles familles du Canada n'ont pas encore appris à craindre le danger! Prenez donc quelques leçons des Iroquois, ils n'attendent jamais que l'ennemi les interpelle, ils agissent en silence, dans le couvert des bois, et crac! Ils tirent à bout portant… C'est la meilleure technique que nous puissions apprendre d'eux!

— On ne fait pas la guerre de cette façon barbare et primitive, dit Eustache en élevant la voix.

— Voyons, Denys, ne te mets pas dans cet état, je t'en prie! implora soudain sa femme Marie-Louise qui, jusque-là, n'avait rien dit.

— Bien sûr, ironisa encore Denys, «je vous répondrai par la bouche de mes canons, messieurs les Anglais»! Avez-vous vu le résultat? Avez-vous vu? Nous sommes brillants!

Il ricanait sans se cacher et Eustache, bouillonnant de colère, se retenait, le visage crispé, blanc comme un linge. À l'autre bout du salon, Marguerite était assise à côté d'Angélique sur la causeuse devant la fenêtre. Toutes ces discussions la fatiguaient. Depuis qu'elle était enceinte, elle n'était plus tout à fait elle-même. Elle s'inquiétait pour de petits riens et n'aimait plus faire le pitre à tout propos. Les tensions de la journée la rendaient malade.

— Nous ne pouvons laisser nos maris nous abandonner, dit-elle à Angélique en posant les mains sur son ventre arrondi, les yeux remplis d'angoisse.

— Dans ton état, bien sûr que ton mari ne partira pas, affirma Angélique en se penchant vers elle. L'important, c'est de ne pas t'inquiéter, tu pourrais faire une fausse couche!

Les paroles d'Angélique augmentèrent son malaise. Elle se tordit les mains et se leva. Angélique s'aperçut alors que ses paroles l'avaient perturbée. Elle la prit dans ses bras, tandis que ses cousines Charlotte et Marie-Geneviève la rassuraient et que Louis-Joseph abandonnait la compagnie des hommes pour la rejoindre. C'est au milieu de cette agitation que Michel fit son entrée. Le front plissé, la démarche raide, il s'avança tout droit vers Angélique, qui lui parut encore plus belle et plus désirable, bouleversée par l'émotion. Il fit un salut de la tête sans regarder les autres, qui s'écartèrent sur son passage. Elle portait une de ces robes de taffetas qui lui allaient si bien et qui mettaient en valeur la brillance de son regard. Elle le reçut, gracieuse et accueillante malgré ses préoccupations:

— Mon ami, je ne vous attendais pas aujourd'hui, mais je suis heureuse de vous voir...

— Je viens vous saluer, Angélique, et vous apporter une nouvelle dont on m'a chargé personnellement... J'aurais aimé que ce soit une bonne nouvelle...

Il ne savait comment finir sa phrase. Angélique comprit avant qu'il en dise plus. Elle avait déjà pâli :

— Mes frères ?

Michel opina de la tête et lui passa un bras autour des épaules.

— Votre frère Louis-François a été atteint par une balle à la jambe après la prise de Louisbourg.

Elle porta les mains à son visage. Marguerite serra le bras de Marie-Geneviève et Nounou, affolée elle aussi, s'approcha.

— Bonne Sainte Vierge, qu'est-il arrivé à mon petit ! s'écria-t-elle au milieu d'un grand silence.

On aurait entendu une mouche voler. Même Eustache et Denys se tenaient cois. Ils avaient abandonné leur joute oratoire. Angélique sentit ses tempes bourdonner tandis que ses narines se mettaient à palpiter. La douleur provoquée par les quelques mots annonçant la blessure de son frère diluait son regard. Ses forces l'abandonnèrent. Michel comprit qu'elle allait s'écrouler. Il lui prit le bras pour la soutenir :

— Rassurez-vous, Angélique, Louis-François va mieux et m'a chargé pour vous de ce message… Lisez, chérie… Je repars pour le lac Champlain dès demain matin, car on se bat de tous côtés… Et ensuite, Dieu seul sait où nous serons…

— Et Nicolas ? questionna-t-elle, reprenant quelques couleurs.

— Nicolas va bien.

Elle se détendit un peu. Mais la panique avait gagné le clan des femmes. Voyant qu'Angélique restait ébranlée, Michel l'enlaça. Il lui souleva doucement le visage de sa main gauche :

– Rassurez-vous, ma mie, il est en vie... Rassurez-vous, répétait-il en lui tendant la lettre, sans pouvoir ajouter plus amples explications.

Les mains tremblantes, elle déplia le billet :

Ma chère sœur,

C'est de ma couche de l'hôpital d'Halifax que je vous envoie ce message. Notre forteresse et la ville de Louisbourg nous ont été prises, malgré que nous nous soyons battus de toutes nos forces. Mais notre nombre était si ridicule face aux Anglais que nous ne pouvions plus espérer la victoire. M. du Chambon a dû capituler alors qu'il s'était juré d'avoir la partie belle.

J'y ai perdu l'usage de ma jambe droite et, si je commence à guérir, grâce à Dieu et aux hospitalières, je dois cependant réapprendre à faire des pas avec une béquille. Nicolas, qui fut plus chanceux que moi, entraîne un régiment qui défend encore les côtes de l'Acadie, du côté de Bouctouche. Notre cousin Michel a quant à lui eu l'épaule transpercée, mais, tout comme moi, il s'en est remis. D'autres sont morts et c'est très triste.

Et vous, ma chère sœur, que devenez-vous au milieu de tous ces dérangements qui bouleversent l'Amérique ?

Que Dieu vous garde et qu'il nous donne la joie de nous revoir.

Votre frère qui vous aime,

Louis-François

Angélique serra la lettre sur son cœur, puis la tendit à Marie-Geneviève. Elle ne s'attendait pas à avoir des nouvelles de Michel de Lotbinière de cette façon.

Lui aussi, blessé… Elle se mordit les lèvres et prit un siège pour cacher son trouble.

– Je suis à moitié rassurée… Ainsi, Michel, vous repartez si vite et vous m'abandonnez ?

– Vous savez bien que je ne vous abandonne pas, chérie…

Elle hocha la tête, elle savait.

– Racontez-nous, mon ami, tout ce que vous connaissez de cette guerre en Acadie avant de me laisser seule…

– Oui, Michel, racontez-nous, demandèrent en chœur les jeunes femmes.

Michel ne se fit pas prier. Jusqu'au petit matin, on parla de Louisbourg, de la flotte française, des Anglais. On étudia les cartes marines et l'on fit des plans en imaginant des stratagèmes… On écouta les anecdotes et on apprit les détails des préparatifs et des campagnes militaires qui s'annonçaient. Michel avait beaucoup à raconter. Même Eustache changea son fusil d'épaule et convint qu'il fallait envisager de se battre. On pria tous ensemble pour que le roi de France n'abandonne pas ses sujets. Finalement, chacun trouva un lit pour se reposer dans un coin ou dans un autre, avec le cœur un peu plus léger d'avoir tant parlé. Nounou réussit à nourrir tout son monde, comme d'habitude, et lorsque Angélique ouvrit les yeux, son fiancé avait déjà repris la route.

Fin de l'automne 1747.

Les mois avaient passé, trop rapides pour les hommes qui bataillaient et trop longs pour celles qui, retenues en ville ou sur les terres, menaient à bien les travaux d'ordinaire réservés à leurs maris. Depuis qu'Angélique et Michel étaient mariés, celui-ci avait passé la plupart du temps loin d'elle, en campagne militaire du côté de Chibouctou. Angélique ne l'avait vu que quelques jours durant ces mois, mais aujourd'hui, récemment affecté à la défense de la citadelle, Michel se trouvait auprès d'elle. Dehors, il faisait frais et le vent tourbillonnait au-dessus du fleuve.

— Couvrez-vous bien, ma chérie, lança Michel qui attendait sa femme sur le pas de la porte, le vent est sauvage depuis ce matin…

Il ajusta son tricorne et resserra les pans de son ample cape. Angélique descendait les marches en courant, revêtue d'une toilette légère. Elle fit demi-tour et grimpa jusqu'à leur chambre, tandis que Thomas, qui lui tendait sa mante au pied de l'escalier, restait figé comme une statue.

— J'arrive, mon ami, attendez-moi quelques instants, lui cria-t-elle en fouillant dans l'armoire pour trouver un chapeau qui la protégerait des bourrasques.

Elle avait beau chercher, impossible de mettre la main sur ce chapeau rangé depuis la fin de l'hiver. Nounou était sortie. Impatiente, Angélique souleva quelques piles de jupons et de camisoles qui tombèrent et s'étalèrent à ses pieds. Laissant là les chiffons, elle tendit le bras vers une des boîtes entassées sur la dernière étagère. «Sans doute mon chapeau», se dit-elle en soulevant le couvercle.

Au milieu d'une montagne de papiers de soie, ce n'était pas le chapeau qui était là, mais ses souliers de noce, de petits escarpins brodés, ornés de perles et recou-

verts d'un nœud. Ils étaient si jolis. Les souvenirs affluèrent tout à coup. Comme on avait dansé, ce jour-là!
Quelle belle journée… À cause du froid vif, Nounou lui
avait mis deux pelisses par-dessus sa robe de satin blanc
et l'on avait marché jusqu'à l'église Sainte-Geneviève.
Les branches des arbres, que recouvrait une mince couche de givre, scintillaient depuis le matin. Les membres
des familles de La Ronde, de Lotbinière et Péan formaient un long cortège derrière les époux, sous un ciel
d'un bleu inégalé. Ce fut Eustache qui les avait mariés,
et, au moment où ils prononcèrent leur serment, elle
avait senti le regard de Michel l'envelopper de tendresse.
Lorsqu'ils étaient ressortis de l'église, les amis et même
les voisins s'étaient massés autour de la place pour leur
faire une ovation. Jusqu'au soir, on avait porté des toasts
dans un joyeux tintamarre et l'on avait entendu partout
que la mariée était bien belle. Angélique avait eu du plaisir à se sentir entourée et fêtée… Elle se souvenait, un
peu émue, de cette joie qu'il y avait dans son cœur ce
jour-là et qui lui revenait en admirant ses escarpins. Elle
avait adoré être la reine de la fête. Cela avait été pour elle
une sorte de revanche qu'elle s'accordait sur les années
passées où la mélancolie rendait impossible l'expression
de son plaisir.

Finalement, après avoir ouvert quatre boîtes, elle
découvrit le chapeau. En hâte, elle l'ajusta sur ses boucles folles et se pencha à la fenêtre. Chouart avait déjà
avancé le carrosse et Michel, qui tenait la porte ouverte,
attendait sa femme, le regard tourné vers la croisée de
leur chambre.

— Me voici! cria-t-elle.

Il lui adressa un beau sourire et lui tendit les bras.

En quelques minutes, Chouart les conduisit devant la porte de l'hôtel particulier appartenant à l'apothicaire Viollet du Sablon décédé récemment. Aux côtés de son mari, Angélique visitait les salons de cette belle demeure de style français, comportant trois étages, située avenue Saint-Louis dans la haute ville. L'hôtel était à vendre. L'héritière vivait en France depuis quelques années et avait chargé le notaire Vachon, un ami de M. Péan de Livaudière, de trouver un acheteur. Michel Péan n'avait pas perdu son temps. Il avait déjà entrepris les négociations préliminaires pour en faire l'acquisition à très bon prix et, habile en affaires, il se promettait de faire baisser le prix de vente. Pas à pas, il fit visiter les lieux à Angélique qui s'attardait partout. Il la regardait s'émerveiller, impatient de connaître son avis, attentif à ses réactions. Angélique voulait tout voir et s'amusait beaucoup, enchantée à l'idée de cet achat.

– Cela vous plaît-il, chérie?

– C'est ravissant! J'aime l'originalité de l'ameublement, un peu vieillot peut-être, mais nous pourrons l'aménager à notre guise…

– Vous voulez dire que vous pourrez l'aménager, Angélique, ne comptez pas sur mes talents pour vous être d'un grand secours…

Elle se mit à rire. Michel était honnête de convenir qu'il n'avait aucun génie, ni pour la décoration ni pour le choix d'un quelconque objet en fonction de sa beauté. Il n'était pas sensible aux détails des formes et des matières et ne faisait aucune différence entre l'apparence cossue des rideaux de velours bordeaux qui ornaient les fenêtres du salon et la texture légère et nuancée du couvre-lit de coutil rose qui agrémentait l'une des chambres…

– L'agencement de la maison relève des talents d'une épouse et vous y excellez, ma mie! ajouta-t-il encore.

La poitrine d'Angélique se souleva de plaisir. Elle aimait recevoir des compliments et son mari ne manquait pas de lui en faire. Être l'objet de ses attentions la rendait sinon heureuse, du moins épanouie. Il avait cependant gardé des manières frustes qu'elle trouvait difficile d'accepter en certaines occasions, lorsque sa nature à elle réclamait des délicatesses éloignées de son monde à lui, un monde de soldats et de négociants. Elle songeait à certaines désillusions qu'il lui avait fait vivre dès le soir de leurs noces, mais pour le reste, il n'était, tout compte fait, pas si mauvais qu'elle l'avait craint et ne démontrait qu'un souci : la gâter.

Toute à la découverte des lieux, elle admirait la loge du concierge dissimulée derrière deux portes à petits carreaux comme elle n'en avait jamais vu. Elle retourna ensuite dans l'entrée, disposée en arc de cercle autour d'une balustrade en fer forgé, au-dessus de quatre marches de marbre. Tout l'étonnait et l'enchantait à la fois. Des lustres énormes, où tremblotaient des centaines de pampilles en cristal taillé qui reflétaient la lumière sur les murs tendus de soie verte, dominaient les salons. Elle levait la tête, s'émerveillait comme une enfant et poussait des petits cris de joie. Tout ceci charmait son mari. Cette demeure était beaucoup plus luxueuse et plus vaste que la maison de la rue Saint-Pierre et il était très excitant de penser que Michel lui offrait la possibilité de s'établir ici, que c'était à elle de fixer leur choix, selon son goût… Quel plaisir d'être une femme mariée!

– Alors, Angélique, qu'en pensez-vous et quelle est votre décision?

S'étant approché de la porte, il posa le manteau sur les épaules de sa femme, quêtant son approbation.

– Et vous, mon ami? Aimez-vous cette demeure?

– Je l'aime et je crois que nous y serons bien. Je n'attends plus que votre accord pour signer l'acte de vente…

Elle tourna la tête vers lui. Elle avait l'air heureuse.

– Alors, c'est oui… Nous aurons la plus belle maison de Québec dans peu de temps, si vous m'autorisez à dépenser un peu!

– Ma chérie, vous avez carte blanche…

On était à la fin de février 1748. L'hiver était si doux à Paris que les coquettes sortaient sans mettre leur étole, ce qui faisait jaser les plus vieilles. Derrière la place des Vosges, plusieurs calèches étaient arrêtées à la file au long de l'étroite rue du Pas-de-la-Mule, tandis que des soubrettes se pressaient, s'apostrophant et portant des paniers sous le regard grivois des cochers. Trois douairières, couvertes de perles et la tête ornée de plumes, se dirigeaient à petits pas sous les arcades, précédées de leurs valets, tandis qu'au milieu de la place quelques jeunes gens se promenaient en devisant autour du bassin.

– Avez-vous vu, ma chère, ces jeunesses qui sortent sans se couvrir? dit la plus âgée en se retournant.

– Bientôt, on verra les femmes se promener sans chapeau…

— C'est une honte! s'exclama la dernière.

Elles arrivaient de l'hôtel de Soubise et se rendaient chez la baronne de La Salle pour y passer quelques heures en caressant leur chance. Lorsque, parvenues en haut de l'escalier, elles pénétrèrent dans le boudoir où l'on jouait au piquet, au bridge et au lansquenet, il y eut un grand silence.

— Faites vos mises, annonça le maître de jeu en balayant la table du regard. Les jeux sont faits...

On entendit un murmure. Quelques hommes très élégants tournaient autour des joueurs et observaient, sans commentaire, les cartes qui avaient été distribuées. Élisabeth de Soulanges se tenait debout derrière Louisa. Elle lui fit une pression de la main sur l'épaule et se pencha derrière son éventail pour lui souffler:

— La chance est de votre côté, très chère...

Louisa ne répondit pas et s'efforça de ne rien manifester qui puisse indiquer son jeu. Sans hésitation, elle plaça au centre de la table la bourse contenant tous les louis d'or qu'elle avait sur elle. Les joueurs abattirent leurs cartes d'un geste sûr. Lorsque vint son tour, elle lança les siennes d'un air plein de défi avant de replacer son face-à-main. Elle avait le regard éclatant. Comme c'était facile... Un «Oh!» d'admiration courut dans la pièce tel un frisson léger.

— Heureuse au jeu...

Quelques-uns chuchotèrent:

— Malheureuse en amour...

— Madame, la chance vous sourit! entendit-elle.

La voix était chaleureuse. Elle redressa la tête pour remercier d'un signe son interlocuteur qui était grand et de forte corpulence. Il la félicita et fit la révérence.

Vêtu d'un habit brodé agrémenté par des jabots de dentelle fine, il portait une perruque à la façon des gens de qualité et avait sensiblement le même âge qu'elle. Tout en s'approchant, il s'appuyait sur une canne à pommeau doré qui lui donnait une allure de conquérant et qui soulignait la majesté de sa démarche. Louisa avait le sentiment de le connaître et chercha un peu dans sa mémoire en l'invitant de la main. Puis, elle ramassa ses gains d'un air triomphant, plaça le tout dans sa bourse qu'elle confia à sa cousine et se leva, abandonnant sa chaise à un jeune marquis impatient de perdre le peu qu'il avait… Sans la moindre hésitation, Louisa quitta la table, indifférente aux perspectives qui s'ouvraient à elle. L'escalade de la chance ne la tentait pas. Elle n'était pas dépendante des jeux de hasard, préférant engager une conversation avec ceux qui lui démontraient de l'amitié. C'était pour elle, comme pour Mme de Soulanges, le plus sûr moyen d'avoir quelques plaisants moments de détente en bonne compagnie. Elles s'approchèrent de l'homme:

– À qui ai-je l'honneur, monsieur?

Élisabeth intervint et fit les présentations:

– Marquis de La Galissonnière, Mme des Méloizes, née de Lotbinière…

– Madame, pour vous servir…

Il lui prit la main et la baisa en s'inclinant encore, tandis qu'elle lui adressait un large sourire.

– Je suis l'intendant du roi de France en Acadie, madame, et j'ai la délicate mission de reconquérir Louisbourg où j'ai vu vos deux fils à l'œuvre. Ce sont de vaillants gentilshommes…

Louisa hocha la tête et se tourna vers Élisabeth. Les paroles du marquis la touchaient. Elle se rapprocha de lui :

– Quel bonheur pour une mère que d'entendre vos compliments, monsieur ! Je suis votre obligée, dit-elle en faisant la révérence.

– J'ai eu la chance de bien connaître votre mari…

– En effet, Nicolas-Marie m'a parlé de vous, monsieur. Il vous tenait en haute estime.

M. de La Galissonnière fit une nouvelle courbette.

– Auriez-vous l'amabilité, cher marquis, de me dire les nouvelles que vous avez de mes fils ? fit-elle sur un ton pathétique. J'ai eu quelques lettres d'eux, mais je ne les ai pas vus bien avant ces fâcheux événements durant lesquels Louis-François a été blessé…

Prenant Louisa et Élisabeth par le bras, le marquis entraîna les deux femmes dans un coin où l'on pouvait s'asseoir pour converser confortablement et en toute intimité.

Depuis quelques semaines, Louisa avait pris pension chez son amie la baronne de La Salle et fréquentait la place des Vosges, en plein Paris, où elle s'adonnait parfois aux cartes, chez le duc et la duchesse d'Anville qui tenaient régulièrement salon. La mode qui s'était imposée dans toutes les maisons était au jeu… Elle y avait pris goût, retrouvant là les têtes célèbres de l'aristocratie qui n'étaient pas à Versailles en permanence. Certains papotaient, discutaient, d'autres écoutaient des poèmes et composaient des chansons. C'était très divertissant. Le ton qui régnait ici lui convenait et lui faisait le plus grand bien, car, après avoir passé le plus clair de l'hiver sur sa terre, en Sologne, à la limite du Berri, elle avait besoin de voir du monde et de se changer les idées. La campagne était belle et reposante, mais l'ennui l'avait rattrapée ces dernières semaines et elle sombrait dans la mélancolie, se surprenant parfois à regretter le va-et-vient incessant qu'il lui fallait faire jadis avec Nicolas-Marie, entre la France et le Canada. Maintenant que les beaux jours s'annonçaient, elle était bien aise d'avoir un pied-à-terre à Paris où l'on pouvait rencontrer du beau monde et se divertir. Et puis, la place des Vosges avec tous ses hôtels particuliers était si belle…

Des salons voisins parvenaient les échos des violons et des conversations qui emplissaient la maison, très animée à cette heure. Dans la pièce contiguë, une harpiste au teint de porcelaine chantait une ballade d'une voix mélodieuse. De ses doigts gracieux, elle pinçait les cordes du haut instrument dont le timbre délicat se fondait avec celui de sa voix. Louisa vit soudain l'image de sa fille se superposer à celle de la jeune femme. Angélique aimait tant jouer de la harpe… Parfois, sa fille lui manquait un peu, il fallait bien le reconnaître! Les années passant, les sentiments profonds qui rapprochent les mères et leurs filles se mettaient à chuchoter à Louisa que la sienne était bien éloignée. Alors, l'impossibilité de faire avec elle des emplettes ou des projets qui regardent la maison se révélait crûment et il y avait en elle un manque qui la rendait mélancolique. Louisa se souvint de plus combien sa fille était belle et ressemblait à cette jeune femme qui continuait à jouer de la harpe et à chanter. Autour d'elle, quelques élégants à la dernière mode lui démontraient leur admiration en lui faisant les yeux doux. M. de La Galissonnière questionna Louisa :

– Vous avez bien connu la Nouvelle-France, chère madame ?

– Certainement, j'y ai laissé ma fille, à Québec, et ne l'ai pas revue…

Elle soupira longuement et mit sa main dans celle de sa cousine :

– Angélique est mariée depuis bientôt un an et je n'ai pas eu le plaisir d'assister à ses noces, voyez-vous…

– Le cœur d'une mère est malheureux loin de ses enfants ! fit Élisabeth d'un air entendu.

– C'est étrange, monsieur, depuis quelque temps, l'envie me vient d'y retourner quand je m'étais juré de finir mes jours en France…

– Vous ne m'étonnez pas, madame, c'est un pays de contrastes et d'espaces immenses qui est si attachant… Il y a beaucoup à découvrir, ne serait-ce que la nature, la faune et la flore. J'ai fait quelques essais à ce sujet…

– Comme c'est intéressant… Vous vous passionnez pour les sciences ?

– Apprendre des sciences naturelles est une des choses les plus essentielles pour l'avenir de notre société…

– Monsieur le marquis, repartirez-vous bientôt ?

– Madame, je m'embarquerai dès que le roi m'en donnera l'ordre. Je n'aurai de cesse que nous n'ayons repris nos postes à l'Angleterre… M. de Maurepas s'y emploie avec tous les moyens dont il dispose et les négociations sont entamées entre la France et l'Angleterre, aussi, je repars sans délai !

– Avez-vous obtenu lettre du roi, monsieur ?

– En effet, j'ai charge du commerce des colonies et de l'intendance de la Nouvelle-France, avant que le roi n'y envoie le successeur de M. Hocquart…

Louisa et Élisabeth étaient suspendues aux paroles du marquis.

— J'ignorais que le roi avait d'ores et déjà nommé un nouvel intendant! s'exclama Élisabeth.

M. de La Galissonnière se tourna vers elle:

— Je puis vous l'annoncer en primeur, mesdames, en vous recommandant la discrétion: c'est M. François Bigot qui a obtenu la charge. Il entrera en fonction dans quelques mois, le temps de faire la traversée…

Elles agitèrent leurs éventails dans un murmure approbateur.

— C'est une nouvelle exquise et rassurante!

— Mon cher, vous me redonnez le goût de passer de l'autre côté, de revoir mes fils et ma fille et de trouver enfin à Québec, avec M. Bigot, quelques divertissements dignes de la France, s'écria Louisa, soudain enthousiaste.

— Que la perspective est donc charmante! ajouta Élisabeth sur un ton enjoué. Il est dommage que je sois clouée ici pour veiller à l'éducation du dauphin et de Mmes de France… M. François Bigot! Quelle belle nouvelle…

M. Bigot avait la réputation d'être un homme du monde. Un peu plus tard, Élisabeth et Louisa passèrent devant la table de jeu où le jeune marquis de tout à l'heure avait perdu cinq mille louis d'or.

— C'est heureux que je n'aie pas misé mon domaine en Sologne, car je l'aurais perdu séance tenante, fit Louisa tout bas en se penchant vers sa cousine.

⚜

Le courrier, en tenue militaire, escorté par le majordome et précédé de deux laquais, claqua les talons pour délivrer le message au gouverneur Barrin. Celui-ci, qui avait été envoyé par le roi en lieu et place de M. de La Jonquière prisonnier des Anglais, était présent parmi les invités de Michel Péan. Les conversations étaient des plus animées. On parlait du marquis de La Galissonnière qui administrait la colonie avec brio en plus d'être le bras droit de M. de Maurepas. On avait appris qu'à Montréal les sœurs de la Charité et Marguerite d'Youville avaient été chassées du château Ramezay où elles avaient espéré s'établir et qu'elles portaient secours aux miséreux dans un vieux bâtiment, tandis que l'abbé Picquet convertissait les Sauvages et réussissait à en baptiser un certain nombre... Le gouverneur s'inclina devant sa femme:

— Veuillez m'excuser quelques instants, ma mie... Je vous laisse en bonne compagnie avec notre hôtesse...

M. Barrin et Michel quittèrent la salle pour se rendre à l'écart, dans le bureau, afin de prendre connaissance du contenu de la lettre. Par souci de discrétion, Michel voulut se retirer. D'un geste de la main, le nouveau gouverneur l'en empêcha:

— Je vous en prie, mon ami, restez...

Il décacheta le pli qui portait le sceau du roi:

Monsieur de Beauharnois,
Vous trouverez ici ma décision par laquelle je viens de nommer en lieu et place de M. l'intendant Hocquart son successeur pour être digne de sa charge. Il s'agit de M. François Bigot, lequel fera la traversée pour rejoindre Québec à une date très prochaine dont il vous avertira.

M. Bigot a toute ma confiance pour administrer notre territoire de Nouvelle-France et y régir le commerce, les échanges et les fonds ainsi que la milice selon son gré.

Je suis votre obligé,

Louis

Michel, les mains derrière le dos, attendait poliment que le marquis dont le visage reflétait la satisfaction lui donne une indication. Il tendit le papier à Michel :

— Lisez vous-même, mon cher…

— Le roi nous envoie du renfort ?

Le gouverneur Barrin acquiesça de la tête :

— Un nouvel intendant… Il ne fait aucune mention des tractations qui ont lieu entre l'Angleterre et la France… Pourtant, aux dernières nouvelles, les tempêtes qui faisaient rage sur les côtes ont mis à mal la flotte de M. de Maurepas. Nous devrons attendre pour savoir si Louisbourg nous est rendue et si nous pouvons nous réjouir !

— M. Bigot a la réputation d'être un homme fort entreprenant et des plus habiles en affaires. Voilà qui nous promet un commerce florissant !

— Et qui éclaircit nos horizons !

Les deux hommes étaient satisfaits. Pour s'en convaincre, il suffisait de voir le sourire sur leurs visages. Michel ouvrit un petit buffet vitré et prit une carafe de cristal sur un plateau d'argent. Afin de souligner dignement la bonne nouvelle, il remplit deux verres ciselés et en tendit un à son hôte, plein à ras bord d'une eau-de-vie de France. Une merveille. Le marquis ne se fit pas prier. En connaisseurs, ils firent tourner leur verre et humèrent avec délectation le parfum que dégageait la mirabelle. Le gouverneur balança la tête deux ou trois fois avec un sourire et tendit le bras :

— Célébrons la nouvelle ère qui s'ouvre avec François Bigot…

Assis face à face, ils trinquèrent et devisèrent avec passion de l'amélioration éventuelle de la situation politique et le temps leur échappait. Le temps perdait de sa réalité. Devenu flou et vaporeux, il les enroulait dans un cocon ouaté et faisait se dissoudre l'exigence de leur présence à la réception dans les vapeurs odorantes de cet élixir de vieille prune.

— Qu'en pensez-vous ? fit Michel au bout d'un moment.

— C'est la meilleure mirabelle que j'aie jamais dégustée…

Étrange pouvoir de la mirabelle qui les rendait songeurs et les détournait graduellement des questions politiques ! Angélique, à la recherche de son mari, parut dans l'embrasure de la porte, les faisant tout à coup se ressaisir :

— Messieurs, nous ferez-vous l'honneur de revenir au salon ? dit-elle sur un ton charmeur en relevant un peu les paniers de sa robe. Les invités languissent de vous voir et plusieurs vous réclament à grands cris !

— Nous pardonnerez-vous, madame ? La nouvelle valait la peine d'être lue et partagée, répondit le gouverneur.

— Quelle est donc cette nouvelle pour laquelle vous nous abandonnez si méchamment ?

Les mots sortaient de sa bouche comme des notes cristallines faites pour charmer, tandis qu'elle se penchait vers eux.

– Le roi nous envoie un nouvel intendant…

– Et qui est-il?

– François Bigot…

– Nous l'attendrons impatiemment et l'accueillerons avec toute la courtoisie qui convient…

– Madame, dit Michel, vous excellez à faire de vos réceptions une réussite complète. Vous êtes ravissante…

– Mon cher Michel, votre femme est plus que ravissante… Enchanteresse…, remarqua M. Barrin en hochant la tête.

Il baisa la main d'Angélique qui les pressait un peu et tous les trois rejoignirent les invités qui s'impatientaient. Dans le salon illuminé, des couples dansaient au rythme du menuet, tandis qu'Angélique, dans une robe de brocatelle piquée de nœuds dont les nuances pâles lui allaient si bien, arborait un sourire radieux au milieu du brouhaha et faisait ici et là quelques compliments à ses invités. Elle avait l'air d'une reine. Des retardataires arrivaient encore et le majordome, imperturbable, annonçait leur nom… Eustache, que l'on n'attendait plus, se présenta finalement, après une veillée au Séminaire et se retint de réclamer une prière générale lorsqu'il apprit la décision du roi. La soirée était mémorable et l'on s'amusait tant qu'il n'aurait pas été bienséant d'imposer un acte religieux… Tous s'accordaient pour dire que la nouvelle demeure de M. et Mme Michel-Hugues Péan de Livaudière était une splendeur. Angélique n'avait rien négligé. Pendant plus de deux mois, elle avait couru de Québec aux Trois-Rivières et de Contrecœur à Montréal pour faire ses emplettes, choisir des draperies et engager des artisans capables de confectionner de véritables œuvres d'art. Le résultat final était saisissant.

Dès qu'ils avaient passé le pas de la porte, la plupart étaient éblouis et ne pouvaient retenir un «Oh!» plein d'admiration... Ce n'était pas tant le luxe que le goût sûr et délicieux avec lequel elle avait agencé les lieux qui en faisait un endroit hors de l'ordinaire où il faisait bon vivre.

Le moment le plus apprécié de la soirée fut celui où Angélique, sur les instances de ses cousines Élisabeth et Marie-Geneviève, joua quelques douces mélodies sur sa harpe dont elle savait tirer des sons presque divins, faisant corps avec son gracieux instrument. Tous les invités s'étaient regroupés autour d'elle. Michel ne put cacher l'admiration qu'il vouait à sa femme. Il était résolument amoureux.

Dans les cuisines, Nounou, en tablier blanc et les manches relevées, dirigeait avec maestria l'armée de soubrettes et de marmitons qu'elle avait préparés pour l'occasion. Rien ne lui échappait. Elle avait chaud. Thomas, quant à lui, réglait les mille et un petits détails matériels : il veillait aux chandeliers et aux lampes ainsi qu'aux accessoires dont chacun pouvait avoir besoin et, aidé de deux hommes, remontait de la cave les bouteilles de bon vin que le maître avait fait venir par bateau. Chouart, à l'extérieur, prenait soin des carrosses, des calèches et de leurs cochers et distribuait des picotins d'avoine aux bêtes qui attendaient l'heure du retour.

La nuit fut longue et animée et pas un seul des invités ne vit passer les heures que la grande horloge proclamait l'une après l'autre sans que personne y prît garde tant la musique envoûtait son monde. Il ne manquait que Marguerite. Un peu plus tôt, elle avait été prise des douleurs de l'enfantement avant de monter en calèche et avait dû rebrousser chemin tandis que son mari faisait quérir la sage-femme en toute hâte. Angélique, qui apprit la nouvelle vers la fin de la soirée, était impatiente de tout connaître sur la venue de ce nouveau bébé, le deuxième enfant de Marguerite et se promit d'aller rendre visite à la jeune accouchée dès son réveil.

❧

Sans quitter son habit ni ses chausses, Michel s'étendit sur le grand lit à baldaquin de leur chambre. Les bruits de la fête avaient cessé avec le départ des derniers invités et l'on n'entendait plus, à l'étage inférieur, que le va-et-vient des domestiques qui remettaient de l'ordre dans le calme de la nuit. Somnolent, il laissait son esprit vagabonder vers les mirages de ses péripéties futures… Il avait déjà eu la promesse du Conseil supérieur d'obtenir la charge d'aide-major de la ville et des magasins du roi. Un peu plus tôt, le nom de François Bigot l'avait titillé et avait réveillé en lui des ardeurs qui sommeillaient depuis longtemps, attendant qu'on les stimule pour prendre forme. En compagnie de cet intendant du roi qu'il ne connaissait pas encore, mais dont la réputation lui était parvenue, il se promettait d'obtenir de nouveaux marchés avec les colonies et de pourvoir aux ravitaillements dont les soldats auraient bientôt besoin. Il imaginait déjà les nombreuses possibilités qui s'offriraient pour répondre aux demandes, il calculait avec précision les profits qu'il pourrait en tirer, et toutes ces supputations avaient de quoi le réjouir. Tant de biens de première nécessité manquaient. Il ouvrirait des négoces, créerait des sociétés, organiserait des circuits et des réseaux de vente. Les chiffres dansaient dans sa tête, s'additionnaient, ils arrivaient en série jusqu'à lui, se gonflaient, enflaient, se multipliaient et devenaient des colonnes et des lignes, puis des lignes et des pages, des pages entières et des registres de chiffres, tout d'abord petits, les uns sous les autres, les uns à côté des autres et les uns par-dessus les autres. Ils se transformaient en des additions, en des multiplications qui formaient des sommes énormes... Une foule immense de chiffres et de nombres se mettaient à lui parler, lui faisaient des discours et lui soufflaient des histoires, s'allongeaient de multiples, de décimales et de zéros à l'infini qui le faisaient rêver... Il voyait des bénéfices et encore des bénéfices. Bénéfices et crédits. Les crédits des bonnes affaires qu'il pourrait transiger avec un habile intendant et la collaboration de Louis Pénissault, son aide, et qui finiraient par s'accumuler dans peu de temps en faisant boule de neige! Tout ceci ferait de lui un homme influent, prospère, riche et respecté...

Il se laissait aller à ces songes et les nourrissait de son ambition, ne sachant plus trop bien si le rêve l'habitait ou si son esprit engendrait le rêve. Michel-Hugues Péan de Livaudière, élevé dans l'ombre de son père, le seigneur de la Durantaye et de Contrecœur, avait, tout au fond de lui, un besoin de reconnaissance qui se faisait assourdissant au fur et à mesure que les années passaient. N'ayant pas appris à avoir du respect pour lui-même, il voulait obtenir celui des autres en réalisant des coups d'éclat; il ne savait pas encore que l'un sans l'autre n'apporte que désillusions et amertume. Comment aurait-il pu savoir? Il lui fallait tout d'abord réussir et dominer ce tumulte dans sa tête, le mater jusqu'au silence, être le plus fort et diriger sa destinée selon les buts qu'il s'était fixés, faisant fi de toute forme d'obstacle qui se dresserait sur sa route.

Avec son habileté innée, ce sens du commerce qui lui était particulier et qu'il avait reçu comme un don du ciel, il serait capable de faire croître rapidement sa fortune et il pourrait gâter sa femme, la traiter comme une princesse et la voir rire et s'amuser comme ce soir! Les hommes n'avaient d'yeux que pour elle. Il le savait. Il le sentait. Il était fier de posséder ce joyau que les hommes convoitaient. Cette merveille, c'était sa femme… Partout où elle l'accompagnait, elle tournait les têtes et ne s'en apercevait pas. Adorable naïve. Lui ne s'en formalisait pas, car, après tout, il était le seul à l'avoir dans son lit à la faveur de la nuit, même si, jusqu'à maintenant, leurs contacts intimes n'avaient pas été des plus réussis… Il chassa l'image des insuccès conjugaux qui portait atteinte à sa fierté mâle et se concentra sur ses prochaines victoires, l'obtention des marchés de denrées entre la France, les Antilles et la Nouvelle-France. Pourquoi se serait-il tracassé? Était-ce si important, au fond, l'extase qu'il ne partageait pas encore avec elle? Jusqu'à ce jour, lorsqu'il avait besoin d'assouvir sa nature, il trouvait toujours sur sa route une fille facile, une soubrette sans complication qui aimait la gaudriole et qu'il gratifiait d'une tape alerte sur sa croupe bien charnue. En quelques instants très brefs, la drôlesse lui prenait ce que sa femme ne lui réclamait jamais depuis leur nuit de noces…

En bas, Angélique, heureuse mais fatiguée, aidait Nounou et Thomas à ramasser les reliefs de la soirée.

Elle se jeta dans les bras de sa nourrice en lui donnant un baiser sonore :

— Comme tu dois être fatiguée, Nounou… Je ne te remercierai jamais assez !

La brave femme s'essuya le front où perlaient quelques gouttes de sueur. Ses traits étaient tirés. Le poids des années commençait à se faire sentir, bien qu'elle fît tout cela de bon cœur ; elle ne rajeunissait pas et devenait plus lente lorsqu'il fallait, comme ce soir, s'affairer à une heure tardive. Il était grand temps de monter se coucher… Angélique gravit les marches et se retourna à mi-hauteur de l'escalier, admirant, dans la maison endormie, l'harmonie qu'elle avait su créer en ces lieux. Elle était satisfaite.

Dans l'obscurité de la chambre, elle quitta sa robe et déroula ses cheveux. En chemise, tâtonnant, elle s'assit sur le lit, cherchant à se glisser sous les couvertures. Michel, qui s'était réveillé en sentant sa présence, tendit la main vers elle, puis roula sur le côté et la prit dans ses bras avec fougue et sans plus de cérémonie. Le contact rugueux de l'habit sur sa peau agressait Angélique. Maladroitement, il insistait et la serrait de plus en plus. Les boutons métalliques de sa veste provoquaient une meurtrissure sur les seins délicats dont les mamelons sensibles se révoltaient d'être ainsi écrasés. Plutôt que de relâcher son étreinte afin de la mettre à l'aise, plutôt que de l'apprivoiser par des caresses légères et des gestes de tendresse, plutôt que de faire disparaître entre eux la barrière par quelques douces paroles murmurées dans le creux de son oreille – ce qui est une chose à laquelle aucune femme ne résiste –, il appuya de toutes ses forces sa bouche sur celle d'Angélique sans lui laisser la possibilité de reprendre son souffle. Bâillonnée de la sorte, réduite au silence, prisonnière, elle ne trouvait rien d'agréable à leur rapprochement. Quant au désir, si elle en avait eu, la maladresse de Michel aurait eu tôt fait de l'éteindre. Le baiser qu'il lui prit et qu'il aurait voulu passionné n'était pour elle qu'une contrainte pénible. Plus il faisait durer cet embarras, plus elle se raidissait. Elle se barricadait face à sa rudesse, se coupait de toute envie de s'unir à lui par le jeu de l'amour... Elle se cabra et voulut se dégager. Impossible. Michel ne se rendait pas compte qu'il lui faisait mal. Il ne sentait rien. Avait-il déjà senti quelque chose? Envahie par une soudaine colère, elle finit par le repousser sèchement. S'il y avait eu plus de clarté autour d'eux et s'il avait pu mieux la distinguer, il aurait vu à cet instant que ses yeux lançaient des éclairs. Au bord de la révolte, elle se contint. Il chercha un oreiller et s'y appuya:

— Que se passe-t-il, chérie? Vous me refusez?

— Je refuse de me faire maltraiter ainsi!

Sa voix était dure, cassante. Soudain, irrité par ces paroles, Michel l'enlaça de nouveau.

— Il s'agit de votre devoir d'épouse, dit-il avec une pointe d'exaspération dans la voix. Angélique, j'ai envie de vous!

Il défit prestement quelques boutons de son pourpoint, décidé à obtenir ce qu'il voulait d'elle. Elle se leva:

— Taisez-vous, vous m'importunez! Comment osez-vous me parler de devoir pour une chose qui devrait être une joie partagée, un bonheur, et qui nécessite des précautions dont vous faites fi!

Choqué par la réaction de son épouse, Michel vit sa patience l'abandonner. Les paroles d'Angélique le touchaient d'une façon qu'il ne supportait pas. Fallait-il, en plus, faire l'éducation des femmes lorsqu'on voulait jouir d'elles ? Il eut un ricanement inattendu :

— Vous avez l'air de bien savoir de quoi vous parlez, chérie... Auriez-vous par hasard profité des habiletés d'un autre que moi ?

— Laissez-moi !

Elle se réfugia à l'autre bout de la chambre. Les sanglots soulevaient sa poitrine. Elle savait qu'un bon nombre de femmes subissaient les assauts de l'homme qu'elles avaient épousé sans jamais en avoir de plaisir, qu'elles se fermaient, s'éloignaient de leurs désirs et se contentaient de rester de glace, muettes toute leur vie sur le sens véritable de leur dédain. Angélique n'était pas de ce genre de femmes. Bien au contraire. Il lui fallait souvent refouler ses désirs spontanés, car elle en avait en maintes occasions, malgré que son mari ne cherchât pas à faire de leur lit le lieu qu'il aurait pu être... Angélique se repentait de plus en plus souvent du choix qu'elle avait fait quelques années plus tôt, poussée par l'insécurité. Frustrée, elle s'approcha de la fenêtre. Michel, hors de lui pour la première fois depuis le jour de leur mariage, chaussait ses bottes.

— Vous sortez ?

— Je sors... Je vais voir, madame, si la fraîcheur de l'air saura éteindre le feu que vous avez fait naître !

À ce moment, on entendit cogner violemment à la porte d'entrée. Michel sortit de la chambre et Thomas et Nounou dévalèrent les marches, une chandelle à la main.

– Que se passe-t-il, qui est là ?

– C'est le valet de Louis-Joseph de Belleville ! Mme Marguerite vient d'accoucher, elle est faible et demande à voir Mme Angélique…

Angélique avait déjà enfilé ses vêtements à la hâte. Les fenêtres marbrées de givre laissaient transparaître un ciel cristallin. Elle s'enroula dans une pelisse et prit son manchon.

– Nounou, réveille Chouart et dis-lui d'atteler !

Dans le couloir qui menait à la chambre de Marguerite, Louis-Joseph faisait nerveusement les cent pas. Il se précipita vers Angélique.

– C'est un garçon… L'enfant va bien…

L'angoisse se lisait sur ses traits.

– Elle ?

Il répondit en faisant un geste évasif de la main et pénétra dans la pièce suivi d'Angélique qui était si fébrile qu'elle se déplaçait presque en courant. La sage-femme, une vieille dame menue et ridée, rinçait des compresses et des linges maculés de sang, tandis que Mme de Saint-Lusson, la grand-mère, tenait dans ses bras un paquet tout enveloppé de langes. C'était le second fils de Marguerite et de Louis-Joseph. Ils avaient tous l'air grave et préoccupé par l'état de la jeune maman. Angélique, émue, se pencha au-dessus de l'enfant et s'assit auprès de son amie qu'elle n'avait jamais vue aussi pâle. Elle lui prit la main.

– Tu vas bien ?

Mme de Saint-Lusson mit le bébé dans les bras d'Angélique et, s'approchant de sa fille, lui épongea doucement le front. Puis, elle replaça quelques mèches qui sortaient de sa coiffe et posa la paume sur sa joue.

— Elle est fiévreuse…

Esquissant un sourire, Marguerite ouvrit les yeux et tourna un peu la tête pour saluer son amie.

— Je voulais…, dit-elle faiblement.

— Moi aussi, je voulais te voir et voir ton fils… Quel beau bébé! Repose-toi, reprends des forces… Bientôt, nous irons promener le petit, dit Angélique à mi-voix pour lui redonner courage.

Parler représentait un effort trop pénible après la longue nuit de souffrances qui l'avaient épuisée. Marguerite tendit le bras vers le poupon, que l'on plaça contre son flanc. Louis-Joseph s'approcha d'Angélique et lui murmura:

— Elle a perdu beaucoup de sang…

De voir ainsi son amie étendue et méconnaissable, elle qui, ordinairement, mettait de l'entrain partout où elle passait, Angélique se sentait gauche et d'autant plus peinée qu'elle était impuissante.

— Il faut te reposer, ma chérie…

La soubrette de la maison entra, portant une bassine remplie d'eau claire, et ressortit avec les linges souillés. Le bébé se mit à pleurer. Il poussait de curieux grognements et manifestait un mécontentement qu'on ne pouvait traduire. Marguerite avait l'air de dormir, insouciante des petits cris de son enfant. Comme elle ne réagissait pas, la sage-femme vint près d'elle et souleva un peu le drap. Il était trempé d'une flaque rouge.

— Monsieur, dit-elle à Louis-Joseph, vite, allez quérir le médecin, madame continue de se vider de son sang…

CHAPITRE XI

Michel avait l'air pressé. Un papier à la main, il s'approcha d'Angélique et lui donna un rapide baiser sur le front. Assistée de Nounou, elle passait en revue le contenu des armoires et comptait le nombre de paires de draps qu'il faudrait remplacer. Elles vérifiaient qu'il y ait assez de tabliers, de torchons et de serviettes pour approvisionner chaque jour les deux jeunes servantes que l'on avait engagées étant donné le nouveau train de vie. Nounou mettait de côté le linge à raccommoder, dressait la liste des habits et des chausses, des robes et des jupons. Aucune faiblesse dans les coutures, aucun fil usé n'échappait à son œil. Interrompant leur inventaire, Angélique se tourna vers Michel pour prendre connaissance du document :

– Lisez, chérie : M. Bigot est en route… Dès que son navire aura passé Tadoussac, nous nous préparerons à le recevoir dignement… Le gouverneur et les membres du Conseil sont impatients de le voir, d'autant que La Galissonnière est déjà reparti pour les côtes acadiennes : M. de La Jonquière est prisonnier des Anglais…

Cette nouvelle eut l'air de préoccuper Angélique, tout comme son mari. La guerre couvait et s'immisçait de tous côtés en Amérique. Comment imaginer que Québec, Trois-Rivières et Montréal seraient longtemps encore à l'abri de ce fléau? Elle souhaitait participer de son mieux à la vie de son pays, mais comment faire? Michel, voyant son désarroi, posa une main sur son épaule pour la rassurer :

— Ne soyez pas si soucieuse, ma toute belle, la guerre n'est pas affaire de femmes. Allons, souriez...

Elle poussa un soupir. La guerre n'était certes pas une affaire de femmes, mais c'étaient les femmes qui en souffraient... Elle revint sur le sujet du nouvel intendant :

— On raconte que Bigot est un plaisant homme, plein d'esprit et d'un goût sûr, et qu'il apprécie les bonnes manières...

— C'est aussi et surtout un négociateur redoutable et un financier hors pair! Nous avons tout avantage à être dans son sillage...

— Mon oncle Eustache dit que c'est un libertin et que c'est une grande honte que le roi nous envoie un personnage dont la réputation morale est douteuse!

Elle avait l'air songeuse. À plusieurs reprises, divers commentaires sur les mœurs peu chrétiennes de François Bigot lui étaient parvenus et contrastaient avec le fait qu'on le tenait en haute estime.

— Votre oncle Eustache, ma mie, professe encore les idées qui avaient cours du vivant de Louis XIV, lorsque Versailles était submergé par la piété intransigeante de Mme de Maintenon! Tout est changé depuis belle lurette... Voltaire et Rousseau ont fait évoluer bien des comportements!

— Vous voulez dire au sujet du libertinage?

– Chérie, je veux vous dire que, peu importent les mœurs du nouvel intendant, je compte bien que nous traiterons avec lui pour tout ce qui touche à l'approvisionnement! Préparez-vous à le recevoir et à faire bonne impression…

– Vous savez bien que je m'y emploierai!

– Sur ce, ma mie, je vous quitte pour veiller à l'approvisionnement des entrepôts de la garnison…

– Le nombre des soldats y est-il suffisant?

– Malheureusement, nous n'avons à la citadelle qu'un peu plus de cent soixante fantassins et il nous faut penser à impressionner les Anglais! Les combats ne cessent jusqu'en Ohio. Je monte à la garnison où nous creusons des douves. Adieu, chérie…

Il franchit la porte, mais revint sur ses pas:

– Dites-moi, comment va Marguerite?

Le visage d'Angélique se rembrunit tout à coup:

– On a craint pour elle, mais, depuis hier, elle reprend le dessus… Elle est encore très faible. Le petit garçon se porte à merveille. J'irai lui rendre visite tout à l'heure. Élisabeth, Marie-Geneviève et moi, nous nous relayons auprès d'elle.

– J'en suis heureux…

Michel sortit par la cour et disparut après avoir enfourché son meilleur coursier. Depuis leur querelle, après la réception, il n'y avait pas eu d'autres nuages entre eux, du moins en apparence. Il se tenait sur la réserve lorsqu'il s'allongeait près d'elle et refoulait si bien ses pulsions qu'elle s'était habituée à se contenter de cette relation platonique, tout en sachant bien que cela ne pourrait durer. Lorsqu'il posait sur elle son regard amoureux au cours de l'une ou l'autre de leurs sorties, lorsqu'il devenait tendre à la fin d'une soirée, elle était sûre qu'un jour il faudrait en venir au vif du sujet. Un jour, il faudrait bien qu'elle le laissât s'approprier tout ce qu'il voulait d'elle…

Angélique le regarda s'éloigner et prit une paire de draps brodés aux initiales de ses parents, qu'elle mit dans les bras de Nounou :

— Vois la dentelle qui borde ce drap, quelle merveille ! Mère l'avait rapportée de France. C'est de la dentelle de Valenciennes et, par les temps qui courent, nous n'en trouvons plus au Canada… Même pour nos cols et nos manches, nous sommes obligées de les faire venir de France…

— Pour sûr, mon ange ! Les Canadiennes n'ont pas le temps de s'adonner à la broderie et encore moins à la dentelle ! Elles ont trop à faire avec les travaux de la terre et les hommes que l'on réquisitionne… Il leur faut mettre la main à tout. Le métier de brodeuse et de dentellière, qui est fait de longues heures de patience, n'a pas sa place dans notre pays où la tradition se perd !

— Comme c'est dommage…

Depuis le matin, il y avait foule autour du débarcadère de l'Anse-au-Cul-de-Sac… On attendait *Le Zéphyr*, qui amenait François Bigot et sa suite depuis le Cap-Breton, leur précédente escale. Après avoir essuyé une méchante tempête au large des Canaries, le voilier avait été malmené par des vents contraires pendant plus de deux semaines et maintenant, malgré la mâture et la hauteur des voiles, le navire était plus lent que de raison sur une mer des plus plates. La veille, des hauteurs de Tadoussac, les observateurs avaient signalé un bâtiment à l'horizon et il y avait de fortes chances pour que ce soit le brigantin tant attendu… Et voici qu'une clameur s'élevait du cap Diamant. C'était bien *Le Zéphyr* qui approchait de la rade!… Le crieur public, tambour en main, suivi par une ribambelle de gamins dépenaillés et excités, se hâtait de faire sa ronde afin de prévenir les autorités avant que le bateau ne manœuvre à quai. Dans la cour du palais des Gouverneurs, les cochers bouchonnaient leurs chevaux et attelaient, tandis que les cloches de Notre-Dame sonnaient à la volée, soulignant l'importance de l'heure, au cas où quelques étourdis auraient fait mine de l'oublier. M. Barrin qui présidait le Conseil supérieur avait été clair à la dernière réunion:

– Il faut accueillir dignement le nouvel intendant. Réquisitionnons toute la ville.

Les messieurs réunis autour de la table avaient approuvé sa décision. On devait célébrer l'arrivée de François Bigot et lui montrer de quoi la Nouvelle-France était capable.

– Il conviendrait que les membres du Conseil, leurs épouses ainsi que les notables de la ville soient là, pour lui souhaiter la bienvenue, après la bénédiction de Son Éminence, avait renchéri Eustache.

– Dès le lendemain, il y aura une réception officielle au Palais, avait enchaîné le président.

Ainsi en avait-il été décidé à l'unanimité… Depuis deux jours, les préparatifs allaient bon train. Angélique, qui était parmi les dames les plus en vue, avait quitté Marguerite et son petit Joseph un peu plus tôt que les autres jours. Celle-ci allait mieux et reprenait des forces chaque fois qu'on lui mettait son bébé dans les bras. Elle pouvait maintenant se lever un peu et, désormais, tous les espoirs étaient permis. Rassurée sur son sort, Angélique lui avait dit en lui donnant un baiser :

— Je te promets, ma chère, que, dès demain, je viendrai te raconter tout !

Et Marguerite avait eu, pour la première fois depuis son accouchement, la force de rire en laissant passer dans ses yeux un éclair d'espièglerie qu'on ne lui connaissait plus.

Il faisait beau. Autour de la rade, des gamins attendaient en s'aspergeant le spectacle qui promettait plus que d'habitude. Des fillettes chantaient un cantique sous la gouverne des sœurs de la Charité et les demoiselles des ursulines, sagement alignées, répétaient un compliment qu'elles avaient appris par cœur. De la côte de la Montagne, des calèches descendaient une à une, conduisant les bourgeois au port, lieu du rassemblement. Tout ce que la ville comptait de belles dames s'y était donné rendez-vous. Les unes et les autres se saluaient, rivalisant d'élégance dans leurs plus beaux atours, tandis qu'un peu plus loin les débardeurs guettaient la manœuvre en s'apostrophant, prêts à décharger les cales dès qu'on jetterait l'ancre.

Le nouvel intendant amenait l'espoir d'une reprise du commerce, lequel avait atteint son niveau le plus bas depuis la chute de Louisbourg et la perte des postes de traite de La Vérendrye. Entre le départ de Hocquart et l'arrivée de Bigot, La Galissonnière avait été envoyé par le roi pour remettre de l'ordre dans les finances. Il fallait maintenant échanger les milliers de livres en monnaie de cartes qu'on avait fait circuler. Aujourd'hui, Québec était en liesse. L'événement avait la saveur du change-ment et celui-ci arrivait pour confirmer la rumeur qui rendait sa fierté à la France : Louis XV négociait âpre-ment pour reprendre à l'Angleterre Louisbourg et l'île du Cap-Breton…

— Bonjour, ma chère !

— Quelle belle journée…

Angélique retrouva ses cousines et ses amies. Élisa-beth, Charlotte, Marie-Geneviève et les autres étaient toutes là, attentives et rieuses, se réjouissant à l'approche du grand trois-mâts. Il y avait aussi Mme de Beauharnois, qui se faisait abriter par sa bonne sous une ombrelle, et Mme de Livaudière flanquée de Mme Barrin, qui ne quit-tait pas ses jumelles pour scruter l'horizon.

— Me les prêteriez-vous, ma chère ? lui demanda Mme de Livaudière qui n'en avait pas.

— Sans doute, mais faites vite, mon amie, il se passe tant de choses sur ce bateau et je veux voir si M. Bigot est bel homme, comme on le dit !

Elles trépignaient comme des petites filles. Même Mme de Saint-Lusson avait quitté le chevet de Margue-rite pour quelques heures. À l'écart de ces dames, les cameristes et les soubrettes papotaient entre elles, jetant de temps en temps un œil du côté de leurs maîtresses, au cas où l'une d'elles aurait besoin de leurs services. La chaleur écrasante avait fait perdre la tête aux Canadiens, qui s'étaient empressés de se dévêtir et de sortir en tenue légère dans les rues et dans les campagnes, ressemblant en cela aux quelques Sauvages venus du Saguenay dans leurs canots d'écorce. Tout ce que comptait la ville d'ha-bitants, des petites gens aux bourgeois, des paysans aux soldats, des Indiens aux ministres du culte, se croisait et s'interpellait joyeusement sous le soleil. Dans la rue qui longeait le cap Diamant, quelques poules échappées d'une ferme se dandinaient ici et là, tandis que des chiens quémandaient leur pitance.

Le navire approchait et l'on put bientôt distinguer les ponts, derrière la figure de proue, sirène aux formes voluptueuses. La milice avait dégagé un grand espace au bout du quai afin que les notables puissent circuler lorsqu'on avancerait la passerelle. Un peu plus loin, une haie d'honneur traçait le chemin jusqu'aux carrosses, fanfare en tête. Tandis que le capitaine criait ses ordres et que le navire se présentait comme un géant monstrueux dominant la foule, Denys et Eustache se placèrent aux côtés du gouverneur et de l'évêque. Denys, qui avait sorti une longue-vue, observait le tout depuis un bon moment. Il passa sa lorgnette à Eustache et celui-ci se pencha vers M. de La Galissonnière:

— Si vous voulez mon avis, M. Bigot n'est pas seul!

— Il a la réputation de voyager en bonne compagnie...

— Mais il y a foule sous le dais!

— Nous voici déjà dans le décorum, pesta Eustache.

En effet, on apercevait, au-dessus du pont supérieur, un immense dais rouge et or qui abritait une rangée de fauteuils capitonnés, protégeant les voyageurs des rayons trop crus du soleil. C'était la gloriette de Bigot, son indispensable accessoire qui le suivait partout, son luxe et son confort, sans lequel il ne voyageait pas et qui était aux couleurs flamboyantes de son tempérament.

Sur le quai, les dames de la ville, qui n'étaient pas accoutumées à fréquenter la rade de l'anse, se tenaient sur la pointe des pieds pour ne pas gâter leurs escarpins dans la boue qui souillait le sol en maints endroits. Finalement, le brigantin s'immobilisa et chacun retint son souffle, cependant que le gouverneur s'avançait de quelques pas pour accueillir son collaborateur. La fanfare, à cet instant précis, attaqua le refrain que les demoiselles entonnèrent d'une seule voix.

Sous un tricorne emplumé, s'appuyant sur une canne à pommeau d'or, le nouvel intendant, poudré, bombant le torse, fier comme un paon, descendit les marches de la passerelle en embrassant du regard la foule venue l'accueillir. Son apparition déclencha une salve d'applaudissements. Il fit une pause et esquissa un sourire, visiblement ravi par cet accueil. À ce moment, le gouverneur s'approcha pour lui donner l'accolade, puis l'évêque le bénit en prononçant les paroles rituelles. François Bigot fit un rapide signe de croix en soulevant son chapeau. Derrière lui, quelques hommes aux manières apprêtées réglèrent leur pas sur le sien et offrirent le bras à des dames enrubannées, coiffées à la mode de Paris. Conscient de l'effet qu'il produisait sur les gens de ce pays, Bigot ne se pressait nullement. Il prit son temps et savoura seconde après seconde le charme bon enfant de la Nouvelle-France, son nouveau royaume, remerciant les jeunes filles des ursulines qui lui avaient récité en chœur les vers qu'elles avaient composés.

Tout à coup, Angélique, qui ne perdait rien du spectacle et qui se revoyait au couvent, crut apercevoir une silhouette familière. Elle poussa un léger cri, tressaillit et s'approcha de Michel.

— Qu'avez-vous, ma chérie, vous êtes toute pâle?

— Mon ami, dites-moi que je ne rêve pas!

— Eh bien, qu'y a-t-il ?

— Passez-moi votre lorgnette, voulez-vous !

Elle ajusta les jumelles et poussa un cri…

— Voici ma mère !

Toujours fidèle à elle-même, Louisa, en robe d'organdi et un chapeau de mousseline sur la tête, faisait partie de l'escorte ! Elle revenait au pays sans avoir prévenu quiconque et se dandinait parmi les femmes entourant François Bigot. Voyant qu'on l'avait remarquée, elle agita un mouchoir, poussa quelques exclamations et, regardant alentour, elle releva un peu sa robe avant de poser le pied sur la berge. Eustache et Denys s'avancèrent pour la serrer contre eux. Quelques dames qui la reconnurent s'esclaffèrent. Alors, elle se précipita vers Angélique :

— Ma chère fille ! Comme je suis aise de vous revoir… Mais vous avez encore embelli !

Elle lui prit les mains et la serra sur son cœur en faisant de grandes démonstrations. Angélique, rougissante et surprise, lui donna un baiser et lui présenta son mari, qu'elle ne reconnut pas. Louisa attrapa le bras de M. Bigot qui conversait avec le gouverneur et, gesticulant sans la moindre gêne, elle le tira un peu vers elle :

— Voyez, mon cher François, voici ma fille et mon gendre ! Voyez, je vous avais dit combien elle était belle !

François Bigot se recula un peu et prit le temps d'admirer d'un œil de connaisseur celle qu'on lui présentait. Son regard descendit lentement et se promena sur les épaules et sur le buste d'Angélique, que cette inspection plutôt inconvenante mit mal à l'aise. Se sentant déshabillée, elle fixa Bigot dans les yeux. Après tout, elle aussi avait le droit d'évaluer cet homme! Au premier coup d'œil, il lui déplut avec ses manières de bellâtre. Elle convint cependant qu'il portait l'habit avec une désinvolture qui touchait presque à de la grâce, car sa taille était bien faite malgré son ventre un peu rond et, bien qu'il ne fût pas grand, ses jambes étaient élégantes. Il avait le cou puissant avec un port de tête qui disait sa supériorité. Ses mains bougeaient avec des gestes sûrs et lents, et ses ongles étaient impeccables. En le dévisageant, elle vit des marques qui gâchaient la finesse de sa peau mais, bien que ses traits ne fussent pas particulièrement réguliers, elle oublia ce qu'ils avaient d'ordinaire dès qu'elle fut happée par son regard. C'était un regard plein d'éclat, avec des yeux perçants, qui brillait et s'animait à tout propos, vivant, attentif et curieux de tout. Pour finir, son sourire, qui illuminait l'ensemble, était surprenant, on ne savait dire s'il était railleur ou bien charmant. Voyant qu'elle l'étudiait, François Bigot se mit à rire, nullement incommodé par l'impertinence de la jeune femme. Il se tourna vers Louisa :

— Elle est beaucoup plus belle que vous me l'aviez dit, Louisa, fit-il. Et il s'inclina pour baiser la main d'Angélique qui esquissa une révérence.

Puis, sans la quitter des yeux, il dit quelques mots à Michel Péan de Livaudière qui se redressa en offrant le bras à sa femme, fier du regard qui la distinguait. Quant à Angélique, elle se sentit rougir sous l'effet d'une vague de colère. «Cet homme tournera-t-il toutes les têtes en Nouvelle-France? Certainement pas la mienne», se dit-elle à cet instant.

⚜

Le lendemain, Angélique, qui, depuis des années, avait pris l'habitude de ne compter ni sur la présence ni sur les conseils de Louisa, n'avait pas encore pris conscience du retour de sa mère. Songeuse, installée dans le carrosse qui descendait de chez elle jusqu'à la rue Saint-Pierre, elle tentait d'imaginer ce que signifiait ce retour. Elle appréhendait un peu le rapprochement et les relations qui en découleraient, soulagée de ne plus demeurer sous le même toit. Angélique n'avait jamais partagé d'intimité avec sa mère. Il lui semblait impossible d'en avoir à présent. Tandis qu'elle était perdue dans ses pensées, le carrosse des Péan de Livaudière avançait avec peine dans la côte de la Montagne, toujours aussi encombrée. On aurait pu croire que tout ce que Québec comportait de carrioles, de calèches et d'équipages s'y croisaient à cœur de jour et, avec les travaux de fortification de la citadelle, la rue Sous-le-Fort était devenue impraticable. Des échafaudages ralentissaient les voitures et il arrivait qu'on y reste immobile un long moment. Chouart, faisant claquer son fouet, réussit à se frayer un passage au moment où Angélique commençait à s'impatienter à cause des embouteillages et du tapage que provoquaient les travaux, en plus du bruit habituel de la forge. Elle en avait la tête assourdie...

Depuis plusieurs mois, Angélique n'était pas revenue dans la maison familiale. Lorsque Chouart immobilisa la voiture, juste devant la porte, elle sauta sur le pavé, impatiente comme une petite fille, sans se soucier de sa condition de femme mariée. Il lui sembla que tout avait changé, que la rue était plus étroite et les maisons plus hautes. Pourtant, chaque recoin, chaque détail des façades de pierres grises percées de fenêtres à petits carreaux était resté le même. Le couvent des ursulines, les passants qu'elle entrevoyait, les entrepôts qui descendaient vers le port et la couleur du ciel, tout était pareil. Était-ce elle qui avait changé ? Était-ce son regard qui donnait aux choses cette dimension étrange, cette lumière indéfinissable qui les éclairait sous un angle différent, les faisant paraître moins intimes, plus éloignées d'elle ? Elle eut l'impression fugitive d'avoir revêtu une nouvelle peau, de s'être débarrassée d'une lourde carapace. Était-ce parce qu'elle s'était coupée si longtemps du berceau familial que celui-ci ne présentait plus le même intérêt pour elle ? Son cœur n'était pas aussi ému qu'elle l'avait craint de revoir ce lieu. Il est vrai que l'aménagement de sa nouvelle maison l'avait occupée tout entière et que son mari lui demandait de prendre désormais une part très active à la vie mondaine. Elle s'y employait, avec tout ce que cela suppose… Elle leva la tête vers le ciel qui lui parut très haut derrière la flèche du clocher. Inaccessible. Elle enleva ses gants et les rangea dans sa bourse. Depuis le portail de l'église Notre-Dame-des-Victoires, on entendait chanter les notes pures d'un cantique et, un peu plus loin, la maréchaussée faisait tranquillement sa ronde. Elle poussa la porte de la maison des Méloizes. Il flottait toujours dans l'entrée la bonne odeur de la cire d'abeille et les housses de toile grège recouvraient encore quelques fauteuils. Louisa, volubile, avait ordonné à Thomas de déballer ses bagages et s'entretenait avec Eustache, tandis que Nounou, venue pour lui prêter main-forte à la tête d'une armée de domestiques, organisait un grand ménage, veillant au lavage et au dépoussiérage.

Dans le salon, le frère et la sœur étaient depuis plus d'une heure en grande conversation. Il y avait tant à raconter! Et Louisa voulait tout savoir... Angélique trouvait un peu étrange qu'après son départ brutal et le peu de nouvelles qu'elle leur avait données sa mère réapparaisse ainsi et fasse mine de s'intéresser à tout. Mais après tout, Louisa avait toujours été étrange dans tous ses comportements, pourquoi donc aurait-elle changé en ces quelque cinq ans? Tandis qu'Angélique était plongée dans ses réflexions, Eustache entretenait sa sœur des problèmes d'enseignement religieux qui devenaient envahissants dans la colonie:

— Savez-vous, Louisa, que l'on a du mal à maintenir l'assiduité des paroissiens? Cela eût été impensable voilà quelques décennies. L'esprit de fête se développe en même temps que la ville de Montréal, à cause de la promiscuité avec les Sauvages que l'abbé Picquet convertit... On a interdit de leur vendre de l'alcool et il commence à se faire un trafic honteux! C'est un sujet de préoccupations constantes...

— Qu'y a-t-il de mal à cela, mon cher, si ce n'est que les Sauvages ne deviendront jamais de vrais chrétiens?

— C'est bien le problème...

Angélique se pencha vers Louisa et déposa un baiser sur la joue qu'elle lui tendait:

— Bonjour, mère, nous avez-vous apporté quelques nouvelles de mes frères?

— Je n'en ai pas beaucoup, ma fille, car je ne les ai point vus...

— Pensez-vous qu'ils vont nous revenir?

— J'ai ouï dire qu'ils sont en route vers fort Saint-Jean…

— Je m'ennuie d'eux!

— J'en conviens, moi aussi, je m'ennuie… Mais toi, Lélie, installe-toi à côté de moi, raconte-moi! Ton mari est un bel homme. Il te donne une vie dorée…

— Michel est un bon mari, mère, répondit-elle en s'assoyant. Il me gâte sur tous les points, comme vous avez pu le constater…

— Bien, bien! Pour la première fois, j'ai cru mourir durant la traversée, dit-elle en changeant tout à coup de sujet. Savez-vous, Eustache, que nous avons essuyé une tempête au large de Louisbourg et, n'eût été un des bâtiments de M. de Maurepas qui est venu pour nous sauver, je ne sais si nous serions arrivés à bon port… Je n'aurai jamais le courage de refaire une seule fois cet éprouvant voyage… Quand je pense que, dans ma jeunesse, je l'ai fait tant et tant!

— Ainsi, mère, vous restez avec nous pour un long séjour?

— C'est mon intention…

Le regard de Louisa se perdit dans les souvenirs des anciennes années. Elle avait vieilli. Malgré son maintien et sa coquetterie, sur son visage des rides apparaissaient qui creusaient ses traits et alourdissaient ses paupières. Sous la poudre qui couvrait ses cheveux, on pouvait deviner plusieurs mèches blanches, mais on percevait toujours chez elle ce désir impératif d'être admirée et considérée comme une femme du monde. Dans l'intonation de sa voix, dans le sens qu'elle donnait aux mots, dans le soin avec lequel elle mesurait le moindre de ses gestes, on sentait que Louisa ne vivait que par le regard de l'aristocratie. De tout le reste, de tout ce qui bougeait autour d'elle et de tout ce qui vivait, rien n'avait d'importance, rien n'existait vraiment. Tout n'était, à ses yeux, mis là que par les circonstances et pour servir son insatiable besoin de noblesse. Angélique se demandait si elle pourrait agir de la sorte. Elle aimait les plaisirs et les raffinements que procure l'argent, elle aimait à se sentir aimée et admirée, elle aimait vivre parmi les bien nantis, c'était certain, mais elle ne voulait pas pour autant exclure ceux qui ne faisaient pas partie de son monde... Quant à Eustache, il ne changeait pas, lui non plus... Il était le même ministre du culte qui avait abandonné la course aux honneurs et ne pensait qu'à maintenir la piété et la morale au milieu d'une société de plus en plus encline à s'amuser et à oublier les drames qui se jouaient autour d'elle sur les champs de bataille. Angélique, plongée dans les souvenirs, revoyait la silhouette de Nicolas-Marie, les jeux de ses frères, les soirées de veille avec Nounou, les allées et venues de Philippe et les absences de leur mère... «La maison est restée la même, et ma mère elle aussi est en tout point semblable à ce qu'elle a toujours été...», se répétait-elle. Pourtant, Louisa avait sensiblement changé. Soudain, celle-ci se tourna vers Angélique et se pencha un peu comme pour lui faire une confidence:

— Ce qui m'a fait mourir d'envie de revenir, c'est la mutation de François Bigot, déclara-t-elle. M. Bigot est pour une grande part dans ma décision...

«Bon, se dit Angélique, nous y voilà, ce n'est pas l'attachement qu'elle a pour ses enfants qui l'amène ici, mais l'attrait de la belle vie.»

— Je ne suis pas sûr de vous comprendre, l'interrompit Eustache, qui ne cachait pas que les propos de sa sœur n'étaient pas de son goût.

— Pensez-y! C'est un homme qui va remettre du piquant dans la vie de Québec. Avec lui, les réceptions seront à la mode…

— Justement!

La querelle reprenait sur le même sujet entre le frère et la sœur! Angélique en avait assez entendu; elle alla rejoindre Nounou dans la cuisine. Eustache, quant à lui, était obsédé par les déploiements militaires de la France:

— Ainsi, Louisbourg nous est rendue et vous l'avez vue alors qu'elle redevient française?

— Il est vrai… Mais ne nous y trompons pas. Les Anglais font la vie dure aux Français tout au long des côtes… À Chibouctou, les Acadiens sont persécutés par les soldats anglais… Nous nous sommes arrêtés quelques jours à Louisbourg. Je vous avoue que c'est grande pitié! La forteresse est dans un triste état…

— Comment est-ce possible? fit Eustache, consterné.

— Les Anglais l'ont ravagée et continuent leurs pillages en avançant jusque dans les terres depuis la Virginie… La guerre n'est pas encore finie, croyez-moi!

— C'est sûr, elle continue en Ohio, autour des Grands Lacs et aux abords du lac Champlain…

⚜

— Allez, Nounou, tire! Tire encore!

Selon le rituel établi avant chaque soirée mondaine, dans la chambre d'Angélique, Nounou aidait son «ange» à s'habiller. Elle serrait de plus en plus les lacets de son corset pour mettre sa taille en valeur. Angélique avait pris un soin particulier à sa toilette. La robe qu'elle étrennait ce soir était plus ajustée, plus froufroutante sur les hanches et, surtout, le décolleté, qui laissait deviner la perfection de ses seins, était bien plus audacieux. Faite de satin broché bleu nattier, le bleu à la mode dans les salons parisiens, elle était rehaussée par des nœuds et des volants de fine dentelle. Ses cheveux avaient été savamment enroulés par le perruquier qui n'en finissait plus de les placer, et, pour parfaire le tout, Angélique avait fait agencer un amour de coiffure faite de fleurs des champs entrelacées dans des rubans semblables à ceux qui ornaient sa jupe, où l'on avait piqué quelques diamants de famille rappelant les pendentifs de ses oreilles. Inquiète, selon son habitude, elle examinait sa silhouette devant le miroir et n'était pas sûre de posséder ce qui, pourtant, sautait aux yeux : un charme extraordinaire ! Elle avait un regard critique face à elle-même, jugeant le moindre détail de sa tenue comme un défaut majeur. Elle ignorait qu'aux yeux de ses admirateurs, c'étaient justement ces petits riens particuliers qui la rendaient vivante et différente et qui venaient toucher les hommes en éveillant immanquablement leur désir.

Ce matin, avant de la quitter, Michel lui avait dit :

– Bigot vous a déjà remarquée, à son arrivée. Il faut qu'il ne voie que vous ce soir, et ce ne sera pas difficile !

Elle avait paru si surprise qu'il en avait souri et s'était tendrement approché d'elle :

– Vous êtes éblouissante, chérie !

– Pour quelle raison voulez-vous que Bigot me remarque ? Il y a tant de jolies femmes qui viennent roucouler devant lui !

– C'est vous qu'il doit voir! Je veux obtenir l'approvisionnement des garnisons en viande de boucherie... Je ne suis pas le seul à revendiquer ce marché et je crains la trahison de quelques-uns...

Angélique avait écarquillé les yeux. Encore peu habituée aux intrigues, loin des envies et des jalousies qui sont monnaie courante dans les hautes sphères, elle gardait une naïveté presque enfantine. Les paroles de Michel, qu'elle ne comprenait pas, la choquèrent:

– Comment puis-je exercer une influence sur les marchés de la boucherie dans les magasins du roi?

Michel ne lui répondit pas. Elle resta pensive jusqu'au soir. Sans s'en rendre compte, elle subissait, de la part de son mari, les pressions qu'elle avait voulu écarter à tout prix, et leur relation, si elle ne s'était pas détériorée, ne s'était pas améliorée non plus. Elle n'avait envie que de s'amuser ce soir, et ensuite ne plus penser aux obligations mondaines; finir l'été à Neuville comme lorsqu'elle était petite, monter sa jument Chagrine et partir à l'aventure. Oublier dans la plaine et dans le vent la présence parfois envahissante de sa mère et les exigences de son mari, tout ce qui la faisait se sentir prisonnière. Mais hélas, son souhait ne pouvait se réaliser: le manoir était transformé. Il abritait un nombre croissant de soldats entraînés à la guerre avec quelques bataillons d'Iroquois qui avaient rejoint les régiments français... Il ne fallait pas penser trouver là la solitude! Neuville était pire que les salons du palais... Heureusement, elle avait la consolation de visiter chaque jour Marguerite et ses enfants. L'adorable petit garçon, dont elle était la marraine, rieur et potelé, faisait la joie de sa mère et lorsque Angélique, qu'il reconnaissait bien, arrivait, il tendait vers elle ses mignonnes petites mains et lui tirait les cheveux en gazouillant. Serait-elle mère un jour? Connaîtrait-elle les liens particuliers qui unissent les mères à leurs enfants, faits de tendresse et de sentiments inexplicables, subtils et indéracinables? Depuis qu'elle avait eu ce bébé, et malgré les inquiétudes que son accouchement avait causées autour d'elle, Marguerite était radieuse et avait retrouvé son entrain et son espièglerie naturels. Angélique se demandait si un enfant ne viendrait pas combler ce vide qu'elle ressentait dans son for intérieur. Elle commençait à le souhaiter.

Le grand salon du palais de l'Intendance brillait de tous ses feux pour les présentations officielles. Les invités se bousculaient. Majordomes et valets en livrée ne suffisaient pas pour veiller au confort de cette assistance triée sur le volet. Pour les besoins de la réception, et pour que tous puissent le voir aisément, François Bigot avait fait dresser une estrade au pied de laquelle chacun défilerait devant lui. Si l'on y regardait de près, la chose avait de quoi surprendre. D'emblée, faisant fi des coutumes simples et conviviales de ce pays, il se présentait comme un roi et reprenait à son compte le faste suranné de l'aristocratie française. Il arrivait à peine et l'on sentait qu'un vent de frivolité soufflait sur la Nouvelle-France. D'ores et déjà, le gouverneur était choqué par cette attitude de grand seigneur qui lui faisait de l'ombre. Exprimant sa frustration à Eustache, il partageait le point de vue de ce dernier, qui n'appréciait pas, lui non plus, la tournure que prenait l'entrée en fonction de

François Bigot. Tous deux, un verre à la main, observaient les invités :

— Admirez ! fit le marquis de La Galissonnière. Quelle
suffisance, un vrai coq au milieu de sa basse-cour, n'est-
il pas vrai ? J'enrage…

— Si j'en crois mes yeux, les dames et les gentilshommes sont en pâmoison ! renchérit Eustache.

— Regardez-les toutes faire la révérence et se redresser, guettant l'approbation de ce fat !

— Seriez-vous jaloux, mon ami ?

De fait, les plus jolies femmes du Canada étaient
là et se pressaient dans le sillage de l'intendant, se bousculaient pour être près de lui, rivalisant d'élégance et
dévoilant leurs charmes pour attirer son attention.
François Bigot avait grand air. Il portait l'habit avec
élégance et, sans être beau, possédait un charme fou.
Lorsqu'il souriait et plongeait son regard dans les yeux
d'une femme, elle était comme enchantée et ne pouvait
plus l'oublier. Célibataire, reconnu comme un amateur
du beau sexe, il restait imperturbable au milieu de ce
jeu qu'il trouvait plaisant de provoquer. Ce soir-là, plus
que de coutume, il était à son avantage. Il se faisait présenter les dames une à une, leur faisait des façons et
affichait son irrésistible sourire, tandis que, de ses yeux
perçants qui se posaient effrontément sur l'un ou l'autre de leurs attraits, il les évaluait. Aucun détail ne lui
échappait alors ! Elles étaient mises à nu, prises au piège
de leur propre témérité qui les avait poussées à se distinguer et elles devenaient ses proies aussitôt qu'elles
avaient su capter l'attention de ce maître séducteur…
Mais il n'était pas habile seulement avec les femmes.
Au premier regard qu'il posait sur une personne, il

avait tout vu, tout apprécié, tout jaugé sans la moindre erreur. À croire qu'il avait passé sa vie à observer ses semblables et avait tiré une solide synthèse de tout échange qu'il avait eu avec eux. Tout était enregistré, noté, gravé dans un des nombreux tiroirs de son incroyable cerveau, qu'il pouvait ouvrir ou fermer selon son bon plaisir... De plus, disait-on, il avait une mémoire infaillible que l'on qualifiait souvent d'éléphantesque. Toutefois, lorsqu'il convoitait une femme, il savait rester discret et ne négligeait jamais le mari ou le fiancé, s'étant enquis de ses qualités, prêt à utiliser ses compétences et à en tirer le meilleur des partis pour sa gloire personnelle.

Eustache, qui redoutait le libertinage en vogue à Paris, voyait se profiler le règne de cet intendant avec d'autant plus d'inquiétude que les lois de la morale religieuse n'effrayaient que les pauvres. Il s'agissait ici d'un relâchement des mœurs de bon aloi, prêt à s'enraciner dans la désinvolture des gens à l'aise au milieu d'un redressement financier dont tous n'auraient qu'à se réjouir. Il s'inquiétait de constater sa propre impuissance. C'était sans doute ce que pressentait aussi le marquis de La Galissonnière qui détestait déjà François Bigot de tout son cœur. Depuis toujours, il y avait entre l'intendant et le gouverneur en poste une animosité ancestrale : on aurait dit que c'était une attitude héréditaire, laquelle s'était déjà manifestée avec l'intendant Hocquart, bien que leurs personnalités fussent à l'opposé l'une de l'autre... Quoi qu'il en soit, Bigot n'avait pas l'intention de se laisser impressionner, c'était plutôt lui qui avait pour habitude d'impressionner les autres.

S'il était habile en affaires, chacun avait quelque chance de faire partie de son équipe, et c'était ce qu'avait flairé Michel Péan de Livaudière. Au cours d'une réunion avec les membres du Conseil supérieur, François Bigot avait déjà émis quelques idées et consulté les dossiers les plus importants. Le gouverneur n'avait pas eu l'air ravi de ces initiatives…

Comme à l'accoutumée, Angélique resplendissait. Sa silhouette et sa grâce attiraient l'attention de tous les hommes, quel que soit leur âge, et les femmes qui percevaient son avantage la jalousaient déjà. La délicatesse de ses traits était soulignée par sa coiffure et les teintes qu'elle portait s'harmonisaient à merveille avec son regard qui pétillait. Une meute de beaux esprits tournaient autour d'elle et tentaient par leurs propos de la troubler un peu. Tous auraient aimé la voir faire un faux pas, d'autant qu'elle était de loin la plus belle et qu'obtenir ses faveurs deviendrait un sujet d'orgueil et de contentement qui distinguerait le vainqueur comme le grand gagnant d'une course au trésor…

Il y avait, dans la salle, bon nombre de ses compagnes des ursulines qu'Angélique éclipsait sans le vouloir. Même Amélie de Repentigny, la sœur de Pierre, dont le charme était renommé, ne lui arrivait pas à la cheville. Les unes et les autres, touchées dans leur amour-propre, blessées dans leur convoitise, avaient peine à lui abandonner la première place sans formuler des commentaires d'autant plus grinçants qu'on ne pouvait lui attribuer aucune fausse note. Elle restait discrète, séduisante et fidèle à elle-même.

– Mme Péan est à son meilleur…

— Pas étonnant, ma chère, sa mère lui a rapporté des soieries que nous n'avons pu nous procurer ici!

— Entre nous, si j'avais eu la moitié des bijoux qu'elle porte, on m'aurait fait les yeux doux, à moi aussi…

Angélique ne voyait rien et, bien que l'intendant, comme tous les autres hommes, lui lançât des regards furtifs, il était notoire qu'il courtisait surtout Barbe de Saint-Ours, vêtue d'une splendide robe d'un jaune éclatant toute piquetée de plumes et de perles. La jeune femme, qui venait de se voir abandonnée par son mari parti à la guerre, était fort belle, elle aussi, et son teint se colorait lorsque son regard croisait celui, de plus en plus insistant, de Bigot. On murmurait déjà… On essayait de lui trouver des défauts. On la dévisageait.

— Avez-vous remarqué que ses épaules sont aussi larges que celles du laquais de Mme de Bienville?

— Il me semble qu'elle a une jambe qui traîne, imperceptiblement, mais qui traîne quand même!…

— Et puis, son teint manque de délicatesse…

Derrière les éventails qui s'agitaient de plus en plus, on pariait, on espérait sa chute. Le jeu était cruel, mais on n'en connaissait pas d'autre. On s'épiait, on s'observait du coin de l'œil et l'on guettait sans ménagement un geste malencontreux. Laquelle François Bigot allait-il inviter pour ouvrir le bal? Les demoiselles en étaient toutes remuées, au bord de l'évanouissement à la pensée que ce serait l'une d'elles. Les cœurs palpitaient, les yeux brillaient plus qu'à l'ordinaire et plus l'heure avançait, plus les joues se coloraient.

— Ah! ma chère, je n'en puis plus, c'est trop nous faire attendre…

– M. Bigot est inconscient des tortures que nous endurons!

– Il ne semble guère pressé de mettre fin à ce calvaire...

– À mon avis, c'est Barbe de Saint-Ours qui est sa favorite!

– La respectabilité d'une femme lui importe peu, vous dis-je!

– Quelle horreur!

Les remarques malveillantes allaient bon train et Élisabeth Bégon, la belle-fille de l'ex-gouverneur, n'en finissait plus de faire des commentaires disgracieux. Mme Bégon, qui s'était mise à l'écriture, était réputée pour avoir la dent dure. Elle se promettait de consigner dans ses « lettres au cher fils » les scandales de la Nouvelle-France et n'entendait pas manquer une seule anecdote. Assise dans une bergère, légèrement à l'écart du parterre, elle ne perdait pas un mot de ce qui se disait et si Bigot observait sans répit tout ce qui lui passait devant les yeux, Mme Bégon, de mèche avec Louisa, l'observait en retour!

Lorsque les présentations furent enfin terminées, les musiciens attaquèrent le premier menuet. Les couples se formèrent. Michel prit sa femme par la main. Tous s'étaient tus. On n'entendait plus que quelques pas glissant sur le parquet sous le froissement des crinolines. Aux premières notes des archets, l'intendant se leva et descendit de l'estrade. Barbe de Saint-Ours, qui avait éconduit le fils de M. de Longueuil et qui était seule, se tourna imperceptiblement vers lui, refermant déjà son éventail et le faisant glisser le long de son bras, prête à relever sa jupe pour se placer au milieu de la piste. Tous les regards étaient tournés vers elle. Mais elle en fut pour son attente et faillit suffoquer de dépit, car Bigot passa lentement devant elle et alla tout droit se planter devant Angélique en s'inclinant bien bas.

— Vous permettez, monsieur, que j'accapare votre femme? demanda-t-il à Michel.

Comment ne pas lui accorder cette faveur? Michel, ravi, s'empressa d'acquiescer. De toute façon, il n'aimait guère danser, étant un bien piètre cavalier... Il jeta à sa femme un regard qui voulait dire: «Allez-y!» et celle-ci, bien qu'elle enrageât de se voir ainsi manipulée, prit la main de l'intendant et se plaça fièrement devant lui. Alors, dans un ensemble parfait, les violons se mirent à jouer et Angélique, au bras de M. Bigot, éclaboussa de toute sa grâce les mauvaises langues qui n'osèrent pas se délier. La danse prit vite le dessus, tandis que, tel un vainqueur, François Bigot la faisait sautiller et tourner sans la lâcher des yeux. De chaconne en passacaille, elle y trouva beaucoup de plaisir, d'autant que l'intendant savait marquer la cadence et accorder ses pas comme nul autre. Angélique oublia ce qui l'avait contrariée et s'amusa de voir qu'ils dansaient si bien ensemble et qu'on les observait. Elle entendit même, en passant près d'une douairière:

— Admirez le beau couple, c'est un ravissement que de les voir danser!

Louisa, qui n'avait rien perdu du spectacle et qui ne s'attendait pas à ce revirement en faveur de sa fille, lança à sa compagne:

— M. Bigot est un homme d'un goût exquis, ne trouvez-vous pas, chère amie?

— En effet, votre fille est très belle, ma chère. Il faut cependant reconnaître que sa beauté est un danger face à un homme comme Bigot!

Élisabeth Bégon hocha la tête et continua d'observer la scène de son œil inquisiteur pour noter le tout dans son journal intime. Était-elle un peu jalouse, elle aussi? M. Bigot tournait déjà la tête de toutes les femmes, quels que soient leur âge et leur condition… Devant le tableau idyllique que formaient sa nièce et l'intendant, concentrés sur les menuets et les pastourelles, Eustache manifesta bien vite son mécontentement auprès des membres de la famille:

— Comment ose-t-il?

La colère lui déformait les traits. Tout ce qu'il réprouvait était là, devant lui, incarné dans l'insolence avec laquelle Bigot faisait fi de la pudeur et de la bienséance élémentaires.

— Et pourquoi n'oserait-il pas? lui rétorqua Louisa. Vous voyez le mal partout, Eustache!

Eustache de Lotbinière écumait de rage et Michel Péan se frottait les mains.

Le carrosse roulait à vive allure. Chouart, de son fouet, excitait les chevaux. L'air était frais et le vent qui montait du fleuve aux petites heures fit frissonner Angélique dans sa robe de bal. Michel remonta la pelisse sur ses épaules et l'enveloppa de ses bras. Il se faisait tendre et caressant.

— Vous avez été merveilleuse, chérie, je suis le plus heureux des hommes…

Elle sentait sur son cou la chaleur de son haleine, la douceur de ses lèvres qui s'arrêtaient, hésitaient, puis reprenaient leur quête. Elle n'osait bouger. Elle ne voulait pas qu'il s'aventurât plus loin. Il la sentait frémir et, dans son empressement à la posséder, il croyait que les réactions de sa peau témoignaient de son désir. La réussite de la soirée, les plaisirs de la fête et, surtout, le fait qu'elle ait été distinguée par le nouveau «maître de la colonie», tout donnait à Michel Péan un contentement qui se traduisait dans ses gestes amoureux. Plus amoureux qu'à l'ordinaire...

Lorsqu'ils montèrent dans leur chambre, il la serra si fort en haut de l'escalier qu'elle sut ce qui allait se passer ensuite. Elle prit le temps d'ôter ses vêtements un à un et de brosser sa chevelure, tandis que lui, déjà allongé, l'attendait dans le lit, nu et déterminé. La tension créée par son désir emplissait la pièce et, même si elle tentait de retarder le moment du contact, elle savait que ses efforts seraient voués à l'échec. Elle aurait aimé pouvoir effacer le contenu des instants qu'elle pressentait, le couper comme on coupe un gâteau pour en offrir une part à un gourmand qui s'en délecte d'avance. Gommer en elle toute participation à leur union et faire taire ce sentiment qui surgissait, humiliant, alors qu'elle se sentait comme un animal traqué, sans possibilité de se dérober aux assauts de l'homme qui était chaque nuit dans son lit sans qu'elle le désire... En même temps, elle s'en voulait de penser ainsi, car Michel était bel et bien son mari. Il était celui qui avait obtenu en toute légitimité le droit d'être son seigneur et maître.

Aussitôt que ces pensées lui venaient, son corps réagissait et se fermait, barricadé dans la soumission qu'elle s'imposait et qui, à l'inverse de sa nature, finissait par gruger une partie fragile d'elle-même. La culpabilité s'insinuait dans son esprit. Pourquoi n'aimait-elle pas son mari ? Pourquoi ne pouvait-elle recréer avec celui qu'elle avait épousé le sentiment si fort qui l'avait déjà submergée et qui montait encore dans son cœur et dans son corps, inondant sa raison, quand rien ne venait la perturber et qu'elle songeait à l'autre Michel ? Pourquoi cet homme, qui après tout ne lui voulait que du bien, n'était-il capable de lui inspirer que de l'amitié sans la moindre passion physique ? Pour quelles raisons ne pouvaient-ils tous deux s'accorder en harmonie pour connaître l'abandon et le plaisir qui tissent des liens si profonds entre un homme et une femme ? Pourquoi les formes de son corps, la texture de sa peau, l'odeur de ses cheveux n'éveillaient-elles rien qui pût la faire vibrer ? Pourquoi sa voix, même chaude et langoureuse, la laissait-elle sage et n'éveillait-elle aucun désir en elle au moment où il lui chuchotait d'agréables compliments ? Serait-elle condamnée pour le reste de ses jours à contrarier sa nature de femme passionnée et débordante d'amour ? Il fallait bien qu'elle accomplisse son devoir, comme il aimait à le lui faire remarquer ces derniers temps, ce qui n'arrangeait rien... Elle entra dans le lit.

Et voici qu'après l'avoir malmenée, après avoir ignoré ses réactions et ses réticences, ayant atteint le point culminant de la jouissance, il s'était endormi, repu et satisfait, sans plus s'occuper d'elle.

Elle enfila sa chemise, qu'elle n'avait pas eu le temps de revêtir, et, se tournant du côté de la fenêtre, elle resta songeuse et amère. Il l'avait possédée avec tant de fougue, il avait usé de tant de précipitation qu'elle en était meurtrie. Elle posa les mains sur son ventre. Pour quelle raison avait-il si peu d'égards pour le corps de celle qu'il prétendait aimer ? Pour quelle raison ne s'appliquait-il pas à la caresser comme elle aurait aimé le voir faire ? Ne savait-il pas que les sensations capables d'éveiller le corps d'une femme sont faites de douceur ? Michel Péan de Livaudière ne changerait-il donc jamais ? D'un acceptable mari ne deviendrait-il jamais ce dont elle avait le plus besoin : un amant plein de fougue ?

Le lendemain matin, dès l'aube, il sauta du lit et disparut pour se faire préparer un bain alors qu'elle sommeillait encore, puis revint dans la chambre, tout parfumé :

– Bonjour, ma mie, avez-vous bien dormi ?

Elle répondit en s'étirant.

– Vous devenez un peu moins sauvageonne, ma chérie !

Que lui rétorquer ? Il était d'une humeur plaisante et n'avait pas conscience de ses maladresses.

– Je suis fort heureux de voir que M. Bigot a fait de vous sa reine !

– J'aurais préféré, mon ami, qu'il me remarque moins !

– N'êtes-vous pas satisfaite d'avoir été choisie ? Ne le trouvez-vous point de votre goût ?

En fait de balourdises, Michel battait les records. Il continua, sur un ton léger :

– Savez-vous que, désormais, je peux tout espérer ? Nous allons profiter d'une série de belles occasions qui amélioreront notre situation…

– Est-elle si précaire, notre situation ?

Sans répondre et sans voir la colère qui faisait se crisper le visage de sa femme, il chaussa ses bottes.

– Au fait, Angélique, je pars à Neuville pendant deux ou trois jours. Voudriez-vous, pendant mon absence, porter vous-même à M. Bigot une douzaine de nos meilleures bouteilles de cidre?

– Pourquoi moi-même, je vous prie?

– Parce que votre vue lui rappellera ce que j'attends de lui...

Elle sentit son cœur faire un bond. Il s'en fallut de peu qu'elle le repoussât durement. Il se pencha, déposa sur sa joue un rapide baiser et sortit en courant. C'était trop fort! Voilà qu'il lui demandait de faire la mijaurée auprès de l'intendant et de lui porter un cadeau...

CHAPITRE XII

Debout devant la fenêtre de son bureau, les mains derrière le dos, François Bigot contemplait « son royaume » avec un air de satisfaction. Il aimait la majesté des grands espaces qui s'étalaient devant ses yeux. De se trouver à une bonne distance de la France ne lui déplaisait pas, car ce dépaysement permettait à sa pensée de s'engager dans une nouvelle direction. Tout en admirant le fleuve, il songeait à la façon dont il s'y prendrait pour relever les finances canadiennes et asseoir sinon son autorité, qui était déjà chose acquise, du moins le respect dont il avait besoin. Un de ses objectifs était de faire circuler librement les richesses locales, innovant sur les coutumes, et de se gratifier en proportion des résultats qu'il obtiendrait. Il sortit de sa poche un petit calepin qui ne le quittait jamais et nota soigneusement ses prévisions tout en hochant la tête. Sur une page, il griffonna quelques noms, Pierre Martel, Joseph Deschenaux, et Michel Péan de Livaudière qu'il avait déjà rencontré à plusieurs reprises. Ce faisant, il pensa : « Objectif à atteindre dans l'année ! »

La veille, la réunion du Conseil supérieur avait été fructueuse. Il y avait appris des informations indispensables concernant les ficelles à tirer et les rôles à distribuer aux têtes dirigeantes de la communauté. Grâce au don qui lui venait de sa naissance et qui avait mûri avec lui, il lui était facile de lire dans les consciences. Lorsqu'une personne l'approchait, il devinait instantanément, à son regard, à sa façon de parler et même de se déplacer, quel était le titre qu'il devait lui accorder et, surtout, dans quelle mesure cette personne était dotée d'un esprit libre et autonome ou bien à la merci des influences et du qu'en-dira-t-on… Ayant tout sondé, il savait comment manipuler et utiliser à des fins personnelles les informations enregistrées ainsi que le potentiel et les qualités relevés. Dès les premières minutes d'une rencontre, il avait extrapolé et calculé comment employer la nouvelle recrue et dans quelles circonstances, et il avait échafaudé un certain nombre de scénarios de rechange. Dans son esprit, qui était rarement au repos, rien n'était laissé au hasard. Jouissant d'une excellente santé et d'une énergie inépuisable, il était infatigable. Lorsqu'il sentait le besoin de se détendre, le meilleur moyen, et celui qu'il privilégiait entre tous, était de faire la fête. Il ne s'en privait jamais. Tous les prétextes étaient bons pour programmer ici et là des festivités! Rien ne le réjouissait plus que d'être entouré d'une cour pâmée d'admiration devant le faste qu'il aimait déployer pour l'éblouir. Il avait un goût marqué pour tous les luxes de son époque. Réfractaire aux idées bourgeoises qui emprisonnent les individus dans une morale restrictive et contraignante, adorant les femmes et les plaisirs qu'elles pouvaient lui procurer, il n'avait jamais voulu se marier. À quoi bon engager l'avenir d'une famille quand ce qu'il aimait par-dessus tout était de profiter des bonnes choses au moment où elles passent? C'était sinon un libertin, du moins un libertaire, fort peu conventionnel, prônant les idées nouvelles de ce Siècle des lumières, qui avait lu et assimilé les pensées de Voltaire et de Rousseau et qui s'acheminait hardiment vers la cinquantaine.

Depuis le matin, il avait déjà rencontré trois des personnages influents de Québec, dont M. de La Galissonnière, avec qui il sentait venir la guerre froide, et le chanoine de Lotbinière, qui ne savait parler que de morale et de religion. Il avait traité avec eux de façon expéditive, n'ayant pas l'habitude de traîner en affaires. Pour lui, rien n'était plus simple que de mener rondement les choses... Restait un point à confirmer, qui lui tenait à cœur. Il griffonna quelques lignes et tira sur le cordon de la sonnette. Un laquais en livrée apparut et s'inclina.

— Veuillez faire porter ce billet chez M. Péan de Livaudière...

Il lui remit la lettre en prenant soin d'y apposer son sceau et, tandis que l'autre s'éloignait, il sourit de contentement. Ayant décelé chez Michel Péan les qualités qu'il recherchait, il avait pris la décision de faire du jeune homme son plus proche collaborateur. Étant donné que celui-ci n'en attendait pas moins et qu'il l'avait clairement laissé paraître, il n'y aurait rien de compliqué en fait de négociations. Il revint près de la fenêtre et reprit le cours de ses pensées. Michel Péan de Livaudière lui semblait doué d'une intelligence propre à soutenir ses objectifs et d'un judicieux sens des affaires, et il avait perçu chez lui ce trait prometteur entre tous: il était âpre au gain! En outre, il possédait une femme exquise dont la beauté et le charme dépassaient de loin ceux de la plupart des créatures du beau sexe. Elle lui avait même paru avoir une personnalité hors du commun… Mᵐᵉ Péan se détachait des prétentieuses, des pédantes et des frivoles qui gravitaient autour de lui, portées par leurs ambitions et par leur goût excessif du luxe. Elle semblait différente de celles qui n'avaient comme atout rien de plus que leur «snobisme», cette perversion de la mode inventée pour camoufler la stupidité, et qu'il méprisait… Il la voyait déjà participant aux promenades qu'il projetait de faire en bonne compagnie, car, dans peu de temps, il lui faudrait visiter la terre canadienne et tout connaître. Cette Angélique Péan de Livaudière pourrait bien être parmi les femmes d'esprit dont il aimait à s'entourer depuis toujours. Il en était là dans ses réflexions quand son laquais frappa à la porte:

— Une dame demande à vous voir, monsieur…

— Faites entrer!

Comme par enchantement, la belle était devant lui, ravissante, qui le saluait en faisant la révérence…

— Monsieur l'intendant…

— Quelle plaisante surprise, madame! Que me vaut l'honneur?

— Mon mari, qui est à Neuville, m'a priée de vous porter quelques bouteilles de notre cidre. Nous souhaitons qu'il vous soit agréable, étant l'un des meilleurs produits de la région, si l'on en croit les amateurs…

— Apporté par vos soins, madame, ce cidre aura, j'en suis convaincu, le goût d'un élixir, dit-il en s'inclinant.

Elle rougit un peu, ce qui eut pour effet de la rendre encore plus délicieuse. Elle s'empressa de lui remettre les bouteilles, dont le contenu d'une agréable couleur rosée transparaissait, prometteur d'une saveur à la fois pétillante et fruitée. Il appréciait ce genre de présent:

— Si vous n'y voyez pas d'inconvénient, vous permettrez, madame, que je profite de votre compagnie pendant quelques instants…

— Si vous y tenez, monsieur, répondit-elle, un peu sur la réserve.

Il prit son bras pour l'accompagner au salon et y fit porter la bouteille.

— J'aimerais goûter ce cidre en votre compagnie, madame !

— Mon mari en sera fort aise, monsieur, fit-elle en replaçant les volants de sa jupe.

Un valet emplit deux verres finement tournés où les bulles moussèrent joliment. Il la sentait fermée à la conversation et pourtant, lorsqu'ils goûtèrent le cidre, un éclair de bonheur illumina son visage. Elle trempa ses lèvres avec délectation et son sourire révéla alors combien elle était fière du produit de sa terre.

— À notre plaisir, madame, dit-il sans la quitter des yeux.

— Aux vergers de Nouvelle-France, monsieur !

Elle avait une façon de soutenir son regard qui était tout à elle. Il n'y avait point de coquetterie, mais de la fierté et de la dignité, et son attitude qui exprimait tout cela lui plut. Elle se mit à lui parler de la seigneurie de Neuville, du manoir et des vergers. Son enthousiasme était contagieux. Il aimait à la voir s'animer. Elle avait des yeux magnifiques, dont il n'arrivait pas à se détacher. Fasciné, il suivait le mouvement de ses prunelles dont la couleur changeante lui rappelait le miroitement du soleil sur les eaux du fleuve. Il imaginait que son regard avait des nuances variables selon l'heure et la saison et vérifiait pour la deuxième fois, sans trop de discrétion, que sa gorge était des plus attrayantes. Il laissait son esprit se perdre dans les fantasmes que cette jolie femme lui inspirait. Il pouvait deviner sous l'écharpe vaporeuse qui couvrait sa nuque et ses épaules des seins ronds, fermes et bien proportionnés. Délicieuse tout autant que le breuvage qu'elle avait apporté, Angélique était d'une beauté troublante.

⚜

— Es-tu là, mon ange ? Voici de la visite pour toi !

Flanquée d'une haute silhouette bottée, Nounou, les mains au-dessus du front, scrutait la cour et appelait Angélique, cherchant à l'apercevoir au milieu des éclaboussures du soleil. Depuis l'arrivée de l'intendant Bigot, le ciel de la Nouvelle-France s'était mis au diapason de la fête ; le temps était magnifique.

— Philippe ! Quel bon vent vous amène ? lança Angélique en relevant la tête.

Un bouquet à la main, en tenue de jardin, penchée sur les haies fleuries de la cour, la jeune femme flânait et préparait des gerbes pour orner chacune des pièces de la maison, tandis que Chouart soignait le potager. Philippe Langlois s'avança vers elle et se planta de toute sa hauteur en soulevant son chapeau pour la saluer. On le sentait préoccupé. Le visage tendu et l'air inquiet, il la mit sans ambages au courant de la situation :

— Vous savez que M. Péan est parti pour Montréal depuis deux jours…

Elle hocha la tête. Son mari avait dû se rendre là-bas une nouvelle fois, pour faire la tournée des magasins du roi avec Louis Pénissault, le responsable des réserves. Il était si absorbé par son négoce et si souvent absent depuis quelques semaines qu'elle se trouvait la plupart du temps seule, lorsque ses amies Marguerite, Élisabeth, Geneviève, Charlotte et quelques autres ne venaient pas la visiter pour la distraire. Elle s'habituait à cette liberté forcée qui la laissait organiser ses activités et sa maison sans se soucier d'autre chose que d'elle-même et lui donnait le temps de s'arrêter sur les sentiments qu'elle nourrissait envers Michel. Il lui manquait et ses absences la contrariaient, mais, en même temps, elle s'accoutumait à ne pas le voir tous les jours et à faire une place moins importante à leurs échanges. Elle commençait à lui en vouloir pour de multiples petits riens qui se manifestaient sans qu'elle pût se raisonner. C'était comme si des mouches s'agitaient et virevoltaient, se collaient sur ses membres et la narguaient sans faire de bruit, dérangeantes et impertinentes, annonciatrices d'un orage qu'elle ne pressentait pas encore, mais qui l'agaçait. Elle s'approcha de Philippe, qui avait son visage des mauvais jours:

— J'arrive de Neuville, Lélie. J'ai parcouru la route aussi vite que j'ai pu. Je faisais ma tournée, quand j'ai remarqué qu'il se passait quelque chose d'inhabituel. Avec leur sergent, les soldats ont investi la plus grande partie des terres de la seigneurie et se sont mis en tête d'abattre des pommiers pour construire des hangars et élargir les champs de manœuvre!

— Quoi?

— J'ai tenté de les en dissuader, mais ils semblent sûrs de leur fait! Je les ai même trouvés arrogants…

Elle laissa tomber le bouquet qu'elle tenait à la main. En un éclair, à la seule évocation du mal fait à «ses arbres», son sang ne fit qu'un tour:

— Les sacripants! Il n'en est pas question! Dites à Chouart d'atteler, Philippe, nous partons!

— Voilà où nous mène votre générosité, Lélie, soupira le régisseur.

— Arrêtez donc de m'appeler ainsi, Philippe, et ne discutez pas ma générosité, voulez-vous! fit-elle, le rouge aux joues.

Il prit un air penaud, ramassa les fleurs qui jonchaient le sol et les lui remit. Gênée, elle se reprit:

— Je vous remercie, Philippe, d'être venu si vite…

Elle avait récupéré sa fougue. Une bouffée d'énergie l'avait fouettée et son tempérament de sauvageonne avait refait surface instantanément. «Pourquoi fallait-il que ce problème survienne durant l'absence de Michel?» pensa Angélique. Si seulement ses frères avaient été de retour, elle aurait eu leur appui. Mais il lui fallait agir seule et ne pas compter sur les absents ni sur Louisa, tout à fait inconsistante dans ce genre de situation… Elle tendit ses fleurs à Nounou qui partit à la recherche d'un vase.

Dans sa tête, l'orage éclatait. Les militaires avaient eu la vie facile depuis plusieurs mois. Elle leur avait concédé la jouissance des bâtiments et d'une grande partie des terres sans exiger le moindre loyer! Ils en avaient sans doute déduit qu'ils étaient chez eux et qu'ils pouvaient agir comme bon leur semblait… Quelle erreur! Ce qu'elle avait accepté, ce qu'elle leur avait concédé, elle l'avait fait par esprit patriotique et aussi pour faciliter les objectifs et les projets de Michel. Le rêve d'une armée canadienne devenait plus tangible avec les soldats de la réserve regroupés à Neuville… Qu'ils outrepassent les permis accordés la jetait dans une rage folle qu'elle avait du mal à dominer. Il fallait résoudre le problème dans l'instant. Qui osait la narguer et en prendre à son aise? L'image de son père lui apparut soudain. Il semblait lui faire signe et lui montrer la route. Sans chercher à comprendre, sans même prendre le temps d'en être effrayée, elle fut prête à lui obéir et retint un cri qui ressemblait à un rugissement. Philippe, qui ne perdait pas la moindre miette de ses réactions, réprima un léger sourire, reconnaissant celle qu'il aimait... Philippe la retrouvait égale à elle-même et se souvenait des années où elle était encore adolescente: elle n'avait pas changé!

Heureusement qu'il était là pour la seconder lorsque les problèmes devenaient un peu trop complexes et, Dieu soit loué! il n'avait pas négligé de la prévenir à temps, voulant toujours la protéger. L'honnêteté de ses actions ne s'était jamais démentie. Elle le toisa rapidement pour s'assurer qu'il n'était pas d'humeur à lui conter fleurette en route, et, s'il l'avait été, l'éclat de ses yeux l'aurait découragé à cet instant. Angélique avait l'air farouche d'une amazone prête à se déchaîner contre l'adversaire. Il saisit le message et s'inclina devant sa détermination inébranlable. Depuis qu'elle était mariée, Philippe n'avait pas eu le loisir ni l'occasion de la voir seul à seule. Il se contentait de rêver d'elle et de l'aimer en silence, comme il l'avait presque toujours fait, sachant se montrer discret, comme un soupirant éconduit peut l'être.

Elle trépignait d'impatience. Vêtue comme une paysanne d'une simple robe de coton, elle s'empara d'un petit chapeau pour cacher ses boucles folles et Nounou lui jeta un châle sur les épaules. Aidée de Philippe, elle grimpa dans le carrosse sans même se refaire une beauté, sous les yeux ébahis des domestiques qui n'avaient pas l'habitude de la voir sortir dans cette tenue rustique… Nounou, qui savait très bien de quoi elle était capable, pensa en les regardant s'éloigner : « Il va y avoir du remue-ménage sous les pommiers, à Neuville ! » Ses yeux rencontrèrent ceux de Philippe et, pour une fois, leurs pensées s'accordèrent pour donner raison à Angélique qui bouillait de se retrouver sur sa terre et de mettre de l'ordre dans ce charivari. Elle se disait que « son ange » devait encore affronter des événements qui l'obligeraient à se comporter comme la femme de tête et de décision qu'elle était, et ses yeux la suivaient, remplis d'admiration.

Ce jour-là, la route qu'Angélique connaissait par cœur lui parut dix fois plus longue que d'habitude. Une charrette de foin d'abord, puis une calèche ensuite obligèrent Chouart à ralentir. Impatiente, elle cogna au vantail derrière lui et l'encouragea à fouetter les chevaux :

– Allons-y, Chouart, ne perdons pas de temps ! Il s'agit de notre domaine, lui cria-t-elle en sortant la tête par la portière, suffoquant dans les nuages de poussière soulevés par les roues, tandis que Philippe la retenait par les épaules pour qu'elle garde son équilibre au milieu des cahots.

– Hue ! Hue !

Chouart claquait son fouet et se tenait debout sur son strapontin pour gagner de la vitesse. Les roues grinçaient sur le sol, la voiture tressautait et les sabots des bêtes martelaient rudement la route. Angélique n'entendait pas le vacarme, elle ne voyait pas les lieues défiler, elle ne sentait plus son corps. Son esprit était déjà là-bas, à Neuville, où il fallait maintenir l'ordre établi par son père. Ils finirent la route au galop et il s'en fallut de peu que le carrosse ne verse dans un tournant.

Enfin, le toit du manoir se dessina à l'horizon et, lorsque la voiture aborda la descente, les pommiers et les prés s'étalèrent à la vue, imperturbables et solennels devant les agitations de la vie humaine, offrant leur ombre bienfaisante qui formait des bouquets sur le tapis de fleurs des champs. Rassurants et familiers.

Des soldats en uniforme allaient et venaient, marchant au pas ou exhibant leurs armes. D'autres poussaient de lourds chariots sur lesquels des sacs de toile contenant des munitions étaient entassés. Certains s'affairaient à préparer la popote, debout devant de grands chaudrons, et deux autres un peu plus loin marchaient en s'appuyant sur des béquilles, portant déjà comme une croix les séquelles de la guerre. Angélique les vit à peine. Ce qui s'animait devant ses yeux, c'étaient les années de sa jeunesse, les jours et les heures de félicité que symbolisaient les pommiers plantés par son père. Tout cela qui devait être respecté et rester en l'état s'imposait à elle comme une entité vivante. Elle devait arrêter sur-le-champ toutes les actions destructrices à l'endroit de cet héritage précieux. Là-bas, derrière le verger, tout comme au bon vieux temps, les Sœurs grises armées de quelques seaux faisaient la cueillette des dernières framboises avec une horde d'enfants qui folâtraient. Angélique en fut touchée… Tout devait rester pareil et conserver cette harmonie qu'elle avait toujours aimée. Aussitôt que Chouart fit ralentir ses bêtes, elle bondit sur le sol et, sans égard pour sa robe défraîchie ni pour son visage marqué par le voyage, elle s'approcha des soldats qui travaillaient près de l'entrée principale.

Des fusils plantés en terre formaient une haie sous le perron, ce qui lui parut la chose la plus incongrue et la plus choquante qu'elle eût jamais vue. Elle frissonna.

Deux hommes assis sur les marches étaient en train de peler des pommes de terre qu'ils lançaient au fur et à mesure dans une bassine. Ils relevèrent la tête. La vue de l'élégant carrosse les impressionna. On n'en voyait pas souvent de cette sorte dans les parages.

– Holà, vous autres, où est votre sergent, M. Rageot de Saint-Luc ?

L'un d'eux, sans lâcher son couteau, avança le menton en direction de la grange :

– Il est là-bas, madame…

Avant même qu'il ait fini sa phrase, Angélique se mit à courir, cheveux au vent, sous le nez des deux compères ahuris. Philippe la suivait à distance, sans pouvoir la rattraper tant son pas était rapide. Elle se dressa devant le sergent :

– J'ai ouï dire, monsieur Rageot, que vous aviez prévu des changements étrangers à nos accords ?

Le sergent lâcha la baïonnette qu'il était en train de réparer. Il la regarda, stupéfait par l'aplomb qu'elle affichait. Elle était méconnaissable. Lorsqu'il avait fait sa connaissance, quelques mois plus tôt, c'était une noble dame comme on en rencontre rarement tant elle était jolie et bien mise. Aujourd'hui, mis à part son langage, son apparence était à l'opposé de ce qu'il avait vu alors. C'était tout juste si la poussière du chemin ne la faisait pas ressembler à une Indienne. Il eut l'impertinence de la dévisager. Elle s'agitait. Seuls ses yeux brillants et ses gestes élégants rappelaient sa condition de dame et, à bien y regarder, il y avait malgré tout un air de noblesse qui flottait autour d'elle.

– Dites-moi donc, monsieur, qui vous permet de faire ainsi usage de toutes les commodités et de la terre sans prendre soin de m'en informer ?

Le sergent, les bras ballants sous l'effet de la surprise, ne répondit pas. À l'évidence, le domaine était, pour lui, acquis aux militaires.

– Avez-vous entendu ma question?

Il restait muet devant la détermination qui émanait de cette belle créature, aussi sûre de son fait que si elle avait été un homme. Assurément, il n'avait pas l'habitude d'entendre une femme lui intimer des ordres.

– Madame, c'est le seigneur lui-même qui nous a autorisés à…

– Quel seigneur?

Le pauvre Jean-Philippe Rageot ne savait comment énoncer la chose. La colère d'Angélique l'impressionnait tant qu'il ne trouvait plus ses mots. Comment éviter de la fâcher encore? Il se gratta la tête et, finalement, se décida à parler:

– C'est M. Péan de Livaudière qui, voici quelques jours, nous a dit de faire comme bon nous semble, madame, et d'abattre quelques pommiers afin de construire un nouveau hangar…

– Comment? Mon mari!

Pour tout arranger, voilà que c'était Michel lui-même qui avait été l'instigateur de cette catastrophe!

Elle se retint d'en dire plus, car il aurait été malséant d'étaler devant un étranger, et qui plus est un roturier, la querelle qui, à cet instant, germait entre elle et Michel. Mais tout de même, la situation était plus grave qu'elle ne l'avait imaginé! Son mari en avait pris plus qu'à son aise, inconscient sans doute de l'attachement sentimental qu'elle gardait aux vergers. Philippe sentit à cet instant que Michel perdait un de ses privilèges, tandis qu'elle continuait:

— Moi vivante, vous ne toucherez pas à un seul des pommiers de Neuville! M'entendez-vous?

Comme lorsqu'elle était petite, elle tapa du pied en regardant autour d'elle. Déjà, un peu plus loin, quelques hommes armés de haches et de scies qu'ils portaient sur l'épaule faisaient une marque sur le tronc de certains arbres.

— Dites-moi, croyez-vous vraiment que je vais vous laisser faire?

— Je ne sais, madame, je ne fais qu'obéir!

Il avait l'air perdu de ceux qui sont lents à réagir et tournait dans sa bouche une chique de tabac qui formait une horrible boule au milieu de sa joue. Elle eut un regard méprisant, non pas pour l'homme, mais pour la stupidité qui émanait de lui.

— C'est trop fort! Personne ne touchera aux pommiers plantés par mon père! Avez-vous compris?

Le sergent ne comprenait pas et se contentait de baisser les yeux. Elle criait et trépignait devant lui et il était penaud. Il se sentait d'autant plus mal à l'aise qu'il avait conscience de l'ampleur de sa gaffe sans avoir la capacité d'analyser quoi que ce soit. Il avait provoqué, sans le vouloir, un drame conjugal, et surtout il lui fallait maintenant donner des ordres contraires à ceux qu'il avait lancés le matin même. Que de désagréments!

— Mais, madame, que ferons-nous? interrogea-t-il.

— Vous ne ferez rien, monsieur Rageot, et désormais, c'est à moi que vous vous adresserez pour toute forme de requête… Mon mari ne pourra que vous transmettre les ordres que je lui aurai donnés…

— Bien, madame!

En disant cela, il s'appuya sur son arme, le regard fixé sur le chemin. Incroyable! Voilà qu'elle s'opposait à l'autorité toute-puissante du chef de famille, son époux, à qui il avait parlé quelques jours auparavant, et qu'elle promettait de lui donner des ordres...

— Ne pouvez-vous me regarder lorsque je m'adresse à vous, monsieur?

Il était si absorbé qu'il ne répondit pas, crachant sa chique sur le sol.

— Souvenez-vous que je vous tiens pour responsable de tout ce qui adviendra sur ce domaine et que, s'il y avait le moindre dégât, c'est vous que je ferai punir!

Sur ces mots, elle l'abandonna et se dirigea vers le manoir, escortée de Philippe. Le sergent ordonna à ses hommes d'arrêter ce qu'ils s'apprêtaient à faire. Point d'abattage d'aucune sorte! Grâce au ciel, Angélique était arrivée avant que l'irréparable soit accompli. Les pommiers étaient sauvés. Aidée de Philippe, elle partit explorer les alentours, tandis que le sergent retenait la fougue de ses hommes. Elle trouva, derrière un petit bois à proximité, un terrain qui conviendrait à la construction d'un entrepôt. Les militaires durent s'en contenter.

Sur le chemin du retour, elle resta silencieuse et Philippe, qui la sentait perturbée, n'osa pas lui parler de peur de provoquer des remous inutiles. Elle était furieuse contre Michel et, lorsqu'elle pensait à lui, des vagues de ressentiment incontrôlables montaient en elle. Pourquoi avait-il donné de tels ordres? Pourquoi ne l'avait-il pas consultée? Pourquoi n'avait-il pas respecté leurs accords et s'était-il conduit en seigneur, la mettant dans une position humiliante? Avait-il donc si peu d'estime pour elle qu'il pût la traiter comme quantité négligeable dans le dessein d'asseoir une autorité qui le rendait odieux à ses yeux? Elle était bouleversée. Elle enrageait de ressentir cette impuissance à laquelle la condamnait sa condition d'épouse. Pourquoi les hommes usaient-ils de tant d'autorité sur leurs compagnes?

⚜

Deux semaines s'étaient écoulées et les chaleurs de l'été avaient accompli leur œuvre qui génère l'abondance des récoltes. Le soleil était à son point culminant au-dessus de la ville, tandis que, sur le fleuve en contrebas, glissaient silencieusement des canots d'écorce remplis de peaux, dirigés par des hommes à moitié nus formant une fresque changeante au gré des remous. C'étaient les Hurons qui descendaient de Tadoussac. Au sommet de la falaise, les bruits familiers de la cité, le martèlement de la forge et le claquement des sabots des chevaux se répercutaient sur les rochers du cap Diamant, formant un joyeux tintamarre. Songeuse au milieu du jardin, un arrosoir à la main, Angélique reconnut le trot de la jument pommelée et, sans même se tourner vers la grille, elle sut que Michel était de retour. Il sauta à terre en lui faisant un grand signe, confia son cheval à Chouart, puis s'approcha d'elle et la prit tendrement par les épaules. Elle n'était pas souriante comme elle en avait l'habitude.

– Rentrons, mon ami, une lettre vous attend…

Du bout de ses doigts, il lui souleva le menton.

– Vous n'avez pas l'air réjouie de me voir, Angélique!

Elle ne répondit pas. Lorsqu'elle s'adressait à lui en le vouvoyant, l'heure était à la brouille. Avec cette innocence qui caractérise les maris, il mesurait combien leurs échanges se refroidissaient au fur et à mesure que les semaines s'écoulaient. Il se sentait impuissant devant cette réalité et n'y trouvait aucune explication. Peut-on éviter de laisser les tracasseries routinières brider les élans du cœur? Peut-on éviter de devenir aveugle et sourd aux aspirations de celle qui est une épouse attentive et dévouée? Assurément, c'est impossible et bien trop compliqué pour qu'on s'y arrête... Il déboutonna sa veste.

— J'ai faim!

— Qu'à cela ne tienne, mon ami...

Angélique pénétra derrière lui dans la cuisine en appelant Nounou. La pièce était sombre et fraîche. Un parfum de légumes et de fruits sauvages flottait dans l'air. Un peu plus tôt, Nounou avait préparé quelques gâteaux. Titillé par les odeurs, Michel salivait déjà et se frottait le ventre pour tenter de calmer son appétit. En riant, Nounou sortit des pots et des terrines de pâté qu'elle réservait pour les visites impromptues, ainsi qu'une énorme miche de pain enroulée dans un torchon de lin blanc, qui fleurait le froment. Dans sa cuisine, il y avait toujours de quoi régaler les affamés et elle aimait qu'on fît honneur à ses gâteries. Sur les bancs qui entouraient la lourde table, Michel et Angélique s'assirent face à face sans plus de cérémonie, et il se mit à dévorer de bon cœur en lisant la lettre de François Bigot qu'elle lui avait remise. Elle le regardait et se demandait comment aborder le sujet qui lui brûlait les lèvres. Connaissant les écarts de son propre tempérament, qui était à l'inverse de ce qu'on exigeait d'une bonne épouse, elle avait peur d'être un peu trop abrupte.

Michel, qui exultait au fur et à mesure de sa lecture, se leva tout à coup et, frappant de son poing sur la table, il lui tendit la lettre :

— Chérie, je suis officiellement chargé de l'approvisionnement des magasins du roi !

— Voilà de quoi contenter votre ambition, Michel…

La remarque, lancée sur un ton narquois, le choqua.

— Que se passe-t-il, ma mie ? Ne profitez-vous pas de mon ambition et de mes réussites ? Voyez autour de vous les fruits de mon acharnement qui vous amènent le confort ! N'êtes-vous pas heureuse dans cette maison que vous avez choisie ?

— Certes, fit-elle en hochant la tête, certes. Pourtant, il est une chose que vous n'auriez jamais dû faire et qui m'a fort contrariée !

— Qu'est-ce au juste ?

Il se rapprocha d'elle.

— Philippe et moi, nous nous sommes rendus à Neuville afin d'éviter que les soldats n'abattent plusieurs rangées d'arbres. Vous savez très bien que je ne peux tolérer cette perspective… Les pommiers de notre verger sont la chose la plus sacrée qui vient de ma famille. J'entends que vous n'en disposiez pas ainsi…

— Angélique, je suis blessé de votre sévérité à mon égard pour quelques branches sans importance !

— Je vois bien que nous ne pouvons nous accorder sur l'importance des choses, répliqua-t-elle assez durement.

— Je suis profondément choqué par vos paroles, ma mie, d'autant que c'est vous qui avez insisté pour faire de Neuville une garnison…

Il n'avait pas tort! Impossible de se comprendre. Elle le mettait en colère juste au moment où il était de retour. Il se rassit, coupa une énorme tranche de pain, y déposa un bon morceau de terrine et l'engloutit avec un air de contentement, tandis que Nounou lui servait un verre de leur meilleur vin. Qu'allait-elle donc inventer là et pour quelle raison se torturait-elle ainsi? Ce repas improvisé venait à point, après des semaines de popote fade et insipide. Il se régalait tout en pensant à cet imbroglio. Quand on affirmait que les femmes étaient compliquées, on ne se trompait pas! Bon Dieu! que fallait-il faire pour les contenter? Perplexe, touché par les reproches d'Angélique dont il ne pouvait admettre le bien-fondé, heurté dans son amour-propre, il souhaitait déjà repartir, oublier les raisonnements qu'elle lui servait avec une fougue qui la rendait belle mais dangereuse pour l'autorité d'un mari… Il aimait Angélique, certes, mais comme il était difficile de la satisfaire! Il ne la comprenait pas dans ses contradictions et ne la comprenait pas plus quand, dans l'intimité de leur couche, elle le repoussait… Avec les militaires, au moins, il y avait une chose qu'il appréciait: pas de complications! Avec les hommes d'affaires, les négociants et les autres, il parlait un langage clair, celui du profit, et il était à l'aise. On s'accordait là-dessus.

Angélique le regardait manger, s'interrogeant sur ce malaise qu'elle éprouvait en sa présence, qu'elle sentait grandir et devenir pesant, malgré tous ses efforts. Inutile de s'attendre à des raffinements de sa part, il n'en avait point. Impossible de partir ensemble sur les chemins du plaisir. Leurs routes s'écartaient de plus en plus. Les yeux de Michel se posèrent sur elle comme sur une madone. Quelque chose d'indéfinissable se dégageait de sa beauté physique et la rendait attrayante. Elle était la femme qu'il avait décidé d'aimer, bien qu'il ne soit pas parvenu encore à concrétiser cet amour. Il se sentait maladroit. Il devinait qu'elle percevait l'adoration qu'il lui vouait et cela l'agaçait. Plutôt que de poursuivre une discussion qui n'aurait fait que gâter les choses, il prit le parti de clore le débat, d'étouffer toute forme de dispute et de revenir à la vie quotidienne :

— Vous demanderez qu'on me prépare des vêtements, chérie. Je repars demain avec Louis Pénissault et Joseph Estèbe. Peut-être aimeriez-vous vous rendre à Saint-Michel-de-la-Durantaye pendant mon absence ?

— Je ne sais, mon ami, car mes cousines, ma mère et moi préparons le mariage d'Élisabeth, à Saint-Pierre d'Orléans. Ce sera une grande fête de famille…

— C'est bien, je vous y rejoindrai pour cette date.

Cette fois, la réunion était houleuse. Depuis un certain temps, les assemblées du Conseil supérieur n'en finissaient plus… Il faisait une chaleur écrasante dans la salle, ces messieurs revêtus de leur veste d'apparat étaient incommodés. Les fenêtres entrouvertes laissaient pénétrer les bruits de la ville qui se répercutaient dans la pièce et résonnaient sur le plateau de la grande table, ce qui rendait malaisée toute forme de concentration. Le gouverneur, qui venait d'être appelé à se rendre en Louisiane et qui d'habitude était d'un naturel calme, avait des gestes d'impatience et repoussait de la main les documents étalés devant lui pour exprimer son désaccord. Sa lourde bague heurta un encrier de marbre avec un son aigu qui fit sursauter Eustache. Chacun s'épongeait le front toutes les deux ou trois minutes et l'on sirotait un peu de vin frais. On n'avançait guère. François Bigot refrénait son impatience en regardant les portraits accrochés au mur et se demandait si on allait enfin arriver à un consensus !

Une soubrette à la croupe rebondie entra, portant un lourd pot de grès, et entreprit de remplir d'eau fraîche les verres vides. La jeune femme, qui avait remonté bien haut ses manches et retroussé sa coiffe, resplendissait de fraîcheur campagnarde. Au milieu de sa poitrine bien sanglée, suspendue à un ruban de velours, une petite croix dorée se balançait. Elle avait un drôle de petit nez et un visage rieur, véritable rayon de soleil parmi les mines renfrognées de ces messieurs. François Bigot, sans gêne et sans honte, fatigué des débats stériles qu'on lui imposait depuis presque deux heures, lui lança un regard connaisseur. Appréciant ses rondeurs découvertes, lorsqu'elle passa près de lui, sans la moindre hésitation, il tendit la main pour évaluer familièrement les courbes de son postérieur. La jeune fille lâcha un petit cri et renversa sur la table un peu d'eau, qu'elle essuya bien vite avec le bout de son tablier. L'intendant se mit à rire. Pendant quelques secondes, ce fut le silence. Consternation… Ces messieurs piquèrent du nez dans leurs dossiers. Tout de même, on n'était pas dans une auberge ! Eustache, qui n'attendait que ce genre d'événement pour porter un jugement, se jura à ce moment que Bigot n'aurait jamais sa bénédiction ni son appui. Il hocha la tête et glissa un regard en coin vers Denys de La Ronde, qui capta le message et décida alors de faire équipe avec M. de La Galissonnière, homme sérieux entre tous, à propos de qui il n'y avait rien à redire.

Ce moment de distraction passé, on recommença à tourner en rond. François Bigot, qui n'avait pas l'intention de s'en laisser imposer, considérait les hésitations et les détours comme une perte de temps. Les avis étaient si partagés qu'on n'aboutissait pas. Il décida de reprendre en main le débat. Avec un coupe-papier, il frappa sur le bord de son verre afin de réclamer le silence :

– J'attire votre attention, messieurs, sur le plan de développement des pêcheries, qui est le point le plus crucial à traiter, et j'aimerais vous faire part de mes prévisions…

D'un seul regard, il fit le tour de la table, puis entama la lecture du rapport qu'il avait préparé. M. de La Galissonnière ajusta son pince-nez en soupirant et passa une feuille au secrétaire Joseph Deschenaux. Jusque-là, les pêcheries et les ressources poissonnières n'étaient pas organisées en richesse collective. Les petits propriétaires de bateaux avaient le fruit et la jouissance de leur pêche et chacun s'organisait comme il pouvait. François Bigot avait décidé qu'il en serait autrement. Il allait s'occuper du développement des pêcheries du Saint-Laurent et des côtes de la Gaspésie en dépit de l'opposition de certains et transformer cette source de petits revenus en une industrie porteuse de capitaux, avec, au besoin, l'entrée en marché des gros armateurs français et l'appui de nouveaux édits royaux. On coordonnerait les salaisons du poisson et de la viande de bœuf. Avec ces réformes qu'il considérait comme urgentes, il savait qu'il serait contesté ! Sa vision bousculait ceux qui s'opposaient au changement en maintenant l'ordre établi depuis quelques décennies.

Son arrivée récente l'obligeait à adopter une stratégie d'écoute et à faire preuve d'une grande diplomatie pour rallier les dissidents... Cependant, il ne fallait pas trop lui en demander. Il comprenait à cet instant que son geste trop spontané envers la soubrette lui avait probablement fait perdre l'appui d'Eustache et de Denys de La Ronde, mais il ne s'en souciait guère. De toute façon, ayant plus d'un tour dans son sac, il prendrait les grands moyens pour arriver à ses fins, quand bien même ces messieurs ne seraient pas avisés de sa stratégie. Il n'était pas question que l'actuel gouverneur en vienne, par son entêtement et son obstination, à ruiner ses projets, pas plus que les autres. Sachant bien que le dernier mot lui appartiendrait, il trouvait inconvenant que ces messieurs, au nom d'une morale aussi antique que leurs idées, lui mettent des bâtons dans les roues. Ce qui l'agaçait au plus haut point, c'est qu'ils jouaient tous un jeu hypocrite et risquaient, par leur inertie, de transformer en vœux pieux les idées de grandeur et les rêves qu'ils caressaient, lui et eux sans exception. Les intrigues étaient monnaie courante dans tout le royaume, et les colonies y échappaient encore moins que la métropole... Visages à deux faces! Seul l'abbé Picquet, que l'on avait prié d'assister à la séance, avait l'air tranquille de celui qui a le cœur en paix.

Le gouverneur se leva:

– Il y a un point, messieurs, que je veux porter à votre attention... Certains de nos colons sont incommodés par les allées et venues des Sauvages sur les rivières en amont du fleuve. Ces hordes d'hommes et de femmes, qui trappent et pêchent, se saoulent aussitôt qu'on leur remet une bouteille d'eau-de-vie, répandant un esprit contraire à celui que nos missionnaires tentent par tous les moyens de propager. Malgré les punitions et les amendes, il se trouve toujours quelque sujet récalcitrant pour leur donner de l'alcool contre des peaux.

Ces messieurs hochèrent la tête, il n'y avait rien là de bien nouveau... Eustache chassa une grosse mouche qui le taquinait depuis un moment et qui s'envola pour aller narguer le gouverneur.

— Je déclare la guerre aux Sauvages qui vivent isolés et ne coopèrent pas avec les missionnaires... S'ils refusent de se convertir, qu'on les extermine un par un, jusqu'au dernier!

En disant cela, M. de La Galissonnière, rouge de colère, attrapa la mouche et l'écrasa avec rage sur une feuille de vélin posée devant lui. Eustache exultait! Enfin quelqu'un qui comprenait les règles de la morale chrétienne et refusait de sombrer dans une charité douceâtre et trop permissive. L'abbé Picquet se leva et se tourna vers le gouverneur:

— Votre Seigneurie, je tiens à dire qu'il serait utile de leur enseigner la bonne nouvelle avec compassion, en envoyant partout des nonnes et des prêtres pour les catéchiser, de sorte qu'ils cessent de tomber dans le piège de la boisson... Je porte à votre attention la ferveur sincère de ceux que j'ai convertis...

— Combien sont-ils?

L'abbé répondit en soupirant que le nombre était bien restreint.

— Votre vision est louable, monsieur l'abbé, mais nous manquons d'effectifs et de fonds pour mener à bien une telle entreprise...

– D'autant que le bien-être de ces Sauvages n'est pas dans les priorités… Rassemblons plutôt nos énergies pour maintenir les bonnes mœurs parmi les Canadiens… Et que les Indiens disparaissent s'ils ne sont point convertis, voilà qui ne sera pas une grosse perte, commenta Eustache avec fougue.

– Nous serons libres en ce pays dès qu'il n'y en aura plus sur notre route pour nous ralentir, renchérit le chef de la milice d'un air suffisant.

François Bigot déclara :

– N'oublions pas, messieurs, que, sans eux, bien des sujets de Sa Majesté seraient morts de froid et de faim depuis l'arrivée de M. de Champlain ! De plus, ils sont avec nous dans la lutte contre les Anglais !

Les réflexions contraires fusaient maintenant de toutes parts :

– N'exagérons pas, messieurs, les Sauvages toujours prêts à se ranger du côté du plus fort tournent casaque de façon imprévisible…

– Je vous le répète, nous n'avons nullement besoin d'eux ni de leur descendance en ce pays…

Joseph Deschenaux, qui prenait des notes, marmonna :

– Le danger le plus sérieux, ce sont les Anglais plutôt que les Sauvages…

Mais personne ne prêta attention à lui, ses paroles tombèrent dans le vide. Ces messieurs voulaient avant tout obtenir du pouvoir et des compensations…

Depuis l'arrivée du nouvel intendant, on sentait, dans la ville de Québec, un courant de fébrilité hors de l'ordinaire. La plupart des citadins affichaient leur volonté d'avoir une vie plus facile et de suivre l'exemple de François Bigot qui étalait son goût du luxe et des amusements. L'intendant avait inauguré ses propres traditions : il y avait désormais réception le jeudi soir au Palais. Dans les salons, on jouait aux cartes et à l'argent, on papotait, et le nouveau maître de la colonie faisait servir à ses invités les mets les plus exquis et les meilleurs vins, le tout suivi d'un bal qui se terminait à l'aube. Les dames avaient pris l'habitude de s'y montrer avec ou sans leurs maris, Bigot s'étant fait un plaisir d'en envoyer quelques-uns en mission dans les postes de traite de l'Ouest et jusque dans la vallée de l'Ohio où l'on se battait pour défendre les possessions françaises. Les élégantes prenaient plaisir à participer seules aux réjouissances et à se faire courtiser. Cette attitude inconvenante faisait jaser... Qu'il y ait des réceptions, passe encore, mais que les femmes mariées fassent preuve d'indépendance et se compromettent n'était pas du goût des curés ni des prêtres, et encore moins d'Eustache, qui enrageait... Les sermons devinrent le prétexte à des discours aigres-doux qui terrorisèrent les plus humbles et firent réagir les mieux nantis, ceux-ci n'acceptant pas de se voir traiter comme des enfants. Les Canadiens, qui étaient fiers et qui aimaient la belle vie, se laissèrent gagner par l'esprit de fête, faisant fi des remontrances. La passion du jeu commença à s'insinuer...

Ce jeudi-là, il y avait affluence au Palais. Louisa et ses amies s'étaient rassemblées du côté d'Élisabeth Bégon. Toujours soucieuse de prendre des notes, celle-ci consignait dans un calepin doré les faits divers qu'elle jugeait dignes de figurer dans les lettres qu'elle rédigeait… Les fêtes de François Bigot alimentaient la trame de ses écrits dans lesquels elle savait mettre à point une touche d'esprit acidulé. Ces dames s'exerçaient aux belles manières de France et y prenaient beaucoup de plaisir…

Louisa entraîna Marie-Geneviève, Charlotte de La Ronde, Mme de Livaudière et la marquise de Montigny vers les salles de jeu et tenta de les initier au piquet, qu'elle avait pratiqué à Paris, pendant que les plus jeunes observaient et s'amusaient, impressionnées par la facilité avec laquelle on pouvait gagner quelques livres! Barbe de Saint-Ours, couverte de rubans et de plumes, et que l'on soupçonnait d'être la maîtresse de l'intendant, misa au biribi une somme considérable et se trouva mal, tremblant pour ses avoirs qu'elle finit par tripler après avoir failli tout perdre. On lui fit respirer des sels… Quel émoi! Finalement, il lui revint vingt-six livres alors qu'elle avait commencé le jeu avec moins de huit livres. Mme de Livaudière, entraînée par ce succès, voulut tenter sa chance et s'assit à sa place. Le cœur battant, elle jeta sur la table une bourse de dix livres.

— Dix livres, je vous admire, ma chère, quel courage! Je ne suis pas aussi hardie que vous, lui dit Mme de Bienville en s'éventant nerveusement.

— Qui ne tente rien n'a rien! lança Louisa.

— Je n'oserais jamais miser sur le hasard! rétorqua la marquise du Quesne.

Elle se joignit au groupe avec une moue d'envie à l'endroit de la gagnante. Joseph Deschenaux, qui passait, s'arrêta quelques instants et, ajustant ses lorgnons, évalua les cartes étalées. Il en profita pour jeter un coup d'œil coquin sur la poitrine de Mme des Méloizes, encore très aguichante malgré les quelques rides qui marquaient le coin de ses yeux. Il prit un air satisfait et fit un signe de tête à Mme de Livaudière, en se rapprochant de Louisa très excitée. Les violons jouaient des airs entraînants et faisaient oublier qu'en dehors de ces lieux tout n'était pas aussi gai. Malgré les dissidences et les divergences de vues, et bien qu'il détestât François Bigot lui aussi, le marquis de La Jonquière, nouveau gouverneur, venait avec sa femme tous les jeudis soir et tentait de rallier les indécis à ses idées. Un petit groupe s'était formé, fort animé, dans un salon à l'écart. On observait, on pérorait, on critiquait, on faisait de l'esprit, on attendait que le roi de la fête trébuche et qu'il tombe en disgrâce. On guettait l'instant propice pour l'aider à se pendre. M. le gouverneur voulait jouir, le moment venu, de ce spectacle, mais Bigot n'en avait cure. Il voyait le jeu de tous et s'en moquait. Capable de défaire toutes ces intrigues quand bon lui semblerait, il les dominait avec une maîtrise qui leur échappait.

Lorsque Angélique passa la porte du Palais, il était déjà tard. Elle avait attendu le retour de son mari pour se mettre en route, mais vers onze heures, elle avait reçu un billet de Michel disant qu'il serait retardé d'un jour ou deux. Il l'exhortait à se rendre au bal sans lui, ce qui la contrariait. Elle n'aimait pas courir seule les mondanités, sachant que les mauvaises langues n'attendaient qu'un prétexte pour se déchaîner. Comme elle avait toujours autant de succès partout où elle passait, elle redoutait de se faire accaparer par les quelques galants qui n'en finissaient plus de soupirer pour elle et à qui elle devrait faire des façons. Il y en avait trois ou quatre qui la guettaient et savaient la faire rougir. La voyant seule ce soir, ils s'enhardiraient plus que de raison à ce jeu frisant le libertinage. Ce fut l'intendant lui-même qui vint au-devant d'elle et, l'ayant regardée des pieds à la tête, la prit par le bras :

— Où allez-vous ainsi, si belle et si pressée, madame ? Me ferez-vous l'honneur de me tenir compagnie ?

Elle se tourna vers lui en riant et leurs yeux se rencontrèrent. Ce fut comme un éclair. Quelque chose jaillit entre eux à cet instant qui lui plut et lui donna le goût de rester près de lui, mais la musique se tut à la seconde même, et tous les regards, sans exception, se dirigèrent vers eux au milieu d'un grand silence. La magie se brisa. La flamme s'éteignit. François Bigot fit un signe pour que les violons reprennent la danse et frappa dans ses mains avec cet air de suffisance qui la choquait. Elle en profita pour s'esquiver :

— Je rejoins ma mère et mes amies, monsieur…

Il se mit à rire et lui lâcha le bras à regret :

— Allez, madame, et amusez-vous bien !

— Ah ! voici ma fille, s'écria Louisa en se précipitant vers elle.

Louisa était ravie de voir que François Bigot s'intéressait à Angélique, bien que cette attirance marquée eût quelque chose d'inconvenant. Cela la rendait fière, la valorisait, la mettait en joie et provoquait des milliers de tressaillements agréables dans sa poitrine. Elle fit une révérence à l'intendant. Comment empêcher un homme du monde de manifester son inclination et de passer outre aux convenances, surtout lorsqu'il détient le pouvoir et la fortune ? Louisa n'avait pas le courage de se poser trop de questions et préférait démontrer à l'intendant ses amitiés et son consentement. Songeuse, elle imaginait la voix d'Eustache qui lui faisait la morale et voulait enfouir cette voix jusqu'au centre de la terre, la fouler aux pieds et l'ignorer. Tout ce qu'elle souhaitait, c'était de profiter avec une joyeuse insouciance des années qui lui restaient à vivre...

— Angélique, viendras-tu jouer? Vois comme nous nous amusons ce soir! lança-t-elle sur un ton enjoué.

— Vous savez bien, mère, que je ne joue jamais!

— Il faut bien commencer un jour, chérie... Juste un peu, pour s'amuser et pour comprendre ce qui régit les lois de la chance!...

Angélique fit signe que non.

— On ne peut comprendre ce qui relève du hasard! Il faut devenir son esclave ou le laisser...

— Comme toujours, tu raisonnes au lieu de te laisser aller... Allons, tiens, fit Louisa en lui glissant dans la main une bourse de six livres. Joue pour moi! Joue, je te les prête.

— Je vous dis, mère, que je ne le ferai point...

— Ma fille, vous me fâchez... Je vous dis de jouer et de vous amuser!

Louisa s'opposerait donc éternellement aux choix de sa fille? Elle commençait à s'emporter... Toutes les dames entourèrent la récalcitrante en applaudissant à l'insistance de sa mère et finirent par l'entraîner vers les tables de jeu. Impossible de résister. Angélique fut obligée de se rendre à leurs désirs. La bourse remplie de louis d'or était pesante au creux de sa main. À contrecœur, elle pénétra dans le salon où l'on jouait au piquet, au bridge et au lansquenet en pressant le pas pour se détacher de ces dames qui formaient escorte. De sa démarche légère, elle semblait glisser sur le parquet et les jupons de sa robe se mouvaient lentement au rythme de ses hanches, accentuant la grâce qui irradiait de sa personne. Derrière une des lourdes draperies qui ornait le coin extrême du salon, François Bigot, un verre de champagne à la main, discutait avec le marquis de Longueuil :

— D'après mes prévisions, mon cher, les quantités de canne à sucre sont facilement échangeables contre les tonnes de poissons que nous pouvons tirer des eaux du Saint-Laurent et qui pourvoiront à…

Il aperçut Angélique à ce moment et resta bouche bée, suspendant sa phrase. M. de Longueuil se tourna vers lui, attendant la suite logique du discours brutalement interrompu. Peine perdue, l'esprit de François Bigot avait pénétré un autre monde et son acolyte ne comprit pas la raison de ce soudain silence.

Bien qu'il luttât contre cette attirance, dès qu'Angélique apparaissait dans le champ de sa vision, François Bigot devenait comme l'aveugle qui perçoit brusquement un rayon lumineux. Chaque fois qu'il la voyait, l'intendant, pourtant entouré d'un nombre infini de jolies femmes et qui avait toujours une ou deux maîtresses au gré de ses fantaisies, était ébloui. Lorsqu'elle était devant lui, il ne pouvait la quitter des yeux et n'était plus maître de ses pensées. Il la désirait et se sentait devenir esclave de sa passion. Cela l'agaçait et dérangeait l'ordre de ses préoccupations, car s'il aimait profiter des femmes, il aimait aussi que celles-ci lui apportent du plaisir sans pour autant prendre trop de place.

Il toussota, commanda un autre verre de champagne et reprit la discussion avec le marquis de Longueuil là où il l'avait laissée, mais en surveillant Angélique du coin de l'œil. Il fut tiré de sa contemplation par le jeune François de Vaudreuil qui vint solliciter la faveur d'une nouvelle mission.

Autour des tables où l'on s'essayait au biribi et au piquet, personne ne parlait. Chacun était concentré sur les cartes et guettait les caprices du hasard. On calculait, on supputait ses chances, mais on ne disait rien… Le silence qui régnait là contrastait avec l'effervescence qui régnait dans les salons avoisinants où les conversations s'animaient, où les violons invitaient à la danse. En réalité, Angélique n'était nullement attirée par les jeux d'argent, elle n'était même pas tentée d'observer les joueurs ni de saisir sa part de chance. Elle n'avait pris place à la table que pour contenter sa mère, ne pouvant, en public, s'opposer à ses demandes. Il lui fallait maintenant s'exécuter. Inexpérimentée, elle observa les autres et en tira quelques déductions qui lui permirent de sauver sa mise, tandis que sa mère et ses amies, immobiles derrière elle, retenaient leur souffle. Le notaire Panet, assis face à elle, récolta un joli magot, ravi de la fortune qui lui souriait et qu'il caressait déjà. Plus loin, le vieux juge Bonneau perdit et enragea. S'échauffant au rythme des joueurs et prise par le démon qui circulait sans bruit, Angélique se mit alors à gagner par trois fois ce qu'elle avait joué… Chaque fois qu'elle abattait ses cartes, elle l'emportait, faisant naître des regards d'envie. Tout autour d'elle, on s'exclamait :

— Quelle bonne fortune, il faut saisir sa chance !
— Dix-huit livres en si peu de temps !
— Heureuse au jeu !
— Malheureuse en amour ?

Elle avait beau vouloir rester indifférente aux commentaires, toutes ces remarques l'agaçaient et finirent par la déconcentrer. La chance tourna. Elle perdit alors tout ce qu'elle avait gagné, puis tout ce qu'elle avait misé. Elle mit encore quelques livres sur le tapis, joua de malchance et perdit de nouveau, malgré les encouragements de ses amies. Lassée, elle se leva pour quitter la table, mais Louisa l'en empêcha :

— Voyons, Lélie, ce n'est pas le moment…

Angélique lui lança un regard noir.

— Soyez confiante et persistez, lui souffla à l'oreille un vieux bonhomme qu'elle connaissait à peine.

Alors, grisée par la folie de tous ces gens, elle misa encore, risquant tout ce qui lui restait, et perdit dans la seconde même où les jeux furent faits. Elle s'en voulut terriblement. Elle n'avait plus un seul louis… La sensation était curieuse et lui faisait éprouver une sorte de détresse. N'avoir plus un sou vaillant au milieu de gens fortunés, perdre et s'appauvrir dans le luxe avec l'illusion de s'amuser, voilà qui était déconcertant. Se retrouver sans rien sous les regards implacables qui vous épient, quelle humiliation ! Des sanglots de rage et de désespoir montèrent dans sa gorge et une larme mouilla ses yeux, qu'elle s'empressa d'essuyer de son mouchoir de dentelle. Après tout, l'affaire n'était pas si grave. Six livres perdues, bien que cela représentât une somme assez rondelette, ce n'était pas la fin du monde ! Si Michel avait été près d'elle, il aurait ri tout simplement. Pourtant, elle avait le cœur gros. Sans plus attendre, et malgré les paroles réconfortantes de Charlotte, d'Élisabeth et des autres, elle quitta la table, demanda son carrosse et se retira avec précipitation sans même saluer sa mère qui était retournée auprès d'Élisabeth Bégon. Elle ne vit pas l'air triomphant qu'affichait Barbe de Saint-Ours.

En arrivant à la maison, elle était déconfite et un peu lasse. Elle aurait aimé que Michel soit là. Même s'ils faisaient souvent chambre à part, même s'ils avaient bien des divergences, il lui semblait que sa présence aurait été réconfortante. Mais son mari courait les routes de Tadoussac à Montréal. Il se préoccupait sans cesse de faire progresser les contrats d'approvisionnement dans les garnisons et dans les forts et on ne le voyait plus qu'en compagnie du boucher Pierre Cadet et du chef des magasins du roi, Louis Pénissault. Lorsqu'il revenait à Québec, il allait de rencontre en réunion avec François Bigot.

Dans le salon, les chandeliers étaient encore allumés et Nounou l'attendait malgré l'heure tardive, un paquet à la main :

— Un messager est venu porter ceci pour toi, mon ange, avant que tu arrives, lui dit-elle en s'approchant et en lui tendant l'objet.

Surprise, Angélique écarquilla les yeux et pensa que le paquet venait peut-être de Michel. Elle le soupesa. Il n'était pas très lourd. Enroulée dans du papier gris, bien ficelée, se dessinait la forme d'une petite boîte. Elle déchira l'emballage et découvrit un écrin recouvert de soie rouge, qu'elle ouvrit à la hâte. Un billet y était déposé au milieu du coussinet de velours, avec ces simples mots :

À votre bonne fortune et à votre beauté,
avec mes compliments et mes hommages.
François Bigot

Sous le feuillet était épinglée une broche ornée de brillants qui avait la forme d'un lys et scintillait de tous ses feux. Elle retint un cri d'étonnement et prit le bijou dans ses mains, rougissant de plaisir en même temps qu'elle éprouvait une certaine gêne. L'écrin contenait un double fond où se trouvait une bourse avec six livres. Pour quelle raison l'intendant lui avait-il envoyé cela? Jamais un homme ne lui avait offert un présent aussi somptueux. Ses yeux ne pouvaient quitter le bijou qui était magnifique et avait de quoi faire pâlir d'envie les femmes rêvant d'attirer l'attention de François Bigot. Les questions se bousculaient dans sa tête: «Est-ce pour renforcer les liens d'affaires qu'il a tissés avec Michel qu'il m'offre ceci? Étrange façon d'exprimer sa considération, se répétait-elle encore. Ma malchance l'a ému, sans doute, et il veut me consoler, ce qui est plus probable. Ou encore, il sollicite mes faveurs. Non, il ne peut penser à cela. C'est impossible... Serait-ce par pure amitié? Le geste est quand même déplacé. Dois-je lui retourner ce cadeau magnifique afin de lui faire comprendre que je suis une épouse honnête?» À l'évidence, François Bigot avait les manières d'un courtisan français. Au Canada, il n'était pas coutume qu'un homme gâte ainsi une dame qui n'était pas son épouse... «Qu'en pensera Michel?» Elle frémit un peu en songeant qu'il serait sans doute jaloux et qu'il lui conseillerait de retourner le joyau... Pourtant, à bien y penser, Michel ne pouvait risquer de faire un affront à l'intendant. «J'attendrai son avis... Je suis trop impatiente», se dit-elle. Elle accrocha la broche à son corsage et courut vers le miroir en la caressant du bout des doigts sous le regard admiratif de Nounou.

— Comme c'est beau, murmura-t-elle. Qu'en penses-tu, Nounou?

Nounou poussa un soupir et hocha la tête pour toute réponse.

CHAPITRE XIII

Heureusement, le grand vicaire n'eut pas vent de l'histoire de la broche. Il n'aurait certes pas manqué de critiquer cette conduite, qu'il aurait qualifiée de libertinage... Il s'aperçut pourtant, aux bruits qui commençaient à courir à ce propos, que l'intendant avait des manières un peu trop galantes avec Angélique et, à plusieurs reprises, il fit la morale à sa nièce, lui reprochant de découvrir trop ses épaules et sa gorge. Angélique le fuyait le plus possible et cherchait à éviter son regard désapprobateur. Elle commençait à aimer les privilèges que lui procurait sa beauté et ne voulait pas qu'Eustache l'en prive...

Pourtant, la perspective d'avoir à sortir seule le jeudi soir ne lui souriait pas. Elle aurait aimé se rendre aux prochaines fêtes de l'intendant au bras de son mari. Elle aborda le sujet avec lui :

— Lorsque vous m'abandonnez, Michel, cela m'attriste. Je voudrais tant que vous m'accompagniez chez l'intendant...

— Mais ma chérie, lui répondit-il, ne comprenez-vous pas que, si je ne satisfais pas aux demandes de M. Bigot, quelqu'un d'autre prendra ma place et nous perdrons les avantages de la situation...

– M. Bigot me donne des inquiétudes, lui déclara-t-elle un peu naïvement.

Il la regarda en riant, incapable de comprendre le motif de sa remarque.

– Mais pourquoi vous inquiéterait-il, ma mie?

– Parce qu'il me fait la cour… Voyez le bijou qu'il m'a fait porter!

Il rit encore en soupesant la broche et siffla d'admiration.

– C'est un cadeau pour réparer mon imprudence au jeu…

Elle était prête à tout lui avouer, mais lui ne se souciait pas de la confesser! C'était frustrant.

– Eh bien? Pourquoi êtes-vous donc inquiète, ce présent est magnifique. Royal! dit-il en examinant la broche.

– Mais parce que… cela ne se fait pas…, bafouilla-t-elle, piquée au vif par sa réaction.

Michel lui faisait perdre ses moyens. Par-dessus le marché, sûr de son fait, un peu cyniquement, il continua:

– Qu'importe… Ne soyez pas puritaine… Ne refusez pas cet honneur!

Elle faillit s'étouffer en entendant sa réponse. Sans se décontenancer, il ajouta:

– Si, en contrepartie, nous obtenons des avantages de son penchant pour vous…

Elle le regarda avec une certaine détresse dans les yeux. Comment pouvait-il avoir le cœur à la plaisanterie? Était-il conscient de l'affront qu'il lui infligeait? Devait-elle comprendre qu'il n'attachait aucune importance à la fidélité de sa femme? C'en était trop. D'un seul coup, le sang se retira de tout son corps, ses jambes tremblèrent et son visage devint blanc comme neige. Sans se soucier du choc que ses paroles avaient provoqué, sans même s'apercevoir qu'il lui avait enfoncé un couteau dans le cœur et qu'elle était en train de défaillir, Michel se pencha vers elle et lui donna distraitement un baiser sur le front. Puis, il prit son chapeau et sa redingote et s'apprêta à sortir.

— Je reviendrai tard, ne m'attendez pas! précisa-t-il.

Et il partit, la laissant seule avec Nounou qui avait tout entendu. Angélique éclata en sanglots. Était-ce donc cela qui arrivait lorsqu'on vouait sa vie à un mari obsédé par son avancement? L'argent menait-il donc le monde? Les plaisirs relevaient-ils tous de la corruption? Elle se jeta dans les bras de sa nourrice:

— Ah! Nounou, Nounou, pourquoi faut-il qu'il m'ait fait si mal?

— Ne pleure pas, mon ange, ne pleure pas... Essuie tes larmes! Les hommes ne valent pas la peine qu'on leur donne l'entièreté de notre cœur, un petit bout leur suffit bien! Il vaut mieux en garder un peu pour quelques autres que de tout réserver pour le même... Là, sèche tes yeux et viens poser ta tête sur mon épaule!

Nounou savait si bien guérir les chagrins et réduire en bagatelle les drames affectifs! Elle savait prodiguer la tendresse qui fait oublier tous les malheurs et qui vous remet l'âme à sa place en un rien de temps. Comme lorsqu'elle était petite, rassérénée et confiante, Angélique lui donna un gros baiser sur la joue, esquissa une grimace et monta se coucher. Après tout, Nounou avait peut-être raison... Ne valait-il pas mieux donner à chacun ce qu'il voulait obtenir?

L'image de François Bigot vint troubler Angélique dès qu'elle fut sous les draps. Derrière ses paupières closes, elle voyait son visage et sa silhouette qui s'avançait vers elle. Impossible de chasser cette image. Il la regardait intensément sans dire un mot, avec sa veste qui scintillait comme si elle était cousue de paillettes. Quelle vision étrange! Elle avait senti déjà que cet homme la désirait, mais elle avait refusé de s'arrêter à cette idée. Elle ne voulait pas sombrer dans ce jeu pervers qui fait tourner la tête, rend les femmes esclaves et les oblige à se vendre à qui les manipule. Néanmoins, malgré sa résistance, elle ressentait la chaleur de la passion qu'il éprouvait pour elle et cela lui faisait du bien. Cet élan qu'elle tentait de refuser et qui la rendait confuse arrivait à point pour combler un besoin vital. Elle ouvrit les yeux. La chambre était noire et Michel n'était toujours pas de retour. Elle s'endormit très tard, recroquevillée sous son édredon de plumes.

Les fêtes et les bals se succédaient. Angélique se laissait porter par le rythme de ces sorties mondaines auxquelles elle prenait goût, se laissant envoûter par l'atmosphère frivole des salons, fréquentant les tables de jeu et imitant tous ceux qui entouraient Bigot, lui-même grand joueur. Elle découvrait les plaisirs de plaire et d'être admirée et était consciente de l'ascendant qu'elle exerçait sur ceux qui l'approchaient. Elle sentait que Bigot continuait de la désirer et elle en était d'autant plus troublée qu'il s'affichait avec d'autres femmes. Élisabeth Bégon et Louisa en faisaient des gorges chaudes à chaque soirée.

Lorsqu'il s'approchait d'Angélique, il avait une façon de la déshabiller du regard, intense, discrète et continue, qui ne pouvait la laisser insensible, et toujours il insistait pour la garder près d'elle, à chaque réception. Depuis qu'il lui avait offert la broche qu'elle aimait épingler à sa robe, il prenait un air satisfait quand il la voyait parée du bijou. Elle l'en avait remercié avec sincérité :

— C'est trop de bonté, monsieur, que vous avez eu, pour moi…

— Vous êtes très belle et ce bijou n'est rien, Angélique, avait-il répondu en lui baisant la main. Même s'il est serti de diamants, il ne pourra jamais éclipser la perfection de votre personne…

Ce fut la première fois qu'il l'avait appelée par son nom et, à cet instant, elle se sentit fondre sous la chaleur de son regard.

L'argenterie étincelait sur toutes les tables du Palais. On était dans l'heure la plus animée de la fête et les invités ripaillaient et dansaient dans le décor de conte de fées qui était devenu coutumier. François Bigot s'avança vers Angélique, droit et imposant, avec cet air de noblesse et de supériorité que tous lui enviaient :

— Aimez-vous les parfums de Grasse, madame ?

— Je les adore, monsieur… J'ai toujours eu une passion pour les parfums et les essences de fleurs me fascinent !

— Alors venez avec moi ! Je viens d'en recevoir une collection qui se distingue par sa finesse. Je veux vous les offrir…

C'était un jeudi soir. Ils étaient dans un coin du salon où se pressait la noblesse française de Québec. L'hiver s'était installé et le ciel déchargeait depuis quelques heures des quantités de flocons qui s'élevaient en bourrasques folles et rendaient les rues de la ville haute quasiment impraticables pour les attelages. Les tables de jeu étaient moins achalandées qu'à l'accoutumée, beaucoup n'ayant pu se rendre à la réception tant la chaussée était glissante. Michel était quant à lui resté immobilisé à Tadoussac. Angélique aurait aimé se prélasser au coin du feu avec Nounou et l'écouter raconter une histoire en enroulant ses jambes dans une couverture, mais François Bigot avait fait avancer un carrosse jusqu'à sa porte un peu avant neuf heures, une façon de lui signifier élégamment qu'il comptait sur sa présence, et elle n'avait pas eu d'autre choix que de s'exécuter bon gré mal gré. Elle avait revêtu une robe de velours rose, qui changeait des teintes qu'elle portait souvent, et avait agrafé sa broche au plus profond du décolleté. Poudrée avec soin, une mouche à la commissure de sa lèvre supérieure, ce qui lui donnait un air fripon, ses cheveux gracieusement retenus par des rubans assortis, jamais elle n'avait été aussi séduisante. L'intendant avait les yeux brillants et riait plus que d'habitude. Il disait depuis bientôt une heure à qui voulait l'entendre que la raison de sa bonne humeur était cette tempête hivernale en terre canadienne.

– Comme c'est plaisant! répétait-il sans se lasser.

Dans un moment où la musique était plus forte, il prit Angélique par la taille et l'entraîna vers les étages, jusqu'à son boudoir. Elle sentit qu'elle était perdue, mais elle n'eut pas la force de reculer lorsqu'il l'invita à pénétrer dans son antre. Sur un des guéridons entre les deux fenêtres était posée une mallette en cuir damassé qu'il ouvrit avec précaution tandis qu'elle, ne sachant quelle contenance prendre, regardait dehors, fascinée par la danse des épais flocons. Tel un magicien à l'œuvre, il découvrit alors au centre de ce coffre des merveilles une douzaine de fioles aux délicates rondeurs, toutes différentes les unes des autres et décorées à l'or fin, maintenues bien droites par de minuscules socles de brocart aux teintes chatoyantes. C'étaient des œuvres d'art qui traduisaient les goûts luxueux de François Bigot. Il attira la jeune femme vers lui.

– C'est beau, ne trouvez-vous pas ? interrogea-t-il, appuyant sur ses mots.

Le cœur battant, elle fit un signe de la tête, prisonnière de ses bras et se sentant coupable de l'être. Alors, il ouvrit l'un des flacons, celui qui contenait l'essence de violette, et, après en avoir humé le parfum, l'approcha lentement de son visage pour lui faire respirer l'effluve. Il y eut un long silence pendant lequel il prit la mesure de son acquiescement et, voyant qu'elle était sans résistance, il s'enhardit et l'enlaça. Elle ferma les yeux. Il attira son visage et, en prenant son temps, il effleura de ses lèvres la peau d'Angélique avec douceur, avec tendresse. En homme gourmand qui connaît bien les femmes, il s'enivrait de toutes les sensations subtiles qu'il découvrait dans ce premier contact et du parfum que dégageait son corps. Son visage reflétait tout le bonheur qu'elle lui donnait en même temps qu'il pressentait ce qui était inévitable. Angélique frissonna, grisée elle aussi. Palpitante, au bord d'un précipice, elle ne pouvait retenir l'élan de sa chute qui s'était amorcée voici quelques instants et ne savait plus ce qui en elle était le plus fort, de sa peur ou de son abandon… Elle tomba dans ses bras. C'était si bon! Elle essaya un peu de le repousser. Peine perdue. Il la serra plus fort et se mit à mordiller le bout de son oreille en lui faisant humer un deuxième flacon. Ce devait être du lilas… Comment en être sûre? Quelle importance? Lentement, il se mit à promener le bouchon de l'essence fleurie entre ses seins et jusqu'aux mamelons tout en s'emparant de sa bouche. Le jeu était trop plaisant… Elle savait qu'elle était perdue. Prisonnière. Il y avait tant de bonheur à se laisser séduire, à se sentir aimée, que plus rien n'existait. Le monde qui s'agitait en bas dans les salons avait disparu de l'univers et le bruit s'était dissous, envolé en d'autres sphères… Angélique et François Bigot étaient réunis par le désir irrésistible qui les enveloppait tous deux. Elle ne bougeait plus, unie à lui avant même qu'il la possède, tandis que l'amour qu'il ressentait pour elle pénétrait dans son corps, se frayait une route, l'apprivoisait tout entière et trouvait place en chacune de ses cellules. Il l'inondait, brûlant, généreux et envoûtant. Elle répondit à son baiser. Elle lui appartenait déjà.

Depuis des mois, froissée par les indélicatesses de son mari, Angélique retenait sa sensualité et son besoin d'amour. Depuis des mois, Michel ne lui avait offert que des simulacres de passion qui ne se traduisaient jamais par les gestes adéquats. Depuis des mois, elle avait attendu sur sa couche qu'il s'abandonne à elle et qu'il apaise le feu qui la dévorait. Michel n'avait rien fait, par maladresse et par distraction, il était resté fidèle à lui-même et voici que sa nature de femme ardente ne pouvait plus contenir le tumulte du manque. François

Bigot savait l'art de faire faiblir une femme, il savait la manière de la prendre sans qu'elle soit rétive et, l'aurait-elle été, il en eût fait un jeu qui l'aurait encore mieux conquise. Angélique se mit à respirer et à gémir sous la pression de ses lèvres. C'en était fini d'elle et de sa retenue, elle se sentait contrainte de se laisser gagner par la passion de cet homme fascinant qui aurait pu être son père… Il la prit dans ses bras et la déposa sur le sofa, devant la cheminée qui dégageait une lumière dansante, un peu mystérieuse. Il plongea son regard dans les yeux d'Angélique où brillaient des étincelles, puis, sans rien dire, il souffla les flammes vacillantes du chandelier avant de s'allonger près d'elle.

— Comme vous êtes belle, mon amour, lui dit-il en découvrant ses seins et en déposant sur sa peau nue une goutte du parfum de mimosa…

Elle rentra à la maison aux petites heures et ne put trouver le sommeil. Ce qu'elle ressentait alors était nouveau et n'avait rien à voir avec l'excitation que l'on peut connaître lorsque des joies impromptues nous touchent. Elle avait pour la première fois le sentiment d'être une femme à part entière. L'énergie du plaisir partagé mené à son achèvement coulait dans ses veines comme une sorte d'aboutissement et de perfection. Cette sensation la tenait en éveil, faisait déferler en elle des vagues de volupté qu'elle sentait sur sa peau et prolongeait un bien-être parfait qu'elle n'avait jamais connu avant ce jour. Son corps semblait flotter dans un nuage à la fois doux, vaporeux et subtil qui l'enveloppait et dans lequel elle percevait, amplifiés, le bruit de sa respiration et les battements de son cœur. Tout lui donnait envie de savourer éternellement cet état. Elle revoyait les moments où, avec Michel, elle avait éprouvé une amère déception après leurs épanchements et constatait la différence avec ce qui l'habitait aujourd'hui. Elle se souvint de ses ébats de jeunesse et songea à ces années lointaines où, dans les bras de son bien-aimé cousin, l'autre Michel, elle avait connu une ivresse dont le souvenir la bouleversait encore. Ce qu'elle avait vécu en ces heures avec François Bigot était d'une qualité qui ressemblait au paradis. Était-ce le même amour? Était-ce le même sentiment qui la remuait à ce point et résonnait au fond d'elle, la laissant, ce soir, différente de ce qu'elle était encore hier? Elle s'interrogeait sur ce bonheur qui se déversait dans tout son corps et grâce auquel elle se sentait capable de déplacer des montagnes. Aimait-elle vraiment cet homme étrange qui lui faisait savoir avec des moyens peu ordinaires qu'il voulait la posséder alors qu'elle était la femme d'un autre? «Pourquoi lui ai-je cédé? se demandait-elle avec une pointe de remords. Jamais je ne pourrais me montrer publiquement au bras de cet homme, c'est évident, et d'ailleurs, le voudrait-il? Bien sûr que non!» Elle osait malgré tout l'espérer, puis pensait encore à son mari. «Comment prendrait-il la chose?...» Bien que Michel fût rustre et malgré que sa réaction avait été inattendue lorsqu'elle avait reçu la broche, il n'était pas stupide. Les maris comme lui sentent bien, un jour ou l'autre, que leur femme est amoureuse et trouve du bonheur ailleurs que dans le lit conjugal.

Elle se retourna sur son oreiller de plumes et se roula en boule comme lorsqu'elle était petite. Tout compte fait, elle se félicitait d'avoir appris la passion par la grâce de son amant. Il y avait dans cela plus de bienfaits que d'inconvénients à redouter...

❦

La récolte des pommes ayant été abondante à la fin de l'été, Angélique en avait fait venir des caisses entières de Neuville pour les entasser dans la remise. Chaque vendredi, Nounou confectionnait des tartes et des compotes que les gourmands adoraient et qui parfumaient la maison en cuisant doucement du matin au soir. Angélique, qui aimait depuis toujours mettre les mains dans la farine et participer à la confection des pâtisseries, y apportait, par des petits riens, sa touche personnelle. Les domestiques étaient ébahis de la voir en tablier de coton, affairée à rouler la pâte ou à peler des pommes avec une joie évidente, sans se soucier de son apparence, les mains et le visage saupoudrés de sucre ou de froment, trempant un doigt averti dans une crème pour en tester le velouté ou y ajouter parfois un peu de cannelle ou un soupçon de vanille. Elle réussissait les compotes comme pas une, garnissait des rangées entières de chaussons aux pommes avec une dextérité inégalée, tandis que Nounou surveillait la cuisson, en retournant les bûches que Thomas déposait dans le fourneau si les braises cessaient de rougeoyer. Lorsque la fournée était croustillante et dorée à point, on alignait ces appétissants chefs-d'œuvre sur la table et on les distribuait encore tout chauds à la famille et aux amies.

C'était devenu un rituel que les cousines et les tantes attendaient d'une semaine à l'autre. Aucune ne voulait le manquer. Marguerite et ses enfants arrivaient à l'heure du goûter. Le petit Joseph se gavait et se barbouillait en battant des mains, sous l'œil de Nounou toute à la joie de gâter ce poupon potelé, frisé et attendrissant dont on attendait avec impatience les premiers pas. Lorsqu'il devenait turbulent et qu'il était lassé de se balancer dans son berceau, sa gourmandise apaisée, sa mère qui était enceinte d'un troisième déposait l'enfant sur les genoux d'Angélique. Elle aimait la taquiner avec son impertinence habituelle et s'amusait de la voir réagir comme lorsqu'elles étaient plus jeunes. Entourant de ses bras son ventre tout rond et faisant mine de ne plus pouvoir marcher, elle s'approcha d'Angélique :

— Lélie, quand te décideras-tu à nous faire un petit ? Vois comme je suis ! Tu es bien paresseuse ! C'est à ton tour. Il faudrait que tu y songes pour que mes garçons aient bientôt un compagnon de jeu ! Y as-tu pensé ?

Angélique hocha la tête et déposa un baiser sur les cheveux du bambin. Marguerite préférait oublier la torture de l'accouchement et céder aux instances de son mari qui voulait une grande famille, faisant le pitre sans jamais exprimer la peur qu'elle ressentait à l'approche de la naissance.

— Je ne peux pas forcer la nature, Marguerite, Michel n'a pas l'air pressé de me voir enfanter !

— C'est à croire que ton mari ne s'en soucie pas ! Vois ce que tu manques… Si tu avais autour de toi quelques trésors comme celui-ci, tu n'aurais pas le loisir de t'apercevoir que Michel est souvent absent, lui dit-elle en gratifiant son fils d'une caresse.

À quoi bon lui expliquer que le problème n'était pas là ? Nounou lança à Marguerite un coup d'œil com-

plice. Quelle joie si Angélique avait annoncé les préparatifs d'une naissance pour égayer la maison! Mais les
mois se succédaient et «son ange» ne se décidait pas à
enfanter. Angélique et Michel étaient le plus souvent
chacun de son côté. Nounou chassa ces pensées et s'ap-
pliqua à couper des parts dans une énorme tarte, qu'elle
distribua avec l'aide d'Angélique.

– Quel délice!… Lélie, si tu fais un enfant, il sera
aussi bon que tes tartes, c'est sûr, dit Marguerite.

Angélique ne répondit pas. Nounou posa sur elle un
regard inquiet, cherchant à sonder son cœur. Depuis le
matin, Angélique avait l'air absente, détachée de ses invi-
tées et de ses gâteaux, ce qui ne lui ressemblait guère.
Quelque chose accaparait son esprit.

Lorsqu'elles furent seules, Nounou l'interrogea:

– Allons, mon ange, tu n'y es pas aujourd'hui! Quelque chose ne va pas?

– Non, non, rien…

– Ne me raconte pas d'histoires…

Angélique fit un geste de la main indiquant qu'elle
ne voulait rien dire et posa la tête sur son épaule. Encore imprégnée des moments qu'elle avait partagés avec
son amant, elle restait silencieuse, reliée au fil tissé entre eux, lumineux et intense, qui vibrait encore dans sa
poitrine, ne pouvant traduire en mots ses sensations.
On entendit un bruit de pas. Louisa apparut et eut un
mouvement de surprise en les voyant: «Jamais ma fille
ne s'est laissée aller ainsi avec moi», pensa-t-elle avec un
brin de jalousie. Angélique fit un pas vers sa mère et
Nounou s'esquiva.

– Angélique, je suis venue te voir pour t'entretenir
de deux choses qui sont d'importance, annonça-t-elle

de but en blanc, ramenant brutalement sa fille dans un monde terre à terre. La première est qu'il faut te reprendre et ne plus donner crédit aux commérages si tu ne veux pas qu'Eustache te fasse la morale...

Angélique rougit et se pinça les lèvres. Elle savait déjà ce que sa mère allait lui dire et s'attendait à une leçon de morale...

— Il paraît qu'on t'a vue monter chez M. Bigot et la nouvelle a déjà fait le tour de la ville! Te rends-tu compte? Quelle imprudence! Et ton mari? As-tu pensé à ton mari?

— Certes, mère, je n'ai pas pensé que mes actions pourraient faire jaser la ville entière! Quant à mon mari, qui vous dit qu'il serait choqué de l'intérêt que l'intendant a pour moi?...

— Il s'agit bien là d'intérêt, quand tu as passé la fin de la soirée en privé avec un homme que l'on sait porté sur les jolies femmes... Barbe de Saint-Ours en était jalouse à mourir, elle qui s'affiche comme sa maîtresse! Elle s'est fait un plaisir de répandre la nouvelle!

— Tant pis pour Barbe si elle est jalouse! Et que les mauvaises langues se délectent, car je ne changerai rien à mon comportement pour plaire à une armée de coqs et de poules stupides qui ne font que caqueter...

— Oh! fit seulement Louisa. Je vois bien qu'il est inutile de te donner des conseils et de t'exhorter à la prudence...

— Ni même à la pruderie, mère... Si je comprends bien, l'interrompit Angélique, vous ne me parlez pas de morale mais de décence et de stratégie?

— Oh!...

Louisa devint rouge. Elle était incapable de se contenir et ne supportait toujours pas que sa fille lui tienne tête. L'envie de la punir montait en elle et lui faisait perdre son calme.

— Si tu ne peux m'écouter et accepter mes conseils, alors je me demande pourquoi je suis venue te voir! Je m'en vais au chevet de ton oncle Eustache, dont la santé nous inquiète!

Angélique se radoucit.

— Je l'ignorais! Pourquoi ne m'en a-t-on rien dit?

— Tu ne penses qu'à aller danser et à t'amuser depuis quelque temps. Tu n'as pas la tête à te soucier de ta famille!

Impossible d'échapper aux sempiternels reproches de Louisa.

— J'irai rendre visite à mon oncle Eustache dès demain… Vous êtes venue pour me parler de deux choses, mère, quelle est donc la seconde?

— Tu le sauras bien assez vite… Il n'est point nécessaire que je perde mon temps à te l'apprendre… Thomas! appela-t-elle, dis au cocher que nous partons.

Elle revêtit sa pelisse, son chapeau et son manchon, et sortit pour s'engouffrer dans son carrosse en lui jetant un regard hautain.

Sans dire un mot, Angélique la regarda partir, ahurie. Comment comprendre les réactions de sa mère? Lorsqu'on croyait que Louisa devenait plus souple avec le temps et s'accommodait du caractère de sa fille, il arrivait quelque événement qui la rendait odieuse. Angélique resta seule dans la cuisine avec Nounou. Outre les problèmes de santé de l'oncle Eustache, l'attitude de sa mère la bouleversait.

— Tu sais…, fit-elle tout à coup.

Nounou lui prit les mains.

— Tu ne seras jamais comme on voudrait que tu sois, n'est-ce pas?

— C'est exactement cela, Nounou! En attendant, je me demande quelle est cette nouvelle que ma mère ne m'a pas dite...

⚜

Depuis plus de cinq jours, l'oncle Eustache, qui commençait à se faire vieux, était cloué au lit avec une mauvaise fièvre. Le grand vicaire ne s'alimentait presque plus depuis des semaines et maigrissait, au point que Louisa quitta la résidence de Denys et Marie-Louise à l'île d'Orléans, où elle séjournait, pour se rendre à son chevet. Le docteur ne cacha pas son inquiétude. Comme toujours, l'hiver canadien frappait cruellement les plus fragiles. Conscient de son état, Eustache avait fait convoquer ses enfants, afin de leur dicter ses dernières volontés et de leur parler comme il n'avait pu le faire depuis longtemps. Ils étaient tous autour de son lit, sauf Marie-Thérèse, sa fille cloîtrée, et son fils Michel, qui remontait encore la vallée du Mississippi.

— Soyez bons avec vos semblables et ne négligez jamais les plus humbles... La Nouvelle-France est peuplée de petites gens qui souffrent et qui ont faim. Ne l'oubliez jamais! Faites acte de charité chaque jour de votre vie! leur dit-il avant de s'éteindre.

Lorsque son fils Michel arriva enfin, le chanoine avait fermé les yeux. Angélique avait de la peine. Son oncle Eustache avait été un personnage marquant tout au long de son existence et, bien qu'il ne remplaçât pas son père, il l'avait aidée de bien des façons. Tout de noir habillée, elle s'apprêtait à se rendre à la cérémonie, tandis que sa mère recevait les condoléances depuis le matin au Séminaire, lorsque Nounou entra dans sa chambre :

— Mon ange, ton cousin est là qui vient te chercher pour t'emmener à la messe de *requiem*!

Angélique resta interdite.

— Mon cousin Michel ?

Depuis si longtemps! Revoir son cousin à l'instant, sans avoir été prévenue et dans de telles circonstances, après quelques années de silence, lui donnait le vertige. Jamais elle n'aurait imaginé que les choses se passeraient ainsi. D'abord, il y avait l'oncle Eustache qui était mort subitement, lui qui depuis toujours avait eu une énergie sans faille et dont les paroles avaient résonné d'une église à l'autre par toute la ville, et qui laissait la famille désemparée! Et maintenant, les souvenirs de son amour d'enfance pour Michel remontaient à sa mémoire et la plongeaient dans un émoi indescriptible. Peut-on oublier un homme que l'on a vraiment aimé? Comment ne pas sentir l'étincelle toujours prête à se rallumer qui sommeille au fond de soi? Saurait-elle le regarder sans rougir? Elle faillit perdre ses gants et son chapeau par trois fois en descendant l'escalier et s'emmêla les pieds dans un coin du tapis avant d'arriver devant lui, ce qui la précipita dans ses bras, comme au bon vieux temps. Il eut un sourire en la voyant ainsi empêtrée et fit de son mieux pour la retenir.

— Michel! C'est triste de te revoir en cette occasion!

Il poussa un soupir et lui donna un baiser sur le front. Il était toujours aussi beau, il n'avait pas changé.

Il lui prit la main et se recula un peu pour l'admirer tout à son aise :

— Angélique… Tu es toujours aussi belle, et mariée à ce que m'a dit mon père ? Ton mari est absent ?

— Oui, tout comme toi, il est sur les routes et va d'une garnison à l'autre…

Après cette entrée en matière l'un et l'autre ne savaient plus quoi dire. Dans le carrosse qui les conduisait à la cathédrale, silencieux, ils revoyaient les moments où, jadis, ils avaient cru pouvoir s'aimer sans contraintes… Mais Michel avait choisi de fuir, et la vie les avait séparés, faisant table rase de leurs espérances d'enfants.

— Que t'est-il arrivé, depuis ton mariage ? demanda-t-elle au bout d'un moment, émue.

— Oh, les aventures militaires, les champs de bataille, en fait, peu de chose !

— Es-tu heureux ?

— Oui et non !

— Qu'est-ce que cela veut dire, oui et non ? Oui ou non ?

— Je suis souvent absent et n'ai même pas le loisir de voir grandir mon fils.

— Et ta femme ?

— Madeleine s'est fait une raison…

Elle n'eut pas le courage de poser une autre question. Elle se mordit les lèvres. Madeleine Chaussegros de Léry n'était ni belle ni réputée pour avoir des qualités qui la rendaient aimable… Michel, c'était évident, s'était allié une dot plus que confortable et pas plus aujourd'hui que quelques années plus tôt il ne se souciait d'elle, Angélique. Les mots restèrent pris dans sa gorge. Et puis, à quoi bon ? Elle était mariée, elle aussi, tout cela était irréversible, comme pour ce cher Eustache... Leurs routes s'éloigneraient implacablement dès les prochains jours. Angélique pensait à cette loi cruelle devant laquelle chacun doit s'incliner : on ne peut revenir sur les histoires que l'on n'a pas vécues jusqu'au bout. Il faut avoir le courage de les laisser derrière soi sans aucun regret.

Dans la cathédrale bondée, l'évêque prononça une homélie retentissante. Parmi les enfants d'Eustache, Michel avait été le seul dissident, détourné de sa vocation par l'oncle Antoine, un récollet, qui, lui aussi, était revenu pour l'occasion. Louisa pleurait à chaudes larmes au milieu de la musique chantée par le chœur des ursulines. Après la messe, le cortège se forma, avec le gouverneur et l'intendant en tête, et on se rendit en silence au cimetière. Lorsque Angélique se pencha pour lancer une rose, François Bigot s'avança et lui prit le bras pour la soutenir. Michel et Denys s'occupèrent d'entourer Louisa, qui, incapable de supporter une vie sans mari et désormais sans frère, songeait à ce néant qui, malgré ses efforts, gagnait du terrain sur son entourage.

Au cimetière la cérémonie se terminait quand Louis-François et Nicolas, que l'on n'attendait plus, firent leur apparition, en grand uniforme. Ils se précipitèrent vers leur sœur et la serrèrent dans leurs bras avec tant d'ardeur que, chavirée de les revoir, Angélique faillit s'évanouir. C'était trop de peines et trop de joies en même temps...

❦

La journée s'achevait. Depuis l'aube, François Bigot travaillait à ses dossiers et préparait ses comptes. Les contrats obtenus par son aide-major étaient plus que satisfaisants : Michel Péan avait la bosse des affaires. Il lui avait suffi de les repasser un par un et de transformer quelques chiffres alignés pour que les bénéfices paraissent moindres dans les livres remis au roi. Bigot réfléchit un instant. Les pâturages de ce pays étaient d'une richesse qu'il n'avait pas soupçonnée et, malgré le long et rude hiver, les bêtes que l'on élevait en vue d'en faire des viandes de boucherie étaient d'un excellent rapport. Quant aux pêcheries, elles avaient commencé déjà à rapporter un joli profit. Et on n'en était qu'au début ! Il entrevoyait les bénéfices et les rendements que l'on pourrait obtenir sans difficulté dès la belle saison. Il se frotta les mains et s'approcha de l'âtre où des bûches crépitaient. Dehors, la neige recouvrait les vastes horizons et même le fleuve avait revêtu une teinte blanchâtre qui s'accordait avec le paysage. Il sonna afin qu'on lui apporte un verre de vin chaud parfumé à la cannelle. Un seul point le tracassait. Pourquoi les industries que l'on avait implantées avaient-elles périclité l'une après l'autre, malgré les besoins, et bien qu'on eût pu les rentabiliser avec un brin de génie ? Les édits royaux, qui interdisaient l'exportation de tout ce qui n'était pas matière première, détruisaient les efforts des colons. Mais à quoi bon se démener ? Pourquoi essayer de relever ce qui avait trop décliné pour être sauvé ? Il valait mieux rassembler les énergies pour ce qui, d'ores et déjà, laissait présager de bons résultats.

François Bigot retourna à son bureau, griffonna quelques notes et referma ses dossiers, puis revint à la fenêtre pour songer à ses affaires en sirotant le vin par-fumé qu'il s'était fait apporter. Dans la cour du Palais, les laquais, les cochers et les soldats de garde s'agitaient et s'affairaient en tous sens. Cette ville était vivante, il n'y avait pas à en douter, et les perspectives locales lui plaisaient. Même le froid était plaisant…

Tout à coup, l'image d'Angélique lui apparut et ses pensées dévièrent de leur cours. La moitié de la nuit qu'il avait passée récemment avec elle l'avait conquis. Cette femme était non seulement belle, mais la sensua-lité qui débordait de toute sa personne et de chacun de ses gestes avait donné à leur tête-à-tête quelque chose d'unique… Elle était, dans l'intimité comme en public, semblable à un rayon de soleil qui réchauffait son cœur. Adorable. En matière de femmes François Bigot était exigeant, mais celle-là avait un je ne sais quoi qui le sé-duisait bien plus que les autres femmes ne l'avaient ja-mais séduit. Le fait de la tenir dans ses bras avait été un événement infiniment précieux pour lui. Il comptait en faire sa favorite et profiter de sa beauté tout autant que de son esprit, qu'elle avait très vif. Évidemment, il y avait son mari… Un jour ou l'autre, il s'aviserait bien d'être jaloux! C'était chose courante. Mais s'il restait son aide-major, c'est-à-dire son bras droit, comment pourrait-il se montrer jaloux et revendiquer l'exclusivité de son épouse sans risquer de perdre sa fortune? Michel Péan était bien trop vénal pour refuser les avantages de la situation. Bigot sourit. Il aimait avoir le beau rôle. Sortant sa montre de gousset, il regarda l'heure. La soi-rée s'annonçait tranquille et, craignant de sombrer dans un ennui qu'il détestait, il se prit à rêver à de prochai-nes fêtes, qui non seulement procureraient du plaisir à l'aristocratie locale, mais encore attacheraient tous ces gens à ses largesses et feraient d'eux des obligés, prêts à satisfaire ses caprices. Une idée traversa son esprit : qui pourrait mieux qu'Angélique se charger d'organiser les détails des réceptions ? Elle en serait honorée et il l'aurait ainsi près de lui assez souvent pour en être heureux… Il sortit un minuscule flacon de parfum et en aspira lentement les effluves. Cette jeune femme lui inspirait de la passion et il n'avait pas pour habitude de lutter contre ce genre de penchant. De plus, le jeu était tentant et valait la peine qu'on le jouât. Quant aux soupers, aux bals et aux promenades qu'il prévoyait, hormis le gouverneur, s'il lui prenait fantaisie d'y mettre une quelconque opposition ou de faire un rapport au roi, personne ici ne viendrait lui contester ce qui, en France, était l'apanage du souverain. François Bigot refusait de prêter quelque attention aux jalousies qui s'étaient déchaînées dès sa venue. Ceux qui profitaient le plus de ses bienfaits étaient ceux qui étaient prêts à l'égorger, il en était conscient, mais il n'en avait cure. Il commanda son carrosse.

L'hôtel Viollet du Sablon était une demeure d'un goût exquis. Sous le linteau de chaque fenêtre, des têtes de dieux antiques souriaient de leurs visages de pierre auxquels des glaçons étaient suspendus comme de dangereux glaives. François Bigot fit signe à son cocher de l'attendre et grimpa les marches en admirant la façade. Il frissonna et remonta le col de sa redingote. Le nordet tourbillonnait au-dessus du fleuve et l'on entendait les grelots de quelque équipage lointain. Thomas lui ouvrit en s'inclinant et le délesta de son lourd manteau. À l'intérieur, il faisait bon et l'on était saisi par l'ambiance chaleureuse qui se dégageait des murs tendus de soie et de chaque objet choisi et placé avec un soin particulier.

– Je vais prévenir Monsieur et Madame de votre arrivée, Monsieur!

Dans la salle à manger, des rires et des exclamations fusaient. Le laquais ouvrit les deux battants de la porte et s'inclina une nouvelle fois pour annoncer:

– M. l'intendant, François Bigot.

Il y eut des cris de surprise. Les familles des Méloizes et de La Ronde étaient réunies autour de la table garnie de vaisselle fine. Angélique et Michel se précipitèrent vers le visiteur, les mains tendues.

– Monsieur Bigot! s'écria Michel.

– Quelle joie de vous voir en un si beau jour, s'exclama Angélique avec un sourire radieux. Venez, monsieur, venez vous joindre à nous!

En disant cela, elle l'avait entraîné vers les convives:

– Mes frères sont de retour! Ils sont arrivés de Louisbourg… Voyez, voyez comme ils sont beaux!

En riant, elle les entourait de ses bras et les embrassait. François Bigot sourit devant les démonstrations d'Angélique qui battait des mains comme une gamine. Il y avait de la spontanéité et de la naïveté dans la façon charmante dont elle lui présentait Louis-François et Nicolas. Les deux jeunes officiers de Sa Majesté, en grande tenue, se mirent au garde-à-vous de chaque côté de leur sœur pour saluer le nouveau venu, tandis que Louisa se levait de table afin de manifester sa présence. Angélique, qui rougissait de plaisir, demanda qu'on ajoute un couvert.

– Vous resterez avec nous pour célébrer cet événement, monsieur?

François Bigot ne s'était jamais fait prier pour participer à une fête… Il prit place au milieu des convives et fit honneur au vin, aux rôtis et aux desserts. Angélique avait placé son mari à sa droite, François Bigot à sa gauche et ses deux frères en face d'elle. Ainsi entourée, elle était la plus heureuse des femmes, car rien ne lui manquait. On commentait les horreurs que les Anglais continuaient de perpétrer sur les côtes de l'Acadie, et Angélique, toute à la joie du retour de Louis-François et de Nicolas, ne parlait plus que de leurs aventures.

– La seule chose qui me peine encore, aujourd'hui, c'est la blessure que Louis-François a reçue et qui le fait souffrir, dit-elle à son voisin. Regardez-le, sa jambe est raide, soupira-t-elle. Mais leur venue ici me réjouit! Je n'ai rien vécu d'aussi plaisant depuis fort longtemps…

– Vraiment, madame? fit Bigot en plongeant ses yeux dans les siens.

Elle baissa les paupières, confuse, et lui répondit tout bas en se penchant vers lui:

– Je parle de ce qui concerne la famille, monsieur!

Il hocha la tête. Il avait compris.

– Vous aimez beaucoup vos frères?

– Ils m'ont tant manqué pendant ces années… Je suis bien aise de leur retour!

Discrètement, il posa sa main sur la sienne et leva son verre pour porter un toast. Louisa et ses fils remarquèrent le geste et Michel, qui ne pouvait voir de ce côté, se demanda pour quelle raison les bavardages avaient soudainement cessé. Angélique, un peu troublée, sentant qu'on l'observait, retira sa main:

— Ce fut si long, monsieur, cette absence due à la guerre… Et c'est si bon de vous voir maintenant, chuchota-t-elle en s'éventant.

— Durant la guerre, l'attente d'une mère, d'une sœur ou d'une épouse est une chose pénible, acquiesça Bigot. Appelez-moi François, je vous prie…, dit-il encore en lui baisant la main.

— C'est beaucoup d'honneur que vous me faites, François…

— Alors, c'est entendu, chers amis, entre nous, point de manières, l'amitié qui nous lie nous permet de nous appeler par nos prénoms, du moins dans les réunions où l'on peut aisément faire fi de l'étiquette! fit-il assez haut pour que Michel l'entende.

Et l'on trinqua à cette nouveauté. Louisa, qui était de bonne humeur, oublia tous ses griefs. Elle admira l'élégance avec laquelle François prononça un discours. On souhaitait que les deux frères restent désormais attachés à la citadelle de Québec. Quant à Michel, il parut s'accommoder de tout ce qu'il vit et même de ce qu'il ne pouvait pas voir. Sous la table, la jambe droite de François Bigot caressait doucement le mollet gauche d'Angélique et l'escarpin qui chaussait son petit pied.

Les finances de la colonie allaient de mieux en mieux et les habitants vivaient bien. Personne ne pouvait trouver à redire. Le nouveau gouverneur Jacques-Pierre de Taffanel, marquis de La Jonquière, arrivé à Québec en août, et à qui les mauvaises langues n'avaient pas manqué de rapporter que les dépenses de l'intendant étaient scandaleuses et que ses transactions avaient une odeur douteuse, chercha par tous les moyens à lui jeter la pierre, sans y parvenir. Les fauteurs de trouble furent obligés de modérer leurs critiques: le budget du Canada était à la hausse.

Michel Péan referma la cassette dans laquelle il rangeait les contrats signés depuis plus d'un an avec Joseph Cadet et Louis Pénissault et la déposa dans un tiroir discret au fond de son bureau qu'il verrouilla. Il mit la clef dans la poche de sa veste. Grâce à ces contrats, son pécule devenait plus confortable chaque jour et celui de François Bigot dépassait leurs prévisions. Tous deux, ils formaient une équipe indissociable tant par leurs talents complémentaires que par leurs ambitieux objectifs, et Michel était le mieux placé pour tirer le lait qui coulait abondamment des mamelles de la Nouvelle-France. Il se frotta les mains. L'intendant pourrait se permettre de financer les luxueuses activités qu'il organisait l'une après l'autre, il en aurait les moyens et, en parfait gentilhomme, il saurait se montrer très reconnaissant en temps et lieu. Quant à lui, son aide-major, il continuerait de courir les routes de la colonie et de récolter la moitié des bénéfices énormes sur la totalité des achats et des ventes qu'il faisait. Michel Péan connaissait l'art de monopoliser les marchés et d'implanter ses produits dans tous les magasins généraux, aidé de quelques inconditionnels comme le boucher Cadet, qu'il soudoyait pour acheter sa fidélité et son silence. Ces derniers temps, des critiques à l'endroit de Bigot, des sous-entendus et des allusions à sa malhonnêteté lui étaient venus aux oreilles. Pour en avoir le cœur net, pour prendre le pouls de l'opinion publique, il lui suffisait de descendre au Chien d'Or.

Le Chien d'Or, qui appartenait à Joseph Philibert, était l'auberge la plus fréquentée de la ville. Les officiers et les marchands s'y retrouvaient devant un pichet de vin ou une assiette bien garnie, et l'on n'hésitait jamais, le vin et la bonne chère aidant, à discuter des dernières nouvelles, à échanger ses opinions sur les questions les plus diverses ou à s'entretenir des préoccupations de tout un chacun. Michel poussa la porte. La première salle était occupée par des gens de passage qui ne venaient que pour y boire un verre. Dans la seconde salle, plus vaste, où des tables étaient réparties autour de l'âtre, il y avait trois ou quatre groupes d'hommes. Les uns jouaient aux cartes, tandis que d'autres, très animés, conversaient et buvaient. La plupart étaient des habitués que le patron Philibert encourageait à boire en bavardant avec eux. Dès que Michel Péan eut franchi le seuil, les regards se tournèrent vers lui :

— Tiens, une visite de l'homme le plus envié à Québec!

Michel, qui n'avait pas mis les pieds à l'auberge depuis plusieurs semaines, fut surpris par le ton du commentaire et ne sut s'il devait le prendre à la légère ou au sérieux. Il s'avança, saluant au passage Louis Franquet et André Doreil, d'anciens compagnons d'armes devenus fonctionnaires au Palais, et alla s'asseoir. Tandis que la servante lui apportait une coupe et un pichet, les exclamations continuaient de fuser :

— Tu es bien fier, aujourd'hui, monsieur Péan, le sort te comble! Tu pourrais nous offrir une tournée pour prolonger ta bonne fortune…

Philibert et ses clients levèrent leurs chopes, tous ensemble.

— Santé, monsieur Péan! Quand on a le privilège d'être l'homme de confiance de l'intendant et qu'on peut tout à loisir s'emplir les poches, dit Louis Franquet.

Michel rougit et fit des yeux le tour de la pièce. L'attaque était trop directe pour qu'il n'y réplique pas.

— Que veux-tu insinuer, Louis? demanda-t-il en lançant ses gants sur la table.

Tous comprirent qu'il ne prendrait pas l'insulte comme une plaisanterie.

— Je veux dire ce que j'ai dit, Michel. L'argent malpropre te coule dans les mains! C'est celui de tous les honnêtes gens à qui tu vends des marchandises!

— Veux-tu insinuer que je suis malhonnête?

— Tu te vautres dans le profit et, en plus, tu prêtes ta femme à ton bienfaiteur! intervint Étienne Desaulniers, sans laisser à Louis le temps de répondre.

Michel se leva d'un bond et prit Étienne au collet.

— Qu'est-ce que tu veux dire?

L'autre cligna des yeux en se dégageant. Il posa son verre et répéta:

— Je veux dire que ta femme est bien trop belle pour rester dans ton lit... L'intendant ne se nourrit pas que d'argent sale! Il use aussi tout à loisir de la femme de son collaborateur...

Michel ne put se retenir. Son poing s'abattit sur le nez d'Étienne, qui répliqua par un coup dans l'estomac de son adversaire. Dans la première salle, on avait entendu l'altercation. La patronne ferma vivement les portes, non sans faire signe à son mari de prendre la situation en main. Philibert eut peur. De prime abord, il ne lui avait pas déplu qu'on maltraite Michel Péan par des paroles. Les manières de l'intendant et son train de vie, il les critiquait depuis son arrivée; aussi, que quelques-uns disent tout haut ce que d'autres, plus nombreux, pensaient tout bas, c'était justice! Mais là, il lui fallait arranger les choses, calmer les hommes et faire régner l'ordre s'il ne voulait pas voir les gendarmes. Jamais dans son auberge, il n'avait eu maille à partir avec la maréchaussée. Il tenait à sa bonne réputation. S'interposant entre Michel et Étienne, au risque de se faire défigurer lui aussi, il lança:

– Voyons, messieurs, cela n'a aucun bon sens! Je paie la tournée à volonté… Et le pot-au-feu aussi, que ma bourgeoise a mitonné… Voyons, messieurs! On se régale à bon compte ce soir, mais pas de duel ni de coups!

Les autres se groupèrent autour des deux adversaires pour les calmer. Michel ramassa ses gants, décrocha son chapeau et fit un pas vers la sortie.

– Viens donc me répéter cela dehors si tu es un homme, Étienne!

Étienne, platement, s'excusa. Tous se rassirent et Mᵐᵉ Philibert, joviale et empressée, servit ce soir-là un fameux repas aux frais de l'aubergiste. Michel savait ce qu'il voulait savoir, les jalousies se déchaînaient à propos de sa fortune. Le comble, c'était qu'on soupçonnait sa femme d'être la maîtresse de Bigot, ce qu'il ne pouvait prendre avec le sourire. Qu'Angélique reçoive les hommages de Bigot et ses cadeaux somptueux, passe. Mais que, par toute la ville, on le dise cocu, c'était intolérable! Bien qu'il l'eût déjà envisagée, la chose ne pouvait le laisser sans réaction… Quand Michel Péan sortit du Chien d'Or, Philibert chuchota à sa femme :

— Cette tournée-là, un jour ou l'autre, il me la paiera !

⚜

Angélique, assise dans un des fauteuils du salon, les pieds reposant sur un coussin, lisait devant le feu tout en songeant aux moments de bonheur qu'elle vivait dans les bras de son amant. Elle sursauta lorsque Michel, entré sans faire de bruit, vint s'asseoir à ses côtés.

— Vous m'avez fait peur, mon ami…

Il se pencha vers elle, et elle vit dans son regard une lueur étrange et déplaisante qu'elle ne connaissait pas. Elle laissa tomber son livre :

— Vous avez les traits tirés, Michel. Vos activités vous accaparent…

— Justement, parlons d'activités ! Parlons de vos activités avec François Bigot, madame…

Pour la deuxième fois, elle sursauta. Jusqu'à ce jour, Michel n'avait jamais manifesté le moindre signe de jalousie. Où voulait-il en venir ? De façon inattendue, il lui passa la main dans les cheveux. Elle ne put s'empêcher de réagir à ce geste qui, dans un autre moment, aurait été affectueux. À cet instant, il lui était désagréable.

— Ce genre d'activité vous donne de l'éclat depuis un certain temps, madame, vos yeux sont brillants et vous avez le rose aux joues !

Il parlait fort et ricanait en maintenant d'une main le visage d'Angélique levé vers lui. Elle ne l'avait jamais vu aussi peu maître de lui-même et ne put tolérer qu'il lui parlât de cette façon. Repoussant sa main, elle se leva :

— Michel, seriez-vous jaloux ?

— Comment ne pas l'être, je vous prie ? Il est devenu notoire que François Bigot vous courtise !

— Mais vous, vous avez cessé de me faire la cour depuis longtemps, Michel ! s'exclama-t-elle.

— Nous voici dans le vif du sujet…

Il tentait en vain de refouler la colère qui déformait les traits de son visage. Elle enrageait aussi :

— Que vous importe ce que je fais avec François Bigot, puisque vous délaissez ma chambre…

— Mais c'est vous, Angélique, qui m'avez fermé votre porte !

— Je ne l'aurais certes point fermée si vous aviez…

— Angélique, je n'entends pas que l'on élabore plus sur ce sujet !

Il criait.

— Et moi, je n'entends pas que vous veniez me faire des reproches…

— Vous êtes bien insoumise !

— Vous avez toujours su que je l'étais et cela ne vous dérangeait pas jadis !

— Jadis, même si vous étiez indépendante, vous ne me donniez aucun motif de jalousie !

— Michel, vous savez que je réagis très mal aux remontrances…

Elle tremblait. Était-ce de rage ou de dépit ? Jamais elle ne laisserait Michel brandir la menace d'une autorité qui, pour elle, n'avait aucun sens… Elle ne s'était pas attendue à cet affrontement, mais s'il fallait lutter pour garder son intégrité, elle lutterait et ne plierait pas ! Pourtant, elle eut soudain l'air si désemparée qu'il se sentit presque coupable de l'accuser. Touché de la voir pitoyable et fragile comme n'importe quelle femme alors qu'il la croyait si forte, il se calma un peu et tenta d'éloigner ce qui lui faisait le plus mal, son humiliation de mari bafoué:

— Alors restons-en là, voulez-vous, mais dites-moi, entre nous, quelle est la vraie nature de vos relations avec notre intendant?

— La même que vous avez avec certaines femmes, lorsque vous ne rentrez pas de la nuit…

Il reçut le reproche. Elle baissa les yeux. Il était préférable de se faire comprendre à demi-mot. Il y eut un long silence, pendant lequel l'un et l'autre tentèrent de faire le point sur ce qui n'avait jamais été dit, mais la tâche était trop immense. On ne parle pas de ces choses-là… On n'entendait plus que le tic-tac de l'horloge et le va-et-vient des domestiques dans la cuisine. Avec les pinces, Michel repoussa un tison qui fumait dans l'âtre et fit tomber du manteau de la cheminée un vase qui se brisa en mille miettes. Leurs chemins s'étaient rapidement écartés. Maintenant, ils vivaient ensemble par la force des convenances, n'ayant guère le choix. Ils continueraient de faire vie commune à cause des liens officiels qu'ils avaient contractés et qu'ils n'avaient pas réussi à nourrir d'une passion réciproque. Pris dans les rets d'une promesse irréversible, ils restaient muets l'un et l'autre devant ce constat d'échec! Angélique était sur la défensive, prête à bondir et à griffer au moindre mot. Lui ne s'attendait pas à ce qu'elle l'accuse en retour. Connaissant le caractère impétueux de sa femme et conscient de sa situation auprès de François Bigot, à qui il était redevable, ne voyant pas comment démêler cet imbroglio qui les ficelait tous les trois ensemble, il convint alors qu'il valait mieux faire contre mauvaise fortune bon cœur. Sur-le-champ, il tua dans l'œuf sa jalousie et la torture qu'elle lui faisait endurer et décida d'être magnanime.

— François Bigot m'en voudrait d'être jaloux, dit-il. Je ne puis décemment m'opposer à lui comme un rival! Vous comprendrez que je suis dans une position où il m'est impossible de me laisser aller à des sentiments ordinaires…

Déjà vaincu, il s'inclina devant elle. Il tenait trop aux privilèges de l'argent et aux honneurs que lui procurait sa charge. En même temps, il refusait la perspective de passer pour un mari trompé, imaginant les moqueries et les quolibets qui couraient à leur sujet… Il était malheureux. Elle lui prit la main. C'était lui, maintenant, qui faisait pitié.

— Si vous le souhaitez, Michel, soyons unis même dans ce qui devrait nous déchirer! Je me conformerai à vos conditions, je vous en donne ma parole… Mais ne me demandez pas de renoncer à ma liaison avec François! Je ne pourrai tenir une telle promesse, et d'ailleurs, il vous en voudrait beaucoup…

— Étant donné que je n'ai pas le choix, faites en sorte que personne ne trouve à redire à votre conduite et que votre commerce avec François reste discret…

— Je vous promets, Michel, de ne pas nuire à votre réputation…

Ils se séparèrent pour aller dormir. Comme toujours, Angélique, en maîtresse femme, avait gagné la partie.

CHAPITRE XIV

É té 1749.
Québec était devenue une ville de plaisir et pas un jour ne passait sans que l'une ou l'autre des demeures de la haute ville brille de toutes ses lumières et résonne des musiques les plus entraînantes ou des concerts les plus romantiques. L'aristocratie et les bourgeois bien nantis se retrouvaient de soirée en soirée, entraînés dans un tourbillon qui estompait les préoccupations de la guerre avec les Anglais. Même les soldats cédaient aux plaisirs de la bonne chère et du jeu, jusqu'à y laisser leur dernière chemise.

Sur l'élégant brigantin qui filait doucement, les éclats de rire fusaient et l'on buvait du champagne en admirant les paysages incomparables qui longeaient le fleuve. Angélique sortit de la cabine de François Bigot. Une ombrelle à la main, vêtue d'une légère robe de mousseline qui laissait paraître ses bras et ses seins, elle monta sur le pont en cherchant les zones d'ombre.

– Quel enchantement ! s'écria la ravissante Jeanne Mayet au bras d'un jeune pédant de la famille d'Urfé.

— Ce serait le paradis si le soleil ne risquait de marquer notre peau, commenta Catherine de Lévis en ajustant la voilette de son chapeau.

Angélique s'arrêta un instant pour admirer le miroitement des eaux. On arrivait à la Pointe-du-Lac. Depuis cinq jours, le bateau, surmonté de La Gloriette, cette estrade chère à Bigot, effectuait une croisière entre Québec et Montréal. C'était ce que l'intendant avait trouvé de mieux pour distraire son monde pendant les plus belles journées. On s'arrêtait durant des heures, on flânait chez l'habitant et on profitait des produits du terroir qui agrémentaient la table des mets les plus fins. On dressait le couvert au milieu d'un pré ou d'une cour, suivant la disposition des lieux et la couleur du ciel. Ces repas champêtres étaient un délice. François Bigot avait réquisitionné une armée de maîtres queux et de marmitons qui, juchés sur trois ou quatre charrettes emplies d'un arsenal culinaire complet, suivaient la progression du navire par le chemin du Roi et faisaient halte dès que le bateau jetait l'ancre. Tous unissaient leurs efforts afin de mijoter de savoureuses merveilles. On soupait à la lueur des chandelles pour le plaisir des romantiques, puis on dormait à la ferme. Des valets, des laquais et des soubrettes suivaient avec des matelas, des couvertures et des oreillers de plumes, de sorte que tout ce beau monde, une fois repu, pût dormir d'un sommeil de plomb dans des draps de dentelle. Les habitants regardaient passer ce déploiement inaccoutumé, divertis par le spectacle qui s'offrait à eux et qui ne ressemblait à aucun autre. Ils trouvaient comiques ces gens qui ne pouvaient se contenter de dormir sur une paillasse, écoutaient de la musique à cœur de jour et portaient des vêtements faits pour aller au bal! Ils trouvaient l'affaire encore plus plaisante lorsqu'on leur demandait d'apporter de l'aide, qui par le ménage, qui avec des produits de son cru, chacun mettant la main à la pâte: monsieur l'intendant payait grassement tous les services qu'on lui rendait...

Une brochette de jolies femmes, toutes de bonne famille, formaient le cercle intime de l'intendant et accompagnaient les privilégiés conviés à cette excursion. Angélique, chargée de veiller aux détails domestiques, aimait la situation et s'acquittait de sa tâche avec maestria, pendant que son mari courait les routes pour approvisionner les postes militaires. Bien que les commentaires fussent discrets, ils laissaient clairement entendre qu'elle était devenue aux yeux de tous la favorite, et cela ne gênait personne dans ce milieu restreint. Bien plus, on se disputait les sourires et les moindres faveurs d'Angélique et l'on tremblait de voir sur son visage quelque contrariété qui aurait déplu à François Bigot. On faisait des courbettes en parlant d'amitié... Malheur à ceux que rejetaient l'intendant ou sa maîtresse.

On évoluait dans une atmosphère galante et on avait relégué les préceptes religieux au dernier rang, bien que l'on assistât à la messe chaque dimanche. Noblesse oblige! On n'était guère impatient d'arriver à destination et les jours se succédaient dans une joyeuse insouciance. De plus, le temps était magnifique et la pluie ne semblait pas pressée d'arroser les voyageurs et les récoltes.

Au-delà des roseaux et des joncs, on apercevait un rideau d'ormes majestueux qui protégeait quelques fermes. Le capitaine fit jeter l'ancre, et tout ce beau monde s'entassa dans des canots pour rejoindre la rive. On s'amusait beaucoup… À terre, le maître des cuisines houspillait un gâte-sauce en gesticulant. Dans le four qui avait été érigé pour la circonstance, près d'une grange, le garçon avait laissé brûler les brioches destinées au petit-déjeuner des voyageurs :

– Malheureux ! Je vais t'apprendre à laisser ton four sans surveillance…

Le maître lui botta le derrière deux ou trois fois, sous les rires et les moqueries des servantes qui s'affairaient, portant des seaux et dressant la table. Le gamin frotta son arrière-train et baissa la tête. François Bigot aimait par-dessus tout déguster deux ou trois brioches tartinées de confitures, qu'il trempait dans un grand bol de chocolat dès son lever. Il n'était pas question de lui gâter ce plaisir…

Angélique à son bras, imposant, s'appuyant sur une canne, il arriva sur ces entrefaites. La scène champêtre ne manquait ni de charme ni de piquant. Il y avait là le cercle des habitués, et les autres les suivaient en s'égaillant sur l'herbe, comme des enfants, criant famine et mis en appétit par l'air de la campagne. Le chef lança un appel :

– Qu'on apporte le pain chaud…

Il frappa dans ses mains, mais aucun de ses marmitons ne réagit. Stupeur ! À cause de l'incident du four, le pain n'était ni cuit à point ni croustillant et doré comme François Bigot l'aimait : réduit en charbon, il avait triste mine ! Le maître des cuisines se crut déshonoré, tel Vatel devant son roi, ne put supporter l'idée de cette déchéance. Il se jeta à genoux devant l'intendant en criant grâce et en joignant les mains et demanda qu'on lui accorde quelques minutes pour cuire une nouvelle fournée. François n'était pas mécontent d'être au centre de ce mélodrame qui le flattait dans sa toute-puissance et qui lui permettait de se montrer magnanime… Quant à Angélique, elle ne se soucia pas de ce qui dérangeait tant les esprits, un peu de pain brûlé et quelques instants d'étourderie! Personne ici ne mourait d'inanition… Il valait mieux en rire et ne pas tenir rigueur à cet enfant.

– Laissez donc ce garçon en paix et qu'on lui donne un louis, réclama-t-elle à François, qui ne put lui refuser.

La miséricorde dont faisait preuve Angélique le rendait encore plus amoureux et elle, de se sentir aimée par lui, avait envie de paraître plus généreuse. L'incident fut clos et on avait pris le parti de s'armer de patience, lorsqu'un canot d'écorce dirigé par deux Sauvages accosta silencieusement sur la berge. Un jésuite en robe noire en descendit. L'air accablé, il demanda qu'on l'amène auprès de l'intendant. François Bigot savourait des framboises à la crème qu'une des servantes avait amoncelées devant lui, dans un bol de porcelaine. C'était divin! Angélique s'amusait à le voir se régaler et à entendre les autres qui en réclamaient à grands cris. Le jésuite s'agenouilla. Il s'inclina si bas qu'on crut le voir baiser les chausses de l'intendant…

– Claude Coquart, fit-il en ôtant son chapeau.

– Que puis-je faire pour vous, mon ami? s'enquit Bigot en le toisant.

– Monseigneur, je viens solliciter de Votre Bonté les fonds nécessaires à l'achèvement de la chapelle Sainte-Anne, à Tadoussac…

François Bigot toussota tandis que le jésuite continuait :

— Cette chapelle, commencée en 1747, n'a pas encore de toit. Elle est en piteux état !

— Mais n'avez-vous pas déjà reçu des dons pour cet
édifice ? J'ai vu, dans les livres, que M. Hocquart s'était
fait généreux de trois cents livres avant mon arrivée…

— Il suffirait de la faire couvrir, monseigneur, sans
toiture, et sans un presbytère, elle ne vaut rien ! Nous
avons besoin d'un lieu de prière décent pour évangéli-
ser les Sauvages qui n'ont aucun lieu de culte, pas plus
que les coureurs des bois qui fréquentent le poste de
traite…

— Je vois, je vois…, fit Bigot en présentant une
cuiller remplie de framboises à sa bien-aimée.

— Je viens implorer Votre Générosité d'accorder les
subsides pour accomplir ma mission et faire en sorte
que Dieu et Jésus soient présents dans ce village…

— Hum, ces framboises sont délicieuses… À quel
endroit exactement, cette chapelle ? interrogea François
en s'essuyant les doigts.

— Elle surplombe l'anse où les bateaux accostent et
domine la baie…

— Fort bien, fort bien… Mais vous savez que nos
moyens sont restreints et que nous ne pouvons être généreux avec tous ceux qui le demandent…

— Monseigneur, si je suis venu jusqu'à vous, c'est
que je connais votre bonté d'âme. Dieu vous rendra en
grâces éternelles les bontés que vous aurez…

À ce moment, les yeux de François croisèrent ceux
d'Angélique. Sans mot dire, elle l'implorait pour qu'il accorde à cet homme tout ce qu'il demandait. Pendant

quelques secondes, il vit dans ses yeux les lumières du paradis et il se sentit fondre. Comment ne pas être ébloui par ce regard? Quand il répondit au prêtre, ses paroles étaient dictées par les sentiments qu'elle lui inspirait:

– C'est bon, mon ami, je vous ferai octroyer une subvention…

Il se gratta la tête. Les choses étant dites, il fallait être généreux et s'attirer des amitiés, sans pour autant déséquilibrer le budget. D'une part, ce don clouerait le bec à ses détracteurs les plus fervents, d'autre part, cela contenterait la générosité d'Angélique. «Il est dit que l'amour rend aveugle. Une chose est certaine, il fait faire des folies…», pensa-t-il en observant sa belle. Il avait envie d'être généreux par elle et pour elle! On avait des subsides à verser pour bien des œuvres de charité et il faudrait encore augmenter le prix des boisseaux de blé qu'on revendrait au roi. Était-ce raisonnable? L'abbé Coquart suppliait toujours et se relevait, puis s'agenouillait sans fin, tandis que le regard d'Angélique, plus bleu que jamais, se confondait avec celui d'un ange.

– Monsieur le jésuite, je vous ferai parvenir une cassette de deux cents livres, conclut l'intendant, à la condition que vous disiez des messes pour moi chaque jour de l'année qui vient et des suivantes…

– Merci, Votre Seigneurie… Deux cents livres!… Dieu vous le rendra au centuple!

Bigot enlaça la taille d'Angélique.

– Voyez, madame, ce saint homme va prier pour vous et pour moi…

– Que Dieu l'entende, nous en avons besoin! répondit joyeusement Angélique en levant sa coupe de champagne.

— À Sainte-Anne de Tadoussac! reprirent en chœur tous les convives.

⚜

Printemps 1750.

Les notables s'étaient disputé les invitations pendant quelques semaines, et ce soir-là plus que d'habitude, la magnificence était le mot d'ordre. Il avait été annoncé que le bal serait costumé. Bien que l'on prît goût aux fêtes, on commençait à jaser sur les largesses de l'intendance et sur l'étalage de luxe, de vins et de mets fins que l'on y consommait à profusion. François Bigot avait commandé que le souper soit servi dans la porcelaine de Sèvres et dans la verrerie venue tout droit des cristalleries françaises et que les plats soient montés des cuisines sur des chefs-d'œuvre dignes de l'argenterie royale. Il avait donné l'ordre de servir du champagne tout au long de la soirée et on avait convié des dignitaires de Montréal et des Trois-Rivières afin de célébrer dignement son anniversaire, ce qui avait causé un certain émoi dans la ville.

Angélique s'amusa beaucoup à la préparation des costumes. L'une de ses cousines serait une naïade, une autre, une déesse antique, et Marguerite fixa son choix sur une robe de gitane. L'Orient étant à la mode, Angélique choisit de se draper dans des voiles de sultane qui laissaient voir la perfection de ses formes et lui permettaient de se dissimuler sous une abondance de perles et de parures.

La fête avait commencé et les invités avaient formé de petits groupes. Dans un boudoir entre la salle de bal et les salons réservés aux jeux, deux femmes et un homme papotaient, tandis que deux laquais empressés remplissaient leurs verres aussitôt vidés. Mis en confiance par les masques et le vin aidant, ils parlaient plus fort que de raison et s'esclaffaient. Angélique, qui cherchait Marguerite, reconnut parmi eux Élisabeth Bégon et surprit quelques phrases qui la laissèrent songeuse :

— Je vous le dis, ma chère, c'est incroyable ce qu'ils sont retors !

— Croyez-moi sur parole, les Friponnes seront bientôt accusées par le roi, qui a eu vent de certaines malversations, affirma l'homme.

— Tous les deux sont de mèche et fort habiles, mais Louis XV a ses dénonciateurs...

Angélique abaissa vivement le masque de velours devant son visage. Ces paroles la firent frissonner. Elle n'ignorait pas que ces accusations s'adressaient à l'intendant et à son aide-major. Pendant quelques minutes, elle chercha à reconnaître les bavards en tournant discrètement autour d'eux. «Ne serait-ce pas notre commissaire, M. Varin de Lamarre ?» se demanda-t-elle en se promettant de trouver la clef de l'énigme... Elle en était presque sûre. Le commissaire avec son acolyte, Louis Franquet. «C'est bien cela ! Ce sont eux», pensa-t-elle.

Montant des cuisines, une armée de laquais, qui portaient des vol-au-vent et des rôtis sur d'immenses plateaux, lui barrèrent la route. Angélique se dissimula derrière une tenture pour les laisser passer et évita de justesse de se trouver nez à nez avec Barbe de Saint-Ours. Celle-ci, toujours extravagante et légèrement vêtue de couleurs trop vives, croyait échapper aux regards indiscrets dans son costume de bergère antique… Un troubadour qui la courtisait s'inclina devant Angélique en riant et disparut avec Barbe. C'était Michel Péan, qui, ce soir-là, ne se préoccupait guère de son rôle de mari, mais courait plutôt l'aventure! Les mots qu'Angélique avait entendus un peu plus tôt résonnaient encore à ses oreilles. En plusieurs occasions, il lui avait semblé entendre des commentaires désobligeants sur les sociétés de commandite créées quelques mois auparavant par François et Michel. La rumeur populaire appelait «les Friponnes» ces sociétés riches et prospères, par le biais desquelles les deux acolytes faisaient ramasser dans les campagnes les denrées revendues au roi. Devait-elle les informer sur-le-champ de ce qu'elle avait entendu? Le moment n'était pas propice: on attendait le gâteau d'anniversaire… De plus, son mari était occupé à gagner les faveurs de sa rivale et son amant, le roi de la fête, était inaccessible. Elle se sentit mal tout à coup, trop seule au milieu de ces gens qui s'amusaient. Désemparée. Prise d'une nausée, elle chercha à s'asseoir, mais elle n'aperçut aucun siège libre alentour. Son malaise s'accentua. La tête lui tournait et ses jambes semblaient se dérober sous elle. La foule batifolait, insouciante, et elle ne reconnaissait aucune de ses amies. Les tables de jeu étaient remplies d'une quantité de personnalités et de gens moins connus, bien décidés à tenter le tout pour le tout, quitte à y perdre leur dernière chemise. Les femmes jouaient autant que les hommes et pouvaient y laisser leur vertu… Chaque soir, quelques-uns perdaient là leurs propriétés, d'autres, leurs titres. On revendait même les noms à particule pour se libérer d'une dette d'honneur contractée autour d'une table, que ce soit au quinquenove, à la bassette, au pharaon, à la roulette ou à l'un des nombreux nouveaux jeux en vogue depuis quelques années. Leurs effets étaient catastrophiques.

Angélique aperçut François qui en grand seigneur jouait à sa mesure et misait des montants astronomiques… Comme toujours, dans les salons de jeu, la tension était extrême. On jouait d'abord pour s'amuser un peu, puis, un jour, pris dans les rouages de la machine infernale, celle qui vous rend esclave et qui vous fait perdre la tête en plus de votre fortune, on n'était plus qu'une marionnette au service d'un maître que l'on disait être la chance. Angélique détourna son regard, par peur de se laisser tenter. Comment avoir encore le cœur à la fête? Les médisances qu'elle avait entendues faisaient vaciller sa raison. Comment ces gens pouvaient-ils tenir des propos aussi pernicieux? Y avait-il des choses importantes qu'elle aurait ignorées? Les questions se bousculaient, gâchant le plaisir du bal qui battait son plein. Elle n'entendait plus la musique…

Faisant un effort sur elle-même, Angélique traversa la salle, où les masques et les costumes menaient une ronde endiablée. Des farandoles s'étaient formées qui l'encerclèrent et la poussèrent. Incapable de s'en écarter, elle fit quelques tours, fouilla des yeux la foule pour retrouver Michel ou se rapprocher de François qui avait quitté la table de jeu et trônait au haut de son estrade, détendu et ravi, entouré de l'habituelle cohorte de jolies femmes minaudant et cherchant à captiver son attention. Il surveillait d'un œil paternel et protecteur cette foule en délire. Les violons se firent de plus en plus rapides. Sous le nez d'Angélique, François fit un signe à Barbe pour l'inviter à danser, descendit lentement de son estrade et la prit par la main. Ce fut un comble! Angélique ne put supporter ce qu'elle considérait comme un deuxième affront. Se frayant un passage, elle s'avança vers lui. Les voiles vaporeux dans lesquels elle était drapée cachaient sa pâleur et accentuaient son charme. Avant que la musique s'arrête, François aperçut sa maîtresse et délaissa Barbe, qui s'éloigna d'un air outragé, tandis que, de toutes parts, on se mit à applaudir en scandant des vœux de bon anniversaire. Remerciant à la ronde, il distribua quelques baisers mondains et se rapprocha d'Angélique:

– Ah, mon amie… Vous voici enfin! Où étiez-vous cachée?

– M'avez-vous vraiment cherchée, François? J'en doute à vous voir si bien danser avec madame, répondit-elle en tournant la tête dans la direction de Barbe qui s'accrochait maintenant à Michel.

– Mon ange, seriez-vous jalouse? lui dit-il en baissant la voix.

– Comment pourrais-je ne point l'être, monsieur, alors que mon mari et mon amant me trompent tous deux avec la même femme?

Il remarqua à cet instant combien elle était pâle et vit la détresse dans ses yeux. Ne voulant pas la voir à la torture, et pour marquer sa préférence, il s'inclina très bas devant elle, puis, d'une voix tonitruante afin d'être entendu, il déclara:

– Vous seule, madame, êtes ma grande sultane!

Ce fut magique. Il lui baisa la main. Il y eut un silence. Plusieurs personnes se retournèrent. Barbe abaissa son éventail et Michel sursauta, laissant échapper sa coupe qui se brisa en mille miettes, tandis qu'Angélique, qui ne savait comment prendre la chose, se tenait coite. Devait-elle être heureuse des hommages de l'intendant? Devait-elle craindre les foudres de Michel ou les jalousies de toutes les coquettes, ou encore les commérages des bigotes qui avaient les yeux fixés sur elle? Elle se sentit lasse.

Les pâtissiers découpèrent la pièce montée, sous les cris de joie des gourmands qui se bousculèrent pour avoir leur part, et la foule porta un toast. Prenant alors les mains d'Angélique, François lui murmura:

– Venez, Angélique, montons chez moi, voulez-vous?

– Mais que diront tous ces gens? Que dira mon mari?...

– Ils diront ce qu'ils voudront, ma mie, je m'en moque... Quant à Michel, il serait malvenu de dire quoi que ce soit!

Il avait sans doute raison... Elle avait l'air un peu mêlée, désireuse à la fois de le suivre et de respecter la promesse faite à son mari quelques mois plus tôt. Comme un conquérant, voyant qu'elle hésitait, François prit son bras en se redressant et l'entraîna vers ses appartements. La musique et le bruit étaient assourdissants. Confuse et mal à l'aise, elle tremblait en montant les marches, sentant les regards indésirables qui suivaient leur ascension. C'était la première fois qu'elle éprouvait un tel désarroi en public. Élisabeth Bégon, ravie de l'incident, les regarda gravir l'escalier et murmura, à l'intention de son voisin:

– Décidément, Mme Péan a tous les avantages, elle est à la fois la favorite et la maîtresse, et elle est aussi la femme de celui qui engrange la fortune...

— Quelle belle position, en effet! approuva son compagnon. C'est notre Pompadour à nous, cette sultane-là!

— Joli trio, assurément, continua-t-elle sur un ton sarcastique.

❦

Lorsqu'ils pénétrèrent dans la chambre, François prit Angélique dans ses bras. Le silence de la pièce contrastait avec le bruit qui régnait dans les salons. Sur le lit immense, une montagne de coussins s'offrait à eux. Lentement, il fit glisser le voile qui cachait à demi le visage d'Angélique et effleura de baisers ses joues et sa bouche. Il aimait la couvrir de caresses tendres et respirer le parfum de sa peau. Elle tenta un peu de le repousser, mais il appuya fermement les lèvres sur les siennes. Sous la pression de son désir, elle fondit en larmes. Ce fut inattendu.

— Chérie, que vous arrive-t-il? Quelle est cette tempête qui vous abîme ainsi? Je n'aime pas vous voir malheureuse. D'où vient cette inquiétude?

Elle noua les bras autour de son cou, incapable de répondre. Il ne l'avait jamais vue dans cet état. Il la coucha sur le lit et elle le laissa faire. Écartant les perles qui couvraient son front, il se mit à caresser ses cheveux et à promener ses doigts dans les longues boucles dorées. Comme une enfant, elle pleura doucement, avec de minuscules sanglots qui soulevaient sa poitrine et ses hanches et faisaient trembler ses épaules. Navré de la voir ainsi, il posa les lèvres à la naissance de son cou. Elle soupira et se détendit un peu. Il découvrit ses seins. Il aimait la contempler et ne se lassait jamais du spectacle de son corps, qui, ce soir, était dénudé plus que de coutume. La blancheur de sa peau, la délicatesse de sa personne lui inspiraient à la fois de l'amour et de la passion, en plus d'une sorte de respect qui ne ressemblait à aucun sentiment qu'il eût jamais éprouvé. Durant leurs échanges amoureux, elle était toujours intense et passionnée et il suffisait qu'il murmure quelques tendres paroles au creux de son oreille pour qu'elle s'abandonne et vienne à lui dans une étreinte parfaite. Ce soir, elle restait sans réaction, livrée à ses caresses et à ce mystérieux chagrin qui anéantissait son tempérament fougueux. Il ne la reconnaissait pas.

— Angélique, ma mie, quel sujet vous tracasse?

— Il y en a au moins deux, si ce n'est plus, parvint-elle à dire d'un ton tragique.

— Eh bien, mon amour, pour une femme qui était hier encore la plus heureuse du monde, vous accumulez vite les contrariétés! rétorqua-t-il pour plaisanter et la détendre.

— Ne riez pas de moi, François, car ce qui me tourmente vous concerne!

Il s'arrêta de la caresser, stupéfait par ses paroles:

— Et qu'est-ce donc, ma mie?

— J'ai entendu, ce soir, deux de vos invités dire que le roi se méfie de vous et de Michel. Et l'on raconte partout que vous escroquez Sa Majesté avec vos compagnies qu'on appelle «les Friponnes»…

— Ce n'est donc que cela, ma chérie?

Ce problème-là ne l'inquiétait pas trop. Il l'avait vu venir depuis un certain temps et n'était pas sourd aux commérages de ceux qui le fréquentaient tout en le jalousant. Il savait comment répondre, le moment venu, et justifier ses largesses. Il posa sa main sur le front d'Angélique; elle était encore anxieuse, sachant depuis la mort de son père comment les calomnies peuvent réduire à néant les efforts d'une vie.

— Mais c'est grave, François! Et il y a encore autre chose…

— Dites, dites et ne pleurez plus, fit-il en essuyant ses larmes.

— Je suis enceinte!

Il ne put retenir un cri.

— En êtes-vous bien sûre?

Elle hocha la tête:

— Oui, au point d'être malade chaque jour depuis plus d'un mois!

— Et vous ne m'en avez rien dit!

— Aurais-je pu vous annoncer une chose dont je n'étais pas encore certaine…

Heureux, il la couvrit de baisers. La perspective d'une paternité le comblait et que cela arrivât avec la femme qu'il aimait le plus était pour lui un motif de réjouissance. Le reste n'était rien à côté de cet événement. Lui, l'homme d'âge mûr, l'homme de pouvoir doté d'une intelligence hors du commun, il saurait déjouer les mauvaises langues et démontrer, en quelques phrases bien senties et en exhibant les livres et les chiffres, l'habileté de ses démarches grâce auxquelles le roi ne s'était pas appauvri depuis un certain temps, bien au contraire! Il fallait maintenant penser à cet enfant et se consacrer au bien-être de sa mère. Elle, toute au bouleversement de sa maternité, rendue fragile par la transformation de son corps, ne demandait qu'à le laisser prendre les choses en main.

– Qu'allons-nous faire, François? Qu'allons-nous faire?

– Mais nous allons être heureux!

– Vous êtes le père, François, Michel est mon mari et vous avez en quelque sorte officialisé notre liaison, ce soir!

– Clouons le bec aux mauvaises langues! Je ne veux plus vous voir pleurer…

Il n'était pas homme à se laisser abattre pour une question d'amour-propre ni même d'amour tout court. Il sonna:

– Faites venir M. Péan ici, à l'instant…

Michel ne s'attendait pas à être reçu par son épouse, voluptueusement étalée sur le lit de son amant… Furieux et indigné, mais dans l'impossibilité de démontrer ses frustrations, il fit triste mine malgré son déguisement. Angélique était à moitié nue, vêtue de quelques mousselines vaporeuses, tandis que le maître de céans gardait l'air grave, malgré le masque encore posé sur son front. Ne sachant ce qu'on attendait de lui, sur la réserve, Michel restait sur le pas de la porte. François se fit invitant:

– Entrez, mon ami… Vous êtes surpris, je n'en doute pas, dit-il, magnanime. C'est qu'Angélique nous donne quelques sujets d'inquiétude!

«En quoi Angélique peut-elle nous inquiéter tous deux? Sa santé est plus que parfaite», pensa Michel. Pourtant, à bien y regarder, il constata qu'elle était plus pâle que d'ordinaire et qu'elle avait les traits tirés.

– Je suis enceinte, déclara-t-elle sans ambages, comme si elle lisait dans ses pensées, et elle se mit à pleurer.

Michel se laissa tomber dans un fauteuil. Le sang s'était retiré de son visage.

– Enceinte…, murmura-t-il.

– Il va de soi…, dit François.

– … que cet enfant sera officiellement de moi! enchaîna Michel en lui coupant la parole, poussé par une impulsion soudaine.

François et Angélique baissèrent les yeux. Tous les trois s'étaient compris. Leurs destins étaient trop liés par l'amour et par les affaires. Ils n'avaient pas d'alternative.

CHAPITRE XV

En ce début d'été 1753, il était bientôt deux heures et le ciel se chargeait de nuages. Depuis l'aube, François Bigot, enfermé dans son bureau, examinait les livres. La veille, il avait reçu un message de Versailles qui lui donnait à réfléchir. Il tournait les pages et refaisait les calculs et, bien qu'il fût à la recherche de la moindre faille, il n'en trouvait pas. Se faire réprimander de la sorte était pour lui un véritable affront, comme s'il avait été un quelconque roturier ou un fonctionnaire de basse extraction! Lui qui avait relevé les finances du Canada depuis près de cinq ans, qui avait fait prospérer tous les négoces en augmentant le volume des denrées et la production, il acceptait mal d'avoir à rendre des comptes à un sbire de son roi, même si celui-ci avait le titre de ministre de la Marine.

La chaleur était étouffante. Par la fenêtre, il voyait une brume grisâtre envahir la surface du fleuve. Était-ce sa vue qui se brouillait avec l'âge ou bien était-ce cette pénible humidité qui masquait les contours des choses familières? Il retira ses lunettes, se leva et se dirigea vers le guéridon où étaient posés une carafe de cristal et six petits verres dans un plateau d'argent. Il se servit une rasade de vieux cognac, qu'il dégusta lentement, d'un air dubitatif, en faisant les cent pas. Autant admettre d'emblée que ses dépenses étaient élevées, si élevées même – c'était là que le bât blessait – que le ministre du roi commençait à montrer des signes d'impatience… Il s'était créé des obligations coûteuses, sans parler du jeu auquel il ne savait pas résister, qui faisait presque chaque soir des trous dans sa cassette, alors il fallait bien compenser… Il relut le billet qu'on lui avait délivré la veille :

Monsieur l'intendant,
Ces derniers mois, j'ai reçu des factures et des notes de frais qui représentent plus de trois millions de livres réparties sur l'année 1752.
Je ne dois pas vous dissimuler que votre administration me cause de grands dérangements. Votre présence à Versailles les écarterait de mon esprit.
Je vous y attends donc le plus tôt possible.
Votre dévoué,

Antoine Rouillé,
Comte de Jouy

Le ton était sans équivoque et ne lui laissait aucune possibilité d'y répondre de façon évasive. Il devait envisager le voyage ! Machinalement, il remit ses lunettes. Il se souvint de la soirée de son anniversaire, où, à la fin du bal, Angélique lui avait exprimé pour la première fois son inquiétude alors que ce genre de commentaires lui étaient parvenus aux oreilles, mais depuis, il avait souvent fait l'objet de critiques acerbes. En évoquant Angélique, son esprit fit un détour et se laissa envahir pendant un moment par le sentiment qu'il portait à la jeune femme… Elle lui était toujours aussi chère et penser à elle faisait monter des bouffées de tendresse et de désir dans sa poitrine. Depuis qu'elle avait accouché d'Angélique-Françoise, une enfant qui, officiellement, était la fille de Michel Péan, mais qui en réalité était sa progéniture, il la voyait moins et il souffrait de cet éloignement. L'image de la petite lui apparut soudain. Quelle enfant magnifique! Il était heureux de la visiter de temps en temps, même s'il ne pouvait jouer son rôle de père ni avouer cette paternité. Parfois, il en avait quelque regret…

Il revint aux termes de la lettre. Au cours des derniers mois, d'autres personnes avaient tenté de le mettre en garde. On lui avait dit que Pierre Martel, officier et écrivain de la marine, qui, de par sa charge, venait à Québec de façon régulière et s'entretenait avec lui, avait porté contre son administration des accusations de fraude et de malversations parvenues à Versailles. François Bigot, qui avait bien mis en place les rouages de son organisation et sa mise en scène, n'avait pas jugé bon de s'inquiéter, n'ayant pas par ailleurs un tempérament à dramatiser les choses. Quelle erreur de sa part que d'avoir cru ses collaborateurs enclins à la bienveillance! Il craignait maintenant d'avoir à subir les conséquences de cette sorte de nonchalance assez inhabituelle chez lui. Sans doute Pierre Martel jalousait-il la charge d'intendant et voulait-il, par ses dénonciations, prendre sa place… Il y réfléchit un instant, imaginant les divers scénarios. Comment se tirer au mieux de cette pénible situation?

Il reposa son verre après l'avoir vidé et se rassit. Les mauvaises langues allant bon train, il soupçonnait que les accusations perfides de quelques-uns de ses collaborateurs avaient fini par s'ajouter les unes aux autres et par porter leurs fruits empoisonnés… Il sonna son secrétaire :

— Monsieur Deschenaux, voulez-vous mander M. Péan de toute urgence. Je dois le voir sur l'heure et m'entretenir avec lui, toute affaire cessante…

— Bien, monsieur. M. Péan est-il en ville ? s'enquit le secrétaire.

— Je ne sais ! Trouvez-le !

Joseph Deschenaux repartit, un peu interloqué par le ton cinglant qu'avait employé l'intendant pour lui donner ses ordres. Cela ne lui ressemblait pas. On n'avait pas l'habitude de le voir se conduire avec tant de brusquerie. Avec ses gens, habituellement l'intendant était courtois…

Le secrétaire se rendit en hâte à l'hôtel Viollet du Sablon, où on lui dit que ni monsieur ni madame n'y étaient. Angélique était à l'île d'Orléans et aucun des domestiques présents ne savait où se trouvait Michel. Quelques heures plus tard, se rappelant l'ordre formel de son patron, Deschenaux monta jusqu'à la citadelle. « Pourvu que Péan ne soit pas à l'île avec sa femme, je devrai aller l'y chercher ! » se dit-il. La forteresse grouillait depuis des mois de quelque cent soixante militaires sur le qui-vive. Le marquis du Quesne, gouverneur et commandant en chef de l'armée, leur avait ordonné de se tenir prêts à rallier les troupes à la défense des forts de l'Ouest, dans la vallée de l'Ohio. L'invasion anglaise devenait catastrophique pour les Français depuis que les officiers britanniques avaient ordre de soudoyer les Indiens, qui ne se faisaient pas prier pour servir les plus généreux. Les forts tombaient les uns après les autres aux mains de l'ennemi.

Deschenaux fit signe au cocher de l'attendre et franchit les portes entre deux soldats en uniforme. Il était à peine cinq heures du soir et, déjà, dans l'enceinte militaire, les sentinelles et les piquets avaient abandonné leur poste pour faire ripaille et se saouler avec quelques filles de joie… Le secrétaire savait bien que l'atmosphère était à la fête et à la gaudriole certains jours, mais à cet instant, il fut choqué par le spectacle navrant qui s'offrait à ses yeux. Il tenta d'en interroger quelques-uns :

– M. Péan serait-il parmi vous ?

– Je ne sais, lui répondit l'un d'eux en brandissant sa chopine, on le voit lorsqu'il revient de ses tournées ou lorsqu'il part, mais généralement il est plus souvent à l'auberge que parmi nous…

Deschenaux redescendit la côte pour se rendre au Gobelet Royal, l'auberge fréquentée par les hommes de l'aristocratie. Lorsqu'il y pénétra, les pichets de vin s'échangeaient et les verres se heurtaient dans un joyeux tintamarre et ceux qui ne buvaient pas jouaient aux cartes.

– Aubergiste ! Avez-vous vu M. Péan ?

– Il est à l'étage, répondit l'aubergiste.

Deschenaux monta. Il trouva Michel Péan attablé devant un souper fin avec ses deux beaux-frères qui, eux aussi, avaient déserté la citadelle. Ils eurent l'air surpris de le voir, riant fort et mangeant en bonne compagnie, quelques femmes enrubannées à leurs côtés.

– J'ai pour mission de vous faire quérir sans délai par l'intendant, annonça-t-il en soulevant son chapeau.

– C'est bon, je vous suis.

Michel prit tout de même le temps d'avaler le reste de son assiette et de boire un dernier verre sous le regard narquois de Louis-François et de Nicolas qui continuèrent de faire bombance. Laissant à regret la compagnie et les demoiselles, il monta dans la calèche avec Deschenaux.

Depuis la naissance de la petite Angélique-Françoise, Angélique avait gagné en maturité, et cela se reflétait dans ses mouvements et dans ses attitudes. Elle avait encore embelli. L'attention et la tendresse dont elle entourait sa fille l'auréolaient d'un éclat subtil et fascinant, celui que dégagent les femmes heureuses. Après la naissance, qui avait été sans complications, elle avait allaité son enfant et, aidée de la fidèle Nounou, lui avait prodigué elle-même tous les soins. Le bébé, doté d'une excellente santé, poussait comme une petite fleur sauvage dont le parfum et la délicatesse réjouissaient ceux qui l'approchaient. La famille en était fière et faisait la sourde oreille aux ragots, et même si Michel n'était pas souvent présent, par une espèce d'accord tacite sur lequel il n'était jamais revenu, il mettait un point d'honneur à démontrer l'affection que « sa fille » lui inspirait. Évidemment, les mauvaises langues ne manquaient pas de s'adonner à leur jeu favori et l'on disait partout que cette beauté miniature – tout le portrait d'Angélique – était la fille de l'intendant, bien que celui-ci, pour ne pas donner prise aux commérages, eût cessé de voir Angélique de façon régulière. Désormais, ils se rencontraient dans une garçonnière que Bigot avait achetée, et qui donnait discrètement sur la rue de l'Impasse. Leurs rendez-vous étant espacés, leur désir s'en trouvait attisé et leurs amours de plus en plus brûlantes. Entre eux durait toujours une passion qui les rendait dépendants l'un de l'autre. Rien ne pouvait les empêcher de s'aimer.

Dans l'île d'Orléans, où la famille s'était regroupée pour l'été, Angélique surveillait d'un œil attendri les ébats de sa fille. Louisa avait vite endossé le rôle de grand-mère, ce qui, finalement, lui allait comme un gant. Elle finit de coudre une robe pour la poupée de la fillette, qui battit des mains à la vue du jouet. Les femmes du clan familial vaquaient à leurs occupations, tandis que les hommes travaillaient aux opérations de défense du territoire ou s'employaient à leurs négoces qui tournaient rondement.

Louisa et Angélique, réunies par les liens mystérieux de la maternité qui rend les femmes complices, avaient parcouru la région pour trouver une femme fiable, propre et de bonne constitution qui saurait s'occuper de l'enfant, non seulement la surveiller, mais faire sa toilette, soigner son linge, ses vêtements et préparer ses repas. Après maintes visites, le choix avait été fixé sur Mathilde Desaulniers, une femme solide qui prenait soin de ses trois bambins pleins de vie et dont le mari était cultivateur. Déchargée des contraintes familiales, Angélique pouvait reprendre ses habitudes et ses sorties, d'autant que François commençait à se plaindre de ne pas voir assez souvent sa maîtresse et que Michel insistait de son côté pour qu'elle revienne à Québec : la maison avait besoin d'elle. François Bigot lui faisait porter des messages enflammés presque chaque jour, la comblait de bijoux et de cadeaux, et elle, elle se languissait de baigner de nouveau dans l'atmosphère de fête et d'amusement qui le suivait partout.

La petite s'était enfin endormie. Ses cheveux bouclés lui donnaient l'air d'un chérubin et ses mignons bras potelés serraient la poupée de chiffon que Nounou lui avait faite. Angélique, penchée sur son berceau, la contemplait en relisant le billet que le messager de François lui avait apporté. Pour quelle raison voulait-il la voir si rapidement ? Et pourquoi voulait-il voir Michel également ? Un léger frisson lui parcourut l'échine. Cela n'augurait rien de bon. Elle vérifia que la fillette était calme et l'admira encore une fois, puis sortit de sa chambre et appela Nounou :

— Nounou, demande qu'on attelle et viens m'aider à passer une robe, je me rends à Québec…

— Ce soir ?

— Immédiatement !

— Dis-moi, mon ange, est-ce un rendez-vous galant ?… Quelque chose de grave s'est-il passé ?

— Je l'ignore encore…

Lorsque Angélique retrouva François dans ses appartements, ce fut comme à leur habitude. Michel se faisait attendre et, comme ils ne s'étaient pas vus depuis plus de deux semaines, ils ne furent pas maîtres d'eux-mêmes. Impatients, les deux amants se précipitèrent dans les bras l'un de l'autre. Il y avait entre eux ce puissant courant qui les emportait et les rapprochait. Le monde disparaissait derrière leurs retrouvailles et se résumait à leurs étreintes. Cette communion parfaite qu'ils ressentaient faisait s'unir leurs corps, leurs sensations et leurs gestes dans un délire qu'ils ne maîtrisaient pas. C'était une sorte d'ivresse, un état inimaginable pour tous ceux qui, au moins une fois dans leur vie, n'ont pas vécu les mystères de la passion...

Elle se blottit contre lui, indifférente à tout ce qui n'était pas sa présence, insensible aux problèmes et ne souhaitant que jouir de son énergie et de sa force. Elle ne pouvait s'arrêter de le toucher et de le caresser et lui la contemplait comme si elle était son unique horizon. Seuls le tic-tac de la pendule et le doux chuintement des bûches leur rappelaient que le temps s'écoulait et que, tout comme il les avait unis, il les séparerait bientôt.

Quand ils revinrent à la réalité, François s'aperçut qu'il ne lui avait point parlé. Il l'enlaça encore :

— Pardonnez-moi, mon ange, je n'ai pu résister au désir de vous serrer dans mes bras...

— Je suis coupable tout autant que vous...

Il la serrait contre lui, l'embrassait et recommençait, car il ne pouvait se rassasier du goût de ses lèvres, et repoussait à plus tard son discours sur les choses alarmantes. Angélique exprima finalement ses craintes :

— Le ton de votre billet m'a mise dans l'inquiétude !

Il se leva.

— J'ai reçu ordre du ministre de la Marine, le comte de Jouy, de partir pour Paris et de justifier mes comptes et mes dépenses. On me soupçonne...

— Je vous l'avais bien dit !

— Ne soyez pas anxieuse, ma mie, mes comptes sont en ordre et j'ai par-devers moi assez de réalisations qui démontrent mon honnêteté…

Tout en parlant, il lui caressait la nuque tandis qu'elle replaçait ses boucles.

— Je suis certaine que des mensonges ont été rapportés au roi par de méchantes gens d'ici…

— Je prouverai que les méchantes langues sont mues par la jalousie!

— François, prenez garde à vous, mon amour… Je ne saurai vivre sans vous…

— Ni moi sans vous, mon ange!

— François, m'êtes-vous infidèle? demanda-t-elle à brûle-pourpoint.

Il fut si surpris que son visage s'empourpra:

— D'où vous vient cette idée incongrue, Angélique?

— On m'a dit…

— Tout comme on a dit au roi que j'étais malhonnête?

Comment ajouter quelque chose à cela? Devait-elle craindre qu'il ne l'aimât pas autant qu'elle l'aimait? Était-ce une folie de prêter l'oreille aux mises en garde de quelques-unes? Celles-là, comme Amélie, Joséphine et les autres, voulaient-elles l'évincer par pure mesquinerie? Pourquoi douterait-elle de lui quand elle sentait qu'il était tout à elle et qu'il la désirait? Elle s'en voulait un peu de ce manque de confiance qui lui faisait dire des mots blessants, qui la rendait irritable en maintes occasions… À ce moment, on annonça Michel, qui entra, plus ou moins contrarié sachant bien qu'une raison majeure l'avait fait appeler. Cela se voyait à la précipitation de sa démarche et à la crispation de ses traits. Lorsqu'il aperçut sa femme aux côtés de François, ce fut pire encore.

François le mit au courant de façon assez abrupte:

— Mon ami, nous n'avons pas le choix, je vous emmène avec moi… Nous partirons au plus vite à bord du *Fanny*…

Michel baissa la tête. Lui aussi avait redouté les soupçons qui pesaient sur eux et dont on informait le roi depuis plusieurs mois. Pourtant, ce qui l'effrayait ce soir, c'était la traversée de l'Atlantique, de moins en moins sûre entre les flibustiers et les Anglais…

— J'ai peur…, dit Angélique.

— De quoi avez-vous peur, chérie? Nous ne sommes ni plus ni moins intègres que ceux qui ont des charges dans les colonies de la France.

François était serein.

— Je ne sais! Je suis inquiète d'avoir à rester seule!

Les deux comparses se regardèrent.

— Combien de mois serez-vous absents?

Le vieux spectre des voyages de son père et de sa mère remontait dans son esprit et l'affolait. François ne comprit pas sa panique soudaine et Michel ne pensait qu'aux justifications et aux complications qui s'annonçaient par-delà l'océan.

— C'est bon, dit-il à François, demain matin à la première heure je vous rejoins à la passerelle du *Fanny*…

Il leva les yeux vers son épouse:

— Rentrerez-vous à la maison avec moi, Angélique?

Il savait qu'elle ne le suivrait pas et sortit sans en demander plus. Elle prit la main de son amant et l'entraîna vers la chambre.

❦

Les mois d'hiver furent rudes pour Angélique. Non seulement le froid et la disette firent souffrir les fermiers des alentours, mais, en l'absence de François et de Michel, les souvenirs remontèrent en elle et rendirent insupportable sa solitude, qui prit des allures de souffrance éternelle… Insupportable. Comme si la détresse des hivers de son enfance refaisait surface et l'empêchait de trouver le repos durant des nuits entières, elle ne maîtrisait pas le sentiment de vide qui l'envahissait, la maintenant prisonnière. D'une nuit à l'autre, elle devint plus craintive, redoutant les heures où, dans la maison endormie, la pensée des absents peuplerait son univers comme un fantôme. Perdant le sommeil, incapable de dominer son malaise, elle s'aigrit à vue d'œil. Comment effacer les restes des terreurs nocturnes qui laissaient leurs traces sur son visage ? Chaque matin, Nounou guettait un semblant de mieux qui aurait fait naître un sourire sur ses lèvres et chaque soir, patiemment, elle lui montait une tisane bien chaude.

– Bois, Lélie, bois pendant que c'est chaud, tu dormiras mieux !

Le breuvage était sans effet… Seule son enfant pouvait encore faire naître un sourire sur son visage. Angélique décida de s'étourdir et de ne plus sentir sa détresse. Après que sa fillette s'était endormie le soir, elle sortait, poursuivie par une meute d'admirateurs qui ne cherchaient qu'à flatter celle dont on enviait l'influence et la grâce. Malgré l'absence de l'intendant, les fêtes et les bals se succédèrent, ponctuant la vie en Nouvelle-France, de Québec à Montréal, tandis que la crainte grandissait, les effectifs militaires étant encore trop restreints. D'est en ouest, on tenta de défendre les points stratégiques où les Anglais s'infiltraient en grand nombre et l'on attendit avec impatience les quatre mille soldats promis par le nouveau ministre, le baron de Dieskau, dirigés par le marquis de Vaudreuil. On ne compta plus les persécutions et les tracas que les Acadiens continuèrent de subir et il n'y eut pas une semaine sans que des nouvelles alarmantes parviennent jusqu'à Québec.

Hiver 1755. François et Michel étaient revenus depuis quelques semaines de leur voyage en France et, déjà, les deux hommes avaient l'air las. En réunion depuis plus de trois heures, ils examinaient à la lueur de quatre chandeliers une pile de livres qu'ils avaient étalés et ouverts devant eux. Une plume d'oie entre les doigts, Michel refit de savants calculs sur une feuille et François griffonna des colonnes de chiffres sur son calepin. Le scénario se répétait, exactement le même. On les accusait encore. L'horloge venait de sonner dix coups lorsqu'un des laquais fit pénétrer Angélique dans le bureau. Ils levèrent la tête au même moment. Elle avait le front soucieux, pressentant le malheur. Avant que l'un ou l'autre ait prononcé une parole, elle sut qu'ils étaient accusés dans une triste affaire... François, qui ne prit même pas le temps d'ôter ses lunettes, annonça de but en blanc en venant vers elle :

– Nous repartons pour la France à bord du *Fanny*, mandés par le roi lui-même !

– Tous deux?

Ils hochèrent la tête.

– Michel est le mieux placé pour témoigner de mes actes à Versailles… Il connaît tout des affaires que le roi veut savoir!

Angélique accusa le coup. Elle comprit. Son sang ne fit qu'un tour… Troublée depuis le matin, elle avait tenté en vain de chasser les idées sombres qui tanguaient dans sa tête. Déjà, elle savait! Elle savait trop bien les accusations et les dénonciations qui avaient soulevé l'opinion depuis si longtemps et qui amèneraient un jour leur lot de misères et de disgrâce. C'était inévitable. Allait-elle pour cette seule et unique raison perdre son mari et son amant? «Je n'aurai pas le courage de les voir partir encore tous les deux dans une expédition hasardeuse dont ils ne reviendront peut-être pas», s'avoua-t-elle. Elle se laissa tomber sur une chaise. Son courage l'abandonnait… Partant une nouvelle fois ensemble pour rencontrer le monarque insatisfait, ils liaient leurs destins sans espoir de se voir gracier ou punir l'un sans l'autre… Indissociables! Elle se sentait si petite devant ce coup pourtant prévisible. «Comment lutter contre le roi, comment oser affronter le tout-puissant Louis XV et éviter sa colère, sinon sa punition? Comment toucher son cœur et obtenir ses grâces, comment faire pencher ou plier ses décisions par un doute assez évident pour qu'il rejette toute idée de conspiration montée par les deux compères? Seront-ils assez subtils pour renverser l'influence machiavélique qu'une poignée de courtisans envieux et aigris exercent? Arriveront-ils à plaider et à bien s'y prendre en de telles circonstances, quand un seul mot de condamnation du roi pourrait

faire basculer à jamais mon bonheur et ma sécurité?»
Elle se lamentait et ne pouvait chasser ses idées pessimistes. «Vais-je encore et toujours me retrouver dans la
situation pénible d'une jeune fille ou d'une femme
abandonnée comme je l'ai été jadis? Impossible de supporter cela. Insupportable... Je ne le supporterai pas.»

Son esprit lui reservait le souvenir des voyages de son
père et de Louisa, les mois d'attente, le calvaire des traver-
sées dont on ne revient pas toujours, et tout ce qu'on lui
avait raconté: les tempêtes, les naufrages, les navires anglais, les pirates qui vous font prisonniers et qui vous
rançonnent! Tout ce qui l'avait fait trembler pendant
des années et qui la terrorisait encore aujourd'hui... Elle
mit les mains sur son visage. C'était trop. À présent, il
y avait dans sa vie deux hommes qui la comblaient chacun à sa manière et qui, à eux deux, recréaient le nécessaire et le superflu qui lui avaient manqué, ce dont elle
avait besoin pour se sentir vivante. Tout cela s'effondrait
à l'instant. «N'ai-je rien acquis au long des années? Jamais je ne pourrai survivre à cet horrible cauchemar
qui resurgit quand je le croyais anéanti à tout jamais,
se désolait-elle encore. Et puis, il y a ma fille. La petite
Angélique-Françoise sera-t-elle privée de son père?»
Elle les regardait tous deux sans les voir, hagarde, terri-
fiée par ce gouffre qui s'ouvrait devant elle. François, la
voyant si troublée, posa la main sur son épaule:

— Nous n'avons pas le choix, Angélique! Ne soyez
pas triste, ma mie, nous reviendrons!

— Vous ne reviendrez pas!

Le cri avait jailli sans qu'elle puisse l'arrêter.

— Angélique, où prenez-vous pareille chose? dit
Michel.

Elle se leva :

– Il n'est pas question que l'un et l'autre vous partiez sans moi, je vous accompagne…

Les deux hommes se regardèrent, interdits. La chose étant dite, tout à coup elle était calme.

– Mais voyons, chérie, ce n'est pas la place d'une femme sur le bateau !

François, qui gardait d'ordinaire vis-à-vis d'elle un langage réservé en présence de Michel, n'avait pu empêcher cette familiarité…

– Vous resterez ici, Lélie, François a raison, ce n'est pas la place d'une femme au milieu d'une mer agitée où abondent les bateaux pirates, renchérit Michel.

Elle tapa du pied et agita son bracelet pour entendre le tintement familier qui lui donnait de la force dans toutes les circonstances. Le moment était venu de traverser la mer et de voir la France ! Depuis des années, elle en rêvait. Connaître enfin ce pays dont on lui avait si souvent parlé, voir de ses yeux les merveilles qu'elle avait imaginées et dont les descriptions avaient bercé son enfance. Cette fois-ci, elle partirait avec eux et, lorsqu'elle reviendrait, François et Michel seraient disculpés et vainqueurs. Elle en fit le serment, agita son bracelet et posa la main sur son cœur :

– Je pars avec vous…

Les deux hommes, déjà aux prises avec tant de problèmes, ne savaient comment réagir face à la résolution de cette femme adorable. Ils se regardèrent. Inlassablement, elle répétait les mêmes mots en agitant son bras :

– Je pars avec vous…

N'ayant aucune bonne raison à lui opposer, ils durent s'incliner. L'émotion passée, une détermination

nouvelle animait Angélique. Comme un puissant ressort qui se détend soudain, sa volonté fit surface et elle
se redressa offrant son soutien aux deux hommes dans
leurs craintes et leurs hésitations.

– Je pars avec vous, vous dis-je…

Ni l'un ni l'autre ne purent l'en dissuader. Ni l'un
ni l'autre ne pouvaient se dissocier d'elle.

⚜

Quel vent les avait poussés jusqu'à La Rochelle?
Comment étaient-ils parvenus jusqu'à Onzain? Angélique
se le demandait encore en ordonnant aux domestiques
de vider le contenu des malles qui les avaient suivis à
chacune de leurs étapes… Ici, rien ne lui était familier.
Nounou, Chouart et Thomas étaient restés à Québec
avec la mission de veiller sur Angélique-Françoise et sur
la maison. Ils s'étaient embarqués tous les trois aux premiers jours du redoux et avaient fait un voyage mouve-
menté, bien que les vents eussent été assez favorables
pour accélérer la course du navire, réduisant la traversée
de plusieurs jours. Après une brève escale à Rochefort,
ils avaient gagné les environs de Blois. Louisa y avait encore un manoir où ils s'étaient réfugiés avant de prendre possession du château dont Michel avait en toute
hâte négocié l'acquisition. L'affaire avait été conclue
trois jours plus tôt et, ce matin-là, Angélique pensait
qu'il était bien étrange d'être ici, aux côtés de son mari,
sans ses fidèles serviteurs, alors que François était déjà
reparti pour Versailles et qu'il lui était impossible de
communiquer avec lui ou de le voir à toute heure comme
elle en avait l'habitude. Enfin, elle était en ce pays dont

elle avait jadis tant rêvé et dont l'attrait avait maintes fois fait naître en son cœur d'enfant détresses et mirages. Elle traversa l'entrée, ouvrit la porte et regarda dehors. Il pleuvait. On était au mois de mai. Déjà, les paysans avaient commencé à faucher les prés où s'étiolaient les dernières marguerites et l'on devinait le cours de la Loire qui se lovait autour des bancs de sable, caché derrière une haute haie de saules aux minces feuilles argentées. Elle referma la porte et remonta le grand escalier de pierres blanches. Le château d'Onzain était des plus élégants, mais elle ne s'y sentait pas chez elle.

François était reparti à Versailles afin de rencontrer le roi et ses ministres. Michel quant à lui s'affairait à meubler le château et s'attendait à être appelé du jour au lendemain pour répondre à certaines questions épineuses lancées à propos des bilans. Cela le rendait nerveux. Il savait qu'il devrait appuyer les déclarations de l'intendant et contredire tous ceux qui avaient juré leur perte. L'attente était pénible à supporter, car il pesait sur eux une menace dont tous les trois étaient conscients. L'angoisse étreignait la poitrine de Michel qui s'agitait comme pour oublier le danger. Revêtu d'une veste de soie brodée, perruqué, il examinait en grand seigneur les propositions des meilleurs artisans de la région qu'il avait convoqués, tandis qu'Angélique en costume de Diane chasseresse, assise sur une bergère de velours rouge dans un salon à l'écart, posait pour le portrait que François avait commandé à l'un des artistes les plus en vue du moment, tout en s'efforçant de garder son calme.

— Je veux faire immortaliser votre visage, ma mie, lui avait dit François, avant de reprendre la route.

Angélique, bien qu'elle n'aimât pas poser, avait été flattée de son intention et avait obéi à sa requête. Un joli portrait est un objet précieux qui vous procure un rang privilégié auprès de la postérité. Elle tressaillit.

– Ne bougez pas votre épaule gauche, madame, et relevez un peu le menton, je vous prie, demanda l'artiste d'une voix fluette, tenant un pinceau au bout de son bras tendu.

Tout cela l'importunait. Le sol carrelé de dalles noires et blanches était jonché de palettes et de pots de couleurs, et dans l'entrée où se faisaient face deux armures empanachées au pied de l'escalier de pierre, le bruit était assourdissant. Les laquais couraient en tous sens pour obéir aux ordres de Michel, qui apparut tout à coup dans l'embrasure de la porte :

– Angélique, venez mon amie, venez choisir avec moi le motif de la tapisserie que je veux faire poser dans mon bureau…

Angélique se leva à contrecœur. Des échantillons de tissu dans les mains, le visage tendu, Michel sollicitait les conseils de sa femme, ce qui était devenu inusité… Elle remonta les pans de sa robe, resserra la sangle du carquois de fantaisie qui ornait son épaule et rejoignit Michel sans grand enthousiasme, laissant l'artiste quelque peu désemparé. Prise dans ce tourbillon, inquiète pour son amant, elle regrettait déjà le long et fastidieux voyage qu'ils avaient fait et qui avait duré plus d'un mois… Lorsqu'elle ne se tracassait pas pour François, elle se demandait ce qui se passait à Québec et ce que pouvait bien faire sa fille. Angélique-Françoise était-elle en bonne santé ou bien était-elle toujours affligée de ce rhume qu'elle avait attrapé juste avant leur départ ?

Toussait-elle encore? S'il advenait des complications, Nounou saurait-elle appeler le médecin à temps? Quelle inquiétude! Pourquoi n'était-elle pas restée à Québec? Et puis, le messager de François qui n'apportait pas de nouvelles, c'était assommant à la fin!

Michel était fébrile:

– Lequel préférez-vous, Angélique?

Elle regarda les échantillons de tissu sans les voir tandis que, penché vers elle, il l'interrogeait encore:

– Que pensez-vous de celui-ci?

Elle fit un geste de la main.

– C'est parfait, dit-elle en hochant la tête d'un air absent. Parfait…

Michel avait convié le notaire et sa femme pour le souper. Lorsqu'on passa à table, rien ne lui convenait. Le service était trop lent, les vins trop corsés, le pâté de gibier avait brûlé… Angélique était excédée par toutes ces contrariétés et incommodée par les manières apprêtées des invités, peu accoutumée à voir faire autant de courbettes de l'autre côté de l'océan. Chaque fois que l'on entendait le pas d'un cheval, elle tendait l'oreille. Un bref instant, elle imagina que le messager de François lui apportait une missive, en plus de quelque cadeau de sa façon à nulle autre pareille, mais la soirée passa sans qu'aucun courrier se présentât au château. Pour finir, elle dormit mal. L'humidité s'infiltrait partout jusque dans les draps, le lit trop mou ne lui convenait pas et elle était incapable de se détendre. Quel ennui d'être clouée ici à attendre…

Au petit matin, Angélique était d'une humeur massacrante. Lorsqu'elle descendit après avoir pris son petit-déjeuner dans ses appartements, elle se prit à rudoyer la femme de chambre qui était d'une lenteur exaspérante et qui ne savait pas lui préparer les petits plats qu'elle aimait comme le faisait Nounou. Michel était parti à la scierie du village voisin pour choisir du bois avec l'ébéniste chargé de lui fabriquer un bahut, et le peintre l'attendait depuis presque une heure en nettoyant ses pinceaux à n'en plus finir... Toutes les pièces du château étaient glaciales malgré les hautes cheminées où flambaient quelques lourdes bûches. Elle venait de se remettre à la pose en maugréant au moment où le messager fit enfin son apparition. Ses mains tremblaient lorsque, fébrilement, elle décacheta la lettre de François :

Ma douce amie,

Je ne voudrais pas vous alarmer en vain, mais je suis convaincu que certains ministres du roi ont décidé ma perte et celle de mes collaborateurs. Plusieurs des favoris tentent de prouver que j'ai escroqué Louis XV et la France tout entière... Je ne saurais vous dire combien tout cela m'est pénible. Je me vois soupçonné comme un malfaiteur.

Pourtant il me reste un espoir pour sauver notre cause, c'est le témoignage de Michel, mon fidèle collaborateur. Je lui demande expressément de venir me rejoindre afin de dire ce qu'il sait. Grâce à lui, nous pèserons un peu plus dans la balance et je pourrai démontrer mon honnêteté envers le roi.

L'accompagnerez-vous ?

Je ne pense qu'à vous, ma mie, et je suis votre dévoué serviteur,

François

Michel rentra à ce moment et lut de la crainte sur le visage d'Angélique qui lui tendit la lettre.

– Nous n'avons pas le choix, fit-il. Mandez qu'on prépare nos bagages en toute hâte, nous partons!

Sa voix était étrangement haute. Angélique comprit qu'il avait peur. Elle laissa là le peintre et son portrait et sonna pour qu'on prépare le nécessaire sans tarder. Alors, elle revit la frimousse de sa fille qui lui souriait. Elle eut soudain l'envie de repartir, de quitter ce pays où rien ne lui était familier. Mais il fallait avant tout sauver François de la disgrâce et vaincre les envieux qui voulaient le voir condamné.

Après une lente chevauchée à travers les pays de la Loire sous une pluie battante, après quelques escales pour se restaurer et changer les bêtes, on arriva enfin aux abords de Versailles, las et l'humidité imprégnée jusqu'aux os. Angélique était si soucieuse de savoir ce qui était advenu ou adviendrait à François qu'elle se murait dans un mutisme inhabituel et Michel, malgré qu'il affichât une grande aisance, avait des airs absents et des gestes nerveux qu'elle ne lui connaissait pas. Si le roi avait la fantaisie de faire arrêter François et Michel, ils pourraient être amenés à Paris de gré ou de force sous bonne escorte... Elle frémit. Sans même s'en rendre compte, Angélique se mit à prier. Elle qui n'avait jamais été très pieuse remit son sort entre les mains du Très-Haut, tandis qu'une détermination farouche de les tirer tous les deux de ce mauvais pas germait et grandissait au fond de son cœur. Elle était prête pour se battre.

⚜

La marquise de Pompadour, encore un peu souffrante et alitée, fit porter au roi un billet pour l'aviser qu'elle ne sortirait pas de ses appartements. C'est donc tout naturellement que Sa Majesté Louis, entourée de ses lévriers et de ses intimes, frappa à sa porte. Depuis bien des années, Mme de Pompadour était son meilleur conseil lorsqu'il ne savait plus comment orienter son jugement ni quelle décision prendre... Ses ministres et ses courtisans les plus proches avaient des avis opposés sur presque tous les dossiers et, quelquefois, il ne savait où donner de la tête... Le travail de roi le fatiguait. Il aurait préféré être duc ou comte et jouir de la vie sans les soucis quotidiens des affaires de la France qui lui pesaient de plus en plus. Pourquoi fallait-il toujours prendre des décisions qui faisaient le bonheur de certains et en fâchaient d'autres? Pourquoi devait-il trancher et se montrer autoritaire, alors qu'il aurait voulu s'amuser et prendre du bon temps sans penser à tous les problèmes dont la France était criblée depuis la mort de son grand-père, le Roi-Soleil? Pourquoi fallait-il mettre tant d'énergie pour éviter la guerre? La paix était-elle une des choses que les êtres humains ne sauraient jamais préserver? Quel destin que celui d'un roi! Il ne le souhaitait à personne... Les Anglais lui donnaient du fil à retordre. Tout autour de lui, les ministres et les princes s'amusaient et se piquaient de tout savoir, l'informant et le conseillant avec leurs airs doctes en énonçant des certitudes tournées vers leurs intérêts personnels. Il lui fallait sans cesse être vigilant et démêler avec perspicacité chacun de ces casse-tête. Comment rendre justice à tous? «Est bien fou du cerveau, avait écrit La Fontaine, qui prétend contenter tout le monde et son père», cela était bien vrai et le roi regrettait d'être né pour porter ce fardeau.

Il était nerveux et cela se reflétait sur son visage. Mme de Pompadour se leva et, s'approchant de lui à une distance protocolaire, fit la révérence.

– Entre nous, Jeanne, point de cérémonie! Si je viens vers vous, c'est pour oublier l'étiquette, lui dit-il avec douceur.

Cette femme, non seulement belle et désirable, mais douée d'une intelligence vive et hors du commun, savait lui prodiguer depuis des années les apaisements dont il avait besoin. Il demanda qu'on sorte ses chiens, que les courtisans et les dames de compagnie qui se pressaient derrière lui disparaissent et qu'on les laisse seuls.

– Vous êtes bien pâlotte aujourd'hui, ma chère Jeanne, fit-il en lui prenant la main.

– Je ne sais si c'est le temps qui devient frais ou bien les derniers bals qui m'ont incommodée, toujours est-il que je tousse un peu…

Elle remonta gracieusement les pans de son châle sur ses épaules et invita le roi à s'asseoir près d'elle.

– Je viens pour connaître votre opinion sur le problème des finances de la Nouvelle-France…

– En êtes-vous inquiet?

– Au point que je veux démêler avec vous cette histoire… Le marquis du Quesne m'a déjà depuis longtemps parlé des comptes de dépenses et des frais hors de proportion que nous recevons régulièrement de l'intendance… Or, contrairement à ce que l'on pourrait croire, les bénéfices résultant des importations et de la production sont surprenants…

— Favorablement?

— Favorablement. Depuis quelques années, il paraît que le marquis entretient une correspondance avec M. Martel, que le comte de Jouy soudoie pour épier les moindres faits et gestes de François Bigot et de son entourage...

— De sa clique, voulez-vous dire! lança-t-elle en riant.

— Si vous voulez, ma chère... Bigot, d'après ce qu'on m'en rapporte, mène grand train et bien trop grand, quant à moi, si vous voulez mon avis! Il ne faudrait pas qu'il se comporte en souverain dans cette colonie... Le comte de Jouy est aussi de cet avis... Qu'en pensez-vous, Jeanne?

— Ce que j'en pense, mon ami?

Elle arpenta un moment la pièce, s'arrêta pour regarder par la fenêtre. Dans les jardins, quelques groupes de promeneurs se prélassaient en papotant, tandis que les équipes de jardiniers armés de pelles et de brouettes se hâtaient de sortir les orangers des serres. Beaucoup plus loin, dans une des avenues du bois, en contrebas des grands bassins, la chasse à courre poursuivait un cerf et l'on entendit les cors sonner l'hallali. Elle se retourna :

— Ce que j'en pense, Louis? Le marquis du Quesne n'a pas grande réussite sur les côtes d'Amérique et le comte de Jouy est un homme envieux à qui je ne ferais pas confiance, à votre place.

Elle s'éventa et toussa un peu avant de continuer.

— Non seulement est-il envieux et son discours est-il un discours de guerre, mais il est si laid! Il porte la bassesse de ses pensées sur son visage...

Elle esquissa une moue de dédain.

– Et puis, vous ne pouvez tout de même pas exiger que l'intendant de la Nouvelle-France vive comme un simple fonctionnaire! C'est lui qui règle le train de vie du gouverneur et qui vous représente, après tout! Quant au marquis du Quesne, il a fait son temps! Voici tant d'années qu'il mène votre marine et que nous sommes à la merci de l'amiral Wolfe…

– Vous avez peut-être raison, ma chère Jeanne… Demain je m'entretiendrai avec François Bigot et son aide-major. Nous verrons bien ce qu'ils ont à dire! conclut le roi, pensif. Et sans doute pourrais-je nommer à la place du comte de Jouy Jean-Baptiste d'Arnouville qui est plein d'allant et qui me proposait l'envoi de six nouveaux bataillons pour défendre la Nouvelle-France…

– C'est une perspective qui me paraît excellente, Majesté!

«Comme tout cela est pénible!» pensa le roi. Jeanne avec son intelligence avait toujours le dernier mot…

Malgré les descriptions enthousiastes que sa mère lui en avait faites, Angélique n'avait jamais imaginé que Versailles pût être si grand, si beau et si plein de monde. Les sculptures, les peintures et les dorures qui ornaient les murs et les plafonds l'impressionnaient tant qu'elle marchait le nez en l'air en les admirant… Elle buta contre un homme à la démarche lourde et au visage ingrat. Elle lui fit la révérence en s'excusant de sa maladresse, mais celui-ci s'éloigna, tel un mufle, sans lui avoir rendu son salut… Mme de Soulanges, qui l'accompagnait, lui apprit que cet homme était le comte de Jouy.

Après avoir assisté à Trianon au bal de la reine avec François et Michel, où elle fut présentée à Leurs Majestés, Angélique finit par se retrouver non loin de Mme de Pompadour, qui était très belle et qui affichait une élégance sans fausse note. La marquise, qui était entourée d'une cour d'admirateurs de tout âge et de toute condition, parut curieuse de savoir à quoi ressemblait ce pays des Amériques, si lointain et si grand, que ni elle ni le roi ne verraient jamais, quitter Versailles étant la dernière chose que le souverain et sa suite pouvaient envisager...

Ce qui frappa Angélique, c'est que les discussions étaient partout véhémentes et animées. Les gens de l'aristocratie française se mesuraient sans cesse dans leurs conversations et semblaient se disputer la première place par les traits d'esprit qu'ils lançaient, comme si, entre eux, il y avait un perpétuel concours. Avoir le dernier mot était leur seule devise... C'était si étrange! La coquetterie de toutes les femmes qui suivaient les modes lancées par la marquise de Pompadour, pour se vêtir comme elle, l'impressionna. La marquise était la femme la plus en vue et régnait en maîtresse absolue sur les amours du roi... Quelle joie lorsque celle-ci, intriguée par les nouveaux venus du Canada, l'invita à un goûter, dans ses appartements:

— Nous pourrons parler tout à loisir de la Nouvelle-France et de votre bonne ville de Québec! lui dit-elle sur un ton très aimable.

— J'en serai heureuse, madame, avait répondu Angélique en faisant sa plus belle révérence.

Angélique s'assit sur une bergère à côté de sa cousine Élisabeth de Soulanges, dans un vaste salon meublé de gracieux fauteuils et de canapés, au milieu d'un groupe de dames et de gentilshommes qui n'avaient d'yeux que pour elle. Face à elle se tenaient Mme Adélaïde et Mme Victoire, les deux sœurs du roi, qui lui firent de belles façons. Un peu impressionnée par les honneurs qu'on lui rendait, Angélique s'éventait en faisant des sourires à droite et à gauche, sachant que, pendant ce temps, François et Michel plaidaient leur cause auprès du roi, en compagnie du désagréable comte de Jouy dont les avis leur étaient si néfastes. Mme de Pompadour, qui allait de l'un à l'autre de ses invités, s'approcha d'elle, déclarant qu'elle voulait tout savoir de la façon dont on vivait dans ces contrées lointaines. Elle posa des questions au sujet des Sauvages, de la rigueur du climat.

— Comment faites-vous donc, ma chère, pour vous sentir en sécurité au milieu de ces gens et pour survivre à l'hiver qui, m'a-t-on dit, est beaucoup plus froid et plus long que tout ce que nous connaissons ? lui demanda-t-elle en lui offrant une tasse de chocolat.

— Les Sauvages ne sont rien, madame ! Nous nous en accommodons bien mieux que des Anglais qui persécutent les pauvres gens sur les côtes, répondit Angélique.

— Ah ! voilà qui est plaisant, vivre avec des Sauvages ! s'exclamèrent les dames et quelques messieurs, les Anglais nous ont toujours donné du fil à retordre, il faut les vaincre !

— Voilà qui est facile à dire ! s'exclama Angélique.

— Qu'en pensez-vous, madame Péan ? s'informa Mme de Pompadour que la réplique de son invitée avait fait sourire.

— Ce que je pense, c'est que nous vivons bien dans mon pays et que nous l'aimons, malgré les inconvénients du climat… Nous y avons beaucoup d'espace et la nature y est fort belle…

– Ah! Je vois que vous êtes une vraie Canadienne, madame, et je vous admire en cela…

⚜

Appuyée au bastingage, Angélique rêvait en admirant les immensités qui se profilaient le long des côtes de la Nouvelle-France. Cette traversée interminable prenait fin. Tout s'était déroulé au-delà de ses espérances! Après avoir été chaleureusement reçus par le roi, François et Michel, qui avaient su le convaincre de leur intégrité, avaient été conviés à retourner dans la colonie et à continuer leur œuvre à la gloire de la France. Angélique avait le cœur léger. Rien ne pouvait la rendre triste, car, le voyage en France ayant porté ses fruits, tous trois revenaient détendus et la tête pleine de merveilleux souvenirs. Malgré les appréhensions qu'ils avaient eues en montant à bord de *La Fidèle*, le nouveau brigantin, et hormis deux ou trois jours de grand vent pendant lesquels une des voiles du mât de misaine s'était déchirée, le voyage s'était bien déroulé. On avait fait une escale de deux semaines à Louisbourg, dans la tempête, et finalement, dans quelques heures, on arriverait enfin à bon port.

Angélique frissonna en remontant sa pelisse et resserra les rubans de son chapeau. Elle n'avait pas le pied marin et Michel, quant à lui, souffrait du mal de mer et était couché dans sa cabine depuis la veille. François était le seul à conserver sa superbe. Les embruns transportaient une odeur particulière, l'odeur de l'Amérique! La poitrine d'Angélique se gonfla de joie, tandis que le vent frisquet tourbillonnait et soulevait ses jupes. On avait passé depuis deux jours le bout de la péninsule gaspésienne et le bateau, silencieux, progressait au milieu du Saint-Laurent. L'image de sa fille qu'elle avait quittée voici quelque dix mois se profilait derrière ses paupières et se mélangeait aux lignes brumeuses de l'horizon. Elle eut l'impression que la petite Angélique lui tendait les bras et lui criait : « Viens, maman ! » Comment allait-elle la retrouver ? Il lui tardait de la revoir et de la prendre dans ses bras, de savoir comment elle avait passé l'hiver... Elle imaginait tout ce qu'elle-même aurait à raconter ! Comment dire ce qui avait été le plus important, des bals de la cour ou des promenades qu'ils avaient faites pour visiter les belles provinces de France. La France, avec ses traditions, regorgeait de trésors qu'elle emportait avec elle par-delà l'océan. Les images resurgissaient. Elle revoyait Michel, qui avait été presque parfait, la laissant libre de passer du temps en tête-à-tête avec François chaque fois que les circonstances le permettaient, malgré qu'à certains jours il en parût excédé... Et pour finir, le succès de leur voyage ; l'admiration que le roi avait démontrée pour le travail des deux hommes les avait mis de bonne humeur... Après les avoir écoutés et après avoir fait vérifier leurs dires par ses conseillers, le roi avait félicité François, convaincu de sa bonne administration et de son intégrité. Il lui avait même exprimé sa satisfaction et l'avait encouragé à poursuivre son œuvre :

— Retournez à votre poste, monsieur Bigot, avait-il dit, magnanime, et continuez à mener à bien votre tâche, aidé de M. Péan, et à maintenir la bonne marche des finances, comme vous l'avez déjà si bien fait… Je suis satisfait de vous !

Ses paroles avaient coulé comme une source rafraîchissante dans le cœur des deux hommes et la bienveillance du roi avait cloué le bec au comte de Jouy et à Pierre Martel. Et puis, Angélique et François filaient le parfait bonheur, discrètement. Officiellement, elle se montrait avec Michel, mais elle rejoignait François à la faveur de la nuit. Leur liaison était plus forte qu'au premier jour, nourrie d'une passion réciproque et dévorante qui les emportait dans des contrées voluptueuses. Angélique ne pouvait se passer de ses caresses et de ses attentions, et François n'envisageait pas sa vie sans la présence d'Angélique.

Tandis qu'elle rêvait, une main se posa sur son épaule. Elle se retourna :

– Êtes-vous heureuse, chérie, de retrouver Québec ?

François, attentif, se tenait près d'elle. Il passa un bras autour de ses épaules. Elle aurait voulu lui sauter au cou, lui répondre qu'elle n'avait jamais été aussi heureuse et qu'elle l'aimait de tout son cœur, mais il eût été bien inconvenant de se livrer à de semblables démonstrations d'intimité devant l'équipage ! Qui aurait pu admettre qu'une femme s'affichât ainsi avec l'intendant, tandis que son mari était à quelques pas ? François avait plongé les yeux dans les siens et lui souriait, de plus en plus amoureux. Il l'aimait avec tant de force maintenant qu'il l'avait vue défendre sa cause au milieu de cette jungle parisienne. Était-ce l'appui indéfectible de Mme de Pompadour qui les avait aidés à ce point ? Angélique n'avait pas osé le lui demander… Invariablement, elle avait trouvé les bons mots; sûre d'elle, elle avait donné des précisions à tous pour qu'ils sachent que ni François ni Michel n'avaient eu d'autre dessein que celui de faire prospérer les affaires de la France... Par son attitude franche et digne, elle avait réussi à convaincre son entourage bien mieux qu'elle ne l'aurait fait par n'importe quel stratagème longuement élaboré. Discrètement, du bout des doigts, François caressa sa joue dans un geste à la fois affectueux et tendre. Il aurait tout donné pour Angélique, dont l'esprit, le corps et le cœur dégageaient harmonie, perfection et intelligence. En elle, il ne trouvait point de lacune, hormis le fait peut-être qu'elle s'était mise à aimer le jeu et les présents qu'il lui faisait, mais c'était lui le coupable et non elle! Il sourit. C'était lui qui l'avait incitée à jouer pour de l'argent et qui l'avait amenée à y prendre goût, tout comme il y prenait goût lui-même. Il admirait son visage. Le vent faisait flotter autour de son front et de son cou les mèches qui s'échappaient de son chapeau. Il picotait sa peau et avivait la couleur de ses joues, la faisant rire aux éclats. Adorable sultane, sa grande sultane, il la désirait de plus en plus! Il l'aimait. Il admirait sa joie et se sentait l'artisan de ce bonheur qui rayonnait autour d'elle et que trahissait le scintillement de son regard. Il ne se lasserait jamais d'elle. D'autres femmes avaient éveillé son désir, mais toutes avaient rapidement perdu leurs charmes pour devenir à ses yeux des objets d'une banalité sans pareille. L'une après l'autre, il les avait écartées de son chemin sans le moindre regret. Pas elle! Jamais elle...

Angélique pouvait-elle mesurer combien elle lui était indispensable et combien elle avait ce quelque chose d'irremplaçable qu'un homme cherche tout au long de son existence? Quel bonheur que celui de l'avoir rencontrée! Qu'elle se soit donnée à lui illuminerait le reste de sa vie. Son abandon était tel qu'il la sentait comme partie intégrante de sa chair. Chaque matin, à son réveil, il pensait à elle et se demandait ce qui pourrait lui plaire. Il imaginait toutes sortes d'attentions, de petits cadeaux, des fleurs, des parfums, des rubans ou des bijoux. Il lui faisait porter toutes ces choses avec un billet doux... Chaque matin, il voyait son visage avant d'ouvrir les yeux et c'était comme un soleil qui se levait lentement sur la journée à venir, pour éclairer de sa lumière particulière le moindre de ses gestes. Il portait son image en médaillon partout où il allait.

Tandis que les mousses et les officiers s'agitaient sur les ponts, l'un et l'autre suivaient des yeux le rapprochement des côtes qui annonçait Québec. Déjà on apercevait quelques maisons et l'on devinait la silhouette de la citadelle dans le lointain. Debout et silencieux, comblés d'être côte à côte et heureux de cet épilogue, François et Angélique imaginaient la nuit prochaine où ils pourraient échanger leur tendresse et revivre la plénitude de ces instants trop courts. Ils furent tirés de leur rêverie par l'arrivée intempestive de Michel, pâle et défait, qui était monté sur le pont pour se joindre à eux et faisait mine d'ignorer leur tête-à-tête. Il tendit ses jumelles à François:

— Dites-moi si nous approchons...

— Nous accosterons dans moins de deux heures... Votre calvaire touche à sa fin, Michel.

Il eut un haut-le-cœur.

— Je n'en suis pas aussi sûr que vous, rétorqua-t-il en regardant Angélique.

À l'évidence, la jalousie le reprenait… Déjà, le capitaine donnait ses ordres et l'on s'agitait pour préparer la descente des voiles.

Lorsque *La Fidèle* accosta à l'Anse-au-Cul-de-Sac, Québec était en liesse. Du Palais aux moindres masures, et jusqu'à l'évêché, on attendait le retour de l'intendant et l'on chantait partout les louanges du brillant François Bigot, qui revenait de France tout rayonnant de gloire! Des bannières fleurdelisées flottaient dans l'air, portées par des jeunes en surplis, et des prêtres marchant en procession s'apprêtaient à bénir les arrivants au milieu des rondes qui s'étaient formées. Toute la ville s'était massée sur le quai pour lui faire un accueil triomphant!

Angélique sourit en apercevant sa fille debout à côté de Nounou. La brave femme était là avec la petite qui avait grandi et embelli, mais, au milieu de la foule, Angélique eut beau la chercher des yeux, elle ne vit pas Louisa.

CHAPITRE XVI

Quelques mois avaient passé pendant lesquels l'hiver avait endormi les activités de la ville qui se réveillait encore une fois comme une ruche et bourdonnait dans les moindres ruelles. On sentait partout le désir de prendre la vie à bras-le-corps. Angélique était au sommet de son bonheur. Elle régnait en maîtresse incontestée sur le cœur de François et sur la cour d'admirateurs qui le suivaient partout. Elle avait abandonné les soupçons qui l'avaient tracassée quelque deux ans plus tôt. À quoi bon être jalouse quand son amant lui donnait chaque jour des preuves d'attachement? Entre sa fille, qui lui ressemblait comme une réplique et qui faisait sa joie, et son amant, qui la comblait de tout ce qu'une femme peut désirer, elle n'avait plus qu'une chose à espérer, c'était que dure cette félicité dont elle rendait grâce au ciel chaque jour.

Pourtant, la maladie de Louisa lui donnait quelques soucis, car celle-ci se cloîtrait chez elle et s'affaiblissait, refusant obstinément de sortir. Outre la condition de Louisa, l'autre ombre au tableau venait de Michel, dont la jalousie était de plus en plus évidente, malgré ses efforts pour la dissimuler. Angélique avait compris qu'il valait mieux se cacher de lui pour rencontrer François et taire les sentiments qui les liaient tous deux. Michel ne posait pas de questions et elle ne donnait pas de précisions. Sans doute pensait-il que sa femme entretenait cette liaison pour les avantages qu'elle en obtenait et il eût été fort malvenu de le lui faire remarquer, lui qui en tirait parti plus que tout autre, car les affaires tournaient rondement. On faisait courir le bruit qu'il s'était lié avec Barbe de Saint-Ours, mais Angélique n'y prêtait pas attention et ne voulait même pas savoir si cette rumeur était fondée.

Quant à François, il ne se lassait pas de retrouver Angélique, de la prendre dans ses bras, et se moquait de l'opinion publique qui jugeait immorale leur liaison. Elle était pour lui une source de jeunesse, un miracle de fraîcheur avant ses vieux jours et il ne voulait ni ne pouvait se passer d'elle. Il lui suffisait qu'elle soit près de lui et qu'elle lui prodigue, par sa seule présence, la douceur de cette féminité exquise qui débordait de sa personne. Dès qu'il lisait la joie sur son visage, une expression particulière qui la rendait unique à ses yeux, il oubliait ses tracas : les sempiternelles prévisions et les calculs devenus plus complexes depuis leur retour de Versailles… Les deux amants pouvaient se retrouver à toute heure, selon leur fantaisie, usant de messages secrets et d'un système de communication connu d'eux seuls. Il leur suffisait d'échanger un petit signe de la main, un hochement de tête, de porter un ruban à la manche ou des vêtements d'une certaine couleur… Le fil qui les reliait était si fort qu'il se passait de mots.

⚜

Quelques mois après leur retour de France, on vit les mêmes incidents se répéter. Dans le bureau de l'intendant, les deux hommes tenaient un conciliabule. Des bruits fort désagréables commençaient à circuler par toute la ville au sujet des tractations qui avaient repris de plus belle avec la Grande Société dont ils étaient les instigateurs. On murmurait encore une fois contre les deux compères soupçonnés d'escroquer le roi. Avant d'aborder le sujet épineux, François sortit de son secrétaire un coffret de bois, qu'il ouvrit avec précaution, et tendit un cigare à Michel en lui en faisant admirer le calibre et la couleur :

— Cette merveille vient tout droit de La Havane !

Michel jeta sur le cigare un regard admiratif et le soupesa.

— Goûtez-le, mon ami !

François en avait reçu une caissette entière par la dernière goélette qui apportait du Sud le sucre, le cacao, le rhum et la mélasse. Il comptait bien que la mode allait s'établir parmi les gens de qualité, qui jusque-là s'étaient contentés de chiquer, de priser ou de fumer la pipe.

— C'est une mode exécrable que de cracher un jus noirâtre, dit-il avec une moue de dédain. J'entends que, bientôt, il n'y ait plus de chiqueurs, mais des fumeurs de cigares !

Il prit la précaution d'entailler le précieux cône avec la lame d'un canif qu'il sortit de sa poche.

— Je vous approuve, le tabac sent bon, commenta Michel.

Ils tirèrent quelques bouffées, humant avec délice la fumée blanchâtre qui s'élevait au-dessus d'eux et qui avait l'odeur exquise de la nouveauté. Les deux hommes formaient une équipe parfaite. L'un et l'autre se complétaient. Michel suivait les directives de François, qui calculait si bien que tout était compté d'avance et que les profits étaient exactement ceux qu'il avait prévus ; pour sa part, François s'en remettait de plus en plus à Michel, qui n'avait pas son pareil pour recruter de nouveaux clients et conclure des contrats en bonne et due forme. Il savait gagner leur fidélité en offrant des produits qu'ils ne pourraient trouver ailleurs, tandis que François usait de son pouvoir pour se donner, par décret, des droits d'exclusivité sur les ventes. Ainsi, les deux hommes faisaient la paire. Ils partageaient allégrement le fruit de leur association, prenant au passage des commissions substantielles sur tout ce qui se vendait et s'achetait des Amériques à la France.

— J'ai ouï dire que Joseph Estèbe nous en veut beaucoup de lui avoir ravi les marchés des épices, dit Michel en rallumant son cigare avec la flamme d'une chandelle posée sur le bureau.

— Qui vous a dit cela ?

— Louis Pénissault l'a su par un de ses commis et le boucher Cadet, de son côté, m'a affirmé que le commissaire Varin monte une cabale contre nous depuis plusieurs années…

François toussota en se grattant le menton. Si Joseph Estèbe commençait à les épier, des complications étaient à prévoir. La première alerte, l'an passé, avait été inattendue, il n'aurait pas fallu qu'une deuxième vienne détruire les circuits établis et que les mauvaises langues finissent par leur faire perdre ce qui leur restait de crédibilité auprès des ministres en fonction…

— Qu'en pensez-vous? demanda-t-il à Michel en le fixant droit dans les yeux.

— C'est inquiétant…

François se leva. Il ouvrit la fenêtre et continua de tirer sur son cigare en admirant le fleuve. Il réfléchissait vite. Jamais les avis de Michel ne l'avaient mis en fâcheuse posture. Son trouble l'alarmait et faisait résonner au fond de lui des signaux désagréables… Il tourna autour de son bureau. Pour ne pas donner libre cours aux commérages, il fallait éviter de débarquer au grand jour les marchandises qui arrivaient au port. Mais comment? Jusque-là, il était facile pour les commis de suivre le parcours des marchandises et des vivres qui arrivaient en Nouvelle-France. Chacun pouvait, en observant un peu, faire ses propres calculs et évaluer les bénéfices qui entraient et qui sortaient du ventre des navires. François revint vers la fenêtre et sonna pour qu'on apporte une collation.

— Il y a bien une solution, elle n'est pas idéale, mais elle nous permettra de garder le contrôle et le secret sur la quantité des marchandises qui entrent pour nos propres compagnies…

Michel resta silencieux et attendit de connaître la suite.

— Les bateaux pourraient être déchargés avant d'arriver à Québec et les marchandises seraient transportées ensuite par la route…

— Ne craignez-vous pas que cela paraisse étrange?

— Je ne vois pas d'autre moyen! Nous ne pouvons changer nos habitudes et diminuer le prix des produits du jour au lendemain… Ce serait tisser la corde pour nous pendre…

— Et cela ferait de nous des misérables, incapables d'honorer les lettres de change…

Michel Péan se tut quelques secondes, se racla la gorge, puis énonça la proposition à laquelle il pensait depuis un certain temps :

— Je vois une autre solution… J'achète un bateau et nous assurerons nous-mêmes le transport de nos marchandises !

— C'est une idée à considérer… Ainsi, nous éviterions qu'il y ait de nouveau des fuites comme celles qui ont suscité les soupçons du roi…

— Je voudrais en être sûr ! s'exclama Michel sans cacher son anxiété.

— Peut-être sommes-nous déjà sous enquête sans le savoir !

— Fort possible, en effet…

À cet instant même, on cogna à la porte. Le chambellan portait un plateau sur lequel était déposée une missive :

— Un homme qui dit être M. Pichot de Querdisien m'a remis cette lettre. Il demande que vous le receviez séance tenante, monsieur.

En silence, François lut le billet, qui portait le sceau royal :

Monsieur l'intendant,

Nous sommes portés à être dans les mêmes inquiétudes que voici trois ans au sujet des dépenses que vous nous faites parvenir.

Nous avons donc mandé vers vous M. Pichot de Querdisien. Il est chargé d'examiner vos livres de comptes et vos bilans. Vous voudrez bien mettre à sa disposition tous les documents qu'il vous demandera de lui fournir et qu'il me transmettra avec la plus grande rigueur afin de me rendre compte de l'honnêteté de votre mission.

Votre dévoué,

Louis

La main de François trembla légèrement tandis qu'il prenait connaissance du message, et Michel, qui redoutait les soupçons royaux, lut sur son visage que l'affaire se présentait mal…

— Faites entrer M. de Querdisien, dit François à son chambellan.

Il attendit que ce dernier ait refermé la porte avant de répondre au regard interrogateur de Michel :

— Je ne croyais pas que nous étions déjà arrivés à cette étape !

Michel hocha la tête en levant les yeux au ciel.

Presque deux mois s'étaient écoulés. Le vérificateur épluchait les livres chaque jour, du matin au soir, faisait et refaisait d'inlassables calculs et ne levait pas le nez de ses livres. Il avait un air revêche et se montrait incorruptible, n'aimant ni les soupers fins ni les réceptions, et encore moins le jeu. François, qui ne savait comment le prendre, était déconcerté par son mutisme.

En outre, il était irrité, car à la fin d'une soirée il avait perdu plus de cinq mille livres, après s'être entêté à la roulette, en pariant sur un numéro qui ne voulait pas sortir… Ce n'était pas un drame en soi, car cette somme, si énorme fût-elle, était bien peu de chose pour sa bourse, mais l'incident l'avait exaspéré. Il lui avait été déplaisant de constater que, malgré une obstination farouche, il n'avait pas réussi à forcer le destin! Le démon du jeu qui l'avait poussé à perdre lui avait fait d'horribles grimaces et s'était infiltré jusque dans son estomac pour lui donner des crampes... Il ne le digérait pas. De plus, les commentaires acides et les sourires en coin qu'il avait cru surprendre autour de lui l'avaient contrarié. François Bigot n'était pas d'un caractère à se laisser railler! Même s'il n'avait pas été dans la position de maître absolu, même s'il avait été anonyme parmi les petites gens, il n'aurait pas davantage admis qu'on se moquât de lui. Plus il avait perdu et plus les spectateurs s'étaient agglutinés autour de sa table, retenant leur souffle. Et chaque fois qu'il avait lancé les dés, ils avaient tous murmuré dans son dos, ce qui était agaçant! À certains moments, déconcentré, il en avait eu la chair de poule... Un petit frisson montait le long de son échine comme pour l'aiguillonner, redescendait du haut de ses bras et picotait sa peau, ce qui l'empêchait d'avoir un lancer ferme. Sa main en avait tremblé, bien que rien n'y eût paru. Tout d'abord, il avait cru facile de gagner, puis, dans un second temps, il avait pensé récupérer sa mise, et finalement, quand il avait vu que rien ne se ferait comme il l'avait escompté, il avait décidé de perdre avec superbe et de façon magnanime, en ne faisant pas les choses à moitié...

Angélique avait perdu cent livres au lansquenet, elle aussi, ce qui l'avait rendue nerveuse. Ce n'était pas leur soir de chance! Elle s'était sentie pitoyable, fâchée contre elle-même de n'avoir su s'arrêter à temps, s'était approchée de lui et lui avait enjoint de cesser ses mises et ses surenchères. Elle lui avait chuchoté derrière son éventail, l'œil mi-implorant, mi-courroucé, inquiète de le voir jouer si gros :

— Vous tentez le diable ce soir et cela n'est pas bon !

C'était le premier reproche de cette sorte qu'elle lui adressait. Il en avait ri. Alors, claquant son éventail sur le plat de sa main, elle lui avait tourné le dos et s'était dirigée vers ses cousines. Habituellement, Angélique réservait ses réactions impulsives à ceux qui parlaient pour ne rien dire et qu'elle trouvait niais, prétendant qu'ils encombraient l'atmosphère de leurs pensées ennuyeuses comme des maladies, mais elle n'avait jamais fait à François le moindre reproche ! Après avoir perdu au jeu, lorsqu'il avait voulu souper de quelques huîtres et d'un pâté en croûte, selon son habitude, il n'avait rien pu avaler, bien qu'elle se tînt à ses côtés. Finalement, contrariés par toutes ces tensions, ils avaient décidé de se séparer pour la nuit et il l'avait fait raccompagner chez elle.

Une mauvaise humeur incontrôlable avait submergé François lorsqu'il s'était mis à penser que quelques-uns de ceux qui lui étaient redevables de leur bonne fortune et de leur position se délectaient de sa défaite… Il avait vu dans leurs yeux une expression de raillerie et il bouillait de colère en regagnant ses appartements, houspillant au passage quelques laquais trop lents à le servir ! Il lui vint l'envie de se débarrasser de ces hypocrites prêts à lui faire des courbettes pour obtenir des faveurs et prompts à se gausser de ses malchances… Puissent-ils tous disparaître de sa vue ! « Il est vrai que j'aurais dû savoir m'arrêter avant de risquer le tout pour le tout, mais me limiter n'est pas dans ma nature, pensait-il, un peu amer. Qui oserait porter le moindre jugement sur mes faits et gestes ? »

Allongé sur son lit, incapable de s'assoupir, il revoyait la soirée de la veille et pressentait une période pénible. C'était comme si une grande noirceur était apparue derrière ses paupières, immobilisant ses pensées et le contraignant à s'enfoncer, tâtonnant et maladroit, dans cette pénombre insaisissable dont il ne pouvait s'échapper. Il connaissait cette sensation… Il l'avait déjà éprouvée ! Mais où ? Quand ? Sans doute dans un lointain passé, flou et impalpable, où rien ne ressemblait aux années de gloire et de satisfaction qu'il vivait ici. Pour dissiper ce malaise, il ouvrit les yeux. Sa mémoire se mit à tanguer et fit resurgir par bribes des souvenirs étranges qu'il lui était impossible d'identifier, des sensations de désarroi, des sentiments d'injustice, qui l'oppressaient.

Tout à coup, une sorte de clarté jaillit dans sa tête. Cette impression était exactement celle qu'il avait ressentie pendant des mois de difficultés, lorsqu'il n'était qu'un jeune aspirant aux charges du royaume, bien des années auparavant. Il avait dû faire ses preuves malgré ceux qui jalousaient ses compétences, et son intelligence trop aiguisée dérangeait déjà dans ce temps-là. C'était bien cela, il avait combattu des médisances, essuyé des moqueries. Il s'était fait rabaisser par de vieux barbons qui régentaient les plus jeunes et qui radotaient, assoyant leur autorité sur des privilèges qu'ils brandissaient comme une unique et éternelle vérité… Rapidement, il avait démontré que sa valeur reposait sur son travail, son discernement et l'objectivité de ses vues.

Il se leva et sonna pour qu'on lui prépare un bain. Il aurait aimé qu'Angélique fût à ses côtés… Mais à quoi bon y penser? À cette heure, elle dormait déjà. Impossible de la rejoindre. Inutile. Et puis, pourquoi la troubler? Pourquoi lui parler en détail de la malencontreuse enquête qui suivait son cours? Elle lui manquait terriblement à cet instant. Il aurait donné beaucoup pour sentir sa douce chaleur contre sa peau, la prendre dans ses bras, entendre les battements de son cœur, la bercer et la contempler tout simplement ou la faire gémir de plaisir en la caressant dans son demi-sommeil. Autant de choses qui lui étaient devenues indispensables et qui faisaient partie de lui, qui complétaient sa vie et lui faisaient ressentir un vide lorsqu'elle était absente, comme cette nuit… Autrefois, il ne se serait fait aucun scrupule d'en séduire une autre, il se serait contenté du jeu superficiel de la chair pour combler le manque. Mais ce temps était révolu, Angélique avait su l'apprivoiser, le rassasier. Il n'avait faim que d'elle et dédaignait les autres. Il se mit à tourner en rond, alla dans la bibliothèque pour y chercher un livre et, finalement, s'endormit sur le *Zadig* de Voltaire sans même s'être trempé dans la baignoire…

Au petit matin, mû par une sorte d'intuition, il sortit dans le vent frais et descendit marcher le long du quai. Il y avait aux abords de l'estacade une effervescence inaccoutumée: les six nouveaux bataillons promis au marquis de Vaudreuil débarquaient des goélettes qui venaient tout juste d'accoster. Il ajusta ses jumelles. Le soleil se levait au-dessus du fleuve et ses rayons moiraient la surface de l'eau comme un rideau de fête, tandis que hérons et goélands s'en donnaient à cœur joie pour picorer des bancs de poissons attirés par la lumière. Les va-et-vient des débardeurs résonnaient sur le pied du cap Diamant et les pas des chevaux martelaient d'un son pointu les pavés de la côte. La ville s'éveillait et le port égrenait les nouveaux arrivants en un défilé bien ordonné. Le regard de François fut attiré par les silhouettes de deux hommes qui descendaient de la passerelle, enroulés dans de longues capes noires. Il eut beau les observer et scruter leurs visages, il ne connaissait pas ces nouveaux venus qui, à l'évidence, arrivaient de France pour une mission officielle, bien qu'il n'ait reçu aucun avis à ce sujet. Sitôt à terre, ils s'engouffrèrent dans la berline qui les attendait pour les conduire chez le gouverneur. François Bigot s'en retourna au Palais, un peu soucieux sans trop savoir pourquoi, tandis que le soleil montait au-dessus de l'horizon qu'il embrasait.

CHAPITRE XVII

Hiver 1757.
À Versailles, le ministre des Armées du roi et le ministre de la Marine étaient réunis autour du souverain avec quelques-uns des conseillers et des stratèges. La France se trouvait dans une impasse...

Montcalm, que l'on avait convoqué de toute urgence, avait exposé ses vues, et celles-ci étaient pessimistes. Il tentait de convaincre le roi que l'on ne pourrait préserver les colonies sans envoyer moult renforts, ce qui, jusque-là, n'avait pas été fait de façon sérieuse. Louis XV ne savait comment interpréter les derniers événements et se demandait pourquoi on allait de défaite militaire en catastrophe financière. La situation empirait de mois en mois de Québec à Montréal.

— Nous recevons des notes de frais et des factures qui augmentent sans cesse et nous ne savons plus quoi penser des dépenses de l'intendance!

— Ces dépenses sont largement gonflées en votre défaveur, Majesté, affirma le nouveau ministre Moras dont la réputation était sans tache.

Le roi voulut tout entendre. Il demanda que l'on serve un souper et commanda qu'il soit bien arrosé, souhaitant que ces messieurs expriment sans restriction le fond de leurs pensées.

Dès que l'on eut servi le dessert, Montcalm se pencha vers son souverain, tout en tenant son regard fixé sur le fond de son assiette où trônait un énorme chou à la crème. D'une voix tremblante, il informa le roi, qui tendait l'oreille :

— Si on en est arrivé à ce point, Votre Majesté, c'est bel et bien parce que l'intendant a encouragé les Canadiens à adopter des habitudes immorales… On dépense, on joue et on fait la fête sans retenue. Les bals et les carnavals se succèdent sans répit.

— Ce scandale est inacceptable, ajouta Bougainville en se faisant servir un peu plus de champagne et de nougatine.

— M. Bigot n'a-t-il pas tout récemment perdu en une seule nuit deux cent mille livres à la roulette ? glissa Montcalm d'un air entendu.

Louis XV qui savourait une pêche juteuse tressaillit et s'essuya les doigts. Ces messieurs lui rapportaient sur François Bigot des informations déplaisantes qui venaient corroborer les rapports et les lettres qu'il avait reçus dernièrement. « Se peut-il, pensa le roi, que les insuccès de nos armées soient provoqués par les abus que ces officiers dénoncent ? » Comme s'il avait lu dans ses pensées, Bougainville renchérit :

— C'est une grande honte que les comportements de l'intendant ! Il est pour quelque chose dans nos défaites et dans le fait que les Anglais ont profité du peu d'ardeur des milices françaises qui passent leur temps à jouer et à se gausser de tout…

— Ainsi, vous pensez que M. Bigot serait responsable de la détérioration de la situation en Nouvelle-France? interrogea le roi, perplexe.

Il n'aimait pas que l'on prête trop d'attention aux mesquineries et aux jalousies qui étaient monnaie courante autour de lui et il préférait entendre ceux dont les opinions étaient plus nuancées, donc plus sages. Il se tourna vers Montcalm.

— J'en suis convaincu, Sire, répondit celui-ci.

— Et de quelle façon voyez-vous la chose, monsieur?

— C'est qu'il a implanté des usages fort peu chrétiens parmi la population et qu'il a poussé ses collaborateurs à la malhonnêteté. Voyez, Sire, toute sa clique, Cadet, Pénissault, Deschenaux et les autres! Il y a des témoignages d'honnêtes gens comme Philibert, Estèbe, Franquet… Et n'oublions pas le commissaire Varin qui dénonce sans restriction…

— Pour ce qui est de Varin, il ne fait que son travail… J'admets que tout ceci est une grande affaire, avoua le roi. Il devient évident que nous devons nous y pencher sérieusement. Nous allons en référer au parquet et demander une instruction! Il convient de reprendre en main ces déviations et, pour ce faire, nous interdirons à partir de ce jour tous les jeux d'argent dans nos colonies, spécialement en Canada…

Louis XV demanda que l'on rédige sur-le-champ une ordonnance.

— Peste soit des colonies, monsieur, dit-il alors en se tournant vers son ministre des Affaires extérieures, M. de Choiseul, nous n'avons que des ennuis avec les territoires d'outre-mer qui nous coûtent des fortunes et n'apportent que des tracas... Nous souhaiterions nous en départir pour alléger notre fardeau.

– N'en faites rien, Sire! N'en faites rien, ce serait une grave erreur, répondit le ministre M. Moras en s'inclinant, mais le roi ne voulut plus rien entendre.

Depuis que la voie fluviale était devenue la terreur des marins et des pêcheurs, qui la voyaient se hérisser de mâtures ennemies, François Bigot et Michel Péan passaient de plus en plus de temps sur les routes. Michel veillait aux approvisionnements de tous les forts, des garnisons et des fermes, tandis que François travaillait à l'expansion du commerce vers l'Ouest. Pour asseoir ses plans, il avait besoin d'une base près du poste de traite de Montréal, un emplacement géographique qui avait sur celui de Québec certains avantages. Montréal était une ville tranquille et moins accessible aux flottes venant d'Europe ou des côtes atlantiques et, en outre, ses abords, encore à l'écart des attaques anglaises, n'étaient pas menacés.

Ses fréquents déplacements lui donnaient l'occasion de visiter les seigneuries, d'avoir des relations avec tous et de se tenir au courant des moindres transactions. Ainsi l'intendant prenait-il la mesure des richesses qui circulaient en rencontrant ceux qui avaient à se plaindre d'un quelconque méfait de leurs semblables. Au cap Santé, il dut régler un problème mettant en cause le bedeau de la paroisse... Cet homme sévère, qui n'aimait pas les chiens, houspillait de la belle façon les bêtes des paroissiens pendant qu'ils assistaient à la messe et les envoyait au loin en leur bottant le derrière. Le courroux des villageois était à son paroxysme, au point qu'il fallut intervenir! L'intendant obligea donc le bonhomme à rester assis dans une guérite au fond de l'église pour qu'il ne puisse distribuer des coups de pied ou de bâton aux chiens lorsqu'ils s'approchaient du portail… Le résultat fut immédiat:

– Quel homme plein de sagesse que notre intendant, il trouve un remède à tout! murmura-t-on entre deux offices avec un soupir de soulagement.

Ses tournées lui permirent également d'envisager une meilleure répartition des bénéfices et de déterminer les nouveaux produits manufacturés dont les colons pourraient avoir besoin. Il avait toujours l'œil aussi vigilant et l'esprit alerte pour faire prospérer les affaires! Ces visites impromptues ne lui déplaisaient pas, au contraire, et, respectant la tradition qu'il avait lui-même établie, elles se terminaient toujours par des fêtes ou des réceptions qui mettaient les seigneurs en joie. Leur esprit en était fort bien disposé à l'égard de l'intendant qui jouissait d'une réputation de générosité joliment entretenue.

Durant l'hiver, il voyageait dans un confortable carrosse transformé en traîneau qu'il avait fait capitonner de fourrures précieuses. Il lui arrivait d'être retenu à Montréal pendant quelques semaines à cause des routes impraticables et des inconvénients saisonniers imprévisibles. Aussi, pour ses commodités, il y fit l'acquisition d'une luxueuse résidence, non loin de la place Royale, qui lui servait à la fois de bureau et de nid d'amour et où il aimait qu'Angélique l'accompagne. La plupart du temps, elle était tout heureuse de faire avec lui le voyage, mais, en quelques occasions, elle préférait rester à Québec pour s'occuper d'Angélique-Françoise. François en était contrarié et ne manquait pas de lui manifester sa déception. Il la voulait toute à lui :

– Ma chérie, venez, je vous en prie, l'implorait-il, vous savez que je ne peux me passer de vous...

Angélique faiblissait lorsqu'il se faisait pressant. Elle ne pouvait rien lui refuser. Afin de l'avoir toujours à ses côtés, il usait de tous les stratagèmes que lui permettaient sa fortune et sa condition : il la comblait de cadeaux, lui faisait mille et une surprises pour lui redire chaque jour la constance de son amour. Il savait fort bien qu'elle y serait sensible et qu'elle ne pourrait rejeter ses prières s'il la séduisait par un nouveau collier ou une parure inédite... Angélique avait si bien pris l'habitude de se faire gâter que les présents étaient devenus pour elle un luxe ordinaire, tout comme les fêtes qui étaient données en son honneur. Sans s'en apercevoir, elle en était venue à penser que les cadeaux qu'elle recevait n'avaient rien d'exceptionnel. Parvenue au sommet de l'échelle sociale, elle n'avait plus conscience des faiblesses qui l'entraînaient dans une sorte de dépendance au luxe et à la facilité et transformaient peu à peu son caractère. Quelque dix ans plus tôt, par souci d'honnêteté, elle avait tenté de refuser une broche. À présent, elle n'assistait pas à un bal sans avoir sur elle de nouveaux rangs de perles ou des bracelets de diamants finement travaillés. François, qui en commandait la fabrication à des maîtres de la joaillerie parisienne, les faisait venir tout spécialement de France. Ces bijoux illuminaient sa personne et on les lui enviait de toutes parts. Dans la ville de Québec, des commentaires malveillants circulaient sur

la façon dont l'intendant la traitait et dont elle se laissait faire, mais elle n'en avait cure. Les nombreux privilèges dont elle jouissait lui paraissaient choses norma-
les et elle aimait à croire que tout était bien ainsi, sans
se préoccuper de ceux qui étaient moins fortunés
qu'elle. Angélique avait laissé s'émousser son sens des
réalités, celui que son père lui avait inculqué, et si
Marguerite lui rapportait quelque remarque désobli-
geante qu'on avait faite à son sujet, elle répliquait
bien vite en s'éventant :

— Laisse-les dire, ma chérie, la jalousie ne mène à
rien et François, qui entend tous ces commérages, ne
m'en aimera que plus…

C'était un vendredi. Dans la cuisine, Angélique revêtue d'un tablier ourlé de dentelle préparait des pâtisseries pour recevoir ses cousines. La petite riait de plaisir,
tandis que Nounou la regardait du coin de l'œil, les
poings sur les hanches, fière de « son nouvel ange ». Angélique donna à sa fille un gros baiser sur chaque joue et
la fit asseoir à côté de ses plats de farine. Tout en mélan-
geant la pâte, elle lui expliquait ce qu'elle était en train
de faire et l'enfant, ravie, frottait ses mains l'une contre
l'autre, avec des éclairs de gourmandise dans le regard.

Au moment où l'on commençait à enfourner les biscuits, Thomas fit irruption, l'air affolé, suivi d'un messager
qui arrivait du Palais, portant un pli qu'il demandait à
remettre en mains propres à madame et qu'il refusait
obstinément de confier au fidèle laquais. L'homme s'inclina. En claquant les talons, il tendit le billet à Angélique

et attendit. Il avait ordre de s'assurer que madame en avait fait la lecture. C'était de François :

Ma tendre amie,

Ce jour est un jour sombre. Deux inspecteurs de Sa Majesté portant mandat de perquisition sont chez moi.

Ils ont pour mission de confisquer tous les documents comptables et de les faire parvenir au roi. Il est clair que je suis accusé et que mes collaborateurs risquent une inculpation tout autant que moi. Je crains pour votre époux. Je suis gardé ici et j'ai ordre de partir pour Versailles dès demain.

Vous voir avant mon départ est une chose qui m'est indispensable. Venez, je vous en prie, je vous en supplie. Je vous attends. J'ai toujours su que je pouvais compter sur vous.

Je vous aime plus que tout...

François

Angélique avait pâli si brusquement que Nounou s'approcha d'elle en se demandant la raison de son émoi. D'une voix alarmée, criant presque, et sans s'apercevoir qu'elle effrayait l'enfant, Angélique lança :

— Nounou, dis-moi vite, où est Michel aujourd'hui ?

— Je ne sais ! Peut-être à Neuville ?

— Envoie Philippe ! Il faut le trouver et le prévenir de l'accusation portée contre François.

— Je t'entends bien, mon ange, mais me diras-tu ?

Nounou s'affolait elle aussi... La fillette réclama des gâteaux et, voyant qu'on ne s'occupait plus d'elle, se mit à pleurer.

— M'as-tu bien comprise, Nounou, dis-moi ?

— Bonne Sainte Vierge! s'exclama Nounou en se signant, que se passe-t-il, que se passe-t-il?

— François est en état d'arrestation! Occupe-toi de Françoise, je me rends au Palais!

— Cela devait bien arriver un jour ou l'autre, marmonna Nounou catastrophée en câlinant la fillette.

Fébrilement, Angélique ôta son tablier et monta en courant dans sa chambre pendant que la bonne vieille suivait avec la petite. Elle ouvrit l'armoire, fouilla dans ses tiroirs, chercha des bas, une robe, un peigne, un chapeau. Rien ne lui convenait. Elle ne trouvait pas ce qu'elle cherchait, elle ne savait plus où elle en était. Tout à coup, il y eut une rupture entre ce que pensait sa tête et ce que faisaient ses mains. Son corps tiraillé ne savait plus s'il devait aller dans un sens ou dans un autre. Les objets se dérobaient à ses yeux qui ne voyaient plus rien. Le monde vacillait. Un brouillard emplit son crâne. Elle eut peur. Il fallait faire vite. Très vite… Elle voulut griffonner quelques mots pour répondre à François, deux phrases pour informer Michel. Rien ne s'alignait sur le papier. Pendant quelques secondes, paniquée, elle se sentit emprisonnée dans un trou noir sans fond. Elle s'approcha du secrétaire et s'assit en essayant de se calmer. Un éclair jaillit alors au centre de ce chaos et un mot surgit, qui devint lumineux: contrats! Les contrats signés par Michel pour la revente des marchandises… Vite, il fallait cacher les contrats. Michel le lui avait longuement recommandé en lui disant ses inquiétudes… Les faire disparaître, les dissimuler dans un endroit où personne n'aurait l'idée de les chercher. Où? Où? Chez Philippe Langlois peut-être? Elle courut jusqu'au bureau de Michel. Dieu merci, elle savait où il cachait la clef et elle connaissait les tiroirs secrets. En toute hâte, avec des gestes précipités, elle vida celui qui contenait les documents compromettants, puis elle revint dans sa chambre, les enfouit dans un sac de voyage et empila quelques camisoles par-dessus le tout.

— Tiens, Nounou, hurla-t-elle, porte tout ceci à Philippe... Vite! Vite, qu'il les cache!

Avec l'enfant qui s'accrochait à elle en traînant sa poupée, Nounou tenta de faire vite... Angélique leur envoya un baiser de la main. Le temps pressait. Retrouver François, le réconforter, le sauver, lui dire qu'elle l'aimait, qu'elle n'aimait que lui, qu'elle l'aimerait toujours! Heureusement que Chouart avait encore sa vivacité et que les chevaux étaient de bonnes bêtes. Il ne fallait pas traîner...

En hâte, elle traversa les couloirs sans voir les soldats placés en faction jusque devant sa porte. Ils la laissèrent passer en faisant un salut militaire. François l'attendait, les mains derrière le dos. Avant même qu'elle prononce une parole, il la serra sur son cœur. Longuement. Passionnément. Elle lui offrit sa bouche.

— Ce fut si long, lui murmura-t-il à l'oreille.

Il la buvait des yeux et elle le regardait, guettant chez lui une expression de peur, d'anxiété, quelque chose qui trahirait son angoisse. Inquiète, elle se demandait comment il prenait la chose. Il était calme. Souverainement calme. Elle se blottit contre lui.

— Racontez-moi...

— Le roi m'envoie chercher, il dit avoir des preuves de ma trahison...

— Est-ce vrai? Est-ce possible?

— Comment aurais-je pu trahir quand j'ai créé de l'abondance? Comment aurais-je pu escroquer la France quand tous ici se sont enrichis ? Tout cela n'est que le résultat de jalousies et de mesquineries méprisables…

— Michel ira-t-il avec vous ?

— Je crois plus judicieux de partir seul, cette fois-ci…

— Seul, vous risquez votre liberté et plus !

Il continuait de l'embrasser. Plus il l'embrassait et moins elle souhaitait savoir s'il était réellement coupable. Ce qu'elle voulait, c'était braver le destin, dissoudre les tristes conséquences des soupçons qui brisaient son bonheur. Que lui importait la vérité, après tout ? Que lui importait de savoir ce qui, de toute façon, serait bientôt déformé, censuré, édulcoré, rapporté d'une étrange manière à l'avantage des plaignants et organisé par avance pour donner raison aux grands contre les petits ? François serait écrasé par la roue implacable du système. Elle était dans ses bras et redoutait de ne plus jamais l'être. Une catastrophe s'était abattue sur eux. Était-il vraiment plus coupable qu'un autre ? Elle voulait le sauver et vaincre l'adversité. Il la tint contre lui, sachant qu'il la perdrait peut-être dans quelques heures. Leur seul désir était d'immobiliser les minutes présentes, de vivre intensément, pour graver à tout jamais dans leur mémoire les sensations qui faisaient vibrer leurs âmes et qui les emportaient vers des paradis connus d'eux seuls. Il la coucha sur le lit et ils s'enlacèrent. Leurs visages, leurs bras et leurs corps se trouvaient et ils ne se lassaient pas de ces caresses. Il effleurait chaque parcelle, chaque recoin de sa peau, il reconnaissait ses formes, s'enivrait de leur étreinte, et cette volupté les transportait dans un monde invisible et parfait où résonnaient de douces symphonies et où ils voguaient bien au-delà des âges. Il voulut garder dans son souvenir et quoi qu'il advienne ces heures d'enchantement. Éblouie, elle ne pensait qu'à préserver ces éclats de bonheur, les enchâsser vivants et éternels, les faire renaître dans sa mémoire s'il arrivait qu'ils soient un jour loin l'un de l'autre, comme ils le pressentaient déjà...

Ils étaient silencieux, mais le chant de leur union était plus fort que tous les mots du monde. Les minutes passèrent, les heures défilèrent, la nuit se fit obscure et, au petit matin, ils n'eurent plus comme richesse que les effluves de ces précieux instants, ceux qui s'étaient inscrits dans les dernières heures de leur folie muette. François prit le visage d'Angélique entre ses mains :

– J'ai une dernière requête. Je vous implore de me l'accorder...

– Quelle est-elle ? demanda-t-elle en caressant son front. Vous savez bien que je ne vous refuserai pas...

– Je veux emporter dans ma mémoire l'image de vous tout entière. Je veux me rappeler la splendide pureté de votre corps...

Dans la pénombre du petit matin, elle se leva et fit lentement glisser sa chemise. Elle était nue devant lui. Alors, comme on récite une prière, il se mit à l'admirer encore en rendant grâce au Créateur. Il grava à jamais au fond de lui le souvenir de sa bien-aimée, les traits de son visage, la noblesse de son port de tête et la finesse de sa taille. Ses yeux s'attardaient sur ses seins. Dégagés de toute étoffe, ils lui révélaient leurs proportions parfaites, comme si un fabuleux artiste les avait sculptés selon les règles d'or des chefs-d'œuvre antiques. Derrière elle, les flammes d'un chandelier faisaient jouer des lumières qui mordoraient les courbes de ses hanches et dessinaient les rondeurs délicates de ses cuisses et de ses jambes, le galbe de ses pieds. Elle était l'incarnation de la perfection et de la beauté dont certains font un culte. Le regard de son amant enveloppait son corps dans une lumière diaphane presque irréelle. S'approchant d'elle, dans un dernier élan de tendresse, il accrocha à ses oreilles des girandoles faites de perles et de brillants qui tremblotaient, lançant des arcs-en-ciel dans toute la pièce. Ce fut comme un ultime adieu, son dernier cadeau.

On cogna à la porte. L'heure fatidique avait sonné. La magie se rompit aussitôt. C'en était fini de la liberté. Tel un prisonnier, il devait tout laisser derrière lui et se présenter devant son roi... Reviendrait-il encore? Elle remit sa chemise et se glissa près de lui. Ils étaient trop remplis l'un de l'autre pour se quitter dans l'instant et décidèrent de ne point se séparer jusqu'au départ du bateau, quoi qu'il advienne. En arrivant sur le perron, François fut soudain pris d'une immense angoisse. Surpris par sa propre réaction et par cette peur insondable qui le tenaillait et qu'il n'avait encore jamais éprouvée, il se tourna vers Angélique:

– Venez avec moi, ma mie, faites la traversée encore une fois afin de me prêter un peu de courage...

Il était pâle et tremblant. Déjà, les commissaires attendaient et le cocher retenait les chevaux qui s'impatientaient. Elle leva les yeux vers lui, incrédule devant le brutal retrait de sa bravoure ordinaire. Elle ne l'avait jamais vu dans cet état et tenta de trouver à la seconde même une solution, une réponse à sa demande qui serait acceptable. En même temps, elle voyait l'image de son enfant qu'elle ne pouvait abandonner si vite, sans le moindre délai... Comment laisser Angélique-Françoise une nouvelle fois pendant de longs mois sans avoir le cœur déchiré? Elle s'était juré de ne jamais la quitter comme sa mère l'avait fait… D'un autre côté, comment abandonner François et le laisser aller à sa perte sans réconfort, sans soutien? François vit son trouble et n'insista pas. Pouvait-il exiger d'elle un sacrifice trop grand et l'engager dans une aventure qui risquait de se terminer de façon tragique? Sans rien dire, elle baissa la tête et il comprit qu'elle ne l'accompagnerait pas. Ne pouvant reculer l'heure de son départ, il lui prit la main et la baisa longuement tandis qu'elle se sentait défaillir. Alors, sans échanger une seule parole, ils descendirent ensemble jusqu'à l'anse où *Le Fanny*, prêt à appareiller, attendait son passager.

Angélique regagna sa demeure. Le brigantin s'était éloigné dans le grincement des poulies et le claquement sec des voiles sous le vent. Dans un dernier adieu, elle avait agité son mouchoir jusqu'à ce que le bateau ne fût plus qu'un point noir sur l'horizon lointain du fleuve. Il lui semblait que ses forces s'étaient envolées avec le départ de François, que jamais plus elle ne pourrait retenir le bonheur. Aveugle aux mouvements de ceux qui étaient autour d'elle, elle avait renvoyé Chouart et le carrosse. Pour ne pas céder au déchirement qui s'était fait dans son corps, il lui fallait bouger. Chavirée, les yeux pleins de larmes, baissant la tête, elle avait remonté la côte en pressant le pas pour ne pas sentir que ses forces l'avaient lâchée d'un coup. Nounou était à la maison et la petite riait et s'amusait, comme si rien n'avait

changé. Dans chaque pièce, à chaque étage, les soubrettes et les laquais vaquaient à leurs tâches. La vie imposait sa routine, ignorant ce qui n'est pas le lot de
tous les jours, sourde aux chagrins qui lui submergeaient
le cœur.

La maison, ce soir-là, était sinistre lorsqu'elle prit
place dans son fauteuil devant la cheminée, tenant dans
sa main un livre qu'elle était incapable de lire.

Bien qu'il s'y fût préparé durant tout le voyage et
qu'il espérât encore un revirement de la situation, François Bigot savait qu'on ne reçoit jamais deux fois la
même grâce… Si le roi le faisait rappeler en des termes
bien plus durs qu'en 1754, c'est qu'il était déjà convaincu de sa culpabilité et que rien, désormais, ne saurait le persuader de son innocence. François, qui s'était
senti vieillir en quelques heures, emportait avec lui ses
amours pour Angélique et pour un pays immense qui
lui avait conquis le cœur.

L'arrestation de l'intendant avait plongé la Nouvelle-
France dans la consternation. Il n'était plus question de
bals ni de soirées mondaines. Les nobles familles commençaient à déchanter en découvrant que la situation
n'était pas aussi belle qu'on aurait pu le croire. On commençait à critiquer sévèrement celui qui n'était plus là
pour se défendre et qu'on avait longtemps porté aux nues
et l'on murmurait de fort vilaines choses sur Mme Péan,
qui non seulement était sa maîtresse, mais qui l'encourageait depuis quelques années au luxe et à la dépense.

Pourtant, lorsqu'il arriva devant son souverain, après une traversée mouvementée et longue à n'en plus finir, François Bigot, qui craignait d'être fait prisonnier, gagna une nouvelle fois la clémence de Louis XV, car la France était dans le trouble... C'était inattendu! Le roi et ses ministres étaient incapables de mettre un terme à la guerre de Sept Ans et le fardeau devenait de plus en plus lourd dans un pays à moitié ruiné par les excès de la royauté. Lorsqu'il eut son intendant devant lui pour la seconde fois, le roi, qui ne savait plus à quel saint se vouer et que ses ministres embrouillaient par leurs avis contraires, fut touché par la justesse de ses vues et par l'exactitude de ses calculs. L'écoutant attentivement, il sut encore une fois reconnaître le génie de cet homme et, afin de ne pas avoir à procéder à de nouveaux changements lourds de conséquences, il lui demanda de retourner à son poste.

— Je vois, monsieur Bigot, que vous savez fort bien comment gérer la Nouvelle-France et nous bien servir, et je suis convaincu que vous ne voudrez pas nous précipiter dans la faillite...

Louis XV se retint d'avouer que celle-ci menaçait déjà le royaume tout entier... Piètre victoire que la victoire remportée cette fois-là, devant un roi qui ne pouvait plus colmater les brèches et empêcher un prochain naufrage.

— Cependant, ajouta encore le roi, j'exige, pour condition au maintien de votre charge, que vous me rendiez des comptes au moins deux fois l'an et que vous paraissiez devant moi, ici même, pour me remettre vos états financiers en présence de mes ministres...

François frémit devant les exigences de son souverain et maître, mais il convint à cet instant que sa liberté valait bien quelques concessions, aussi désagréables soient-elles.

C'est donc discrètement que François Bigot, escorté de quelques commissaires de Sa Majesté qui avaient pour mission de le suivre partout où ses pas le conduiraient et de le surveiller de près, reprit la route de la Nouvelle-France à bord du *Fanny*, pour continuer son œuvre de la façon la plus raisonnable et honnête qu'il pourrait désormais le faire…

CHAPITRE XVIII

Comme si le départ de François Bigot lui donnait tout à coup le droit de se plaindre et de bouder, Michel, qui redoutait le pire depuis son dernier voyage en France, s'était enfermé dans un mutisme dont rien n'arrivait à le sortir. Il ne parlait plus et reprochait à sa femme, par son attitude et son silence, les conséquences de sa liaison qu'il avait pourtant acceptée jadis. Il ne donnait plus la moindre attention à l'enfant dont il ne se sentait plus responsable, comme si le départ de l'intendant avait remis en question toute sa philosophie, et il jouait le rôle du mari outragé. Sans doute aurait-il voulu qu'elle n'eût jamais aimé François… Il ne desserrait pas les dents depuis la discussion qu'il avait eue avec Angélique, après avoir appris qu'elle et François s'étaient publiquement livrés à des adieux touchants.

— Vous m'avez ridiculisé! En accompagnant M. Bigot à sa cabine le matin de son départ, vous vous êtes compromise et vous avez trahi votre promesse… Toute la ville en jase!

— Comprenez-moi, je ne pouvais le laisser partir comme un malfaiteur!

— Je ne vous le pardonnerai jamais, Angélique…

Qu'aurait-elle pu lui répondre? À quoi bon chercher un argument valable? Elle avait baissé les bras, et les choses en étaient restées là. Elle avait trop de peine pour lui répliquer et faire des discours et n'avait nulle envie de jouer les éplorées pour attirer sa pitié. L'honneur d'un mari étant ce qu'il a de plus sensible, quoi qu'elle dise, quoi qu'elle implore pour se justifier, il resterait chatouilleux sur ce sujet, elle en était convaincue. Michel n'avait pas relevé ce fait: s'il était encore ici, s'il n'avait pas été emmené lui aussi, c'était sans doute parce qu'elle l'avait fait prévenir à temps par Philippe, et surtout parce qu'elle avait caché toutes les preuves de sa collaboration avec l'intendant. Il voulut ignorer ce qui plaidait pour elle et ne pas voir les actions qu'elle avait accomplies à temps et qui l'avaient sauvé. Les huissiers eurent beau perquisitionner et examiner tous les documents au Palais et dans les bureaux des compagnies, ils n'avaient rien trouvé qui concernât Michel Péan, et pour cause! Étant donné que leur mandat était clair – ils avaient ordre de ramener François Bigot en France, de gré ou de force, pour qu'il réponde à des accusations de fraude devant le roi –, ils étaient repartis le plus vite possible avec lui, sans même utiliser la force puisque l'accusé n'avait manifesté aucune résistance.

En fait, la situation était préoccupante depuis le départ de Bigot, et ce qui inquiétait Michel Péan plus que tout, c'était le sort de la Grande Société et de son négoce. On ne savait pas trop ce que deviendraient les commerces mis en cause et Michel craignit de se voir acculé à la ruine dans peu de temps. Par arrêté royal, les marchandises entreposées avaient été confisquées et les huissiers de Sa Majesté avaient mis les scellés partout.

Le coup était dur pour lui et il ne s'en remit pas. Il tenta de préserver les capitaux qui lui restaient, avec ses partenaires habituels, le boucher Joseph Cadet et Louis Pénissault, mais les affaires avaient du mal à reprendre leur cours. Un vent de méfiance soufflait sur les marchés de l'alimentation et on ne leur faisait plus confiance.

Les jours passant, le vide se faisait de plus en plus sentir. Angélique, qui craignait de se laisser aller à trop de langueur, fuyait la solitude. Les bals et les fêtes ayant cessé de se succéder au Palais, elle fut bien obligée d'oublier les attentions qui lui étaient devenues coutumières. Elle continua de recevoir en son salon, mais son regard se porta autour d'elle, sur les plus démunis, et, dans un élan de générosité, elle offrit ses services au curé, retrouvant les gestes de bonté qu'elle avait avant son mariage. Refoulant sa peine, elle visitait les nécessiteux, faisait la classe aux petits des Sauvages que l'on avait convertis, ou encore emmenait les enfants de ses amies en promenade avec Marguerite. Du matin au soir, elle trouvait toujours quelque occupation. Elle se sentait responsable de sa fille et se consacrait à son éducation pour oublier un quotidien redevenu pénible. Angélique-Françoise réclamait tous ses soins et, par la présence de cette adorable fillette, par ce qu'elle lui rappelait, elle gardait vivant le souvenir de François. Souvent, elle descendait jusqu'au port, elle guettait les bateaux et espérait recevoir des nouvelles de lui à chaque arrivée, ou mieux encore, que le roi le renverrait à Québec… Mais les mois se succédaient et elle n'avait reçu que deux lettres.

Dans la première, François lui déclarait son amour et, dans la seconde, il lui apprenait qu'il avait été assigné à résidence en attendant son audience avec le ministre de la Police du roi et lui disait avoir envoyé une requête pour être reçu par le roi lui-même. Elle avait cru défaillir en lisant ce message qui signifiait que François pourrait être emprisonné… Elle n'osait pas entrevoir les épreuves qui s'ensuivraient pour lui et redoutait les retombées d'une disgrâce sur Michel et quelques autres de leurs collaborateurs.

Si les choses tournaient mal, François risquait d'être enfermé à la Bastille ! La prison parisienne avait la réputation d'être un lieu où l'on emmurait les criminels coupables de haute trahison et rares étaient ceux qui en sortaient vivants ! Que faire ? Comment intercéder en sa faveur ? Pour garder courage, elle allait prier chaque matin à l'aube, à Notre-Dame-des-Victoires, accompagnée de Nounou. Dans la petite église qui avait bercé son enfance, elle faisait brûler un cierge en implorant le ciel pour que le roi accorde sa grâce à cet homme qu'elle ne pouvait cesser d'aimer…

Avant même qu'elle ouvre les yeux, le souvenir de son dernier rêve vint chatouiller sa conscience et le visage de François lui apparut, souriant. Étonnée, elle frotta ses paupières. Mais l'image s'estompait déjà. Elle se leva d'un bond. En chemise, elle ouvrit la porte de sa chambre et se mit à crier à tue-tête, comme lorsqu'elle était petite :

– Nounou ! Vite…

Nounou apparut en tablier pour s'enquérir de ce que voulait « son ange ».

– Qu'est-ce donc qui te presse ainsi ?

– Vite, répéta Angélique en ôtant son peignoir, habille-moi vite et allons à l'estacade…

– Quelle excitation !

L'automne était arrivé et les bois s'étaient embrasés de leurs couleurs vives. C'étaient les derniers beaux jours qui répandaient leur douceur avant les grands gels et le soleil se faisait généreux du haut d'un ciel sans nuages. Suivie de Nounou, Angélique s'engouffra dans son carrosse, et Chouart, comprenant qu'elle était pressée, encouragea ses bêtes. Lorsqu'ils arrivèrent au bas de la côte, ils constatèrent une agitation inaccoutumée au bout de la rue, venant du port. Des gens couraient, des enfants criaient et l'on se précipitait vers l'Anse-au-Cul-de-Sac :

– Dis-moi, Chouart, que se passe-t-il donc ?

– Voici quatre navires français qui entrent dans la rade. Ils sont passés au travers des lignes anglaises grâce à une artillerie des plus fournies…

Son cœur se mit à battre avant même que son esprit lui suggère ce qu'elle attendait depuis si longtemps : « François serait-il à bord d'un de ces navires ? »

– Conduis-nous au quai, Chouart…

Nounou, qui trouvait le détour inutile, grimaça en songeant qu'on n'avait pas besoin de nouvelles complications. « Si François Bigot revient, se dit la bonne Nounou, mon ange va encore perdre la tête et passer son temps à danser avec lui!» La voiture avançait et Angélique put bientôt déchiffrer les noms qui étaient inscrits sur les flancs des bateaux. Elle s'exclama:

— Vois, Nounou, *Le Fanny* est là!

— J'ai bien vu, mon ange…

— Se pourrait-il que François soit à bord? Je sens qu'il est là!

— Allons, allons, tu rêves… Tu te laisses emporter par tes désirs…

Angélique trépignait d'impatience, elle ne se tenait plus et n'écoutait pas les paroles de Nounou.

— Je sais qu'il est là! répétait-elle contre toute logique, les joues empourprées comme les feuilles que le vent faisait doucement choir sur la berge.

Dès que Chouart eut arrêté ses chevaux, sans plus attendre, elle descendit sur la grève et grimpa en hâte jusqu'au bout de l'estacade avec ses jupes qui s'envolaient au vent comme pour la porter devant le ventre du *Fanny*. Chouart et Nounou l'observaient, persuadés qu'elle se racontait des histoires et qu'elle attendrait en vain. Les badauds, qui s'étaient déjà massés sur le quai, se dandinaient en scrutant les navires, épiaient le va-et-vient ou plaisantaient, à l'affût de tout ce qui pourrait nourrir des rumeurs. Malgré l'agitation ambiante, il n'y avait que peu de passagers. La traversée devenant de mois en mois plus dangereuse, les futurs colons se faisaient rares, car peu se laissaient convaincre de venir s'établir en Nouvelle-France… Au bout d'un temps interminable au cours duquel le capitaine avait lancé ses ordres et l'équipage s'était regroupé, le chant grinçant des poulies et des cordages se tut. Seules quelques mouettes affamées tournaient dans l'air en cherchant leur pitance. Les voyageurs s'avancèrent pour s'engager un à un sur la passerelle. Angélique, dont le cœur battait la chamade, poussa un cri. François était bien là, comme elle l'avait rêvé... Surprise de la justesse de son intuition, elle laissa son châle glisser par terre. Chouart et Nounou se regardèrent. Angélique avait-elle un don de double vue ?

Las de la longue traversée, un peu amaigri, s'appuyant sur le pommeau de sa canne et redressant le torse dans le geste qui lui était familier, François Bigot prit le temps de promener son regard sur la ville, mesurant en cet instant son privilège, même si son arrivée se faisait de façon officieuse. Tout à coup, il aperçut Angélique qui tendait les bras en courant vers lui et une chaleur intense submergea sa poitrine. Il n'avait jamais douté qu'elle serait là. Le lien invisible qui les unissait toujours s'était manifesté au-delà de toute logique. Sans souci des convenances, il la prit dans ses bras.

— Je savais, madame, que je vous retrouverais bien vite, lui murmura-t-il à l'oreille avant de lui baiser la main. Merci d'être là...

Depuis le retour de l'intendant, la ville revivait un peu de ses anciens fastes, mais les habitants étaient plus réservés. Un accord tacite entre le gouverneur et Bigot s'établit très vite et l'on prit le parti de réduire la fréquence des bals, ce qui contenta les esprits les plus puritains, soucieux d'éviter le gaspillage. En outre, le roi ayant interdit les jeux d'argent, l'intendant fit disparaître les tables de jeu de tous les salons et de toutes les auberges afin de respecter l'édit de son souverain et il fit placarder des annonces dans tous les lieux publics. Comme il était le premier touché par cette abstinence forcée qui lui demandait un effort considérable, François Bigot, dont l'ardeur à miser des sommes colossales était devenue légendaire, se plongea dans son travail encore plus qu'à l'accoutumée. Resserrant la précision de ses comptes, il se concentra sur les prévisions et sur l'organisation du budget et décida d'intensifier le commerce avec les Antilles en sachant qu'il devrait mener un train un peu plus discret.

L'hiver faisait son œuvre. Dans la campagne gelée, on entendait tinter les clochettes des traîneaux qui filaient à vive allure. Ils avaient dépassé la seigneurie de Neuville, où ils avaient fait une brève escale, et Angélique, enroulée dans une douillette pelisse, se blottit contre François et posa sa tête sur son épaule. Elle était bien ainsi, somnolente et rêvant à demi, bercée par la musique des grelots qui suivait le trot des bêtes. Revoir Neuville était pour elle un bonheur, chaque fois que les circonstances l'amenaient à s'y arrêter, ne serait-ce que quelques instants, mais en cette blanche saison, le manoir était encore habité par des officiers, ce qui lui déplaisait plus que quelques années auparavant. Bien installée contre François, les pieds posés sur un coussinet, elle rêvait en revoyant les souvenirs de sa prime jeunesse tandis que le paysage défilait.

– Nous arriverons bientôt à Québec, s'écria-t-elle, tout à coup joyeuse, en se penchant vers la portière.

Elle songeait au bonheur de revoir sa fille… Dans le second traîneau, Michel Péan était en bonne compagnie, entouré de Joseph Deschenaux et de deux jeunes

femmes des plus gracieuses. Il y avait encore deux attelages qui les suivaient, en plus du dernier qui regorgeait
de provisions et de linge. On ne se déplaçait jamais sans
un minimum de confort et de victuailles que l'on re-
nouvelait au long du chemin du Roi.

— Il me tarde d'être arrivé, dit soudain François en
caressant les cheveux de sa bien-aimée.

Angélique passa les bras autour de son cou.

— J'espère que nous n'aurons pas à reprendre la
route d'ici au printemps. J'ai envie de m'amuser un peu
et de recevoir, comme nous le faisions auparavant…

— N'y comptez pas trop, ma mie, j'aurai encore quelques voyages à faire avant de repartir pour la France…

Elle poussa un soupir en songeant que ce temps-là
arriverait trop vite. Pourquoi voyager sans cesse? Pourquoi fallait-il, au long des mois, que leurs séparations
deviennent plus fréquentes et que l'on ne puisse vivre
tranquillement sans faire toutes ces allées et venues? Les
préoccupations étaient déjà bien trop nombreuses.

— Et n'oubliez pas, ma mie, vous m'avez fait la promesse de m'accompagner… N'est-il pas vrai? interrogea-
t-il en lui soulevant le menton de sa main.

— Il est vrai, François, je vous l'ai promis…

La sentant hésitante, il lui prit un baiser avant
qu'elle lui présente des arguments contraires et, sans
qu'elle s'en aperçoive, il accrocha à son cou un rang de
perles agrémenté de saphirs dont elle rêvait depuis quelques mois. Il aimait toujours lui faire des surprises et ne
pouvait s'empêcher, malgré les restrictions auxquelles il
devait se soumettre, de dépenser des fortunes pour elle.
Intriguée par la fraîcheur du bijou, elle porta la main à
sa gorge et sourit.

– Oh! mon amour, avez-vous encore inventé une nouvelle folie?

«Il est toujours le même et ne sait que faire pour me gâter. Impossible de ne pas lui céder», songea-t-elle en faisant rouler les perles sous ses doigts. Encore une fois, François avait gagné la partie. Il savait comment faire fondre ses résistances. Elle s'embarquerait donc avec lui sur *Le Fanny* dès la fonte des glaces, même si son cœur lui dictait timidement de prendre soin de la petite Françoise! François sortit de sa mallette de voyage deux coupes en cristal, déboucha prestement une bouteille de vin de champagne et leva son verre:

– À nos amours, chérie…

– À nos amours, François!

– Qu'elles soient éternelles, ajouta-t-il en insistant.

Mais, à cet instant, elle perçut dans sa voix un soupçon d'hésitation qui la rendit inquiète pendant les quelques jours qui suivirent. Même s'il faisait mine d'être toujours sûr de lui et magnanime, même s'il remplissait encore sa charge avec zèle, en maître et souverain, elle savait que François n'était plus tout à fait le même. Le roi l'avait, ces derniers mois, amputé d'une partie de son honneur en écoutant les calomnies de ceux qui le pressaient de destituer son intendant. Les traits de son visage s'étaient creusés et ses épaules, jadis si droites, se courbaient un peu sous le poids de l'opprobre qui pesait sur lui…

Chapitre XIX

Printemps 1758.

Le dernier hiver, très rude, avait apporté la disette avant que reprennent les travaux des champs. L'été s'annonçait pluvieux bien plus que de raison et les habitants regardaient avec consternation leurs semences noyées et leurs champs de blé qui ne mûriraient pas. De tous côtés, on guettait le ciel, on vérifiait la direction du vent, on scrutait les nuages et l'on gageait sur leur forme, leur consistance ou leur couleur pour tenter de reprendre courage, mais rien ne laissait présager un temps plus clément. Des vols de corbeaux et d'étourneaux s'abattaient en piaillant sur les jeunes pousses qui courbaient la tête, gorgées de pluie. Aussitôt qu'un coup de vent avait balayé les dernières gouttelettes suspendues aux tiges des joncs, une nouvelle averse tombait et le soleil restait absent. On était au milieu du mois de juin et, le long du fleuve, les champs n'étaient que désolation. Tous les sentiers étaient transformés en ruisseaux boueux. Les paysans parsemaient les haies d'épouvantails pour éloigner les corbeaux voraces qui saccageaient les plants, mais ces pauvres trompe-l'œil ne les effrayaient guère et les redoutables oiseaux se perchaient sur les chapeaux de paille des piteux gardiens inutiles. Malheur à celui dont la carriole s'embourbait dans les ornières! On ne pouvait s'en sortir sans peine et sans être crotté à souhait… Que dire des routes et des rues de Québec? Malgré les pavés, la boue s'insinuait partout. Les semaines de pluie se succédaient sans répit et les nuages noirs roulaient toujours à l'horizon, jour après jour, décourageant les plus optimistes. Que ce soit près de l'Anse-au-Cul-de-Sac, ou par-delà l'esplanade qui dominait le Saint-Laurent, la ville avait perdu son air de fête.

— Que sera donc la Saint-Jean cette année? entendait-on partout.

— Une calamité, c'est certain…

— La nature s'est déréglée. De grands malheurs nous guettent!

Et les braves gens, découragés, cherchaient refuge dans les églises qui ne furent jamais aussi pleines. Les prêtres, qui voyaient cette recrudescence de piété comme une bonne affaire, se frottèrent les mains en annonçant des punitions terribles à qui manquerait d'aller à confesse. On multiplia les processions. Il y en eut à la sortie de toutes les messes et les curés bénirent les promesses des récoltes qui s'obstinaient à ne pas mûrir, tandis que, en haut de la citadelle, des équipes de guetteurs se relayaient. La milice se tenait prête à sonner l'alarme au cas où des navires portant pavillon anglais auraient la témérité de s'aventurer en amont de Tadoussac. On pressentait l'imminence d'une guerre. La vie en Nouvelle-France prit un tour étrange, cependant que le roi Louis refusait catégoriquement d'envoyer de nouveaux renforts. Les troupes anglaises du général Amherst ayant l'avantage du nombre, elles se firent de plus en plus intrépides. Les quelque six mille huit cents soldats français ne pesaient pas lourd dans la balance, quand on en dénombrait environ vingt-trois mille du côté anglais.

Il y eut tout de même quelques victoires. Après les cuisantes défaites des côtes acadiennes, le général Montcalm s'avança en héros. Deux ans plus tôt, il avait repris aux Anglais le fort d'Oswego et les avait contraints d'abandonner leurs positions autour des Grands Lacs, mais, comme un feu qui couve sous la braise, prêt à se rallumer au moindre coup de vent, les habitants sentaient une menace peser sur leurs villes. Le roi d'Angleterre ne finissait plus d'envoyer des bâtiments et de nouvelles troupes qui entraient en Amérique par les côtes de la Virginie et remontaient le long des grands fleuves, l'Ohio et le Mississippi…

Dans la ville de Québec, l'atmosphère était devenue lourde et le marquis de Vaudreuil, inquiet du manque de vivres, imposa partout le rationnement. Impossible de se procurer ce dont on avait besoin ! Les Canadiens n'avaient pas l'habitude de se voir traiter de la sorte, aussi des femmes et des paysans, qui n'acceptaient pas ces mesures, poussés par la faim et par la misère grandissante, commencèrent-ils à se révolter et à manifester dans les rues, jusque devant le Palais.

Au milieu de tous ces événements, Angélique souffrait des dures restrictions… Elle qui, quelques années plus tôt, s'était laissée aller à l'insouciance et avait profité de ce que lui procuraient l'amour, la gloire et la richesse n'eut plus que sa détermination et son courage pour faire face aux privations. Elle ne sortait guère et se contraignit, par une sévère discipline, à abandonner les jeux de hasard, considérant qu'elle ne pouvait désormais risquer la moindre somme sans mettre en péril l'équilibre de sa maison. D'ailleurs, sans la présence de François à ses côtés, le jeu avait perdu tout son charme.

La réputation de Michel se trouva ternie par la disgrâce de l'intendant, ce qui rejaillit sur elle, et les mauvaises langues ne manquèrent pas de se réjouir, sachant que leur fortune s'était en grande partie évaporée. En fait, Michel avait mis de côté de l'argent et des valeurs, mais il préférait laisser croire à sa malchance, ce qui en apitoyait quelques-uns et en faisait rire d'autres. Il était bourru avec sa femme et ne restait avec elle que le temps nécessaire pour justifier un semblant de vie commune. Angélique s'accrochait au quotidien, se surprenait à devenir économe et reprenait les principes d'une saine gestion qu'on lui avait enseignés jadis chez les ursulines.

Elle se levait ce matin-là lorsqu'un rayon de soleil vint se poser nonchalamment sur son visage. Mue par un invisible ressort et sans prendre le temps d'y penser, d'un bond, elle fut à la fenêtre. Les oiseaux chantaient et une curieuse symphonie montait de toutes les rues de la ville débarrassées de leur lourd manteau de grisaille. Étonnée, encore engourdie de sommeil, elle s'étira et prit le temps d'admirer la campagne qui se colorait sous la persistance du ciel bleu :

– Comme c'est beau !

Au loin, les sommets montagneux roulaient leurs courbes langoureuses pour épouser le ciel, et les oiseaux suivaient en planant les contours de quelques nuages tout blancs. Ce matin d'été où le soleil se montrait enfin eut des effets instantanés : de petits remous firent vibrer sa poitrine, et son corps, touché par la chaleur qui pénétrait au centre de la pièce, sembla renaître. Un rayon de lumière dorée avait tout changé. Il orientait ses pensées vers de nouveaux horizons, colorait de neuf les objets de sa chambre et redonnait du tonus à ses muscles endormis. De partout jaillissaient d'imperceptibles étincelles qui tourbillonnaient dans l'air et la pénétraient, la remplissant de joie pure ! Un véritable miracle s'opérait, mystérieux et subtil, ramenant un brin de félicité où il se posait. Le soleil, qui n'attendait qu'un événement heureux pour se montrer, inondait depuis le matin les rues et les faubourgs. Toutes les fenêtres étaient grandes ouvertes et l'on voyait des hommes et des femmes qui s'égaillaient en riant dans les rues. Des enfants chantaient en jouant à la marelle, des ménagères sortaient le linge qui claquait dans le vent et des commères bavardaient, les poings sur les hanches, avec un sourire qui en disait long. On entendait des sons que l'on avait crus perdus à jamais. Angélique dévala l'escalier comme lorsqu'elle était petite et entra en trombe dans la cuisine où Nounou avait préparé le déjeuner pour Angélique-Françoise, attablée devant une pile de tartines. La petite, qui dévorait goulûment en se léchant les doigts, courut vers sa mère et la couvrit de baisers. À ce moment précis, on entendit un long roulement de tambour.

— Nounou, dis-moi, que se passe-t-il donc ce matin, quel est ce tapage ?

– Les armées du roi arrivent… C'est le général Montcalm qui fait son entrée. Il paraît qu'il a battu les Anglais au fort Carillon !

Depuis le chemin du Roi montait un vacarme impressionnant. Toutes trois se précipitèrent dehors. On apercevait des militaires à cheval et d'autres à pied qui avançaient en rangs bien ordonnés, sur la côte longeant le fleuve… Même vus de si loin, ils avaient fière allure et des cris de joie fusaient de toutes parts au fur et à mesure qu'ils se rapprochaient. Les uniformes et les armes brillaient sous le soleil et l'on voyait tous ces éclats illuminer la route sur plus d'une demi-lieue. Derrière les porte-drapeaux qui ouvraient la marche, les officiers juchés sur leurs montures précédaient les fantassins qui chantaient des refrains et scandaient leurs pas au son des fifres et des tambours. Suivaient les Iroquois, chaussés de mocassins et habillés de peaux, qui fermaient la longue colonne de leur démarche souple. Les badauds se ruaient à la rencontre de cette armée victorieuse et des jeunes filles dansaient de joie sur les places, entraînant des garçons en sabots dans leur farandole. Des bourgeois s'apostrophaient :

– Qu'est-ce qui arrive ?

– Bonne Sainte Vierge, que se passe-t-il ?

– Mais ce sont des soldats français !

Toute la ville était dehors pour acclamer M. de Montcalm, vainqueur contre le général Abercromby au fort Carillon. Le marquis pénétrait dans Québec sans se presser, entouré de ses officiers, monté sur un superbe alezan. Il saluait en soulevant son chapeau, et sa silhouette dégageait tant de noblesse et de grandeur que chacun en était transporté. Certains, impressionnés par tout cet apparat, se mirent à genoux, des femmes lui lancèrent des fleurs. On oublia les tracas. En un instant, les rues se remplirent. Angélique-Françoise sautait de joie :

– Maman, regarde les chevaux comme ils sont beaux! s'exclama-t-elle en tirant sa mère par la manche. Je veux les monter…

Angélique aperçut des silhouettes familières :

– Vois, là-bas, ce sont tes oncles!

Et la petite, tout heureuse et riant aux éclats, fit de grands signes auxquels les deux hommes répondirent en agitant la main. C'étaient Louis-François et Nicolas Renaud d'Avène des Méloizes qui faisaient partie des vainqueurs et Angélique en ressentit beaucoup de fierté. C'était un grand honneur de les voir en uniforme de lieutenant, en tête de la parade. Lorsque le cortège arriva sur l'esplanade, la foule se massa pour ne rien perdre du spectacle. Angélique, Nounou et l'enfant rejoignirent Philippe, Denys et Marie-Louise qui les avaient suivis eux aussi, puis on retrouva Marguerite et sa petite famille. La joie débordait. Personne, ce jour-là, ne voulut rester à l'écart et le gouverneur, tout à coup généreux, eut tôt fait de commander un banquet pour recevoir dignement le beau monde à sa table. Ce fut un soir de fête comme on n'en avait pas vu depuis longtemps chez M. de Vaudreuil, car celui-ci, réprouvant sévèrement depuis plusieurs mois toute forme de gaspillage, avait demandé que l'on n'utilise les réserves de grains et de produits de la terre qu'à bon escient et de façon frugale.

– Mais pour ce soir, déclara-t-il en se frottant les mains, oublions nos tracas et nos peines, réjouissons-nous!

Tout d'abord, Angélique refusa de se rendre à cette réception. François et Michel étaient retenus depuis dix jours à Montréal où ils tentaient de faire passer vers l'Ouest des vaisseaux chargés de provisions. Elle avait reçu le matin même un billet de son amant qui l'avait bouleversée :

Mon amie,

Nous sommes à répartir le peu que nous avons afin que nos braves et nos villageois de l'Ouest reçoivent un minimum de nourriture. C'est un problème qui ne manque pas de nous créer moult tracas et nous retient ici où les vaisseaux anglais ne sont point encore arrivés. Nous ne serons à même de le résoudre que si les attaques anglaises se relâchent grâce à la victoire de M. de Montcalm que vous savez.

Prenez soin de vous, ma mie.

Il n'est point de jour que je ne pense à vous,

François

Malgré la victoire que l'on célébrait aujourd'hui, de nombreux villages ainsi que le fort Niagara étaient isolés et assiégés et il y avait plusieurs raisons d'avoir de l'inquiétude. Pourtant, Nicolas et Louis-François n'entendaient pas se passer de sa présence, et ils insistèrent si bien qu'elle dut céder à leurs instances :

– Allons, allons, sœurette ! il faut bien te divertir un peu et venir boire à notre santé si tu veux que nous marchions vers d'autres victoires !

Ils arrivèrent bras dessus, bras dessous devant M. de Montcalm. C'était un homme aimable et de belle stature qui aimait la compagnie des femmes. D'emblée, il fut charmant avec Angélique et lui fit compliment en manifestant un intérêt particulier pour sa personne :

— On m'avait informé que vous étiez ravissante, madame, lui dit-il, mais votre beauté dépasse de loin tout ce que l'on raconte !

Angélique rougit de plaisir en baissant les yeux. Il y avait autour d'elle ce rayonnement auquel les hommes sont sensibles et qui les charme plus que tout. Lorsqu'elle s'assit près de lui et qu'ils furent attablés, il lui fit part de certains projets :

— Croyez-moi, madame, nous anéantirons ce triste général Wolfe et ses troupes.

— Je n'en doute pas, monsieur, à voir la fougue que vous savez communiquer à vos régiments…

Angélique l'écouta parler. Elle le trouvait beau et sûr de son fait, et de plus, il affichait une assurance qui l'impressionnait et à laquelle elle n'était pas insensible. Elle ignorait qu'il avait trahi François, et lui se plut à la divertir… Non loin d'elle, et malgré l'allégresse générale, le gouverneur et sa femme faisaient triste mine. M. de Vaudreuil, repris par ses doutes, continuait de se soucier que l'on ne meure pas de faim dès le lendemain et songeait avec terreur à tout ce qu'on engloutissait au cours de ce seul repas qui aurait pu nourrir un grand nombre de fantassins ou de nécessiteux durant cinq ou six jours… Mais ses scrupules arrivaient un peu tard. Pour l'heure, tous se gavaient devant lui et sur son ordre. À cet instant, demain ne préoccupait pas les ventres affamés ! Demain viendrait bien assez vite, avec ses contraintes… Entre les rôtis et les poulardes, les pâtés et les tourtières, demain était inaccessible, inimaginable et trop lointain. On fit ripaille après plusieurs semaines de disette.

Soudain, sous les yeux ébahis d'Angélique qui dégustait un ris de veau, le gouverneur vint s'asseoir près de Montcalm, demanda qu'on lui servît à boire et lui lança sur un ton qui n'admettait pas la réplique :

— Dès demain, vous rapatrierez toutes vos milices, monsieur de Montcalm. Il ne s'agit pas de laisser quelque troupe que ce soit près des Grands Lacs, ou sur les côtes…

Montcalm le regarda d'un air incrédule en lâchant le pilon qu'il dévorait à belles dents. Impossible de comprendre ce que Vaudreuil voulait lui dire. Les régiments qu'il avait postés ici et là pour défendre les points stratégiques avaient fort à faire. L'autre continuait, en appuyant sur ses mots :

— Avec la famine que nous subissons, les soldats vaillants seront indispensables aux travaux des champs. Qu'ils aillent tous labourer et qu'on prépare une nouvelle récolte !

Montcalm et Bougainville n'en crurent pas leurs oreilles. L'ordre du gouverneur était si incongru qu'ils étaient sûrs d'avoir mal entendu. Ils lui demandèrent de répéter. M. de Bougainville murmura tout bas en hochant la tête :

— Aux travaux des champs, nos soldats ?

Montcalm se fâcha :

— Monsieur, à l'est, la flotte anglaise assiège Louisbourg et il nous faut par surcroît défendre la citadelle… Nous sommes en manque d'hommes…

— Sornettes ! Il faut parer au plus pressé, rétorqua M. de Vaudreuil en criant. Sornettes, vous dis-je ! La preuve en est que vous les avez battus à plate couture et qu'ils vont se replier… Quant à la citadelle, elle est imprenable, vous êtes le premier à l'affirmer.

384

— Sans doute, mais que connaissez-vous à l'art militaire, monsieur?

Vaudreuil resta silencieux et se fit verser un autre verre. Montcalm se gratta le menton d'un air dubitatif. Le gouverneur avait l'air sûr de lui! Mais tout de même, son sang de militaire se rebellait... Bougainville ne dit mot. Il bouillait de colère depuis que le roi lui avait refusé les renforts qu'il réclamait.

Angélique, qui avait compris les conséquences des enjeux dont il était question, se demanda quelle tournure allait prendre la discussion. Soucieuse, elle repoussa son assiette. Autrefois, il n'y avait pas si longtemps, elle aurait donné son avis et tenté de convaincre le gouverneur de laisser le général Montcalm se battre comme il l'entendait. Mais aujourd'hui, elle était consciente que chacun de ces messieurs, en toute bonne foi, pouvait faire une grave erreur de jugement dont les conséquences seraient fatales. Ils étaient deux ou trois à porter la lourde responsabilité de délivrer un peuple et un pays, avec pour seules certitudes leur fougue et leur bravoure. Isolés... Ils étaient tous isolés et la Nouvelle-France n'avait jamais été aussi abandonnée. Ces héros étaient seuls et avaient pour tâche de sauver un continent que des Français avaient conquis et apprivoisé, et qu'ils allaient peut-être perdre par manque de moyens... Cette idée lui donnait le vertige. Ces hommes valeureux y pensaient-ils? Ils avaient l'air si convaincus. Pourquoi sa pensée allait-elle si loin? Après tout, rien n'était encore perdu! Qui des deux, du gouverneur ou de Montcalm, aurait le cran d'imposer son point de vue à l'autre? Le pouvoir politique aurait-il le dessus sur la stratégie guerrière? Quel imbroglio, et surtout, quel cas de conscience lourd à porter!

Elle regardait son frère Nicolas que ce duel verbal amusait. Il semblait à l'aise devant la perspective des prochains déploiements et s'animait avec M. de Lévis, tandis que les robes de quelques dames, attablées de part et d'autre, dessinaient des touches à la fois délicates et joyeuses autour de la longue table. Ces femmes étaient-elles tristes comme elle, dans leurs jolies robes, ou bien résignées ? Voyaient-elles d'un bon œil leurs maris et leurs frères se préparer à la guerre ? Angélique fit un signe de tête à Mme de Vaudreuil qui n'avait rien avalé de tout le repas et dont le visage était marqué par l'angoisse.

Après quelques hésitations, le vin et la bonne chère aidant, Montcalm répliqua au gouverneur :

– Faisons des patrouilles, monsieur ! Il ne faudrait pas croire que nos ennemis ont des ailes pour traverser, débarquer, monter des rampes et escalader le roc en portant des échelles…

Puis il se leva et, tendant son verre, il porta un toast pour la dixième fois :

– Mes amis, trinquons ! Québec est imprenable… Nous le savons tous ! Nous les obligerons, ces maudits Britanniques, à se rendre ou à abandonner le combat !

Il prit son temps pour faire du regard le tour de la table avant de continuer, en se penchant un peu vers Angélique :

– Mes amis, je vous en fais serment à vous tous, devant madame qui m'est témoin, nous les surprendrons et plus vite qu'ils ne le pensent, les Anglais !

Les hourras fusèrent et l'on scanda une chanson à boire. Quant à la requête du gouverneur, il serait bien temps, demain matin, de savoir s'il aurait le cœur de la maintenir… Angélique leva son verre malgré l'inquiétude qui montait en elle et étreignait son cœur. La salle était échauffée et l'on voyait bien que tous avaient trop bu. Elle reposa sa coupe. N'étaient-ils pas dans l'erreur les uns et les autres? Montcalm et Bougainville semblaient avoir bien préparé leur plan et Lévis embrassait aussi leurs idées, bien décidé à passer outre aux restrictions et aux propos cinglants de Louis XV. On les sentait tous trois bardés d'invincibilité… Mais leurs soldats étaient-ils en assez grand nombre? À les entendre, à les croire, le dénouement serait proche et en faveur des Français. Angélique ne savait que penser. Devait-elle pencher vers un certain scepticisme ou, au contraire, se réjouir de leurs projets et fouetter leur enthousiasme par des encouragements et des paroles optimistes? Devait-on oublier que les Anglais encerclaient les villages autour de Québec et que la flotte britannique faisait blocus chaque jour un peu plus, depuis l'embouchure du Saint-Laurent? Devait-on croire que l'ennemi abandonnerait si vite la partie, ou encore que le roi de France s'apitoierait tout à coup sur le sort de ses fidèles sujets et qu'il enverrait d'autres troupes, d'autres armes et d'autres vivres en quantité suffisante pour les tirer de ce mauvais pas?

Le vin coula à flots cette nuit-là. Dans toutes les auberges, on racontait les exploits des valeureux héros Montcalm, Bougainville et Lévis. Un véritable regain d'optimisme soufflait sur la colonie et se répandait comme une traînée de poudre de Québec à Montréal en passant par les Trois-Rivières. Bon nombre de cultivateurs cédèrent à la pression des militaires. Contrairement à ce qu'avait demandé M. de Vaudreuil, attirés par les exploits à venir, charmés par les récits guerriers et sous l'effet de la boisson, ils laissèrent là leurs faux et leurs serpes, qu'ils troquèrent pour des fusils, et rejoignirent les rangs de l'armée. Chacun voulait avoir sa part de la prochaine victoire. Chacun voulait son heure de gloire. Ce ne furent pas les soldats qui se mirent aux champs, ce furent les ouvriers des champs qui devinrent soldats. Il fallait bien se battre et libérer le pays!

Lorsque ses frères la raccompagnèrent chez elle, Angélique, sans même prendre le temps de retirer ses souliers, monta dans la chambre de sa fille. Une grande lassitude s'était emparée d'elle. Elle avait un besoin inexplicable de vérifier que Françoise dormait paisiblement. Dieu merci, l'enfant était bien là, endormie dans la petite chambre silencieuse, sous la clarté de la lune. Elle entendit son souffle régulier, elle fut rassurée. Alors, elle se pencha et lui caressa les joues et le front.

— Dors, mon ange, dors et fais de beaux rêves, murmura-t-elle.

Puis, elle déposa un tendre baiser sur ses paupières et remonta un peu ses couvertures:

— Tu es tout ce que j'ai de plus cher, petite fille. Que Dieu te préserve toujours!

CHAPITRE XX

Au printemps de 1759, François séjournait fréquemment à Montréal avec Michel. En leur absence, Angélique se préparait à sortir pour aller visiter Marguerite avec la petite. Elle s'adonnait au bonheur de prendre soin de sa fille et ne voulait plus jamais se priver de ce trésor. Malgré les vicissitudes et la guerre, la fillette était agréable à regarder et Angélique en était fière. Son cœur de mère était comblé. Chacune de ses mèches de cheveux qui tournaient en boucles blondes était la plus jolie qu'elle eût jamais vue, son visage, avec ses grands yeux bleus et vifs, était celui d'un chérubin, ses pieds et ses mains potelées avaient des courbes gracieuses qu'elle contemplait tout attendrie. Elle aurait aimé la cajoler à chaque instant, l'emmener avec elle et la montrer partout comme ce qu'elle avait de plus précieux. Tout émoustillée par la perspective de la promenade, la fillette sautillait avec une vieille poupée de chiffon qu'elle tenait par la main. Douée d'un heureux tempérament, elle jouait, se tortillait et bougeait en tous sens, tant et si bien qu'Angélique devait se fâcher pour l'emmitoufler dans un confortable manteau, car l'air était encore frais.

Philippe Langlois apparut tout à coup dans l'entrée et salua. Il avait l'air soucieux et pressé à la fois quand il s'approcha d'Angélique. Bien qu'il fût resté le même et qu'il fût toujours aussi disponible, ces dernières années Philippe avait vieilli. Ses cheveux blanchis faisaient ressortir l'éclat de son regard très noir et son dos légèrement voûté accusait le passage des ans. Il lança son chapeau sur le canapé et déboutonna sa redingote. La petite se mit à rire et voulut attraper le couvre-chef, mais Philippe, qui habituellement jouait et plaisantait avec l'enfant, n'y prêta pas attention. Gravement, il se tourna vers Angélique et celle-ci comprit ce qui l'amenait, avant même qu'il prononce une parole :

– Ma mère ?

Il fit un signe de tête.

– Je vous emmène avec moi, Lélie… Ne perdons pas de temps, dit-il.

Depuis quelques mois, la santé de Louisa donnait des inquiétudes à Angélique. On pouvait s'attendre à de mauvaises nouvelles à son sujet, car elle s'était affaiblie ces derniers jours. Angélique resta interdite, comme si elle n'avait pas bien entendu la demande de Philippe. Les mots avaient résonné à ses oreilles en faisant un petit bruit sec, semblables à des coquilles vides qu'on aurait laissé tomber sur une plaque de marbre, et leur sens n'avait pas pénétré dans son esprit. Nounou prit le bras d'Angélique. Il fallait partir…

– Allons, mon ange, lui dit-elle, rassurante.

Elle ne bougeait toujours pas. Certains événements, bien qu'on les sache inévitables, vous prennent par surprise en se produisant trop vite et vous mettent à l'envers dès qu'ils s'inscrivent dans une réalité que l'on croyait lointaine… Comme un automate, l'esprit et le corps immobilisés par la certitude que sa mère était arrivée au bout de son parcours, elle prit la petite par la main et, sans même lever la tête pour saluer Nounou qui leur tendait la poupée et des vêtements chauds, elle monta précipitamment dans le carrosse. Comme si elle faisait un cauchemar, le cœur battant à grands coups, elle installa l'enfant sur ses genoux. Philippe s'assit à ses côtés. Il faisait froid et sombre. Le soleil désertait la campagne et le vent apportait par rafales des giboulées qui rendaient les chaussées glissantes. Chouart maintenait ses bêtes au pas. Inutile de faire de longs discours sur l'état de Louisa : Philippe et Angélique savaient.

En ces instants, Philippe vivait lui aussi de curieux sentiments mélangés de regrets et d'amertume. Ce qui le bouleversait, c'était que jamais il n'avait été maître de la situation, ni pour Louisa ni pour Angélique. Son cœur se serrait… Pour ces deux femmes qu'il avait aimées et qu'il aimait encore comme si elles n'étaient qu'une seule et même personne, il avait pendant des années joué un rôle secondaire, celui de l'homme de tous les jours et de toutes les situations, le bras droit, le soutien, celui que l'on appelle pour prêter main-forte au quotidien. Jamais il n'aurait été celui qu'il avait rêvé d'être, l'amoureux qui recueille et comble les passions, celui qui fait rêver et fait briller les regards, celui à qui l'on dit je t'aime… Il y avait une muraille infranchissable entre lui et l'objet de ses attentes, faite de convenances et de retenues, qui le rendait invisible et lui avait interdit à tout jamais d'ouvrir la porte du bonheur. Avec la mort qui rôdait autour de Louisa, il faisait, en compagnie d'Angélique, une sorte de pèlerinage, alors que ses espoirs s'envolaient en ricanant comme des corbeaux, laissant béant le vide douloureux de sa trop longue solitude.

Louisa, qui, ces dernières années, avait pris de plus en plus de plaisir à passer du temps avec sa petite-fille et qui en était si fière, gardait la chambre depuis le début de l'hiver. Le médecin se déclarait impuissant à la soulager de ses maux et elle s'en allait chaque jour un peu plus, minée par la toux dont tant de femmes souffraient au dur tournant de la soixantaine… Elle était poitrinaire…

Ils attendirent le passeur du bout de l'île pendant un long moment, guettant la progression du bac avec des jumelles. Les minutes s'écoulaient comme des heures et le fleuve, agité de hautes vagues, avait en son centre des tons presque noirs qui évoquaient de l'encre. La petite Angélique-Françoise n'aimait pas voir ces remous et pleurait en réclamant sa grand-mère, comme si elle pressentait que quelque chose de grave allait lui arriver… Philippe la blottit dans ses bras, tandis qu'Angélique se mit à lui chanter, d'une voix triste, une comptine, pour l'amuser un peu. De l'autre côté, la calèche de Denys les attendait déjà. Aussitôt qu'ils arrivèrent, Angélique confia la fillette à une servante et monta dans la chambre de Louisa, accompagnée de Marie-Louise, pâle et défaite :

— Le curé sort d'ici, elle a demandé les saintes huiles, dit celle-ci en ouvrant la porte.

— Mes frères ? questionna simplement Angélique.

— On les a fait chercher…

Louisa n'était plus la même tant elle avait maigri. Pour la première fois depuis si longtemps, elle n'avait pas réintégré sa maison de la rue Saint-Pierre au début du mois de septembre et elle continuait de résider chez

Marie-Louise et Denys, à l'île d'Orléans. Secouée par une toux sèche et continue, elle refusait de sortir et de prendre part aux événements comme elle l'avait toujours fait. Même sa coquetterie légendaire l'avait abandonnée. Elle ne se faisait plus coiffer et ne commandait plus de nouvelles toilettes à la modiste qui avait remplacé Mme Cotton. Elle s'était peu à peu désintéressée de tout, allant de moins en moins souvent à Québec et délaissant ses amies et les bals du Palais sans le moindre regret, ce qui n'était pas dans sa nature... Jusqu'à ces derniers mois, elle avait continué de mener la vie mondaine qu'elle aimait, mais son état s'était vite détérioré. En plus de tousser, ce qui l'épuisait, elle souffrait de douloureux rhumatismes qui la rendaient de plus en plus irascible. Angélique fut stupéfaite. En moins de deux semaines, depuis sa dernière visite, un changement incroyable s'était opéré. Louisa n'était pas particulièrement religieuse, bien qu'elle fût respectueuse des enseignements de l'Église. Or elle avait fait installer un immense crucifix de bois sur le mur à la tête de son lit, tandis que des images pieuses et des livres de prières étaient étalés sur tous les meubles. Quel changement! Angélique n'en croyait pas ses yeux. Personne n'avait jamais vu sa mère s'entourer d'objets de piété. Au fur et à mesure qu'elle regardait autour d'elle, sa gorge se serrait. Perdue au centre du grand lit dans la chambre éclairée par deux chandeliers, la fière Louisa avait l'air si fragile et si désarmée tout à coup! Cette mère hautaine et redoutable avait brutalement perdu ses attributs, et Angélique, impressionnée par tant de dépouillement, voyait défiler l'histoire difficile de leur relation qui s'estompait dans les affres de l'agonie. Des sanglots muets lui barraient la poitrine, tandis que Louisa toussait et râlait. Son souffle, devenu une souffrance, déformait les traits de son visage. Angélique s'approcha du lit :

– Je suis auprès de vous, mère...

Louisa n'ouvrit même pas les yeux. Elle tendit la main.

– La petite ? questionna-t-elle d'une voix inaudible.

– Françoise est en bas...

Louisa hocha la tête. Elle comprenait. Sa fille, qui ne l'avait jamais vue ainsi, étouffa un cri. Décoiffée, sans le moindre fard et alitée, elle était méconnaissable. Son visage avait pris une teinte grisâtre et les rides s'étaient creusées autour des yeux, la faisant paraître vieille... Avec la toux qui ne s'arrêtait pas elle suffoquait. La femme de chambre changea ses oreillers et humecta ses lèvres. Quelle impuissance devant la détresse d'une mère qui avait abandonné en si peu de temps le côté volontaire et tyrannique de sa personnalité... Pourquoi Angélique n'avait-elle pas vu venir la chute vertigineuse de Louisa ? Quel mystérieux ennemi intérieur avait pu la transformer en quelques semaines et la broyer ainsi pour faire d'elle cette pauvre femme ? Pourquoi, elle qui avait toujours eu le maintien d'une reine, avait-elle l'air d'une vagabonde sur un lit d'hospice ? Tous ceux qui entraient dans la chambre souffraient de la voir ainsi. Elle était pitoyable. Angélique aurait voulu pouvoir la soulager, la toucher avec une baguette magique et lui dire : « Levez-vous, mère, vous êtes guérie... », mais elle ne connaissait pas de formule secrète ! Elle mit son visage dans ses mains pour se recueillir un peu. Combien de temps s'écoula-t-il ? Les minutes avaient cessé de marquer leur cadence habituelle et s'étaient fondues dans ce désarroi en une sorte d'obscurité intemporelle. Le bruit d'un attelage, des claquements de portes, des voix montèrent jusqu'au pied du lit et la firent sursauter. Angélique se précipita à la fenêtre : enfin, ses frères arrivaient... Alors, quand Louisa sentit que ses trois enfants l'entouraient, elle s'abandonna à l'appel implacable de la mort, convaincue qu'elle n'avait rien de plus à faire sur cette terre où sa seule vocation avait été d'être belle et d'aimer ce qui est beau. Sans un regret pour ce qu'elle laissait derrière elle et qui ne lui avait pas apporté la plénitude, elle sombra dans l'inconscience. En l'espace de quelques minutes, Louisa abandonna son corps, lâchant le contrôle qu'elle avait toujours maintenu sur elle-même. Elle s'éteignit dans une dernière quinte, recroquevillée comme un enfant qui naît, emportant son espoir de revivre dans un au-delà fait de réjouissances, tandis que tous essuyaient une larme.

CHAPITRE XXI

Les feux de la Saint-Jean furent brefs en cette année 1759. Québec était assiégé. Sur le Saint-Laurent, une véritable armada, qui devenait chaque jour plus menaçante, entourait l'île d'Orléans et les bateaux anglais, sans cesse plus nombreux, transportaient des milliers de soldats qui débarquaient dans l'île. Les habitants avaient dû se replier dans Québec et abandonner leurs lieux de villégiature, terrorisés par ce déferlement militaire. Toute la famille de La Ronde s'était réfugiée chez Angélique. Pressentant l'affrontement, Montcalm et Lévis avaient déployé leurs troupes au-delà des chutes, derrière la rivière Montmorency, toujours convaincus que le pic rocheux de Québec rendrait la ville inattaquable, tandis que Wolfe faisait impitoyablement détruire les villages alentour. Les mois de juillet et août furent terribles. La bataille fit rage. On n'entendait plus que les canonnades et les tirs qui résonnaient tout le long de la vallée, tandis que les eaux du fleuve s'étaient hérissées de voiles et de mâtures ennemies.

Dans la maison des Péan, Nounou se tenait debout dans sa cuisine, catastrophée. Sur la longue table, après les avoir fait cuire, elle avait disposé dans des plats de grès quelques pommes de terre et une poignée de carottes que Chouart avait extraites du carré de légumes… Il ne restait rien d'autre ! Un peu plus tôt, elle avait fouillé le garde-manger de fond en comble, espérant y trouver encore quelques œufs, mais le garde-manger et la remise étaient vides ! Faute de trouver d'autres provisions, la veille, elle avait fait cuire la dernière poule et on l'avait engloutie en la grignotant jusqu'aux os, avec les navets et les haricots qu'elle avait fait mijoter longuement dans un bouillon clair. Ces légumes, pourtant bien ordinaires, Nounou les avait gardés pendant quelques semaines, pour les grandes occasions, et ce soir, il n'y avait plus rien. Elle s'essuya les mains sur son tablier et se laissa tomber sur une chaise, gagnée par le découragement. Angélique, qui était arrivée sans bruit derrière elle, la prit par les épaules :

— Allons, allons, Nounou, ne te désespère pas !

La pauvre vieille sursauta et se retourna, fâchée :

— Et comment veux-tu, mon ange, que je me réjouisse ? Le garde-manger est vide, le potager l'est aussi, et ton mari ne nous apporte plus de viande depuis belle lurette ! Explique-moi, qu'est-ce que je vais leur donner à manger ?

— Mes invités sont comme toi et moi, nous sommes tous dans la même situation !

À ce moment, une suite de bruits sourds, semblables à des coups de tonnerre qui ricochaient sur l'eau, se firent entendre dans la vallée en même temps que des hurlements de femme leur faisaient écho.

— Tu vois, ils vont bien finir par nous prendre en otages, morts ou vifs… Plutôt morts de faim, d'ailleurs…

Chouart entra et déposa son chapeau. Le cri s'était transformé en un long gémissement :

— Encore une femme terrorisée, dont le ventre est vide depuis trop longtemps !

— Rien ne sert de nous apitoyer sur notre sort, continua Angélique. Dès demain matin, j'irai porter au curé les pots de confitures qui nous restent, pour qu'il les distribue aux pauvres…

— Que donneras-tu à manger à la petite ? lança Nounou en se plantant devant elle pour sauver ses conserves et préserver l'enfant.

— Tu en garderas un pour Françoise… Si seulement Michel pouvait nous apporter quelques jambons pour qu'on les cuise ! murmura-t-elle, soudain grave.

Elle prit un plateau, y déposa les quelques pommes de terre encore fumantes que Nounou avait sorties du four et entra, l'air triomphant, dans la salle à manger où les convives se recueillaient devant leurs assiettes vides.

— J'ai faim, dit la petite.

— Voici le repas ! fit Angélique sur un ton enjoué.

Elle répartit avec précaution la moitié d'une pomme de terre dans chaque assiette avec un morceau de carotte en prime. L'enfant écarquillait les yeux, affamée.

— Maman, dit-elle soudain, ce matin, j'ai vu derrière l'église des bouquets de pissenlits. Chouart m'a dit qu'on pourrait en faire une bonne salade !

— C'est une excellente idée, lui répondit sa mère. Les avez-vous cueillis ?

Angélique-Françoise fit un signe de tête affirmatif et courut dans la remise. Elle rapporta un tas d'herbes qu'elle avait enroulées dans un torchon. On les assaisonna bien vite et l'on mit le tout dans le plus beau saladier pour les offrir comme un mets de choix…

Jusqu'à ces derniers jours, l'heure des repas avait été animée, mais aujourd'hui, tous restaient silencieux. On évitait de parler pour ne pas commenter les événements, on évitait d'évoquer le pire, on se réfugiait dans un mutisme qui en disait long. Dans un ensemble parfait, tous les membres de la famille se levèrent afin de réciter le bénédicité et se signèrent avant de se rasseoir pour manger en silence, concentrés sur leur maigre portion.

— Avez-vous entendu ce que j'ai entendu ? demanda tout à coup de sa voix pointue la vieille tante Louise-Philippe, complètement sourde.

— Oui, lui cria Denys en se penchant vers elle, nous avons entendu des coups de canon…

Ils se regardèrent sans mot dire et replongèrent le nez chacun dans son assiette. Soudain, la porte s'ouvrit avec fracas et Michel fit son apparition. Il avait un air affairé qui contrastait avec leurs mines moroses. Il apportait deux caissettes recouvertes d'un linge de coton. Il les remit à Angélique, tandis que la fillette, tout heureuse, se précipitait dans ses bras :

— Papa ! papa…

— Mes amis, je vous apporte quelques douceurs, dit-il, un sourire aux lèvres.

— Ah !

— Ce sont des quartiers de viande que j'ai fini par trouver…

— C'est un miracle ! s'exclama Denys.

Nounou voulut emporter le paquet dans la cuisine, mais les provisions étaient si précieuses que Marie-Louise s'en empara et souleva le coin du torchon. On tenait à contempler ce qu'on n'avait pas vu depuis si longtemps, un peu de viande rouge… Ils étaient tous debout, serrés autour des deux caissettes, comme si elles contenaient un fabuleux trésor. Les yeux brillants de convoitise, ils examinèrent chaque morceau que Marie-Louise et Angélique retournaient avec précaution.

– C'est curieux, intervint la vieille tante, cette viande a une drôle de couleur!

– Es-tu sûr de sa qualité? demanda Denys à Michel.

– Absolument…

– Cette viande est bizarre! ajouta Marie-Louise en se penchant pour la sentir.

– C'est du cheval…

Angélique réprima un haut-le-cœur et la petite poussa un cri.

– Du cheval!

Il n'y avait rien à ajouter, on se contenterait de manger du cheval, c'était encore bien beau d'en avoir trouvé…

Dans les jours qui suivirent, on ne savait plus où donner de la tête. Dans toutes les maisons, on s'affairait. Pendant que les hommes guerroyaient, les femmes s'activaient pour confectionner des vêtements, des sacs et des pochettes à munitions. Malgré le manque de denrées, on tentait de préparer de maigres repas, des rations individuelles et des soupes où trempaient des herbes sauvages. On faisait en sorte que les hommes ne manquent de rien. Le Séminaire et même le couvent des ursulines furent transformés en hôpital où l'on transportait les blessés, et les religieuses, qui n'avaient plus assez de lits, furent contraintes de coucher deux, parfois trois hommes sur une paillasse. Même si les pertes de soldats devenaient plus lourdes chaque jour, on tentait de garder le moral.

Angélique, qui avait vu ses craintes devenir réalité, ne pouvait que constater l'ampleur du désastre. Qui aurait pensé, quelques années plus tôt, qu'on se trouverait dans cette situation quasi désespérée? Comment avait-on pu, pendant des années, rire et chanter, se réjouir sans penser au lendemain et dilapider le capital de sécurité, ô combien maigre, qu'on possédait en Nouvelle-France? Elle tâchait de ne pas se laisser aller à l'amertume en se répétant que l'amertume ne mène à rien de constructif... Que pouvait-elle faire? Que pouvait-on faire? Lorsque la petite fut endormie et que tout se fut calmé, elle resta au coin de l'âtre et songea longuement en regardant les flammes projeter leur lumière vacillante dans la pièce. Il était trop tard! On ne pouvait plus rien éviter. Des soubresauts d'impuissance la secouaient et la faisaient trembler... Pourquoi en était-on arrivé là?

Alors, ne sachant plus que faire, incapable d'agir pour changer les choses, elle se surprenait à rêver. Elle rêvait à son père qui lui avait prodigué tant de tendresse et dont l'absence n'avait jamais été comblée; puis, elle rêvait que François était auprès d'elle, qu'il la prenait dans ses bras, qu'il se faisait rassurant et la protégeait de toutes les misères et qu'il l'entourait d'une apaisante certitude. Elle aurait voulu qu'il soit ici et qu'il transforme en un tourbillon de plaisir chacune des chaudes soirées de cet été durant lequel on n'avait plus l'esprit à la fête… Comme jadis! Dans son cœur, il avait gardé les pouvoirs d'un magicien et elle aurait aimé qu'il agisse en bienfaiteur auprès de tous ceux qui, sans espoir, voyaient leur vie basculer dans cette interminable guerre d'usure. Lorsqu'elle se laissait aller ainsi, ses rêves ravivaient le désir qu'elle avait de sa présence et de ses caresses, faisant vibrer tout son être, comme si, d'où il était, François entendait son appel et lui répondait en l'enveloppant d'amour. Elle se voyait, marchant à son bras le long du fleuve, admirant avec lui la voûte scintillante du ciel et elle imaginait que les bruits de pétarade qu'on entendait encore n'étaient que des feux d'artifice qui célébraient leur union. Lorsque son rêve s'épuisait de lui-même avec les bûches qui s'étaient consumées, lorsque la nuit était bien noire et qu'elle sentait le sommeil la gagner, alors, elle montait dans sa chambre et s'endormait en se demandant de quoi le lendemain serait fait.

Chapitre XXII

Fin de l'été 1759.

La nature était toujours aussi belle et, chaque fois que son regard se posait sur l'une ou l'autre des rives du Saint-Laurent, Angélique oubliait pendant quelques instants la triste réalité. Le mois de septembre se parait de somptueuses couleurs, malgré les champs restés à peu près vides, et ce jour-là, comme les autres jours, elle s'apprêtait à se rendre au couvent, où elle apporterait un peu de farine et une ou deux bouteilles de cidre qu'elle avait dénichées pour redonner du courage aux blessés. Elle en profiterait pour donner un coup de main aux religieuses et refaire quelques pansements. Tant de pauvres hères avaient perdu un bras ou une jambe et se trouvaient dans un piteux état! Tout à coup, il y eut un vacarme épouvantable, des clairons se mirent à sonner, tandis que, de tous les clochers des églises, le tocsin commença à résonner et à rythmer un lugubre concert. On était au matin du 13 septembre. Toute la ville fut paralysée à cet instant. Angélique sortit dans la rue en courant, Françoise sur les talons.

– Que se passe-t-il?

Chacun s'informait de son balcon ou de sa porte. Un tambour passait, précédé de quelques fantassins, baïonnette au clair, il criait de toutes ses forces en tambourinant :

— Les Anglais sont entrés dans la ville ! Tous autour de Montcalm… Tous autour de Montcalm !

Les régiments se regroupaient au pas de course et montaient dans les Plaines d'Abraham pour s'aligner autour de leurs officiers. Tandis que les premiers se mettaient en place, Montcalm, qui n'avait pas prévu un tel déferlement, donnait ses ordres pour placer l'arrière-garde :

— Pressez tous vos hommes, dit-il à ses lieutenants, refoulez-moi cette horde jusqu'au fleuve !

Montcalm ignorait l'importance de la troupe qui envahissait les abords de la ville et les berges du fleuve, montant de tous côtés et resserrant les mailles d'un filet bien tissé. Pareils à d'inépuisables rangées de fourmis, les soldats anglais allaient au pas de course et recouvraient les Plaines après avoir escaladé le roc, par un sentier caché, à la faveur de la nuit, et ils se tenaient en rangs serrés, prêts à l'affrontement.

— Les Anglais sont entrés dans la ville ! entendait-on crier de toutes parts.

— C'est le diable qui leur a ouvert le chemin !

— Rentrons, ma fille, fit Angélique en serrant la petite contre elle.

Nounou et Thomas, effrayés, commencèrent à barricader portes et fenêtres, tandis que des milliers de soldats en uniforme rouge prenaient position au bout des Plaines d'Abraham, du côté de Wolfe. À l'autre extrémité, sur le sommet de la butte, Louis-François, Nicolas et leurs compagnons d'armes étaient déjà à leur poste, montés sur les chevaux, sous les couleurs du roi de

France. Tandis que M. de Lévis organisait les tirs, l'affrontement était imminent.

— Grand Dieu du ciel, qu'est-ce qui nous arrive? se lamentait Nounou tandis que Chouart baissait la tête.

Aidée de Thomas, elle sortit du grenier une antique statue de la Vierge qu'elle percha sur un guéridon au milieu de l'entrée et se mit à l'implorer, les mains jointes :

— Bonne Sainte Vierge, préserve tous ces braves qui combattent pour le roi de France... Aide-nous !

Angélique-Françoise priait elle aussi, agenouillée, un chapelet enroulé autour de son poignet, elle récitait sagement quelques Je vous salue, Marie. Angélique ne bronchait pas, gardant un semblant de calme afin de ne pas terroriser la fillette qui s'inquiétait de l'absence de son père. Pour l'occuper, elle sortit de la boîte à couture quelques travaux d'aiguille, mais la petite tremblait à chaque détonation et manquait ses points en retenant ses larmes. La guerre se déroulait presque devant la porte. La bataille était engagée. Les Plaines d'Abraham étaient si proches de la maison que personne n'osait mettre le nez dehors : on redoutait les balles perdues qui auraient pu blesser quelqu'un ou un cheval fou, emporté par sa fureur, qui aurait provoqué quelque malheur.

Au bout d'un moment, Angélique, pour faire diversion, sortit sa grande harpe qu'elle n'avait pas utilisée depuis bien longtemps.

— Viens, mignonne, nous allons jouer de la musique...

Elle se mit à chanter une vieille mélodie en s'accompagnant de son instrument et Françoise, admirative, tournait les pages de la partition en oubliant le vacarme des tirs et des coups de feu qui ne tarissaient pas. Les minutes semblèrent aussi longues que des heures. La journée fut interminable… Chouart bouchonnait ses chevaux dans l'écurie en les caressant pour les rassurer. Même les oiseaux s'étaient tus. Ce jour-là, ils ne chantèrent pas sur les toits de Québec et se réfugièrent dans le creux des plus grosses branches, effrayés par la folie des hommes.

Vers le milieu de l'après-midi, lorsque les ombres eurent fait leur apparition sur l'herbe, à l'heure où la lumière est la plus belle et souligne les reliefs, quand les rayons du soleil donnent aux eaux leur teinte la plus profonde, le vacarme s'assourdit quelque peu. On s'étonnait déjà de ce semblant de silence, on respirait mieux, quand des cris de panique résonnèrent dans l'entrée. Quelqu'un cognait à la porte. Angélique et Nounou se précipitèrent. Louis-François et Nicolas précédés de leurs écuyers étaient là, la mine défaite, précédant deux soldats qui portaient sur un brancard M. de Montcalm, atteint par une balle en plein milieu des reins. Il perdait beaucoup de sang. Sa chemise et ses pantalons étaient maculés de larges taches rouges. Il s'affaiblissait.

— Vite, portez-le dans la petite chambre…

La réaction d'Angélique fut rapide. Elle s'élança devant les soldats en criant à Nounou de préparer des compresses. Nounou se hâta et se présenta dans la chambre avec une cuvette d'eau tiède et des linges propres.

— Il sera mieux ici qu'au Séminaire, dit Nicolas comme pour s'excuser. Ne perdons pas de temps! Courez chercher un médecin, cria-t-il aux deux hommes.

— Comment est-ce arrivé? questionna Angélique.

Montcalm avait le visage tordu par la souffrance. Chaque seconde était précieuse. Pendant que Nounou dégrafait sa veste avec peine pour éponger la plaie, Angélique s'approcha de lui, essuya lentement son visage trempé de sueur et lui prit la main. Le sang se répandit sur le bord de la couverture et sa bouche, qui retenait un gémissement, frémit. Était-ce de douleur ou de regrets?

— Courage, monsieur, le médecin sera bientôt là!

— Madame, je n'en ai point besoin, dit-il tout bas.

Il pencha la tête de son côté et murmura au prix d'un grand effort:

— Ma femme et mes enfants...

— Je vais les faire prévenir de votre blessure et je leur dirai que l'on vous soigne bien!

— Je vous remercie...

— Mais de quoi donc, monsieur? Je vous en prie, vos braves soldats ont encore besoin de vous! dit Angélique, pour se faire rassurante.

Il ferma les yeux quelques instants et serra la main d'Angélique. Malgré les pansements qu'on avait enroulés autour de ses plaies, même si tous le suppliaient de vivre encore pour retourner bientôt au combat, son état s'aggravait. La bataille la plus terrible de toute l'histoire de la Nouvelle-France venait de voir son chef mortellement atteint. M. de Montcalm, incapable de retenir la vie qui le quittait déjà, voyait ses rêves s'écrouler en même temps que l'empire français d'Amérique. Ses forces l'abandonnaient d'heure en heure. Il souffrait. Il dicta ses dernières volontés juste avant que Mgr de Pontbriand, que l'on avait fait prévenir, vienne lui administrer les derniers sacrements.

Angélique et ses frères savaient que l'heure était d'une gravité extrême. Sans leur chef, déroutés par le nombre des Anglais et battus à plate couture, les Français n'avaient plus qu'à rendre les armes. La petite, qui, restée à l'écart, devinait le drame qui se jouait, alla s'agenouiller devant la Vierge et, levant les yeux vers elle, l'implora innocemment :

— Bonne Sainte Vierge, tu n'as pas trop fait ton travail et nous en sommes bien tristes !

— Allons, mon petit ange, il ne faut pas insulter la Vierge, lui reprocha Nounou, cela pourrait porter malheur...

— Au point où nous en sommes ! fit Angélique.

Le lendemain, le redoutable guerrier, à moitié inconscient, poussa quelques soupirs à fendre l'âme et s'éteignit en prononçant les mots qui résumaient sa déconfiture :

— J'ai tant de regrets de mes erreurs...

Et son âme quitta ce corps qui ne pouvait accepter de survivre à la défaite. Il avait suffi de quelques moments d'inattention et d'un entêtement irraisonnable à croire inattaquables ses arrières. Le médecin revint, mais ne put que constater le décès. C'est alors que Nicolas fit à Angélique une confidence au sujet du défunt :

— Je ne saurai jamais te remercier assez, Lélie, de l'avoir aidé !

— Pourquoi ne l'aurais-je point fait ?

— Montcalm et Bougainville sont au nombre des détracteurs de François...

Malgré elle, Angélique se mit à pleurer en silence sur la mort du général, comme on pleure ceux qui nous remuent par leurs actions extraordinaires. Ce grand homme était décédé presque dans ses bras et ses derniers mots furent ceux qu'il lui avait dits à l'oreille.

Un peu plus tard, M. de Lévis et quelques autres qui avaient tenté de continuer le combat à la tête de leurs troupes se présentèrent chez Angélique afin de rendre les derniers hommages à leur chef.

— Wolfe aussi a succombé! annoncèrent-ils. Les pertes anglaises sont importantes…

— Ils se croyaient tous deux invulnérables et ils se sont rejoints en un même lieu, presque à la même heure! Paix à leur âme, déclara Nicolas en passant son bras autour des épaules de sa sœur.

— Les rendez-vous de la mort sont imprévisibles…, répondit-elle.

⚜

Le 17 septembre, par un jour de soleil comme seul l'automne sait en prodiguer, alors que les forêts commencent à flamboyer, M. de Ramezay fut chargé, au nom du roi de France, de remettre au général Townsend les clefs de la ville, tandis que, de tous côtés, on enterrait les morts et que sonnait le glas dans toutes les paroisses. L'armée française avait perdu plus de mille deux cents hommes et le peuple mourait de faim.

La capitulation de la France était chose faite, mais les chefs militaires refusaient de s'avouer vaincus. Le Canada, pourtant, ne serait désormais qu'une colonie anglaise et l'on ne pourrait plus envisager l'avenir comme l'accomplissement de ce qu'on avait espéré en s'exilant ici. On n'avait plus que deux choix: rester et accepter d'être des sujets de l'Angleterre ou bien partir en restant

Français. À compter de ce jour, beaucoup cédèrent à la panique et on se battit pour trouver une place sur l'un ou l'autre des navires en partance pour la mère patrie, navires de moins en moins nombreux, étant donné la défaite politique et militaire...

Dans les jours qui suivirent, Québec perdit son visage habituel... Autour des églises, on creusait des tombes. Il n'y avait pas de village qui n'ait ses morts au champ de bataille et tous les hommes valides faisaient office de fossoyeurs, tandis que d'un clocher à l'autre sonnait le glas. On avait déjà enterré les quelque deux cents soldats qui avaient donné leur vie pour sauver Québec et l'on manquait de lits, de bandages et d'onguents pour donner les premiers soins aux blessés qui étaient plus de deux mille. Les femmes s'enfermaient dans les maisons, les enfants ne chantaient plus et les hommes baissaient la tête. Les prêtres et les religieuses se relayaient pour veiller dans les églises. On y priait même la nuit. Les journées se succédaient, infiniment longues et tristes, vidées de leur âme, depuis qu'on avait dû se rendre à l'évidence, la Nouvelle-France était passée aux mains de l'ennemi. Les habitants qui ne pouvaient croire à la défaite des armées françaises étaient atterrés. On entendait des portes claquer sèchement chaque fois qu'un bataillon anglais faisait la ronde. On se cachait dès qu'apparaissait au tournant d'une rue un uniforme rouge. Parmi tous ceux qui occupaient une charge royale, l'intendant avait été rappelé en premier lieu par le roi. François se préparait à monter incessamment à bord du *Fanny* qui mouillait dans la rade. Il rassemblait des dossiers et des bilans que le roi le sommait d'emporter avec lui, ne sortait plus guère et, depuis le 17 septembre, s'emmurait dans son bureau du matin au soir. Depuis l'hiver 1758, sa popularité avait dangereusement chuté et des attroupements se formaient sous ses fenêtres aux grilles du Palais. On l'insultait, on lui lançait des quolibets, on le montrait du doigt et on levait le poing jusqu'au moment où les milices intervenaient pour disperser les mécontents. Quelques mois plus tôt des groupes de femmes et d'hommes poussés par la famine s'étaient révoltés contre ses décrets qui maintenaient à la hausse le cours des boisseaux de blé et on lui reprochait le manque de denrées de première nécessité qui sévissait depuis trop longtemps. Le peuple assommé par tant de misères à la fois cherchait un coupable et l'intendant était devenu la cible de la vindicte populaire.

Lorsque vint l'hiver 1759, François avait quitté Québec depuis deux mois et le froid s'était emparé de la ville et de la campagne. Angélique l'avait accompagné jusqu'à la passerelle et lorsque *Le Fanny* avait levé l'ancre, elle était restée seule un long moment, les yeux embués de larmes. Michel, qui n'avait pu trouver un passage sur aucun des brigantins, tentait de négocier encore quelques affaires dans un monde devenu brutalement anglais, où les coutumes et les lois n'étaient plus soumises au même souverain. Il fallait, pour regagner la France, attendre jusqu'au printemps.

Un soir, alors que le froid commençait à se faire sentir et que les jours avaient raccourci au point qu'il faisait sombre depuis plus de deux heures, Michel revint à l'heure du souper avec Louis-François et Nicolas habillés en civil. Ils avaient l'air tendus, on les sentait inquiets. Manifestement, ils craignaient de se faire reconnaître par l'une ou l'autre des patrouilles qui, depuis peu, montaient la garde dans les rues de la ville.

— Ferme les portes et les fenêtres, petite sœur, et veille à ce que personne ne nous entende, dit Nicolas. Demande aussi à Thomas de laisser la petite porte dérobée entrouverte, nous attendons quelques-uns de nos camarades.

— Et qu'on éteigne tous les chandeliers afin de ne pas éveiller les soupçons…, ajouta Louis-François.

— Pour l'amour! s'exclama Angélique, me direz-vous ce qui se passe dans ma maison?

— Chut! répondit Nicolas, tu le sauras dans quelques instants si tu nous fais le serment de rester muette…

— Comme une tombe, je le jure, dit-elle en levant la main droite.

— Nous préparons une revanche!

Bientôt, trois ou quatre officiers, dont M. de Lévis, enroulés dans de longues capes et coiffés de tricornes, pénétrèrent par la petite porte avec des airs de conspirateurs.

— Messieurs, notre rencontre doit rester secrète, déclara M. de Lévis, ainsi que tous nos propos. Le jurez-vous?

— Nous le jurons, répondirent en chœur les soldats.

— Nous attendrons la fin de l'hiver et nous nous battrons jusqu'au bout…

— Nous le promettons…

Et tous sortirent leurs épées qu'ils croisèrent en faisant le serment de s'entraider et de suivre le chevalier de

Lévis pour gagner une revanche en attaquant par surprise, dès les premiers beaux jours du printemps, les armées du général Murray. On prévoyait se battre à la façon des Iroquois, à couvert, dans le bois et sans faire de bruit, sans roulement de tambour ni grands déploiements.

Les Français les plus hardis n'avaient pas dit leur dernier mot, et Angélique, bien que fière de leur témérité, pria la bonne sainte Geneviève pour qu'elle ne les abandonne pas, tout en continuant de vaquer à ses occupations dans une maison qui semblait étrangement vide. Elle avait beau chasser les pensées mélancoliques, hormis les joies que lui donnait Angélique-Françoise, la perspective des lendemains s'était assombrie de tous côtés. Elle se sentait plus seule que jamais. La guerre avait éloigné son amant et aussi ses deux frères. Louis-François et Nicolas continuaient de servir le chevalier de Lévis, lequel, retranché dans Montréal, rassemblait désespérément sous sa bannière les troupes encore vaillantes et préparaient la contre-offensive. On était aux premiers jours d'avril.

Assise devant sa coiffeuse, sa fille sur ses genoux, Angélique, songeuse, tentait sans y parvenir d'oublier la désolation qui régnait partout. Elle enroulait des papillotes autour des mèches de Françoise qui riait et se tortillait de plaisir, la rappelant à la réalité:

— Vous me chatouillez, maman!

— Ne bouge pas ainsi, mon ange…

Angélique posa le peigne d'ivoire et la brosse qu'elle avait dans les mains et lui donna un baiser. La fillette qui allait sur ses huit ans et était d'une nature joyeuse faisait des mimiques devant le miroir en battant des mains. « Comme les années passent vite! se dit sa mère en soupirant, la voilà bientôt grande! Déjà, c'est une fillette qui démontre un grand tempérament. Saura-t-elle un jour qui est son véritable père?»

Thomas frappa discrètement à la porte et déposa devant elle un petit plateau au milieu duquel se trouvait un pli cacheté. Soudain nerveuse, Angélique l'ouvrit, persuadée qu'on lui apportait enfin des nouvelles de François. La lettre était de Nicolas:

Ma très chère sœur,
C'est dans une grande détresse que je t'écris.
Tu sais le courage que notre frère a démontré depuis toujours, mais il est des moments où le courage ne suffit pas. Les campagnes que nous avons menées nous ont épuisés et nous ont fait perdre nos meilleurs soldats. Nous nous sommes battus hier à Sainte-Foy.
Louis-François a donné sa vie, refusant de reculer devant l'envahisseur. Il restera un héros dont la France honorera toujours la mémoire. Après qu'il fut transpercé par le tir d'un mousquet ennemi, il a prononcé ton nom et il est mort dans mes bras...

La vue d'Angélique s'était brouillée en lisant les premières lignes écrites d'une main tremblante. Tandis que la fillette continuait de remonter ses boucles en papotant, elle fut incapable de retenir ses larmes, submergée par son chagrin. La guerre était une chose trop cruelle qui détruisait tout sur son passage et brisait le cœur de tant de personnes sans que l'on puisse avoir le moindre espoir d'intervenir ou d'y changer quoi que ce soit. Sa peine ravivait les vieilles blessures et l'anéantissait, lui faisant oublier qui elle était, la réduisant à ces pleurs amers qui débordaient d'elle et effrayaient sa fille qu'elle ne voyait plus. Alors, la fillette, pour la consoler, posa la tête sur ses genoux et l'entoura de ses bras comme si elle voulait la bercer.

– Ne pleurez pas, maman, ne pleurez pas, vous savez bien que je vous aime! lui dit-elle.

Angélique ravala son chagrin et sécha ses larmes.

– Viens, lui dit-elle, il faut qu'on te fasse belle pour aller à la grand-messe et prier pour ton oncle Louis-François qui est mort à la guerre.

Elle prit dans le tiroir de la commode une poignée de rubans de toutes les couleurs:

– Lequel veux-tu, mignonne, pour attacher tes cheveux?

Françoise les contempla tous et choisit un long ruban de satin bleu. «C'est celui que je portais lorsque j'ai dansé avec François pour la première fois», pensa Angélique. Et elle enroula le nœud dans les cheveux de l'enfant qui agita sa jolie tête en caressant les joues de sa mère:

– Dites, maman, pourquoi avez-vous l'air triste? demanda-t-elle soudain.

– Je ne suis pas triste, mon ange. Je suis avec toi… Viens, allons nous promener! Va chercher Nounou et dis-lui que nous partons rue Saint-Pierre!

La petite courut jusque dans la cuisine et revint, triomphante, en tirant Nounou par le volant de sa jupe.

– Viens, Nounou, j'aimerais passer par la place Royale, dit Angélique.

– Tu veux faire un pèlerinage, mon ange?

– Je veux me rendre à l'église et prier pour les absents.

Place Royale, le crieur public faisait sa tournée et annonçait en anglais les nouveaux malheurs qui s'étaient abattus sur le pays devant une foule découragée qui ne comprenait pas son discours. Françoise battait des mains au son du tambour, sous le regard bienveillant de Nounou. Angélique les laissa toutes les deux et entra dans l'église Notre-Dame-des-Victoires pour se recueillir quelques instants et allumer un cierge. La solitude et le silence lui feraient du bien... Quelques femmes agenouillées priaient et des notes de musique qui formaient un cantique s'échappaient de l'orgue. Angélique se revit bien des années en arrière. Le calme de la chapelle, l'odeur de l'encens qui flottait sous la voûte et la lueur des lampions allumés devant la statue de la Vierge l'apaisèrent. Lorsqu'elle sortit, ses yeux s'arrêtèrent sur une affiche, placardée le matin même sur le babillard de l'église, que des badauds examinaient sans la comprendre, tandis qu'une pensionnaire des ursulines leur faisait la lecture :

De par la volonté du roi de France
— Est accusé de crime de lèse-majesté et condamné à être jugé le ci-devant sieur François Bigot.
Est incarcéré en la prison de la Bastille pour avoir commis des crimes contre son roi et contre la France, jusqu'au prononcé de sa sentence.
De par le roi,
Louis

Les gens s'étaient attroupés et manifestaient leur approbation :

— Ah! dit une femme en levant le poing, il l'a bien mérité! Avec tout ce qu'il a volé...

— Qu'on ne le revoie jamais ici! se mit à crier un homme qui portait des sacs de grain sur l'épaule.

— Cet homme-là nous a bien dépossédés, c'est le diable en personne! dit un autre en se signant. Il nous a vendus aux Anglais…

— Pourtant, il nous faisait distribuer des vivres quand mon mari était soldat et qu'il a été blessé à la guerre, dit timidement une autre.

Tous ricanaient. Un vieil homme en haillons fit mine de cracher sur l'affiche.

— Maman, pourquoi ils crient? fit Françoise, effrayée.

Angélique ne put en entendre davantage. Elle tapa du pied et son visage prit une telle expression de colère que Nounou la tira par le bras.

— Viens, partons, dit-elle.

— Je suis révoltée d'entendre autant de sornettes! Les gens ne peuvent-ils s'empêcher de débiter des méchancetés?

— Les êtres humains sont ainsi faits, soupira Nounou, les absents ne peuvent pas se défendre…

— Justement!

À ce moment, une femme drapée dans une cape de soie fauve et une autre, très élégante, sortirent du presbytère et s'approchèrent, parlant haut sur un ton moqueur, afin que tous les entendent. Elles s'esclaffèrent:

— Mais c'est Mme Péan!

— Bien le bonjour, madame Péan!

Et elles firent une profonde révérence à Angélique, qui rougit de rage devant l'impertinence du ton et du geste. Sur la place, toutes les têtes se retournèrent. Chacun savait qu'Angélique avait été la maîtresse de l'intendant, car l'histoire de leur liaison, impudiquement commentée, avait fait le tour de la colonie! Barbe de

Saint-Ours et Amélie de Repentigny, plus arrogantes que jamais, profitant du hasard de la rencontre, jubilaient de pouvoir blesser leur rivale en signalant sa présence au milieu des badauds qui s'en donnèrent à cœur joie : l'incident était trop plaisant… Une troisième femme vint se joindre à elles, qui n'était autre qu'Élisabeth Bégon ravie de pouvoir assister à cet affrontement qu'elle espérait voir se transformer en une tumultueuse joute verbale. Les yeux d'Angélique lançaient des éclairs. Elle eut envie de gifler l'impertinente Barbe dont les paroles lui avaient à dessein griffé le cœur à l'endroit le plus sensible, mais elle se retint. Elle s'apprêtait à répliquer lorsque la petite, qui ne tenait plus en place, se mit à courir derrière le crieur public, insensible aux quolibets des curieux et sa mère fut bien obligée de laisser là les sottes pour la rattraper, tandis que fusaient partout les rires et les exclamations moqueuses. À quoi bon tenter de régler des problèmes dans la rue, et qui plus est, devant Françoise ? Celle-ci d'ailleurs, comme pour décourager sa mère de se livrer à un quelconque échange de mots avec les deux pimbêches, tomba et se mit à pleurer bien fort.

— Tu t'es fait mal, mon ange, viens, ce n'est rien…

Nounou, pour la consoler, lui donna un gros baiser, et Angélique l'entraîna bien vite vers la maison de la rue Saint-Pierre. Élisabeth Bégon, qui espérait noter un incident dans ses mémoires, en fut pour ses frais.

— Dommage qu'elle se soit enfuie, remarqua-t-elle.

— N'empêche que, maintenant, c'est elle qui est cocue…, dit Barbe à Élisabeth.

Et les trois commères remontèrent dans le carrosse qui les attendait, alors que la milice anglaise qui faisait sa ronde intimait à tous l'ordre de se disperser.

❦

François, qui était tombé amoureux des grands espaces et de la nature sauvage du Canada, était, plus qu'un autre, malheureux de sa situation. Lorsqu'on était venu le chercher quelques semaines après son arrivée en France pour l'enfermer à la Bastille, il n'avait pas résisté. De sa cellule, qui comportait pour tout mobilier une table, une chaise et une paillasse sur laquelle il dormait, il ne pouvait entrevoir qu'un minuscule morceau de ciel au-dessus de sa tête. Il tournait en rond dans sa geôle du matin au soir, écoutait les bruits qui montaient des rues de Paris en se répercutant sur les énormes murailles et levait les yeux vers l'étroite meurtrière pour évaluer le passage des heures selon la position du soleil, lorsqu'il y en avait un peu. Il tentait d'écrire et d'occuper son esprit, bien qu'on le rationnât en papier et en encre, et faisait ce que font tous les prisonniers, il traçait chaque matin une barre sur une page de son carnet de notes, ce qui lui permettait de savoir le nombre de jours qui s'étaient écoulés depuis son arrivée. Il sortit le carnet de sa poche.

— Déjà cent quatre-vingt-sept jours! Nous sommes au milieu du printemps…, soupira-t-il.

Qui aurait pu penser qu'un jour le fier intendant de la Nouvelle-France, celui qui roulait carrosse et faisait la pluie et le beau temps dans les lieux les plus élégants de Québec, serait incarcéré dans cette redoutable forteresse dont personne ne sortait, au centre de la capitale française? Il avait perdu de sa superbe. Comme tous les prisonniers, sa tenue laissait à désirer et il en était affligé. Son visage n'était plus rasé de près et ses vêtements, quoi qu'ils fussent encore finement ourlés, n'avaient plus la fraîcheur d'antan…

Par trois ou quatre fois, en payant grassement un messager pour les faire passer sur le premier bateau en partance pour Québec, il avait remis de courtes lettres à l'intention d'Angélique. N'ayant jamais eu de nouvelles en retour, il en concluait que les lettres ne s'étaient pas rendues à destination ou qu'Angélique l'avait oublié… « D'ailleurs, ne vaudrait-il pas mieux qu'elle m'oubliât ? » pensait-il tristement. Pourtant, aussitôt qu'il avait formulé cette pensée, son cœur se serrait et il caressait le fol espoir qu'elle l'aimait encore… « Il faut avoir été réduit à l'état de prisonnier pour connaître cette impuissance où les moindres gestes sont surveillés et où l'on est réduit à l'anéantissement complet de toute liberté. Même l'espoir m'est enlevé ! Que fait-elle ? Est-elle heureuse ? Que devient la petite ? Que se passe-t-il là-bas ? Que fait Michel Péan, comment s'organise-t-il avec la Grande Société et ce qui en est resté derrière moi ? » Il leva les yeux. Le soleil pointait dans le soupirail. Il aperçut, l'espace d'une seconde, la silhouette gracieuse d'une hirondelle. « C'est peut-être un bon signe », se dit-il. Cela lui redonna du courage.

Il attendait depuis quelques semaines la visite de son frère qui lui avait promis de venir de Rochefort pour le voir et il s'accrochait à l'idée que, peut-être, celui-ci pourrait infléchir le cours des événements de façon favorable. Il lui fallait bien se raccrocher à quelque chose… Depuis qu'il était détenu, il n'avait reçu aucune visite et ne savait pas si son calvaire allait prendre fin. L'instruction traînait, les semaines se succédaient. On lui disait que c'en était bien fini des colonies françaises et, lorsqu'il demandait à ses geôliers si on avait fixé les dates de son procès, ceux-ci lui répondaient, avec des rires entendus, qu'on le préviendrait le moment venu… Il n'avait pas vu l'acte d'accusation. Tout ce qu'il savait, c'est qu'il aurait à rendre des comptes au roi. Dans sa tête, ce qui s'était produit ces derniers mois tournait comme un cauchemar sans fin qu'il ne pouvait arrêter. Pourquoi n'avait-il pas vu venir la tourmente? Quelquefois, il était sûr que le roi céderait à ses arguments, mais plus souvent, bien plus souvent, hélas, il se voyait finir sur l'échafaud, pendu haut et court pour crime de lèse-majesté… Déjà, il n'était plus le même homme, il avait maigri d'une vingtaine de livres et ne mangeait pas la moitié de la maigre portion qu'on lui servait chaque jour. Pourtant, il était traité avec certains égards dus à son titre d'intendant et sa soupe était meilleure que celle de plusieurs de ses voisins, des repris de justice qui avaient encore les fers aux pieds et dont le sort n'était pas à envier.

Malgré sa nature optimiste, il savait que les choses seraient difficiles et que le roi, s'il l'avait fait prisonnier, avait de bonnes raisons de le déclarer coupable. Comment anéantir les convictions d'un souverain qui représente l'autorité divine et qui décide, selon son bon vouloir, du sort de ses sujets, aussi sûrement que le ciel fait la pluie et le beau temps? François était amer. Il se savait condamné d'avance et ne trouvait pas un seul argument qui soit assez fort à ses yeux pour faire comprendre au roi que, malgré son comportement insouciant et bien qu'il ait dilapidé des sommes considérables, chose qu'il ne pouvait nier, il avait, par son travail acharné et son intelligence, contribué à établir une véritable prospérité dans les échanges commerciaux de la Nouvelle-France.

Le roi, il est vrai, avait peut-être reçu moins d'argent qu'il aurait dû en recevoir ces dernières années, mais les structures sociales et administratives s'étaient largement améliorées… Et puis, avait-il fait mieux ou pire que tous ses collègues en poste dans les Antilles ou en Louisiane? Comment démontrer que le désintérêt général de la France et des Français par rapport à ce qui se passait en Amérique avait nui grandement à la société canadienne? Comment convaincre la magistrature française que la Nouvelle-France valait bien plus par son étendue et ses richesses naturelles que la plupart des provinces de la mère patrie dont l'appauvrissement depuis le règne de Louis XIV était une calamité? Le roi était insensible à la valeur des trésors lointains qu'il avait détenus grâce à une poignée de valeureux pionniers et n'avait pas vu l'utilité d'y déployer les ressources du royaume, préférant se concentrer sur la répression des luttes intestines et des révoltes paysannes qui commençaient à poindre. D'ailleurs, quelles étaient les ressources de la Nouvelle-France? Le souverain, qui n'en avait aucune connaissance exacte, affichait une grande incrédulité, malgré tous les rapports que ses ministres et ses conseillers lui en faisaient. À plusieurs reprises, lorsque M. de Vaudreuil avait demandé à son souverain plus de militaires et plus de frégates armées pour défendre les côtes, il avait dit sur un ton qui n'admettait pas la réplique:

— Croyez-vous donc, monsieur de Vaudreuil, que nous pouvons continuer à dépouiller nos sujets et à faire périr nos soldats pour défendre des terres qui sont de glace durant plus de la moitié de l'année?

Les riches familles de France s'étaient désintéressées à tort de ce pays, où l'on avait envoyé pendant cent ans de braves paysans et de vaillants soldats pour finalement les abandonner, encerclés par les Anglais. L'étau s'était refermé autour du Canada de plus en plus isolé et le peuple de France était si grevé d'impôts qu'il avait bien autre chose à faire qu'à penser aux colonies!

La tête dans les mains, perdu dans ses pensées, François sursauta. Des pas martelaient les lourdes dalles du couloir qui menait à sa porte. Des bruits de ferraille et des grincements se firent entendre. Les pas se rapprochèrent. Un des gardiens fit tourner la clé dans la serrure, un autre souleva la poutre qui barrait la porte. On venait le chercher. Sans doute son frère était-il arrivé… Entre deux gardiens qui lui passèrent les menottes, il descendit jusqu'à la salle commune sous bonne surveillance. La pièce sombre était éclairée par deux chandeliers fixés au mur et seuls deux bancs et quelques tabourets servaient de mobilier. Deux gardiens étaient postés en faction devant les portes. Ce n'était pas un homme qui l'attendait! Il fut stupéfait de voir une dame voilée. Assise sur un banc, drapée dans un long manteau, la dame avait un panier sur les genoux. Son sang ne fit qu'un tour… Angélique? Mais il fut obligé de chasser bien vite cette idée folle. La dame tourna la tête vers lui, tandis qu'il approchait le tabouret.

— Vous me voyez bien misérable, madame! À qui ai-je l'honneur?

Elle remonta le voile de crêpe qui lui cachait le visage. Sans être tout à fait vieille, elle n'était plus une femme jeune, mais elle avait cet air de noblesse qui caractérise les personnes de qualité et un regard qui lui toucha le cœur. Il lui baisa la main.

– Élisabeth Joybert de Soulanges, monsieur… C'est ma nièce qui m'envoie vers vous. Elle est fort inquiète de votre sort, n'ayant pas reçu de vos nouvelles durant ces derniers mois…

Elle murmurait afin que les gardiens qui se tenaient non loin d'eux, baïonnette au clair, ne puissent entendre leurs propos. Il ne rêvait pas! Ce n'était pas Angélique, mais c'était sa messagère…

– Je vous suis reconnaissant de votre démarche, madame de Soulanges…

Il se pencha un peu plus vers elle pour parler bas, lui aussi:

– J'ai envoyé quatre lettres assez brèves, j'en conviens, à madame votre nièce, que je ne veux pas inquiéter inutilement sur mon sort…

– Ma nièce n'a reçu que les deux premières, vous pouvez me croire! Elle est terriblement inquiète… Le passage des bateaux devient de plus en plus risqué et les lettres ne se rendent à destination qu'une fois sur quatre environ…

– Risqué, dites-vous?

– Oui, il n'est pas une semaine sans que des vaisseaux français soient arraisonnés par les Anglais… On pille, on brûle!

– C'est terrible… Dites à madame votre nièce que je vais aussi bien que possible et que mes pensées sont avec elle…

– De son côté, elle aussi a des pensées pour vous…

– Comment êtes-vous parvenue jusqu'à moi, madame?

– C'est que, voyez-vous, je suis toujours dans les faveurs du roi et de la reine…

Il hocha la tête. Il se souvenait que Mme de Soulanges avait éduqué les enfants de France comme s'ils avaient été ses propres enfants.

— Je ne sais si je serai bientôt jugé!

— Bientôt, sans doute, mais je vous avertis, nombreux sont les témoins que l'on a réunis contre vous... Pierre Martel, Louis Franquet, André Doreil, Joseph Philibert et même M. de Bougainville!

— Les traîtres!

— Je plaiderai pour vous auprès du roi, monsieur... Je vous en fais la promesse. Déjà, l'on m'a laissé entendre que vous serez jugé dans quelques jours et je n'aurai pas de repos que cela ne se produise.

— C'est trop de bonté que vous avez pour moi, madame!

— Je fais cela pour ma nièce envers qui j'ai un grand attachement, et sachant combien elle vous est chère!

— Je vous suis reconnaissant...

— Tenez! dit-elle en lui tendant le panier, voici quelques douceurs...

À ses oreilles, des girandoles s'agitaient joliment, lui rappelant celles qu'il avait jadis offertes à sa bien-aimée. Il lui baisa la main. Déjà, les geôliers les pressaient de se quitter. Lorsqu'il remonta dans sa cellule, un rayon d'espoir pénétra dans son cœur où le souvenir d'Angélique était encore plus vivant. Il déposa le panier sur la table. Il y trouva quelques fruits secs et des biscuits dans des sachets de toile et, tout au fond, une bouteille. Il la sortit de sa cachette pour l'examiner. C'était une bouteille de cidre. Il en fut ému. La simple vue de cette bouteille ramenait tant de moments heureux à sa mémoire! Il se souvenait encore de celles que sa bien-aimée lui avait apportées et qu'ils avaient bues ensemble lors de leur premier tête-à-tête. Dans le panier, il découvrit, au bout d'une chaînette, un médaillon qui s'ouvrait par le milieu. Il y trouva un portrait miniature d'Angélique avec un minuscule billet griffonné à la hâte. Il le lut:

Des vergers de Neuville.
Je sais que le courage ne vous manque pas. Promettez-moi de garder l'espoir.
Je vous aime toujours...

A.

Peut-être aurait-il bientôt la joie de la revoir? C'était, hélas, impossible. Son regard fit le tour de sa cellule, il faisait froid. Il était de nouveau seul, pour combien de temps? Sans pouvoir se maîtriser, envahi tout à coup par le sentiment de n'être plus rien et d'avoir laissé échapper le bonheur, il se mit à pleurer. Pourquoi n'avait-il pas su arrêter la folie de ses excès quand il en était encore temps? Pourquoi n'avait-il pas eu la plus élémentaire des prudences, celle de devenir humble et de cesser de se croire invincible, tout-puissant et éternel lorsqu'il possédait les trésors que d'autres n'obtiendraient jamais: la gloire, la richesse avec les rênes d'un pays à gérer, la fortune et, par-dessus tout, une femme exquise et qui l'aimait? Pourquoi avait-il tant joué et tant dépensé pour éblouir des courtisans qui profitaient de ses bienfaits en se vautrant dans un luxe qui avait engendré nonchalance et paresse? Pourquoi tous ces fantasmes reliés au pouvoir lui avaient-ils fait perdre la tête? Le pouvoir rend-il toujours aussi fou? Il savait maintenant que rien n'est donné à l'homme et que seuls lui sont distribués un jour les fruits qui résultent de son travail, lorsqu'il a fait preuve d'une vraie justice et d'un sage équilibre dans l'usage de ses biens. «Le bonheur que l'on cherche n'est pas dans tous ces artifices matériels, se dit-il, il est dans le fond de l'âme! J'ai passé la moitié d'une année en prison pour le comprendre!» Il songeait amèrement qu'il n'emporterait avec lui, au dernier jour de sa vie, rien de plus que le souvenir des heures passées à sentir battre le cœur de la femme qu'il aimait. Angélique... Il se repentait maintenant, mais c'était trop tard!

Du fond de son cœur montait une humble prière vers un Dieu avec qui il avait souvent oublié de dialoguer et vers celle qu'il aimerait toujours, mais qu'il ne reverrait sans doute jamais.

Souvent Angélique relisait les lettres. Mme de Soulanges lui avait fait parvenir à quelques reprises des missives qui arrivaient parfois avec six mois de retard. Six mois! Lorsqu'elle avait compris que François avait été déclaré coupable, cela lui avait fait un tel choc! Elle sortit de son corsage le précieux billet qu'elle y avait caché et ne put s'empêcher de le relire. Une larme glissa le long de sa joue. Elle avait du mal à accepter le brutal revirement de la situation qui les avait séparés et plongés depuis ce temps dans un véritable enfer. Pourquoi les gens qui avaient traité leur intendant comme leur roi pendant des années se retournaient-ils contre lui? Que ce soit au Canada ou en France, on ne prononçait le nom de François Bigot que pour déverser sur lui des torrents de moqueries et l'éclabousser des critiques les plus acerbes. Des vagues de colère s'élevaient de toutes parts contre celui qui avait fait danser et rire la ville entière, comme s'il avait été coupable de tous les maux de Nouvelle-France… Les ragots allaient bon train. On l'accusait même d'avoir provoqué la défaite des Français et de s'être acoquiné avec les Anglais depuis qu'ils avaient repris Louisbourg, persécutant les Acadiens, volant leurs terres après les avoir dispersés jusque dans les marais insalubres de la Louisiane !

⚜

À Québec, tous ceux qui en avaient les moyens voulaient quitter la colonie et ne pensaient qu'à préserver le peu de biens qu'ils pouvaient emporter avec eux. La panique s'emparait des autres qui avaient perdu leur idéal, celui d'être français. Déjà, les envahisseurs se comportaient comme des tyrans et imposaient à tous les sujets de prêter allégeance au roi d'Angleterre, le désormais souverain du pays. Les notables et les nobles répliquaient :

— Plutôt mourir que de trahir notre roi !

— Alors, quittez ce pays, disparaissez ou nous vous soumettrons par la force, conseillaient fermement les Anglais qui ne faisaient pas de sentiment.

Seules les petites gens restaient prises en otages et, minées par le désespoir, voyaient leur ville pillée et mise à sac par les milices anglaises qui s'en donnaient à cœur joie. « Qu'il ne reste plus rien de la grandeur de la France ! » recommandèrent les nouveaux occupants à leurs subalternes. Sans le moindre scrupule, ils s'acharnèrent à détruire afin que, désormais, dans la mémoire de chacun, l'histoire du Canada épouse celle de l'Angleterre. Michel savait la situation désespérée et prit la décision irréversible de s'exiler en France où l'attendaient son domaine d'Onzain, près de Blois, et de nombreuses terres, en plus des valeurs qu'il avait placées chez un vieux notaire de ses amis.

— Nous partirons dans une semaine, j'ai obtenu notre passage à bord du *Fanny*, annonça-t-il à Angélique.

— C'est impossible, s'écria-t-elle, vous n'y pensez pas! Nous n'allons pas abandonner Québec si vite, je ne vous suivrai pas!

Comme d'habitude, elle se rebellait devant une décision qui la touchait au cœur et qu'elle réprouvait, n'ayant pas eu le temps de la mûrir elle-même. Hors d'elle, elle tapa du pied et s'accrocha à l'idée qu'elle ne pouvait pas laisser là son pays, ses terres et surtout Neuville, que les Britanniques avaient investis… Le poids des événements lui faisait perdre la tête, elle oubliait le danger qu'il y aurait à rester ici si on ne se pliait pas volontiers aux caprices de l'envahisseur. En fait, il ne restait plus rien à espérer de bon, mais elle était incapable de se détacher de ce qui avait façonné sa vie, au point qu'elle ne pouvait envisager de retourner définitivement en France. Michel à son tour risquait la prison. Son esprit chavirait et se fermait à cette perspective. Le danger était grand. Et puis, s'adapter une nouvelle fois, tout quitter et recommencer avec d'autres habitudes et dans d'autres lieux, lui parut être une épreuve au-dessus de ses forces. À plusieurs reprises, Michel tenta de la convaincre que le mieux était de partir. Chaque fois, elle se rebiffait. Pourtant, lorsqu'elle songeait à François, une petite voix lui soufflait sans qu'elle l'écoute : «Là-bas, tu seras un peu plus près de lui et tu en auras peut-être quelque consolation, qui sait?» Mais elle faisait taire cette voix, trop occupée par le malheur de Québec. Michel finit par se fâcher vraiment :

— Vous me suivrez, Angélique, vous et Françoise, car ce qui nous attend ici vous ferait mourir de chagrin et de misère! Je ne laisserai pas votre tête dure comme le roc vous mettre en danger, vous et la petite! J'ai trop d'affection pour vous et pour notre fillette, malgré nos différends, pour vous laisser sans protection et sans moyens dans un pays devenu pire que lorsqu'il était aux mains des Sauvages...

Michel avait parlé sur un ton qui n'admettait pas la réplique et ses paroles étaient pleines de bon sens. Angélique fut bien obligée de se rendre à l'évidence. Les familles françaises étaient traquées, trahies et abandonnées. Angélique, comme toujours, chercha de nouveaux arguments à opposer à ceux de Michel :

— La traversée sera périlleuse, nous risquons autant notre vie sur un bateau qu'ici.

— Les bateaux transportant des civils n'intéressent guère la marine anglaise, Angélique. Nous passerons, vous dis-je, et nous nous rendrons ensemble à La Rochelle, lui rétorqua Michel, lassé de ses objections.

— En France, ne serez-vous pas inquiété personnellement par les décrets du roi? Vous savez bien que vous risquez votre liberté...

— Personne, grâce à vous, n'a jamais pu trouver la moindre preuve m'incriminant... Il y a un certain risque, mais je crois en ma bonne étoile! Nous traverserons, Angélique, et vous serez à l'abri...

Michel n'en démordait pas, répétant sans cesse qu'il valait mieux ne pas traîner à Québec. Déjà, à Neuville, et même rue Saint-Pierre, des fonctionnaires anglais investissaient les maisons vides pour y installer les bases de l'administration nouvelle. La coutume de Paris, qui avait dicté jusque-là les usages, avait été remplacée après le 17 septembre par les lois d'Angleterre.

Alors, à contrecœur, Angélique et Nounou commencèrent à préparer les malles. La maison se vida petit à petit de son âme pendant chacun de ces jours où l'on attendit la traversée. Thomas et Chouart s'affairaient du matin au soir, s'occupant des plus gros bagages, tandis qu'Angélique triait le linge et les vêtements avec Nounou. On ne pouvait tout emporter. Il fallut faire des choix. On retint deux ou trois petits meubles, qui prirent le chemin des cales du *Fanny*. Chaque fois que quelque chose disparaissait, Angélique était désemparée :

– Quelle pitié, se désolait-elle.

Plus les heures passaient et plus il devenait pénible de se détacher de ce qu'on avait tant aimé. L'âme des objets, l'esprit des lieux la hantaient. Elle ne pouvait plus dormir. Elle maigrit et ne fut plus que l'ombre d'elle-même. Des cernes bleuâtres étaient apparus autour de ses yeux, les faisant paraître plus grands encore, tandis que son regard, tel un puits sans fond, avait perdu le scintillement des beaux jours. Nounou, qui la voyait dépérir, ne pouvait même pas, comme elle l'avait toujours fait, lui recommander de bien manger, on n'avait plus de provisions et il fallait être chiche à chacun des repas...

Avant de partir, Angélique tenta de reprendre courage en se promenant une dernière fois dans la ville afin de graver dans son souvenir les rues avec leurs maisons, les places, les jardins et les paysages. Attirée par des bruits qu'elle ne connaissait pas, elle monta sur l'esplanade et, les yeux horrifiés, assista au saccage du Palais de l'intendance. Des soldats avaient amoncelé au milieu de la cour tous les livres que contenait la grande bibliothèque et ils avaient fait un feu de joie de tous les documents que la France archivait depuis si longtemps. Ils se frottaient les mains, scandant des chansons à boire. D'autres sortaient des chaises ou quelques meubles qu'ils jetaient dans le brasier en poussant des beuglements de plaisir, un rictus cruel imprimé sur les lèvres. Pareilles horreurs pouvaient-elles la laisser de glace?

— Les sauvages! murmura Angélique indignée. Les sauvages, en ce pays, ce sont eux! Pour quelle raison faut-il que les êtres humains prennent plaisir à piétiner leurs semblables lorsqu'ils les ont réduits à n'être plus rien?

Elle aurait aimé leur crier son mépris, les frapper au visage comme on frappe des enfants mal éduqués, leur dire qu'elle avait aimé ces meubles et ces papiers, que c'étaient ses amours qu'ils profanaient sans même le savoir, mais ils étaient sourds et aveugles. Ils se moquaient bien d'elle. Poussés par la force brutale, presque animale, que déclenche l'esprit guerrier, celui qui enchaîne les hommes à la stupidité et qui les prive de toute véritable joie, ils continuaient de jouir de leur destruction. Elle eut le cran de s'avancer et de se pencher pour ramasser quelques feuillets épars qui s'étaient envolés et qu'elle enfouit dans sa bourse. Un Anglais remarqua son geste. Il l'interpella:

— *What are you doing?*
— Rien, *Sir, nothing*! lui répondit-elle.

Un autre se mit à rire et lui fit signe de déguerpir en haussant les épaules. Autour d'elle, la rue était déserte. Les braves gens n'osaient plus se montrer. La honte de voir leur ville occupée par l'ennemi les clouait chez eux, les immobilisait derrière leurs fenêtres closes. Elle rentra chez elle, la mort dans l'âme : Michel avait sans doute raison de vouloir partir. Le chevalier de Lévis et ses braves réussiraient-ils bientôt à chasser ces diables rouges ?

⚜

Quelques jours avant le départ, avec sa fille, Angélique se rendit chez Marguerite. Celle-ci était occupée à coudre au milieu de ses enfants, maintenant au nombre de six, et avait l'air sereine, malgré les horreurs qui s'étaient déversées sur la ville. Elle semblait s'en accommoder sans se poser trop de questions.

– Quand partez-vous ? lui demanda Angélique.

– Nous ne partirons pas…

Angélique resta un instant interdite.

– Louis-Joseph ne veut pas retourner en France… Finalement, c'est ce qu'il a décidé : nous resterons ici ! Nous n'avons pas les moyens de nous installer là-bas !

– Et toi, est-ce ton choix ?

– Je ne sais plus…

Tandis que les plus jeunes jouaient à saute-mouton, Marguerite ramassa un cheval de bois qui traînait par terre et Angélique comprit qu'elle faisait cela pour cacher son trouble. Marguerite s'en remettait aux décisions de Louis-Joseph, quelles qu'en soient les conséquences, et pas plus qu'Angélique elle ne pouvait faire changer le cours des événements… Les deux amies auraient voulu exprimer les émotions qui les bouleversaient. Tous ces déracinements... Les mots ne sortaient pas, formant comme un bouchon trop gros qui obstruait leurs gorges. Les années d'enfance et de jeunesse, les jeux et les rires, les heures qu'elles avaient partagées sans souci des lendemains se révélaient immenses et précieux, impossibles à exprimer pour l'une et pour l'autre. Elles avaient pensé se rejoindre un jour de l'autre côté de l'océan, mais voici que leurs rêves s'évanouissaient et qu'aucune d'elles n'obtiendrait ce qu'elle avait souhaité.

— Je ne peux croire que je ne te verrai plus et qu'Angélique-Françoise ne jouera plus avec mes enfants, soupira Marguerite. Le pire, c'est qu'il nous faudra commencer à vivre et à parler en anglais. Je n'arrive pas à me faire à cette idée!

— J'ai longtemps rêvé de partir retrouver François, et maintenant que ce jour est arrivé, je ne sais plus si c'est la bonne chose... Les nouvelles de son procès ne sont pas bonnes! dit Angélique. Je n'imaginais pas que ma vie serait faite de morceaux dispersés, impossibles à recoller d'aucune façon, et que ce départ serait pour moi un si grand sacrifice... Je suis partagée entre le Canada et la France.

— Je reste, mais moi aussi je suis tiraillée et je n'aurai plus jamais cette paix que nous avons connue!

— Je sais, mon amie...

Les larmes roulaient sur leurs joues quand elles s'étreignirent une dernière fois. Le jour tirait à sa fin et il fallait se séparer. Angélique remit son joli mouchoir brodé à Marguerite.

— Garde-le toujours en souvenir de moi!

– Tu veux donc que je pleure chaque jour en le voyant? fit Marguerite.

Puis, elle donna à Françoise une minuscule poupée de porcelaine, tandis qu'Angélique faisait des adieux touchants à chacun des jeunes en lui remettant un petit souvenir. Les enfants s'accrochaient à leurs deux grandes amies.

– Je veux que toi et moi, on n'oublie pas toutes ces belles années, Marguerite…

– Comment oublier?

Marguerite se mit à sangloter lorsque Angélique et sa fille disparurent au bout du promontoire en leur faisant à tous des signes de la main.

Immuable dans son trajet, le soleil se couchait sur l'horizon et les eaux du fleuve, en vaguelettes poussées par le vent, venaient s'échouer sur la rive, rythmant leur clapotis cristallin sur les galets. Angélique n'oublierait jamais cela, ni l'odeur des embruns lorsque le soir tombe, ni l'immensité qui se déploie devant le regard posé sur l'une ou l'autre des berges du fleuve, ni les petites maisons alignées devant les champs de blé qui mûrissent, lorsque les jours sont les plus chauds de l'été.

Elle demanda à Chouart de s'arrêter une dernière fois sur l'esplanade pour admirer le ciel où s'allumait l'étoile du berger. Elle regarda longuement la citadelle et les toits de Québec où s'était imprimé tout son bonheur au long des ans. Derrière chaque fenêtre, dans les maisons, une à une s'allumaient les lueurs rassurantes des chandeliers. Ici, la modiste veillait en préparant des chapeaux, là-bas, le boulanger pétrissait déjà sa pâte et, plus loin, le notaire rédigeait ses actes pendant qu'un enfant jouait du violon à côté d'une femme qui brodait… De légères volutes de fumée s'échappaient des toits et les ormes et les saules bougeaient lentement leur feuillage, tandis qu'une odeur de terre humide et d'herbe coupée montait vers le firmament. La vie quotidienne suivait son cours dans ce pays qu'on n'appellerait plus jamais la Nouvelle-France. On était à l'heure où la brunante s'installe, pendant ces quelques minutes où la noirceur n'a pas pris sa place et où les choses sont enveloppées de mystère. La fillette s'approcha de sa mère et lui prit la main, muette, emplie, comme elle, par le spectacle qu'elle ne reverrait pas. Angélique l'entoura de ses bras comme pour la protéger et le vent qui s'était levé caressa le fleuve avant que la nuit tombe tout à fait. La silhouette d'un héron qui guettait son repas vint se poser sur une pierre plate et l'on entendit un chien japper dans la cour d'une ferme. Angélique pensa à François. Son cœur était douloureux. Elle chercha un mouchoir pour essuyer ses yeux qui pleuraient malgré elle, mais elle l'avait donné à Marguerite. Alors, ses doigts rencontrèrent, dans sa bourse brodée, les feuilles froissées ramassées devant le Palais de l'intendance. Elle les déplia, tremblante, et lorsqu'elle reconnut l'écriture de François, son cœur se mit à battre plus fort.

Il y avait là quelques mots griffonnés avec des chiffres alignés les uns à côté des autres, un mémoire de dépenses qui mentionnait des prix et des mesures. Ce n'était rien de bien extraordinaire, mais ces écritures représentaient pour elle un véritable trésor. Au bas de la dernière feuille, comme une danse légère, la plume avait tracé son nom : «François Bigot, intendant de Nouvelle-France». Sa main serra les feuillets et ses yeux ne purent retenir les torrents qui s'y étaient formés. Françoise, désemparée de voir sa mère pleurer autant, leva vers elle un regard affolé… Angélique replia les feuillets, les mit dans son corsage et étreignit son enfant sur son cœur. La fillette se blottit contre elle :

— Ne pleure plus, maman. Si tu pleures je vais pleurer moi aussi… Regarde, ce soir, il fait si beau !

— Tu as raison. Viens, Françoise, n'attrapons pas froid… Je t'aime, tu sais.

La petite hocha la tête, elle n'en avait jamais douté.

— Ne soyons pas imprudentes, mon enfant, c'est l'heure d'aller dormir !

Étrange sensation. Même absent depuis si longtemps, même s'il était à l'autre bout du monde, François restait près d'elle. Les émotions qui s'étaient réveillées à la vue de son trait de plume l'inondaient, comme s'il avait été là, à l'attendre aux marches du Palais. Elle était sûre qu'il y serait toujours d'une certaine façon et, dans son désarroi, tandis que le carrosse les ramenait chez elles à vive allure, elle entendit sa voix et se souvint tout à coup de cette phrase qu'il lui avait dite :

— Vous seule, madame, êtes ma grande sultane…

Et cela allégea un peu sa peine.

CHAPITRE XXIII

Le procès durait depuis des mois. Les témoins avaient défilé les uns après les autres, les audiences succédaient aux interrogatoires. Pendant ce temps, en Nouvelle-France, la guerre continuait ses ravages.

Il n'y avait pas beaucoup de monde ce jour-là dans la salle du palais de justice de Paris. François Bigot était debout. Le tribunal était présidé par M. Antoine de Sartine, lieutenant général de la police, entouré de vingt-sept magistrats. On lui lut sa sentence. Devant lui, le représentant du roi écoutait d'un air absent la lecture du jugement que le procureur du roi débitait avec monotonie, énumérant tous les détails de ce qu'on appelait partout l'Affaire du Canada. Finalement, comme il l'avait redouté, François était reconnu coupable des crimes de trahison et d'escroquerie. Il frémit. L'homme perruqué et habillé de noir énonçait avec lenteur la liste de ses crimes et des sommes qu'il était accusé d'avoir détournées, mentionnant les dates et les lieux où avaient eu lieu lesdits forfaits.

— Il nous manque toutefois une pièce majeure dans cet échiquier, dit le procureur en haussant soudain la voix et en tendant l'index vers l'accusé. Nous avons réussi à remonter la filière de quelques-uns des partenaires malhonnêtes, qui seront eux aussi punis, mais ce qui nous manque, c'est la preuve de la collusion de Péan et Cadet avec Bigot…

Un murmure s'éleva pendant quelques secondes, tandis que le greffier prenait scrupuleusement note de tout et que l'autre continuait la lecture du parchemin qui semblait ne jamais vouloir finir. François Bigot connaissait déjà la conclusion : il serait condamné à mort, sans avoir le droit de dire le moindre mot pour sa défense et sans pouvoir protester d'aucune façon.

Dans sa tête, repassant chacun des événements de sa vie, il revoyait comment il s'était hissé jusqu'au sommet de la gloire en Nouvelle-France. Parti de rien, fils d'un roturier, il avait réussi, à la force du poignet, grâce à son intelligence vive et à un courage hors pair, à obtenir les charges que d'autres convoitaient en raison de leur naissance ou de leur fortune. Il avait travaillé sans relâche. Une fois sa position acquise, et avec les rentes solides dont son travail l'avait doté, il avait obtenu que ses frères entrent dans la marine, au service du roi, contribuant ainsi à bâtir leur richesse présente. Mais ses frères l'avaient oublié… Aucun d'eux n'était venu le voir depuis son incarcération. Avaient-ils peur de ternir leur réputation auprès d'un prisonnier ? Les prisonniers écroués à la Bastille étaient ignorés et beaucoup n'en étaient jamais sortis vivants. Les êtres humains ont la mémoire courte et ne sont guère disposés à remettre les bienfaits dont on les a gratifiés. Ils faiblissent souvent lorsqu'un des leurs subit des revers qui le laissent misérable… François, seul face à son destin et à la justice des hommes, ressentait de l'amertume.

Tout à coup, ses yeux se posèrent sur une silhouette discrète, au fond de la salle, derrière les gendarmes chargés de maintenir l'ordre. Il reconnut Mme de Soulanges, qui lui fit un signe de tête. La lecture arrivait à son terme : celui de la condamnation. Il tendit l'oreille sans broncher pour autant.

— En conséquence, ledit François Bigot, reconnu coupable de tous les crimes dont il est accusé, se voit confisquer tous ses biens et possessions. Il est dépouillé de tous ses titres et de toute autorité qu'il a pu avoir dans ses fonctions. Ledit François Bigot est condamné, de par la volonté du roi Louis, à être banni à perpétuité du royaume de France, à ne jamais y revenir, mort ou vif, et à payer une amende d'un million cinq cent mille livres... Chacun des complices ou collaborateurs dont les extorsions ont été prouvées est condamné à payer sur-le-champ une amende et se verra banni...

Il tressaillit. Avait-il bien entendu ? Il était abasourdi ! Banni, mis en exil... Il s'était attendu à avoir la tête tranchée et voilà que le roi, dans un accès de clémence inespérée, exigeait simplement qu'il déguerpisse et qu'il lui restitue tout ce qui restait de ses biens... Il mit les mains sur son visage en cherchant à garder une contenance. Un des gardiens lui donna un coup de coude.

— Accusé, saluez la Cour !

Lorsqu'il releva la tête, ses yeux cherchèrent la silhouette de Mme de Soulanges. Elle s'était levée et, de nouveau, elle lui fit un signe de tête. Il comprit. Cette femme avait intercédé en sa faveur et obtenu sa grâce ! Il aurait voulu la serrer sur son cœur, lui dire merci encore une fois, mais elle disparut. Les gardiens l'emmenèrent. Les couloirs étaient interminables. Il avait cru mourir, mais il avait la vie sauve! Peut-être surmonterait-il les difficultés, après tout? Pourrait-il repartir à zéro? La vie pouvait sans doute lui apporter encore un peu de bonheur... Son optimisme momentané le surprit. Le besoin de vivre est-il donc si impératif? Comment faire table rase sans regret? Une condamnation à mort n'aurait-elle pas été préférable? Quel avenir s'ouvrait à lui? Aucun... Il était emmuré dans la prison de son passé.

On le raccompagna à sa geôle, on lui fit faire son bagage, qui était bien léger, car il ne lui restait que quelques vêtements et quelques livres entassés dans une petite malle. Le secrétaire de M. de Sartine parut quelques minutes plus tard.

– Le duc de Choiseul a signé votre élargissement. Demain matin, à l'aube, le fourgon vous emmènera jusqu'à la frontière de la Suisse. Votre passeport est signé par le roi...

Et il disparut. Le geôlier referma bruyamment la porte derrière lui. François ne répliqua pas, ne posa aucune question: il n'avait pas le choix. Il hocha la tête. Il savait ce que voulait dire être banni. Comment ferait-il, une fois qu'il aurait passé la frontière, pour trouver un logis, de quoi se nourrir et un peu d'argent? Sur la table, quelqu'un avait déposé un panier avec quelques vivres et une bourse. Ce ne pouvait être que Mme de Soulanges... Elle était donc un ange, elle aussi? Il y avait un billet avec l'adresse de l'armateur Gradis qu'il avait bien connu et qui pourrait l'aider. Elle avait pensé à tout. Il plia le billet, l'enfouit dans sa poche, puis se coucha, mais, malgré sa fatigue, il ne put trouver le sommeil. D'une certaine façon, cet exil était pire que la mort, qui le coupait de ses amis et de sa maîtresse. Il se sentait vieux. Très vieux. Son cachot était froid et humide et son dos était douloureux. Le bannissement lui faisait perdre l'espoir de retrouver son honneur et de revoir celle qu'il aimait, la tête haute. Jamais plus il ne pourrait la regarder droit dans les yeux. Ses si beaux yeux! Il remonta les pans de la couverture sur ses épaules. Il avait froid et sa barbe de plusieurs jours lui piquait la peau.

CHAPITRE XXIV

Hiver 1777.
Au moment où un jeune laquais remettait une bûche dans l'âtre, Angélique se leva. Elle se dirigea vers la cuisine et fit bouillir de l'eau pour préparer le thé en pensant que cela leur ferait du bien, à Nounou et à elle. La pauvre vieille se ratatinait un peu plus chaque année et Angélique se demandait si elle allait encore la garder en ce monde durant quelques hivers. Malgré les épais murs de pierre, le manoir était humide en toutes saisons et le feu de cheminée qui flambait dans chaque pièce ne suffisait pas à donner une chaleur confortable. Angélique se rappelait le vieux poêle à bois qui ronronnait rue Saint-Pierre lorsqu'elle était petite et qui devenait rouge à force de chauffer quand il faisait froid dehors. Elle songeait aux traîneaux qui s'élançaient sur la glace quand le fleuve était bien gelé. C'était si loin tout cela... Elle versa l'eau bouillante dans la théière et s'y réchauffa les mains tout en respirant la bonne odeur du thé, plaça dans une assiette quelques biscuits croquants comme elle savait si bien les faire et, portant le plateau, elle retourna devant la haute cheminée s'asseoir aux côtés de Nounou.

— Quel temps fait-il dehors? demanda la bonne vieille.

— Un peu froid, un peu gris… C'est l'hiver.

Angélique remonta l'épais châle de laine sur les épaules de sa nourrice et lui versa une tasse du liquide fumant en y ajoutant un nuage de lait.

— Te souviens-tu combien tu aimais le chocolat chaud? s'exclama Nounou, songeuse elle aussi.

— Oui, j'adorais le chocolat, mais nous n'en avons plus!

— Les produits exotiques sont devenus si rares…

Nounou hocha la tête en regardant «son ange», ce qui agita sa coiffe de dentelle. Angélique, l'œil attendri, admira par la fenêtre les rangées droites et ordonnées des pommiers qu'elle avait fait planter quelques années plus tôt. Les arbres dressaient leurs branches dénudées vers le ciel nuageux de la Touraine et leurs silhouettes ressemblaient à s'y méprendre à celles du verger de Neuville, non loin de Québec, celui qu'elle avait tant aimé. La campagne s'étalait au pied de la ville d'Amboise et le château qui dominait les rives lui rappelait un peu la silhouette de la citadelle qu'elle avait si longtemps regrettée. On était en douce France, dans les pays du Val de Loire, et le fleuve qui coulait au bout de son domaine était minuscule comparé au Saint-Laurent, ce géant de l'Amérique. Elle avait fini par s'habituer. Il y avait tant de charme à voir tous ces petits villages aux maisons de pierre blanche coiffées d'ardoise, où les jardins se cachaient derrière de longs murs et regorgeaient de fruits, de fleurs et de légumes qu'on ne connaissait pas là-bas… Là-bas!

Depuis leur arrivée, plus de seize ans avaient passé! Angélique s'était retirée dans sa propriété, qu'elle avait baptisée du nom de Neuville, tandis que Michel vivait maintenant dans son château d'Onzain, tout près de Blois, sans qu'elle y voie le moindre inconvénient. Ils n'étaient pas vraiment fâchés et se rencontraient de temps à autre, mais leurs rapports étaient devenus trop distants pour qu'ils continuent de faire vie commune après le mariage de Françoise, et puis, surtout, Michel n'avait jamais pardonné à Angélique le fait qu'elle avait aimé François bien plus que lui et qu'elle y pensait encore.

Françoise, pleine de talents, était devenue une jeune femme belle et distinguée comme sa mère. On l'avait mariée en grande pompe, trois ans plus tôt, au marquis de Marconnay qui, amoureux fou, l'avait enlevée pour vivre avec lui dans la province du Béarn, dans le sud de la France. Sa fille partie si loin, c'était une nouvelle épine qui blessait le cœur d'Angélique, une terrible meurtrissure dont elle ne se remettait pas. Quant aux familles de La Ronde et de Lotbinière, aux amis anciens et ceux qui avaient quitté le Canada, tous étaient maintenant dispersés aux quatre coins de la France...

On savait que, là-bas, les Français avaient dû adopter les coutumes anglaises et qu'il ne restait plus qu'une poignée d'irréductibles silencieux, attachés à leurs terres. Soumis à l'envahisseur, les Canadiens avaient vu tout ce qui représentait la France en Amérique être détruit, brûlé, et disparaître. Fiers, ils luttaient encore pour conserver leur langue, qu'ils devaient parler en se cachant... C'était grande misère et il valait mieux ne pas trop y penser et éviter d'aborder le sujet afin de ne pas remuer le fer dans la plaie. Parfois, Angélique recevait une lettre de sa chère Marguerite qui lui racontait par le détail ce qui leur advenait.

Durant ces années, Angélique avait envoyé des lettres dans plusieurs paroisses autour de Neuchâtel en Suisse où, au dire de certains, François habitait, mais aucune de ses démarches n'avait été fructueuse. Ses lettres étaient restées sans réponse. Les mois passant, découragée, elle s'était consacrée de plus en plus à l'éducation de sa fille ainsi qu'à la production de son immense verger. Sous sa gouverne, tout comme au Canada, on produisait à Neuville, son domaine près de Blois, maints délices du terroir dont elle était très fière et il y avait toujours du cidre en abondance pour les villageois.

Récemment, touchée par la détresse qu'elle avait rencontrée chez les petites gens de la région, elle avait décidé d'améliorer le sort de quelques filles-mères et formé le projet d'instruire ces jeunes femmes démunies, rejetées et isolées, à l'art de la dentelle. Les rubans et les cols étant toujours en vogue, le point d'Alençon et les Valenciennes trouvaient preneur à bon prix, mais la production s'avérait insuffisante par rapport à la demande. Il serait facile d'apporter de l'ouvrage à chacune d'entre elles. Une fois instruites et devenues expertes dans l'art des fuseaux et des aiguillettes, les dentellières pourraient subvenir aux besoins de leur famille quoi qu'il arrive. Angélique avait engagé une dame capable d'enseigner et de diriger un atelier qu'elle avait équipé dans une petite maison du village. Mme Péan, réputée pour être bonne, était aimée partout où elle œuvrait.

Angélique releva la tête lorsque l'horloge sonna la demie de quatre heures. Elle dégusta lentement quelques gorgées de thé et se tourna un peu vers la fenêtre pour que Nounou ne devine pas sa tristesse. Mais Nounou connaissait bien «son ange»… « Pourquoi reste-t-elle seule ici? se demandait-elle. Les années passent et elle semble se vouer à une solitude de plus en plus grande… Pourquoi faut-il que ses amours lui soient enlevées les unes après les autres? Françoise est loin, Nicolas est marié, Louis-François est décédé et Michel, elle ne l'a jamais aimé d'amour… C'était plutôt de l'amitié! Quant à son bien-aimé, qui sait ce qu'il est devenu…»

Angélique remplit une nouvelle fois les tasses. Ses cheveux, remontés sous un bonnet de tulle, avaient des teintes argentées qui lui donnaient un air très doux et à son cou pendait une petite croix de brillants qu'elle avait attachée à un ruban de velours noir. Son regard avait la profondeur des lacs aux eaux pures, ceux qu'elle avait connus jadis dans ce pays lointain où elle avait laissé une partie d'elle-même. Ici, en France, la douceur des hivers la surprenait toujours. Chaque année, lorsque les fêtes de Noël approchaient, sans même y réfléchir, elle attendait la première neige, mais la neige ne tombait pas. Les paysans des alentours n'en avaient jamais vu et certains la regardaient d'un air incrédule, comme si elle leur racontait des histoires invraisemblables lorsqu'elle évoquait la campagne blanche et glacée du Canada.

Elle se leva pour replacer des bûches sur les chenets, ce qui fit jaillir un bouquet d'étincelles. Elle était toujours aussi belle et sa silhouette, bien prise dans sa robe de velours, avait la même élégance que quelque vingt ans plus tôt.

— Demain matin, le médecin va venir t'examiner, dit-elle à sa nourrice au bout d'un moment.

— C'est inutile, fit Nounou, on ne guérit pas de sa vieillesse…

— En fait, ta santé est bonne et l'air de ce pays n'est pas si mauvais, remarqua Angélique, mais l'hiver y est monotone…

— Tu devrais partir un peu, voyager dans le Midi, te changer les idées…

— Il n'en est pas question, Nounou, je ne te laisserai pas!

À ce moment, Chouart, qui revenait du village, entra. Il portait les paniers remplis de provisions qu'il était allé quérir à la ferme et tenait dans sa main une lettre.

— C'est pour vous, Angélique!

Elle décacheta le pli. La belle-fille de Mme de Soulanges qu'elle n'avait pas vue depuis plus de cinq ans la priait de lui rendre visite à Versailles.

— Nounou, dit-elle, peut-être que je te laisserai quelques jours avec Thomas… Seulement quelques jours, ajouta-t-elle en l'entourant de ses bras et en lui donnant un baiser.

— Va, ma fille…

Nounou hocha la tête. Les choses étaient bien ainsi.

Du jubé de l'église baroque, l'orgue faisait entendre une fugue de Bach, tandis que le curé finissait de réciter la messe. Les paroissiens sortirent un à un et s'arrêtèrent quelques instants sur le parvis pour se saluer avant de retourner chez eux. L'air était vif. On apercevait quelques villages dans le lointain. Minuscules et blancs, ils se blottissaient autour de leur clocher, tandis que le lac limpide s'étalait au pied des montagnes et re-flétait, sur la surface de ses eaux, les sommets enneigés des Alpes. On aurait cru qu'un artiste avait dessiné ce décor de rêve sous le soleil hivernal.

Dès que les cloches annonçant la fin de la grand-messe se turent, le prêtre, suivi par quatre jeunes en sur-plis, quitta l'autel, et l'église finit de se vider en résonnant de petits bruits de chaises et de chuchotements. Seul sur son banc, un vieil homme aux mains noueuses et aux cheveux tout blancs priait dans la demi-obscurité de la voûte où filtrait un rayon coloré par les vitraux de la ro-sace. Le sacristain, voyant qu'il ne bougeait pas, s'appro-cha et se pencha vers lui :

– Allons, monsieur de Bar, il est temps de partir. Voulez-vous que je vous hèle un fiacre?

– Inutile, mon ami, je marcherai…

Le sacristain ne voulut pas le contrarier et pensa qu'il était bien malheureux d'endurer tant de souffrances. «Le pauvre vieux est misérable», se dit-il. M. de Bar, François de son prénom, se releva avec peine du prie-Dieu sur lequel il s'était agenouillé, s'appuya sur une canne à pom-meau d'or et, enveloppé dans une longue cape brune, il sortit à pas lents.

Personne ne savait quelle était son histoire et on ne lui connaissait aucune famille. Il vivait seul, presque ano-nyme et ne recevait jamais de visite. De temps à autre, on lui apportait du courrier qui venait de France. Bien qu'il ait eu l'envie de retourner dans son pays et de soigner ses rhumatismes aux eaux de Barèges, François ne pouvait pas passer la frontière sans risquer d'être emprisonné s'il n'avait obtenu un sauf-conduit en règle signé par le roi. Il avait tout essayé. Il avait supplié, allant jusqu'à écrire à ses juges de 1760, pour tenter d'obtenir une grâce… N'ayant jamais eu de réponse favorable et ses démarches restant vaines, au fil des années, il s'était lassé. Il avait imploré M. de Choiseul d'obtenir en sa faveur une autorisation provisoire, vu son état de santé. Mais rien n'y avait fait. Le duc de Choiseul n'avait jamais daigné donner suite à ses requêtes et François avait appris, un peu avant la mort du roi, que Choiseul, lui aussi, était tombé en disgrâce pour quelque affaire équivoque que Louis XV lui reprochait… Tous ses anciens amis l'avaient oublié, comme on oublie ceux qui sont dépossédés du pouvoir et de la gloire passagère. M. de Bar était très seul.

Depuis 1774, la France avait un nouveau souverain, le jeune Louis XVI que l'on disait fort peu occupé de politique et, de surcroît, timide à l'extrême, qui ne trouvait aucune raison d'accorder son pardon à ceux que son grand-père avait jugés des traîtres. En outre, la France ayant fini de liquider ses territoires d'Amérique, le dossier était clos et le roi ne voulait pas revenir en arrière. Inutile de remuer les cendres du passé. Des affaires plus pressantes préoccupaient son gouvernement. La misère des paysans français allait en grandissant. Ceux-ci, poussés à bout par le manque de ressources, grevés d'impôts, s'encourageaient à la révolte et l'on commençait à voir se former, dans les provinces, des groupes qui criaient leur colère. Craignant d'être oublié, dans une ultime tentative pour obtenir son pardon, François avait écrit au nouveau souverain lui-même :

Sire,
C'est avec beaucoup d'espoir que je me tourne vers Votre Majesté pour demander un pardon sans lequel je ne pourrai finir mes jours dans la paix.

On m'a ravi l'honneur et l'on s'est emparé de ma fortune que l'on croyait immense et dont les débris ont été dissipés sans pudeur.

Je suis démuni et malade.

Puisse mon malheur pénétrer le cœur paternel de Votre Majesté et l'ouvrir au sentiment qu'inspirent ma situation et mon innocence.

François Bigot

N'ayant jamais reçu de réponse, François de Bar avait abandonné ses démarches. Il n'avait plus écrit.

À petits pas, il remonta la côte qui menait à sa demeure. C'était une grande maison bourgeoise qui dominait le lac de Neuchâtel, où il avait pris pension et où le temps s'écoulait, un peu monotone pour ce vieil homme solitaire. Dans la cour, on entendait les cris joyeux des enfants qui jouaient en lançant des billes autour des massifs ornés de buis taillés. Ils s'exclamèrent sur son passage :

– Bonjour, grand-père !

François leur fit un signe. Une femme emmitouflée dans un long châle parut sur le pas de la porte et frappa dans ses mains pour faire rentrer les galopins, tandis que, du piano du salon, parvenaient les accords d'une polonaise. Au même moment, le carillon de bois sculpté au-dessus du porche ouvrit les battants de sa façade et de gracieux automates sortirent, tournant et tambourinant, pour annoncer midi. Avec peine, François de Bar gravit l'escalier en tenant la rampe et, las et fourbu, il s'assit dans le haut fauteuil auprès de la fenêtre, attendant que la servante lui apporte le plateau de son repas.

Comme chaque jour, ses yeux se posèrent sur le portrait d'Angélique qu'il avait réussi à sauvegarder dans son malheur et qu'il avait accroché en évidence sur le mur face à son lit. Voir son image était ce qui lui redonnait du courage. C'était une œuvre remarquable, d'une grande délicatesse, qu'il avait fait exécuter au cours de ce fameux voyage en 1755, lorsque Louis XV l'avait convoqué, voulant s'assurer de son intégrité. Angélique y était magnifiquement représentée en Diane chasseresse, le buste moulé dans une robe de satin pâle dont les plis retombaient en larges courbes sur ses hanches. Elle tenait une flèche dans la main gauche et son visage resplendissait, éclairé par la transparence de son regard. François n'avait jamais cessé de l'admirer. L'artiste avait su capter son expression particulière et faire rayonner toute sa grâce, sans qu'elle ait besoin de la moindre parure. Songeur, il contemplait le visage, la finesse de ses traits, et ne s'en lassait pas. Ses yeux étaient vivants. Limpides et brillants, ils suscitaient chez lui un état méditatif constant et il se laissait submerger par l'énergie qui émanait de ce tableau. C'était une façon de se sentir près d'elle. Pourquoi avait-il fallu qu'il la perde à tout jamais? Bien plus que sa fortune ou les plaisirs passagers qu'il avait connus, c'était elle qui lui manquait… Il avait eu le loisir d'aimer tant de femmes, d'avoir tant de maîtresses qu'il ne pouvait les compter ni se souvenir de chacune! Même ici, depuis qu'il était en Suisse, il n'était pas resté insensible aux charmes de quelques jolies soubrettes qui avaient réchauffé sa couche… Pourtant, la seule qui avait éveillé en lui le véritable amour, c'était elle. Angélique. Son cœur se serrait chaque jour et son âme l'appelait tout autant que sa chair, mais en vain, car elle avait disparu avec le bonheur qu'ils partageaient tous deux, là-bas... Là-bas!

Jamais, malgré son désir de la revoir, il n'avait eu le courage de lui écrire et de lui avouer combien il l'aimait encore. Il ne pouvait le faire sans perdre son honneur. Impensable. Impossible pour lui de soutenir, dans la médiocre position qui était depuis si longtemps la sienne, le regard de sa bien-aimée. L'amour ne s'accommode pas du dénuement, encore moins de la pitié. Il avait trop de fierté pour accepter qu'elle le vît malade, pauvre et vieillissant, à l'inverse de ce qu'elle avait connu de lui. D'ailleurs, était-il le même homme? Il en doutait parfois. Des rides sillonnaient ses joues et son regard jadis si perçant ne reflétait plus que la résignation. Depuis qu'il s'était établi ici, perclus de rhumatismes, il souffrait sans relâche, un peu plus chaque année, il était amaigri et son dos s'était courbé pour lui imposer une affligeante silhouette. Ses douleurs étaient intolérables. Il aurait donné sa fortune de naguère pour être guéri des terribles conséquences de son emprisonnement à la Bastille. Malheureusement, après le trop long procès du Châtelet, on l'avait délesté de tout ce qu'il possédait encore, et ses dernières valeurs, les seules qu'il avait réussi à mettre à l'écart du fisc, lui permettaient tout juste de vivoter.

Il se leva et s'assit devant sa table. Sans même attendre qu'on lui apporte son repas, poussé par un soudain pressentiment, il prit quelques feuilles de papier. Il se sentait faiblir depuis quelque temps. Une voix impérative lui dictait d'écrire à la belle-fille de Mme de Soulanges, qui avait été si bonne pour lui.

Madame,

C'est dans une grande faiblesse que je vous écris. Je sens mes forces décliner chaque jour et je viens vous exprimer une fois encore mes remerciements pour ce que vous avez fait pour moi.

Je vous serais obligé si vous consentiez à faire parvenir cette lettre à Mme Péan, afin qu'elle soit persuadée que mon inclination pour elle ne s'est jamais altérée malgré mon silence et mon éloignement.

Toutes les démarches que j'ai naguère entreprises n'ont mené à rien qui puisse améliorer mon sort. Je n'ai jamais reçu les faveurs que je réclamais… Je suis bien démuni et très malade.

Il aurait suffi que l'on reconnaisse l'honnêteté de mes actions qui n'ont jamais été aussi mauvaises que ce qu'on en a dit.

Dites à Angélique que je m'en remets à Dieu pour me rendre justice et que je serai toujours son serviteur.

Votre dévoué,

François Bigot

Lorsqu'il eut fini d'écrire, sa vue se brouilla. La tête lui tournait. Les mains tremblantes, il plia la feuille, cacheta l'enveloppe et y inscrivit l'adresse de Mme de Soulanges. À bout de forces, il se laissa glisser dans la torpeur. Lorsque la servante entra pour lui présenter son déjeuner, elle eut peine à le faire réagir.

— Allons, monsieur de Bar, il faut manger… Voulez-vous plus de soupe?

— Je n'ai pas bien faim, dit-il faiblement en lui tendant le pli.

Elle prit la lettre et la porta à la malle-poste, qui attendait devant le parvis de l'église.

Chouart avait apprêté le carrosse avec grand soin. Mettant à profit son savoir-faire et son habileté, qui étaient exceptionnels, il avait longuement vérifié qu'il n'y avait aucune faiblesse dans les ressorts de la voiture. La route serait longue. Autant éviter à sa maîtresse les inconvénients qui surviennent lorsque, après avoir supporté les cahots durant deux ou trois journées, le dos et les jambes sont criblés de douleurs. Angélique lui avait dit, la semaine précédente :

– Chouart, nous partirons avant la fin de la semaine pour aller rendre visite à Mme de Soulanges…

– C'est un long voyage, madame Angélique, avait répondu Chouart en faisant une grimace, votre carrosse n'est peut-être pas dans l'état…

– Admettons que les chemins de France sont meilleurs que ceux du Canada, avait répondu Angélique qui ne démordait pas de son projet.

Elle n'avait pas changé… Toujours prête à se lancer dans une folle aventure, pourvu que son cœur le lui commande. C'était ce qui avait toujours fait son charme, on ne la changerait jamais !

Chouart ralentit ses bêtes en les mettant au trot et les encouragea de la voix.

– Holà ! Tout doux, tout doux…

Malgré la pluie et les ornières de certains chemins, Angélique n'avait pas trop pâti des longues heures d'immobilité. On arrivait au rond-point menant au château. À présent, le carrosse filait le long des murs d'enceinte et elle se penchait de tous côtés pour mieux voir. Curieuse de tout, elle ne voulait rien manquer du spectacle inusité qui s'offrait à elle. Chouart faisait claquer son fouet et manœuvrait du mieux qu'il pouvait, ralentissant parfois, accélérant à certains moments. Il répondait du tac au tac à ceux qui, trop pressés, l'interpellaient. La chaussée était encombrée de piétons et d'attelages de toutes sortes. Il fallait avoir une bonne dose de patience pour circuler ici, car des fiacres, des calèches et des carrosses débouchaient à vive allure au moment où l'on s'y attendait le moins, tournaient en tous sens et se croisaient devant les grilles, les uns conduisant au château quelque marquis ou quelque comte, les autres y apportant des provisions et des marchandises diverses que des courtisans avaient commandées. Les cochers accoutumés à ce lieu n'avaient pas la langue dans leur poche et l'on entendait fuser des exclamations grossières qui faisaient frissonner d'horreur les précieuses arrivant ici en belle compagnie pour quelque réception mondaine. Le château était une ville dans la cité de Versailles, dense et grouillante, où jamais ne s'arrêtaient le bruit ni l'agitation. Même aux petites heures de la nuit, le silence et le calme n'existaient pas. Quant à Versailles, elle fourmillait de monde. Des courtisans et des nobles en mal de reconnaissance venaient s'y entasser afin de profiter des fêtes que le roi donnait au château et s'y montraient pour briguer un titre ou solliciter une charge en se piquant d'être au nombre des favoris à la cour.

Angélique riait de revoir les lieux et se souvenait : « Ici, ce sont les serres de l'orangerie et là, les celliers où l'on garde certains fruits, comme du raisin, jusqu'à la fin de l'hiver... Là, les fenêtres des appartements de la reine... » On apercevait au loin les jardins abondamment fleuris derrière les immenses grilles décorées de feuilles d'acanthe recouvertes d'or. Tout était resté gravé dans son souvenir et Angélique eut un petit choc en passant devant la grande entrée. Un peu plus de vingt ans auparavant, elle y était venue avec François et Michel dans des circonstances si particulières qu'elle n'avait jamais pu les oublier, pas plus que le chaleureux accueil que lui avait fait Mme de Pompadour.

— Vois, s'exclama-t-elle en s'adressant à Chouart par le vantail, c'est si grand comparé à Québec !

Chouart se mit à rire.

— Pourquoi comparer Versailles à Québec ?

— Tu as raison, il n'y a rien de comparable, mais Québec est resté grand dans mon cœur !

On arrivait dans les faubourgs. Chouart s'arrêta devant le porche d'une maison bourgeoise où résidait Anne-Marie de Soulanges, la belle-fille d'Élisabeth.

Dans la demeure pleine de souvenirs attachés à la famille de France, volubile, ravie d'avoir de la visite, Anne-Marie accueillit chaleureusement sa cousine. Elle lui raconta maintes anecdotes d'un passé ô combien fastueux ! Si fastueux que les bals d'aujourd'hui n'étaient plus rien à côté de ce qui se faisait du temps de Louis XV... L'heure du thé s'achevait quand elle se leva et alla ouvrir une cassette posée sur un bureau. Elle tendit une enveloppe.

— Ceci m'est parvenu pour vous, Angélique !

Angélique porta la main à son front. La lettre était de François et venait de Neuchâtel, en Suisse. « Mais, grand Dieu, pensa-t-elle, pourquoi ne m'a-t-il jamais écrit, pourquoi ne m'a-t-il jamais donné de nouvelles ? » Lorsqu'elle lut les quelques lignes, comprenant la torture qu'il avait endurée, son cœur fit un bond.

— C'est cette lettre qui m'a fait réclamer votre visite de toute urgence, dit Anne-Marie.

— Comme vous êtes bonne !

— Je sais ce qu'aimer veut dire, répondit-elle.

Angélique, prise au dépourvu par le franc-parler de cette cousine qu'elle voyait rarement, rougit comme si elle avait été une jeune fille.

— Qu'à cela ne tienne, j'irai le voir, je le soignerai…

— Il arrive un âge où les cures les plus miraculeuses ne peuvent rien !

— C'est ce que dit ma bonne nourrice ! Mais François est encore jeune !

Anne-Marie lui lança un tel regard qu'Angélique s'arrêta net. Seize ans s'étaient écoulés depuis leur séparation. Subjuguée par le tourbillon de sa passion, avait-elle oublié de compter les années ?

— Nounou, nous sommes de retour !

Angélique avait retrouvé sa fougue. L'espace d'une seconde, Nounou se surprit à penser que l'on était à Québec et que « son ange » avait vingt ans… Elle se souleva un peu de sa chaise et tendit les bras aux voyageurs.

— Alors ?

— Alors, j'ai des nouvelles de François, fit Angéli-que, palpitante.

Mais aussitôt, son enthousiasme retomba.

— Il est malade et solitaire, ajouta-t-elle en baissant les bras.

— Michel est venu hier, il a dit qu'il reviendrait ce soir, à l'heure du souper…

— Que voulait-il?

— Je ne sais…

Le soir, lorsqu'on passa à table, Michel avait un air étrange. Angélique le connaissait assez pour savoir qu'il ne faisait pas cette tête-là sans raison. Ne voulant pas le brusquer, elle attendit patiemment qu'il aborde le sujet de ses préoccupations, toute à la joie d'avoir à lui an-noncer qu'elle avait des nouvelles de François.

— J'ai reçu une lettre, dit-il soudain.

— Est-ce de Françoise? Comment va-t-elle?

Michel fit signe de la tête que ce n'était pas une let-tre de leur fille.

— C'est au sujet de François…

— Justement, mon ami, je voulais vous dire…

— Ne dites rien, Angélique. J'ai reçu d'Abraham Gradis qui a visité le curé de Neuchâtel une très mau-vaise nouvelle…

Elle devint blanche et retint son souffle.

— Après avoir écrit à votre cousine, François est dé-cédé.

Il la prit dans ses bras. Il savait quel mal les paroles qu'il venait de prononcer pouvaient lui faire. Elle pleura longtemps, recroquevillée comme un animal blessé, tandis que Michel, patiemment, lui caressait les cheveux.

Après toutes ces années, la mort de François exorcisait sa jalousie, il n'avait plus la moindre rancœur, mais il était trop tard. Ses bons sentiments ne pouvaient pas apaiser Lélie, qui se sentait coupable de n'être pas arrivée à temps auprès de François, au moins pour lui tenir la main… Michel, lui aussi, éprouvait de la peine. François avait été pour eux un grand personnage, il avait été irremplaçable, même s'il avait succombé aux excès de cette ère de libéralité, de luxe et de plaisirs immodérés qu'il avait entretenue comme tant d'autres et qui était révolue.

Angélique en proie à son chagrin alla s'asseoir sur le sofa et Michel vint près d'elle. Toute la nuit, devant la cheminée où un feu flambait, ils parlèrent comme ils ne l'avaient jamais fait. Ils évoquèrent François Bigot, la Nouvelle-France et tout ce qui s'était envolé avec le temps, avec les événements et avec la guerre. Il avait fallu toutes ces années pour qu'ils retrouvent un vrai désir de communiquer.

Ils étaient passés au travers de bien des épreuves, ils avaient eu toutes les richesses, connu la pauvreté et vu la misère s'abattre sur un grand nombre. En abandonnant leurs biens à Québec, en choisissant de rester français, c'était leur vie tout entière qu'ils avaient perdue. Angélique était brisée. La mort de François provoquait une avalanche de souvenirs dont le poids immense lui retombait soudain sur les épaules. D'un seul coup. Jamais elle n'oublierait François Bigot et jamais elle ne se consolerait de n'avoir pas été à ses côtés dans ses derniers moments. Il avait eu la renommée et le pouvoir. Il avait été le point de mire des colonies françaises. Pris à son propre piège, il avait servi de bouc émissaire lorsque la situation s'était détériorée… En France, le procès retentissant qu'on lui avait fait avait éclipsé la guerre et la déroute des armées du roi. En haut lieu, on avait très vite oublié ses réussites pour ne relever que ses manquements et s'en servir contre lui. L'issue avait été écrite d'avance et il avait payé du prix de son éloignement ces accusations qu'on avait criées bien fort pour masquer la mauvaise administration du pays et les ingérences d'un souverain.

— Qu'avait-il fait de plus ou de moins que tous ceux qui, comme lui, menaient grand train dans les colonies du Sud? dit Angélique entre deux sanglots.

— Rien de plus, rien de moins… Il a profité des avantages de son rang comme tous les autres!

— Il était sans doute plus brillant que les autres, il l'a fait avec plus d'éclat! s'écria-t-elle, révoltée.

— On l'en a puni d'autant plus que l'éclat attire trop les regards. Il suscite les foudres et la colère des grands de ce monde!

Michel s'en était tiré indemne après une brève incarcération. Pendant quelques mois avant la fin du procès, il avait été emprisonné à la Bastille tout comme François, mais aucune des accusations lancées n'avait pu être retenue contre lui. Ayant sauvé les restes de sa fortune, il se reprochait d'avoir été lâche et de n'avoir pas cherché à le revoir. Les heures passaient. Ils avaient tant à se dire. L'un et l'autre se remémoraient leurs maladresses et leurs joies, pleuraient sur leur folie, riaient de leurs aventures, avouaient ce qu'ils ne s'étaient jamais avoué. Tout cela était si loin et si vivant à la fois. Dans sa mort, François, qui les avait brouillés, les réunissait un peu…

La nuit était devenue noire... Tout était silencieux dans le manoir de Neuville et la campagne s'était enveloppée d'un voile de brume qui masquait les formes et les distances. Angélique fit chauffer de l'eau pour préparer du thé et revint auprès de Michel. Il y avait entre eux Françoise que l'un et l'autre aimaient tendrement et qui ne saurait jamais qui était son père! Pourquoi la perturber? Elle avait trouvé le bonheur... Après tout, ce qu'ils avaient cherché tous les trois, tout au long de leur vie, ce n'était rien d'autre que le bonheur!

— Françoise ne nous écrit pas souvent, fit remarquer Angélique.

— Laissons-la savourer le bonheur qui est le sien!

— J'espère bien qu'il ne lui échappera jamais...

Michel lui prit les mains.

— Les êtres humains ne sont guère habiles à cultiver le bonheur!

Les bûches étaient consumées. La brume, qui s'était évaporée, finit de disparaître en longs rubans au-dessus des bosquets humides. Il commençait à faire jour. Le soleil se levait derrière les pommiers et le disque de feu qui renaissait faisait rougeoyer la campagne d'une couleur exceptionnelle. Médusée, Angélique colla son front à la vitre tandis qu'une voix soufflait à son oreille:

— Vous seule, madame, serez toujours ma grande sultane...

IMPRIMÉ AU QUÉBEC (CANADA)